KB262121

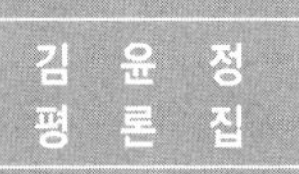

언어의 진화를 향한 꿈

언어의 진화를 향한 꿈

김 윤 정

도서출판 역락

　우리 세대에게 문학은 취미나 오락, 여기나 장식이 아니라 또 다른 치열한 삶이었다. 지루한 학창시절을 보낼 때 문학은 한줄기 샘물이었고 빛이었다. 주어지는 환경이 메마르고 어두울수록 우리는 문학이라는 가냘픈 물줄기에 매달려 갈증을 달래고 잠시 숨을 돌렸다. 그 짧은 휴식에서 그리고 우리는 꿈을 꾸었다. 미래의 것이기도 하고 먼 거리의 것이기도 하고 아늑하기도 눈부시기도 한 꿈을. 많은 세월을 살아왔지만 한줄기 빛을 타고 떠올랐던 그 꿈의 느낌은 현실에서 만날 수가 없었다. 아직 더 젊은 시절이었을 땐 그 꿈의 영상을 좇아 여기저기 찾아 헤매었던 기억이다. 그러나 그러한 것은 매우 제한적으로 주어지는 것이었다. 그것들은 특수하게 연출된 것이거나 일시적인 것이거나 나의 것이 아니었다. 그 모든 것이 마음에 들지 않았다. 그러는 동안 문학이 주었던 빛은 아주 바래져갔다.

　꿈으로서가 아니라 평론가라는 직분에 따른 현실로서 만나게 되었을 때는 문학은 전혀 다른 국면으로 펼쳐졌다. 평론가로서의 업무에 따른 것이기 마련이었지만 그러나 한 작가 한 작가, 시 한 편 한 편을 만나면서 나에겐 그 만남이 행복했기 때문이다. 나는 작가들에게 조심스럽게 다가갔고 더듬더듬거리며 그들의 세계의 논리를 맞추어보았다. 성실한 작가들의 시는 언제나 기대했던 것 이상을 준다. 그것들은 감추어져 있는 듯하다가도 불현듯 솟아나 놀라움과 희열을 준다. 그것들은 문학을 지탱해주는 믿음이었다. 그것들은 나로 하여금 무언가 의미있는 일을 하고 있다는 자부심을 주었다. 그것들은 이제 메마른 삶의 현장에서 느꼈던 가냘픈 한 가닥 빛이 아니라 자체로 꿈이 되고 현실이 되었다. 비평을 하는 일은 그것이 성실한 시인들과의 행복한 만남이 이루어지는 한에서 내 꿈이 될 수 있다. 따라서 나는 현실에서 꿈을 실현하며 사는 흔하지 않은 사람이라 해도 틀리지 않을 것이다.

한때 문학의 소외에 대해 고민하며 쓸쓸해했던 적이 있었다. 문학이 매체의 제왕 자리를 영상 매체에, 전자 매체에 내어주었다고 안타까워했었다. 그러나 이러한 생각들은 문학에 대해 일면적이고 피상적으로 접근하였을 때 생기는 것이다. 문학에 대한 고루한 관점들, 가령 문학을 무엇을 위한 수단으로 볼 경우 이런 종류의 안타까움이 생길 듯하다. 이념 전달의 수단, 계몽의 수단, 꾸밈이나 과시의 수단, 오락의 수단으로 문학을 본다면 문학은 썩 신통한 기능을 발휘하지 못한다. 이러한 수단을 위해서라면 다른 매체가 훨씬 더 그 역할을 잘 수행해낼 것이다. 이러한 기능을 수행하기엔 문학은 지나치게 느리고 복잡하고 추상적이다.

문학은 그 자체로 좋은 것이어야 한다고 생각한다. 무엇을 위해 존재하는 것이 아니라 그것 자체로 존재하는 것이어야 한다. 문학은 그 자체로 사물이 되고 자연이 되고 우주가 되고 음악이 되고 공간이, 휴식이 되어야 한다고 생각한다. 문학은 사물을 담아내거나 자연을 담아내거나가 아니라 그 자체 살아있어 스스로 에너지를 뿜는 존재여야 한다는 것이다. 스스로 시공간을 점유하는 생명력을 지녀 그 힘을 주변에 끼칠 수 있는 것이 그것이다. 그러하되 어압괴 긴깅이 아닌, 시배럭이 아닌, 스밈과 번짐이라는 수평적 화애(和愛)의 공간을 만들기를 소망한다.

물론 이것은 그가 지닌 세계관이나 다루는 소재를 통해서가 아니라 언어를 통해 만들어진다. 언어는 고대 인류 때부터 있었던 것이지만 오늘날 최첨단 기기와 그 원리를 공유하고 있는 아주 재미있고 신비로운 존재다. 언어와 컴퓨터는 모두 디지털적이다. 컴퓨터가 0과 1의 이항의 조합을 작인으로 하듯이 문학도 자음과 모음이라는 이항의 조합에 의해 만들어지는 것이 아닌가. 이것은 문학의 고차원성과 무한성을 말해준다. 문학은 컴퓨터가 그러하듯 그 조합에 따라 모든 것을 만들 수 있다. 문학의 언어는 문자에서 그치는 것이 아니라 영상도 음악도 만들 수 있다. 그것은 조합의 양태에 따라 환상도 만들 수 있고 다른 차원도 만들 수 있다. 그것은 즐거움과 쾌락을 만들 수도 있고 역겨움과 불쾌감도 만들 수 있다. 물론 안식과 평화, 혹은 불안과 공포도 만들 수 있다. 이 모든 것이 문학에서의 언어가 만들어낸다.

이런 점들을 보면 언어를 도구로 하는 한 문학이 시대에 뒤처진다는 말은 어불성설이다. 문학은 시대의 뒤안길에서 자족적으로 존재하는 것이 아니라 오히려 시대를 이끌어가야 하는 위치에 놓이게 된다는 것을 알 수 있다. 그것이 언어로 되어 있다는 점에서 문학은 모든 것이다. 또한 이러한 점에서 우리 시대의 시인들은 언어를 다룰 줄 아는 전문가들, 언어의 연금술사들이 된다. 시대를 이끌고 시대에 앞서가는 진화된 언어를 만들어가는 이는 단연 우리 시대의 시인들일 것이다. 이 평론집 역시 숱한 시간을 존재의 언어를 위해 씨름하는 많은 사람들과 공유되기를 바래본다.

2009년 11월

김 윤 정

차 례

제1부

시를 통해 본 시론

유기체적 글의 코스모스적 힘

- 비평의 변(辨)

세계는 인간의 명료한 의식만이 아니라 의식 이면의 것들의 무한한 더미로 구성되어 있다. 그리고 의식화되기 이전의 무한한 집적물들은 어떤 공식이나 규칙 없이 이리저리 휩쓸려다니며 힘들의 다양한 양태들을 만들어내고 있다.

세계가 이러하다면 자아에게 세계는 자아를 저절로 안주토록 허락지 않는다는 것을 짐작할 수 있다. 세계는 자아를 둘러싼 모든 타자들이다. 총체화된 타자가 곧 세계라는 것이다. 때문에 불안은 단순히 자아의 주관적 심리 상태에 국한되는 문제가 아니라 지극히 당연한 객관적 현상이자 인간이 세계에 피투된 이래 필연적으로 안고 살아가야 할 생의 조건이며 숙명이 된다. 특히나 요즘처럼 밀려드는 지식과 정보, 변화의 홍수 속에서는 세계의 번잡스러움과 자아의 불안의 정도는 가히 측량하는 것이 불가능해진다.

나는 '시'의 본령이 세계의 이러함에 대한 치열한 대응이라 생각한다. 현대와 같이 제어할 수 없는 속도 하에서, 정돈할 수 없는 무질서와 혼란 속에서, 상상을 뛰어넘는 힘들의 종횡무진 가운데에서 '시'는 한 순간에 그 모든 것들을 초월한다. '시'는 시간의 늦춤이고 질서의 마련이며 힘들의 정지이다. '시'에 이르게 되면 혼돈과 번잡스러움은 봄날에 눈이 녹듯 따뜻하게 녹아내린다. 현기증나는 힘들은 '시'의 품에서 그 억척스러움을 잃고 순한 연기가 되어 대기속으로 스며든다. '시'는 고요함과 편안함으로 자아를 감싸안는다. 자아의 형언하기 힘든 불안은 '시'에 의해 비로소 소멸한다. 요컨대 '시'는 세계의 혼란과 무질서를 다스리는 한 축의 코스모스다. '시'는 세계의 번잡함을 제압하여 그 속에 질서와 조화의 공간을 마련하게 된다.

시에 관한 이러한 명제는 물론 당위에 해당할 따름이지 모든 시가 그러하다는 사실을 말하는 것이 아니다. 우리 주변에 존재하는 시의 상당량은 존재하는 세계보다도 더 무질서하고 혼란스러우며 정신없을 정도로 번잡스럽다. 시를 통해 다스림과 평온을 경험하기는커녕 더욱 심한 공허와 현기증과 메슥거림으로 허우적대야 하는 경우가 얼마나 많은가. 그렇다고 이것이 서정시와 난해시를 구분짓는 기준이라는 오해는 금물이다. 모든 난해시가 세련된 것이 아니듯 또한 모든 난해시가 무질서한 것도 아니다. 초현대적 난해시 중에도 세계에 대한 형형한 다스림이 이루어지는 경우를 우린 얼마든지 만날 수 있다. 마찬가지로 정통 서정시라 해서 모두 고순도로 정제된 세계를 구현하고 있는 것은 아니다. 문제는 진정성과 치열성일 것이다. 세계에 대한 치열한 대결과 깊은 통찰, 그리고 그 위에서 세계에 대한 온기 가득한 애정을 실천할 때 세계를 다스리는 시의 초월성이 자리할 수 있을 것이다.

그러나 세계를 대면하는 이와 같은 태도만으로 시가 이루어지지는 않는다. 그러한 태도는 상품으로 쏟아지는 인스턴트 지식 및 정보들과 시를 구별시켜주는 데에는 기여를 하지만 그것만으로 전문 영역으로서의 시를 만들지는 못한다. 여기에는 시의 물적 재료인 '언어'의 조직이 필요하다. 그리고 그 조직은 일정한 문법에 의한 것이 아니고 신비한 울림을 빚어내는 것이어야 하리라. 시적 언어가 발하는 신비한 울림은 세계에 가득차 있는 무차별적인 뒤엉킴들을 달래주면서 곱게 빚어내린다. 세계의 소란스러움과 복잡함은 시적 언어의 울림에 의해 정갈함과 고요로 탈바꿈된다. 곧 시적 언어는 자아에게 다가오는 안식이 된다. 우리는 이를 가리켜 시가 가져다주는 휴식의 기능이라 할 수 있을 것이다.

이 점은 늘 스트레스로 짓눌린 채 사는 현대인들에게 시가 더욱 절실한 이유이기도 하다. 시적 언어는 그 여유로움과 울림을 통해 현대인들에게 침잠과 사색의 공간을 부여한다. 시가 일상 언어로 된 숱한 지식 및 정보와 달리 취급되어야 하는 것도 이 때문이다. 시는 정보나 지식의 측면에 의해서가 아니라 시적 내용을 빚어낸 태도와 언어 조직이라는 종합적 유기체로서 다루어져야 한다. 그것은 곧 시를 힘의 특수한 발현체로서 보아야 한다는 것을 의미한다. 유기체로서 발산하는 힘을 지니고, 또 그 힘이 세계를 다스리는 울림을 형성할 때 시는 현대에서도 살아남아 현대를 초월하는 진정한 자기 역할을 다하게 된다.

다분히 추상적인 진술들이지만 시인들이 창작의 고통과 열정으로 몸부림치는 소이도 결국 시의 그러함에 다가가기 위해서가 아닐까 하고 나름대로 짐작해본다. 그 어떤 이론이나 관념에 동의하든 않든 상관없이 시인들이 시를 쓰는 이유는 거의 공동의 목적과 열망에 의해 비롯되는 것이 아닌가 하는 것이다. 시인들은 대부분 존재론적인 공통의 지대에 발을 디디고 있는 셈이다. 시인들이 뿌리를 딛고 있는 공통의 지대는 그 자리를 지킴에 있어 용기와 결단을 요한다. 설령 비자각적이라 하여도 시인들은 세계의 카오스적 성질과 대결하고 다스리는 자아들로서 이를 위해서 끊임없는 자기단련과 고독을 감내하는 이들이 아니던가.

혼란을 잠재우는 언어의 힘은 시만 행사하는 것이 아니다. 언어를 다룬다는 점에서 평론도 시와 유사한 생리를 지닌다. 나아가 이러한 힘은 언어만이 지니는 것도 아니다. 이러한 힘들의 가장 쉬운 예들을 우리는 예술에서 발견할 수 있다. 그러나 언어에만 국한시켜 말할 경우 언어를 다루는 이들이 지향할 것은 힘과 초월성이다. 평론 역시 언어의 유기체적 힘과 초월성을 도모해야 한다는 것이다. 한편 평론은 대상이 되는 시와 분리되어 존재할 수 없으므로 텍스트와의 긴밀한 짜임을 갖추어야 함은 물론이다. 그런 점에 비추어본다면 텍스트와 유리된 채 존재하는 평론, 단지 정보 제시의 차원에 있는 평론, 언어의 복잡함과 현란함에만 기여하는 평론은 지양되어야 할 유형들일 것이다. 나는 이러한 평론들을 '미끄러지는' 평론들이라 명명한다. 대상 텍스트와도 세계와도 긴밀히 교감하지 못한 채 세상의 무수한 언어들에 그 수를 하나 더 첨가할 뿐인 글들이 그것이다. '미끄러지는 글'들은 이른바 해체주의자들이 유희하는 기호에 대해서도 말한 바 있듯 무게를 지니지 못한 채 공허할 따름이다. 그러한 글들은 아무런 힘을 형성하지 못하며 떠도는 기호처럼 부유한다. 거기에는 아무런 힘도 내재되어 있지 않고 현실을 초월하기는커녕 오히려 현실의 번잡함과 혼란스럽게 뒤섞여 있다. 이러한 것들은 화려하고 번지르르하지만 사실 전문성이 전혀 없는 글들이다. 그런데도 우리는 외양의 화려함과 그럴듯한 구색갖추기를 전문성으로 오인하고 있지는 않은가.

　그렇다면 ‘미끄러지는 글’의 함정에 빠지지 않는 방법은 있을까? 말 그대로 ‘미끄러지지’ 않으면 되는 것이 아닌가. 대상 텍스트나 세계와 분리되는 대신 그것들과 맞물리도록 하는 것이다. 끈끈하게 맺어지는 것, 대상들과 밀접히 교감하는 것이 그러하다. 그것을 글의 ‘매개성’이라 명명하면 어떨까. 다소 거칠더라도 세계를 향한 애정어린 시선으로 시작한다면, 자의식이나 말의 폭주를 보이는 대신 매끄럽지는 못하더라도 정신의 다양한 범주를 디디면서 탐험하고 개척하는 글을 쓴다면 글의 최소한의 매개적 기능을 실현할 수 있을 것이다. 그러한 방식으로 쓰여지는 느리고도 밀도있는 언어는 세계의 무분별한 힘들의 양태들과 만나면서 그러한 것들과 싸우고 그것들을 제어하는 힘을 지니게 될 것이다. 그러한 글들이야말로 혼돈의 와중에 질서와 조화를 지닌 또 다른 세계를 자리하게 할 수 있을 것이다.

　훌륭한 시는 세계에 조화를 부여하면서 우리의 정신을 한 차원 더 상승시킨다. 이러한 기능을 다하려면 시적 언어가 단지 기교에 그치는 것이 아니라 특유의 매개성을 실현해야 한다. 매개성이 구현된 시는 세계 및 자아의 내부에 존재하는 무분별한 불안 요소들 가운데에 질서를 만들어내고 그 속에 고요한 쉼터를 만든다. 우리를 편안하게 하지만 그러나 그처럼 훌륭한 시들은 결코 쉽게 쓰여지지 않을 것이다. 그 안엔 예술가로서 겪는 헤아릴 수 없는 번뇌와 방황이 가로놓여 있다. 따라서 평론가로서 이러한 시들을 만나는 일은 행복할 뿐만 아니라 감사하기까지 하다. 행복을 주는 시는 그것이 시인의 희생에 의해 탄생된 것임을 짐작하게 해준다. 특히 오늘날처럼 말이 점차 가벼워지고 밀도를 상실해가는 시대에 언어의 힘을 지키려 하는 시인들은 우리에게 큰 위안이자 빛이 아닐 수 없다. 시를 다루는 이상 평론가는 시의 이러함에 대한 성실한 이해를 가지고 있어야 하리라. 시가 추구하는 이상의 순수함과 그것을 실현하기 위해 시인이 겪을 숱한 고독들과 대화하지 않는다면 시적 언어가 이루어 낸 질서의 의미에 접근하지 못할 것이기 때문이다. 이는 평론과 시가 개별적인 존재로서가 아니라 서로를 비추어주고 고양시키는 상보적 관계 아래 놓여있음을 알게 해준다.

신세대 시인들과 난해시

- 김행숙, 이원, 송승환의 시

1. 시의 현대성

현대시는 습관적으로 난해한 것일까? 어느 때부터인가 우리는 난해한 것은 현대시고 현대시는 난해해야 한다는 공식 같은 것에 익숙해져 있다. 경주하듯 뿜어내는 언어의 수다스러움은 젊은 세대들의 표식이 되었다. 끊임없이 새로운 세대가 등장하듯 계속하여 이어지는 신세대들의 실험들. 그런 만큼 난해시는 새로운 현상이 아니라 오래되고 평범한 관습이 된 듯하다. 그것은 고전적인 서정시의 전통 못지않게 고전적인 전통이 돼가고 있다. 기성 시인의 경우에도 젊은 시절 실험성 강한 난해시를 구가했던 경험이 있음을 우리는 많이 보아오지 않았던가? 난해시는 시대를 거듭하여 반복적으로 재생산된다.

이를 보면 난해시는 단순히 기교가 아니라 문화라는 생각이 든다. 당대의 가장 세련되고 활기 넘치는 문화적 스타일의 시적 재현이 곧 그러한 시라는 점이다. 새로운 매체와 유행으로 넘쳐나는 현대가 그 속도와 복잡함에 상응하는 시적 언어를 양산하는 것이다. 때문에 젊은 시인들의 시는 도시만큼이나 화려하고 기술만큼이나 정교하며 현대의 힘만큼이나 정력적이다. 그것은 현대의 가장 첨예한 수준에 놓이는 문화적 엑기스들의 시적 반영이다. 특히 오늘날의 문화적 코드인 그래픽과 디지털은 젊은 시인들의 시들에 발랄하게 재현되기 마련이다.

문화의 일부라 본다면 흔히 난해시에 대해 품게 되는 환상과 선입견을 어느 정도 차단할 수 있을 듯하다. 세련된 스타일에 의한 매혹, 현란한 언어들에 의한 혼란, 강한 열기에 의한 모호성들은 외양에만 시선을 가두는 현대 문화처럼 우리가 시의 깊이로 이르는 데 장벽이 될 수 있다. 뿐만 아니라 그러한 난해시적 요소들이 일정한 기교가 될 때 그의 아류들이 양산되어 시의 생산적인 소통을 가로막을 것이다. 그것들은 시에서의 키치라 할 만하다. 이들은 성찰에 기반한 사유와 그에 따른 스타일, 그리고 당대 문화에 상응하는 에너지로 이루어진 진정한 현대시에 미달인 까닭에 시의 현대성을 감당하지 못한 채 시의 양분을 갉아먹을 것이다.

문화의 엑기스들을 함축하되 표면적 문화를 넘어 자신만의 고유한 세계를 구축하는 일이란 얼마나 지난한 일이겠는가? 현대성의 파도 속에서 좌초되지 않고 자아를 지켜내는 법, 자신을 둘러싼 환경을 이해하고 그 안에서 자신만의 호흡과 언어를 살려내는 법, 따라서 현대성 속에 익사해 버리고 마는 수많은 자아들에게 살아남기의 한 모델을 제시하는 일은 시인의 고유한 역할이자 젊은 시인들이 일궈내야 할 시의 방향일 것이다.

2. 출렁거림을 담아내는 분산의 언어

김행숙의 시들은 소통을 정중하게 거절한다. 능청스러운 듯 가볍고 무심한 듯 경쾌한 그녀의 어투는 세상의 어떠한 진지함이나 무게를 슬쩍 비껴간다. '긴 이야기'로 말거는 이에게 짧게 '예'하고(「목」) 자리를 피하는 그녀는 그녀만의 영역으로 자신을 슬며시 밀어 넣는다. 누군가를 붙들고 그에게 자기의 생각, 무엇의 의미에 대해 말하려 하지 않는 그녀의 언어는 어눌한 편이다. 그다지 빠르지도 않고 매끄럽지도 유창하지도 완전하지도 않은 말이 그녀의 시를 구성한다. 끊어질 듯 이어지고 맺어질 듯 중단되는 문장, 역시 이어질 듯 단절되고 연속될 듯 끊어지는 장면들의 조합이 그녀의 시를 직조한다. 이러한 그녀의 시는 타인과의 소통을 목적으로 하는 것이 아니므로 그녀만의 행보에 강하게 집중한다.

그녀만의 호흡, 그녀만의 영역이란 무엇일까. 그간의 여러 평론가들이 언급했듯 그것은 '느낌'과 관련된다. 의식이나 행위를 말함으로써 유추 가능한 의미를 구성하는 대신 자신에게만 귀속되는 미세한 감각들을 그 추이에 따라 제시함으로써 그녀는 의미 파악에 번번이 실패하게 한다. 그러나 그가 순간적으로 겪는 종횡무진한 감각의 내용들이 사실 무슨 관심거리란 말인가. 말이 본래 상대 지향적인 것이라면 그 말의 내용은 상대와의 공감대를 기반으로 할 터이나 시인은 잠시 스쳤다 사라지는 무엇들을 흔적으로만 나열함으로써 경험의 공통지대를 가볍게 말소시킨다. 순전히 그녀만의 시간 속에 놓인 그 느낌은 가물거리는 연기 또는 공기처럼 우리의 의식이 포착해야 하는 중요한 것으로 보이지 않는다.

전우처럼 함께했던 얼굴은 또 한 명의 전우처럼 도망쳤다. 끝을 모르는 고요한 밤의 살갗 속으로 그리고 다시 얼굴이 달라붙을 때의 코는 한없이 옆으로 퍼져 있었다. 귀는 늘어져 늘어져서 이어지는 꿈과 같았다. 비누칠을 해서 꿈을 씻어내도 얼굴의 높이는 돌아오지 않았다

콧구멍은 파묻혔다. 냄새가 나지 않는 세계에서 아침식사를 했다. 나는 맑아지고 의심이 없어진다

얼굴 위로 쏟아지는 햇빛. 햇빛. 햇빛이 비추는 이 거리의 닳은 구두코. 신발을 신은 사람들. 늪처럼 발부터 빠진다

—「얼굴의 몰락」 전문

순간을 달리하며 명멸하는 느낌의 연쇄를 언어로 표현하려면 어떠한 수사법이 필요할까. 가령 외로움과 같은 정서를 표현하기 위해서 서정시가 강한 울림의 영역을 만들어낸다면 김행숙의 시에서는 오히려 울림을 허용하지 않는다. 시적 자아에게 외로움이 깃들게 된다면 그것은 정서적 지속으로 연장될 성질의 것이 아니라 단속적으로 단절되어야 하는 것에 해당한다. 무릇 감정이라는 것은 필요치 않다는 듯 그녀는 그러한 감정을 짧은 정서에 대한 인식으로 대체한다. 그녀에게 감정은 찰나적으로 포착되어 묘사되고 폐기될 뿐 오래도록 울렁이며 시적 형질을 만들어내어서는 안 되는 것이다. 말하자면 그녀는 엄습해오는 감정의 물결들을 신속한 동작으로 '쳐낸다'. 위의 시 1연에서처럼 극히 간략한 언급으로 처리되고 마는 이별 혹은 소멸에 대한 묘사는 감정의 긴 공허감이 공허에 대한 인식으로, 상실에 대한 사실로 대체되고 있음을 보여준다. 여기에는 보편적 감정을 매개로 시적 공간을 형성하고자 했던 기존 서정시와의 차별성이 가로놓이는 바, 이는 곧 김행숙 시를 이끌어가는 주된 창작 원리라 할 수 있다. 시인은 이런 방식으로 내부에서 일고 있는 '마음'에

대해 차갑고도 대자적인 응대를 계속하는 것이다.

한편 시집의 여러 시편들에 등장하는 '얼굴'은 일정한 전체를 이루는 동일성의 표현이라 할 수 있다(「해변의 얼굴」, 「검은 해변」, 「소수점 이하의 사람들」, 「얼굴의 탄생」). 그러나 그것은 윤곽을 유지한 채 고정적으로 존재하지 않는다. 그것들은 처음 분명한 실체를 가진 존재로 다가오지만 시적 자아에 의해 지각되는 순간 버려지고 흐려지고 분할되고 일그러지기 때문이다. 동일성을 지탱하게 하는 '얼굴'의 경계는 시적 자아에 의해 붕괴당한다.

시적 자아가 '얼굴'의 경계를 해체해야 하는 이유는 무엇일까. 그것은 '얼굴'이 동일성을 지닌 전체로서 다가올 경우 시인을 압도하고 뒤흔들 위력을 지니기 때문이다. 타자인 그것이 견고한 동일자로 '나'에게 접근해올 때 감정의 일렁임을 일으키는 그를 응대하는 일이란 결코 쉽지 않다. 그러나 일단 '마음'의 동요를 차단한 뒤라면 '얼굴'의 경계를 해체시키는 일 정도는 유희와 같은 일에 속한다. '얼굴'은 시적 자아에 의해 마음껏 요리된다. '코가 한없이 옆으로 퍼지'거나 '귀가 늘어져 늘어지'는 일, 그것이 나에게 '꿈'과 같은 즐거운 연상을 불러일으키는 일 따위들은 모두 경계를 해체당해 이미 동일자로서의 힘을 상실한 물체를 만지작거리는 일과 같다. '얼굴'은 바람이 덜 찬 풍선을 주물럭거리는 것처럼 늘어지고 조여들고 물렁거리거나 팽창한다. 시인은 '얼굴'의 경계는 물론이거니와 눈, 코, 입을 분리시키고 재구성하면서 일련의 놀이의 흐름을 일으킨다. 그럴 즈음이면 '코'가 있으되 '냄새가 나지 않'을 정도의, 물체의 반죽만이 놓이는 집중된 세계가 펼쳐진다. 그리고 '나는 맑아지고 의심이 없어진다'.

이 시는 시인이 말하는 '이별의 능력'이 무엇인지 말해주는 듯하다.

'나'에게 파고드는 특정한 동일자를 '제거해내는' 능력, 그리함으로써 '마음'이 물결치는 것을 허용하지 않고 대신 그것을 대자화시켜 능란하게 다루는 능력, 나아가 나의 내면이 '맑아짐'을 느끼게 되는 것이 그것이기 때문이다. 그러한 능력이 있다면 '타자'가 나에게 하나의 견고한 실체로 다가오지 않을 것은 자명하다. '타자'는 '내'가 다스릴 수 있을 만한 작고도 조각난 물체가 되어 유희에 상당하는 '나'의 행위들을 유도하거니와 이때의 '나' 역시 견고한 동일자의 허울을 벗어버리고 '연기'나 '수증기'같은 기체가 되거나(「이별의 능력」) '호르몬'이 되거나(「호르몬그래피」) 혹은 적어도 '개'나 '고양이', '한 개의 손가락', '작은 목소리', '파동의 간섭', '빗방울' 등 '작아질 수 있는 더 작은 것(「더 작은 사람」)'이 되어 타자들의 출렁거림을 유희롭게 받아낸다. 이때 타자는 더 이상 자아와 대결하는 대상이 아니다. 자아는 극도로 유동적인 상태, 부드러워 막힘이나 부딪힘이 없는 상태, 모든 것이 뒤섞이고 어우러져 '너'와 '내'가 구분 없이 즐겁게 물결치는 상태가 되어 '의심이 없'이 맑고 유연한 '나'로 거듭난다. 정서의 울림을 방해하고 그것을 단속적으로 끊어내던 시인의 언어는 뒤이어 분할되고 유동적인 언어를 통해 부드러운 흐름을 만들어낸다. 우리는 그녀가 만들어내는 이 흐름에 몸을 맡김으로써 응집을 통한 서정의 소통 못지않게 소중한 체험인 분산에 의한 유연함, 나른함, 풀어짐, 즉 긴장의 이완을 맛보게 된다.

3. 대지를 향한, 속도에 의한 언어

이원의 언어는 견고하다. 그리고 격하다. 그녀는 언어를 결코 허술하게 사용하지 않는다. 그녀의 언어는 바르고 정확하고 힘이 있다. 그녀의 시

엔 빠른 호흡으로 인한 속도감이 인상적이지만 그것이 언어를 해체하는
데로 이끌지는 않는다. 그녀의 언어는 선명하게 그 무엇에 대하여 말하
고 있고 그 어느 것을 향해 있다. 그녀에게 언어는 무엇을 지시하기 위
한, 그리고 어느 곳을 지향하기 위한 도구가 된다. 언어가 지시하는 그
무엇과 어느 곳은 그녀의 세계에 대한 인식을 올곧게 제시한다. 따라서
시인의 보폭에 맞추어 언어를 따라간다면 우리는 어렵지 않게 그가 그리
고 있는 밑그림에 도달하게 될 것이다. 다소 숨 가쁘긴 하지만 이해불능
으로 치닫지 않는다는 점에서 그녀의 언어는 편안하다. 또한 그녀가 그
려내는 밑그림이 건강하다는 점에서 신세대 시인에 대한 따뜻한 신뢰를
불러일으킨다. 언어와 세계가 관계 맺는 이러한 방식은 그러나 일정한
시적 방법론을 요구한다. 시적 언어가 단순히 진술의 언어가 아니라면,
시적 언어가 단지 관념의 확인에서 그치는 것이 아니라면 그녀만의 독자
적인 방법론은 그녀의 세계를 건축하는 유기적 근거로 작용할 것이다.

　　와와와 아이들이 폭우가 쏟아지는 광장으로 뛰쳐나온다 여기는 지구
다 달걀 속이다 세찬 빗줄기는 위에서 아래로 내리꽂힌다 허공에서 바
닥으로 쏟아지며 전속력으로 벽을 쌓는 순간 전속력으로 벽을 무너뜨린
다 콘크리트 바닥은 무너진 세계를 받아들이지 않는다 무너진 벽을 탕
탕 튕기며 아이들은 아래에서 위로 뛰어오른다 뜨거운 것에 데인 듯이
한자리에서 펄쩍펄쩍 뛰어오른다 아이들의 발은 벽을 폈다 접었다 한다
발에 벽이 들어 있다 아이들은 젖은 몸으로 빗속에서 뛰어오른다 아이
들이 뛰는 곳 말고는 사방이 점점 더 어두워진다 아이들 발의 사방이
어두워진다 한곳을 계속 뛰기 때문에 발아래가 깊어진다 깊은 것은 어
둡다 야생이다 아이들의 발은 길의 끝이다 길의 시작이다 발소리가 깊
어진다 절벽이 깊어진다 아니 절벽이 솟아오른다 절벽은 미어져내리는
깊이다 다시 솟구쳐오르는 날개다 온몸에 빗줄기를 화살처럼 꽂고 아이

들은 숨구멍 하나 없는 하늘과 땅 사이에서 뛰어오른다 깔깔거리며 몸
밖으로 뚫린 눈으로 몸 안을 뚫으며 제자리에서 뛰어오르고 또 뛰어오
른다 빗줄기는 절벽 아래까지 단숨에 내리꽂힌다 그 소리도 깊다 야생
이다 아이들의 발소리는 몸 안에 벽을 쌓는 순간 벽을 무너뜨린다 내출
혈로 절벽이 들끓는다

—「나이키-절벽」 전문

이원의 시에서 '질주'는, 특히 '아이들의 질주'는 그의 시세계 전체를
가로지르는 핵심적 코드에 해당한다. 그것은 대번에 이상(李箱)의 오감도
를 연상시키지만 그녀의 시는 보다 역동적이고 보다 방향성이 분명한
'질주'에 대해 말하고 있다. 그것은 아이들의 '운동'이 막연하지 않고 특
정한 환경과의 교응 속에서 이루어지고 있는 데서 비롯한다. 이원의 시
는 단지 질주를 위한 질주, 탈주를 위한 탈주가 아니라 무엇에 대한, 무
엇을 향한 '질주'를 그린다.

가령 위의 시에서의 '여기는 지구다 달걀 속이다'라는 설정, '절벽'과
'아이들 자신이 세운 벽', '뚫고 다시 세우고 다시 뚫는다'(「나이키1」)와
같은 설정은 스스로 응전해야 하는 환경을 구획 지을 뿐 아니라 그와의
상호작용을 통해 다른 면모로 거듭나고자 하는 자아의 의지를 반영하고
있다. 반복되는 '벽'에의 도전은 '벽'이 단지 무너지기 위해 존재하는 것
이 아니라 자아를 더욱 강히게 단련시키기 위해 존재하는 것임을 암시한
다. '깔깔거리며' '제자리에서 뛰어오르고 또 뛰어오르'는, 특히 '자궁을
찢고 나온 적이 있'으므로 '속도를 줄이지 않는'(「나이키1」) '아이들'은 비
단 억압으로부터 벗어나기 위해 몸부림치는 존재라기보다 생명력이 충일
된 자아와 관련된다. 이는 보다 적극적인 생명성에의 지향이다. 억압이나
결여됨이 없는 상태에서의 더욱 강인한 자아, 더욱 생동감 있고 더욱 충

만한 자아인 그것은 대결해야 하는 대상을 스스로 만들고 그와 싸워나간 다는 점에서 건강하고 적극적이다.

생명성을 향한 시인의 의지가 보다 확고하게 드러나는 것은 그러한 자 아가 궁극에 더 큰 세계와 통할 것이라고 기대하는 부분에서이다. '위에 서 아래로 내리꽂히는 세찬 빗줄기'라든가 '숨구멍 하나 없는 하늘과 땅 사이에서의 질주', 그리고 '아이들의 몸에 하늘이 고름처럼 엉겨붙는다' (「나이키1」)와 같은 상상력의 전개는 아이들이 뛰놀아야 할 터전이 지상이 라고 하는 한정된 영역이 아니라 하늘과 땅 전체에 이르는 우주 자연의 너른 지대임을 말해준다. 그리고 그것은 시인에 의해 '야생'이라 하는 직 접적인 표현을 얻는다. 위의 시는 '아이들'과 '질주'와 '야생'이라 하는 코드들의 관계망을 구축하여 생명력을 향한 시인의 열망을 매우 강렬하 게 드러낸다. 이때 속도감 있는 언어는 그와 같은 세계에의 지향성을 지 지하는 또 하나의 매개가 된다.

생명성에의 지향은 우리의 전통적 시세계에 비추어 볼 때 아주 익숙한 것이다. 정통 서정시의 대부분이 영원성을 향한 간절한 그리움을 표현하 고 있을진대 이것은 곧 근원적으로 생명성을 회복하고자 하는 열망에 다 름 아니기 때문이다. 자연에의 몰입, 분열된 자아의 통합을 내세우는 서 정시들은 모두 이 범주 안에 놓이는 것이라 할 수 있다. 이들 시는 대체 로 도시에서의 상상력을 비껴나 있으면서 훼손되지 않은 유토피아적 공 간을 소재로 취하게 된다. 그러나 이원의 경우는 다르다. 그녀는 현대인 이 살아가고 있는 도시적 공간을 직접 소재로 끌어들인다. 그러나 모더 니즘 등의 시처럼 도시적 상상력을 다룬 경우 흔히 볼 수 있듯 도시적 삶의 황폐함, 불모성, 부조리 등에 대해 비판의 날을 세우지는 않는다. 그녀는 그 과정을 과감히 생략하는 대신 황량하고 불모인 그곳에서 생명

성을 단번에 이끌어낸다. 그녀의 시에 자주 등장하는 '아파트'(「아파트에서
1·2·3」), '오토바이'(「오토바이」, 「퀵서비스맨」), '주유소'(「주유소의 밤」), 'T
V'(「검고 불룩한 TV와 나」), '컴퓨터'(「마우스와 손이 있는 정물」) 등의 도시
적 소재를 다루는 방식엔 생명성 구현을 위한 시인 특유의 상상력이 아
로새겨져 있다.

> 한 남자의 두 손이 한 여자의
> 양쪽 어깨를 잡더니 앞뒤로
> 마구 흔들었다 남자의 손이
> 여자의 살 속으로 쑥쑥 빠졌다
> 여자가 제 몸속에 뒤엉켜 있는
> 철사를 잡아 빼며 울부짖었다
> 소리소리 질렀다
> 여자의 몸에서 마르지 않은
> 시멘트 냄새가 났다
> 꽃 피고 새가 울었다
>
> ―「아파트에서1」 전문

「아파트에서1」는 이원의 격한 언어가 잘 드러나 있는 시이다. 흥분한
남자의 여자에 대한 공격성을 시인은 '남자의 손이 여자의 살 속으로 쑥
쑥 빠졌다'라고 하는 그로테스그힌 이미시도 그려내고 있다. 여자는 '울
부짖'는다. 그런데 여자의 '울부짖음'은 단지 지금의 고통에서 비롯되는
차원을 넘어서고 있다. 그것은 여자가 울부짖으면서 '제 몸속에 뒤엉켜
있는 철사를 잡아 뺀다'고 하는 부분에서 짐작할 수 있다. 여자는 이때의
울음을 통해 더 큰 상처, 더 근원적인 부조리를 '빼내'는 것이다. 그 부조
리는 '철사'로 상징되듯 도시의 불모성과 관련되는 것이라 할 수 있거니

와 '소리소리 지르는' 여자의 격한 대응은 곧 생명성을 짓눌러댔던 현대 기계문명에 저항하는 살아있음의 몸부림으로 읽힌다. 이는 도시를 외면하지 않고 그 한가운데에서 그와 대결하는 시인의 고유한 창작법을 말해 준다. 현대의 상징인 '시멘트 냄새'가 자연을 대표하는 '꽃', '새'와 병치되는 부분 역시 그녀의 이와 같은 상상력에서 연유하는 것이다. 즉 이원에게 현대 도시는 자연과의 대립적 공간인 까닭에 언제까지나 고정된 황폐함에 갇혀 있는 곳이 아니라 생명력 강한 자아에 의해 응전되고 와해되고 또 건설되고 파괴됨을 반복하는 환경, 그리함으로써 자아를 더욱 강하게 하고 또 그 자아에 의해 생명의 공간으로 전이되어야 하는 터전으로 자리한다. 우리는 이것이 그녀 고유의 세계관이자 서정성임을 알 수 있다.

4. 시선 속 스며듦의 미학

송승환의 언어는 시적이다. 서정적이고 아름다운 언어와 관조적 영상으로 이루어진 그의 시는 여느 서정시와 별반 다르지 않아 보인다. 시적 화자는 그의 자서에서도 단출하게 표현하고 있듯 언제나 '바라본다'. 그의 시선은 세상을 모두 안을 듯 따뜻하고 섬세하여 그 안에서 시적 대상은 미적 색감으로 전유된다. 그러나 그의 시는 여기에서 그치지 않는다. 실상을 정확히 말하자면 그의 시는 기괴하다. 시집 『드라이아이스』에 수록된 시들 거개의 제목이 「시멘트」, 「나프탈렌」, 「드라이버」, 「스티로폼」, 「휘발유」, 「아스팔트」 등 현대 기계문명과 관련된 것들 일색이고, 불모적일 만큼 절제된 그와 같은 제목 아래서 시적 내용은 서정성의 충만함과 도시 문명의 황폐함을 미묘하게 착색하고 있기 때문이다. 그의 시는 서로 조화되기 힘든 두 세계가 충돌하고 일그러지는 모습을 담고 있는 것이다. 여기에는 앞의 이원의 시에서도 그러하듯 도시적 세계에 대한 명시적 비판을 내세우지 않는다. 현대 물질문명이 인간과 자연을 어떻게 망가뜨렸는지에 대한 고발이나 분노가 표나게 드러나 있지 않는 것이다. 그런데도 그의 시는 일관되게 비극적이다. 비극적이고 암울한 어조가 시를 깊이 잠기게 한다. 암울한 어조 속에 놓인 그의 시는 결코 거친 상상력을 드러내지 않는다. 어쩌면 우울하리만치 잔잔한 어조를 통해 시인은 파괴적인 물질문명을 습합시켜 자연이 문명에 의해 거칠게 파괴되는 모습보다 서서히 잠식되는 양상을 보이고 싶었는지 모르겠다. 그리고 그러한 과정은 시인이 「드라이아이스」에서 말하듯 '견고한 모든 것은 대기 중에 녹아 사라지'는 형상과 다르지 않을 듯하다.

다시 내린 눈으로
바퀴 자국이 지워졌다
찌그러진 자동차가 견인되었다
앰뷸런스가 아득히 멀어져갔다
눈물 없이 울던 그녀의 뒷모습
새벽 안개와 함께 지상에서 걷혔다
불을 품은 뜨거운 얼음에 데인 적인 있다
견고한 모든 것을 대기 중에 녹아 사라진다*
하늘 한가운데 구름이 흘러간다

*카를 마르크스

―「드라이아이스」 전문

십자가 아래 짐승의 신음소리 흘러나온다 오른쪽으로 돌아갈 때마다

　　살갗을 파고드는 고동치는 심장 탄력 있는 발 한없이 투명한 두 눈의
　　빛 피 묻은 컨베이어에 실려오는 모든 것들이 용광로를 거쳐 단단한 골
　　격에 조여든다 십자가와 십자가 사이로 내려오는 붉은 달빛마저 감기고
　　만다 쉴새없이 돌아간다 자동차가 태어난다

　　　큰 시계 바늘이 돌아가고 있다

—「드라이버」 전문

　위의 두 시를 통해 우리는 송승환의 시에 일관되게 작용하는 동일한
시적 방법론을 확인하게 된다. 관조적 거리 아래 서정적 미감을 얻고 있
는 시적 영상이 저음을 형성하고 있다면 사람이 망가지고(「드라이아이스」)
‘짐승이 신음하는’(「드라이버」) 파괴적 양태가 그 위에 포개지고 있는 것이
다. 여기에서 특히 ‘찌그러진 자동차’, ‘피 묻은 컨베이어’는 기계 문명의
파괴성이 어느 정도일 수 있는가 하는 그 극단에 대해 형상화한다. 눈물
마저 마르게 하고(‘눈물 없이 울던 그녀의 뒷모습’) ‘모든 것들을 용광로’에
집어넣어 ‘단단한 골격에 조여들게’하는 강도 높은 억압이 여기에 있다.
그러나 이들 억압과 파괴는 소리 높여 외쳐지지 않는다. 그것은 미적 거
리가 확보된 관조의 시선 아래 놓이고 있는 것이다. 우리는 이러한 구조
속에 송승환 시의 독자성이 있음을 확인한다. 생경하지 않은 미적 구조
물 속에 부조리와 부정성을 녹여내는 시인은 여기에서 멈추지 않고 이러
한 정황마저 조용히 응시한다. 심각한 사고가 있은 후에도 ‘구름 흘러가
는 하늘’을 고요히 바라보거나 ‘큰 시계 바늘이 돌아가고 있다’ 등 무덤
덤한 진술을 계속하는 것은 시인의 그러한 태도를 반영하는 것이다. 여
기에는 시인의 우울함이 깊이 배어있는 듯하다.
　이러한 그의 시적 태도는 일견 허무주의적이다. 거대한 죽음 기계와

같은 현대 문명 아래 생명체들이 속수무책이라는 사실에 절망하며 무기력해 하는 것으로 보이기 때문이다. 그러나 우리는 그의 일관된 시적 방법론이 일정한 미학성을 띠고 고양되어 있는 점에 주목할 필요가 있다. 죽음 기계와 생명체의 접합과 생명체의 일방적 패배, 혹은 죽음 기계 안에 기괴하게 일그러져가는 생명체의 모습은 그 자체로 그로테스크한 영상미를 획득하여 우리에게 강하게 호소한다는 점이다. 그것이 미적으로 고양됨으로써 그의 시는 문명이 지닌 모순과 부조리에 대해 소리 높여 외치는 것보다 더 큰 효과를 낸다. 그의 시에 의해 우리는 현실에 대한 더 깊은 관심과 성찰을 요구받게 되기 때문이다. 뿐만 아니라 우리는 기계 문명을 전복시키는 힘이 다른 것이 아니라 생명체를 근원적으로 살리는 것과 관련됨도 암시받을 수 있다. 이는 송승환의 시적 대상이 분명 현대의 한가운데에서 구해지지만 그것을 다루는 시인의 상상력은 서정성이라는 근본 위에 있음을 말해준다.

차원(次元)을 가로지르는 열정과 기술

- '말'의 신비
: 이초우, 채선, 윤영림의 시

    시인들은 왜 존재하는가? 이런 질문에 대한 대답은 여러 가지가 있을 수 있다. 그럼에도 가장 먼저 이들의 존재의의를 손으로 꼽으라면, 시인들은 애시당초, 선험적으로 반인간적 가상 세계와 합치될 수 없도록 운명지위진 사람들이라는 것이다. 시인들은 인문주의적 감각을 지니고 있으면서 인간의 힘과 능력을 극대화시킬 수 있는 이들이다. 인간이 노예가 되는 것을 거부하고 인간 속에 내재된 본질을 이끌어내어 인간중심적 세계 건설을 꿈꾸는 이들이 시인이다. 이때 인간중심적 세계는 인간을 소외시키지 않는 것, 따라서 대지와 인간, 우주와 인간을 통합시키는 것에 해당한다. 그들은 예리한 시선으로 인간 안에 숨겨진 그 무엇까지도 끌어내어 인간을 드넓은 지평 속으로 해방시키는 역할을 한다. 시인들에 의해 인간은 더욱 진보하고 또 진화한다. 인간의 지적, 감성적, 영적 코드들이 시인들에 의해 연마됨으로써 인간의 회로가 더욱 정교해지는 것이다.

시인들이 이러한 역할을 맡게 된 것은 이들이 '말'을 자신의 표징으로 부여받았기 때문이다. '말'은 세계의 엑기스이다. '말'은 충만한 에너지를 담고 있다. 이 에너지를 잘 운용할 때 시인의 '말'은 긍정적 에너지가 된다. 긍정적 에너지는 인간을 살려내고 세계에 조화를 부여하지만 부정적 에너지는 파괴적이다. '말'에 더 이상 긍정적 힘이 깃들어있지 않을 때 신은 '말'을 떠날 것이다. 이때라면 우리는 '말'을 버리고 새로운 소통의 도구를 지니게 될는지도 모른다. 이로써 시인의 존재론적 의미가 보다 분명해졌다. 시인은 '말'을 통한 에너지 운용에 참여함으로써 인간의 세계 지평을 열어가는 존재라는 점이다. 이 길이 곧 인간적 길이며 동시에 신성(神性)에 가까워지는 길이다.

1. 이초우 – '영혼'의 타자성과 동일성

이초우가 보는 인간은 어떤 모습일까? 인간은 자유로운가, 주체적인가, 혹은 위대한 존재인가? 근대와 더불어 시작된 인간에 대한 이해는 인간은 아름답고 이성적이며 완전한 존재라는 것이다. 인간은 주체적으로 삶을 영위하며 능동적으로 욕망을 구현하는 존재이다. 그러나 이초우의 인간 이해는 이러한 근대적 인간과 다른 위치에 있다.

이초우의 시에는 특정한 시선이 있다. 그 시선은 인간과 어우러진 곳에 있지 않다. 항상 인간 밖에서 인간을 멀찌감치 바라보는 것이 시인의 시선이다. 멀찍이 서서 인간을 혹독하리만큼 냉철하게 해부하는 데 특징이 있는 것이다. 이때 시인의 시선은 흔히 근대인에게 가해졌던 자율적이고 능동적이라는 규정을 훨씬 벗어나고 있다.

　　나는 조각가 이 종빈을 모른다 다만 심증이 가는 건 30전후의 젊은 신예작가라는 생각이다 왜 그가 이런 목 잘린 머리, 윤기 나는 까만 머리카락의, 몸통 없는 두상만 전시실 바닥에 모로 눕혀 놓았는지 알 길이 없다 관람자들의 의문은 대단했다 날이 갈수록 의혹으로 번져, 이구동성 그의 깔끔한 잔인성에 대해 혀를 내 둘렀다 나는 그의 비밀을 찾아내려 수사관으로 가장, 그의 뇌 속을 잠입키로 했다

　　　　　　　　—「나는 아버지를 본다 I look at my father」 부분

위의 시는 '조각가 이종빈'의 엽기적인 작품인 '두상'을 소재로 하고 있다. 아름다운 '윤기 나는 까만 머리카락'을 지닌 두상이다. 시는 이 두상이 보기와는 달리 '잔혹성'을 내재하고 있다는 데서부터 출발한다. '깔끔한 잔혹성'은 인간이 이면에 숨길 수 있는 것이 과연 어디까지인지에 대해 관심을 불러일으킨다. 인간은 얼마나 복합적인 존재인가? 그러나 그에 비해 보이는 모습의 획일성과 단순함은 그야말로 '깔끔'하고 '잔혹'하기조차 하지 않은가. 시인의 문제의식이 놓여있는 지점도 바로 여기이다. 예술화시킨 것 이면의 세계, 규범화시킨 것 이면의 세계에는 도대체 인간의 것이라고 받아들이기 힘든 속성들이 들끓고 있다는 사실이다. 화자는 근대적 인간 규정에 대한 허위성을 파악하고자 '뇌 속을 잠입'한다. 그리고 그 속에서 인간의 가공할 타자성을 발견한다. 시에 의하면 '두상'은 '아버지'의 것이다. 이유야 어쨌든 아버지가 '자기의 마음에 들지 않아' '목을 잘라 내 놓게 된' 것이다. 경악할 수준에까지 이른 인간의 이기성과 주체성을 목도하게 하는 부분이다. 물론 이러함은 상식과 규범에

의해 감추어지게 마련이다. '뇌 속'을 탐색하며 발견한 인간의 타자성에 대해 시인은 한 가지를 더 제시한다. 그것은 '아버지의 전생'에 관한 것이다. 화자는 현재 알 수 있는 '아버지'의 인생 이면에서 흔적조차 찾기 힘든, 보이지 않는 세계를 발견한다.

이초우 시인의 시선은 이러한 방식으로 구성되어 있다. 상식적 인간 이해로부터의 급격한 단절 및 인간에 대한 적나라한 해부가 그것이다. 그리고 그의 예리한 메쓰는 경계를 정하지 않고 날카롭게 파고든다. 이러한 시인의 시선은 마치 「연잎 위의 물방울」에서처럼 '온 몸이 눈'인 듯 강렬하다.

> 터질듯 부풀어있는 네 모습은 내가 어제 본 시엔의 누드 '슬픔'이다
> 나는 몰랐다만 입과 코가 벌어진 한 개의 구멍으로 열려있는 넌 들이쉰
> 숨을 내놓질 않고, 그래도 넌 원하지 않은 물의 씨앗을 잉태한 불룩한
> 배가, 정말로 더부룩하면 내 뱉을 배설기관을 가진 여자
>
> —「연잎 위의 물방울」 부분

'온 몸이 눈'이 된 그의 시선이 드러내는 인간이란 기괴하다. 겉으로 볼 땐 더할 나위 없이 단순하고 평범하지만 내부로 한 발만 디디면 인간이란 상상조차 어렵던 타자성으로 온통 일그러지고 왜곡된다. 괴물같은 형상, 복잡하기 끝이없는 보습, 그것들이 인간이 지닌 내적 모습이다. 위의 인용시에는 '조각가 석대성의 작품' '시엔의 누드 "슬픔"'이 등장한다. 조각품은 '입과 코가 벌어진 한 개의 구멍으로 열려있는' 비정상적 형태로 묘사된다. 화자는 그 '누드'의 모습이 '남루한 옷이라도 의복은 욕심의 근원'이라는 배경 아래 빚어진 것, 다시 말해 모든 인간적 욕심을 벗어버리고자 하는 의도로 '알몸'이 된 점을 설명한다. 기괴하게 일그러져

있지만 그것이 '알몸', 즉 꾸밈없는 모습이라는 점은 의미심장하게 들린다. 비록 '좌절감에 빠져 웅크리고 있'을지라도 시인이 그것을 '영혼'의 한 모습으로 본다는 점에서 그러하다. 화자는 '알몸'의 '영혼'을 '파열하기 직전'의 그것으로서, '가장 영롱하고 가장 슬픈' 것이라 말한다.

'기괴함'과 '알몸'과 '영혼'이라는 세 코드의 연결은 우리에게 인간에 대한 새로운 인식을 보여주는 것이 아닐까. 그것은 '영혼'이 '기괴함' 속에서도 발현된다고 말함으로써 '영혼'은 절대적이고 완성된 것이라고 여겼던 기존의 인식을 넘어선다는 점에서 그러하다. 인간은 충분히 타자적인데, 그것 자체로서 영혼의 한 양상이 된다는 것이다.

이러한 인식은 인간의 '영혼'을 상대적이고 과정 중에 있는 것이라는 관점을 반영하는 것이다. 지금 그대로의 모습으로도 '영혼'은 실재하며 이때의 '영혼'은 완전하지 않다. 다만 '영혼'은 지금도 더 큰 완성을 향해 나아가는 도정 중의 그것으로서, 그러한 한에서 '가장 영롱할' 수가 있다는 인식이다(이때의 아름다움을 시인은 "물방울은 깨어져야 물방울이다 부서지는 순간은 환생을 위한 깨달음이며 파열되어 찢어지는 물갈래는 투명 꽃잎이다"라고 표현한다.). 이는 '영혼'이 일회적이지 않다는 것, 즉 '환생'의 수레바퀴 속에서 한없이 순환하는 성질의 것임을 의미한다.

'영혼'과 관련한 이러한 인식은 불교적 세계 속에서 보면 지극히 익숙한 것이다. 그러나 시인의 세계에 이르면 사정은 달라진다. 그것은 시인의 인식이 여러 차원을 복합적으로 경유하며 이루어지기 때문일 것이다. 시인은 인간에 대한 근대적 인식과 탈근대적 인식을, 인간에 대한 외적 인식과 내면적 인식을 동시에 이루고 있을 뿐만 아니라, 두 인식의 차원이 구성하는 복잡한 회로를 요령있게 그려내고 있다. 시인의 예의 날카로운 시선은 인간 안에 숨겨져 있는 타자성을 냉철하게 끌어내 이를 배척하지 않고 포괄시킨다. 매우 반근대적 태도에 해당되는 인간에 대한 이해를 시인은 보여주고 있는 것이다. 그러한 점에서 시인의 시선은 시인의 표현대로 '아무래도 형이상학의 눈'(「연잎 위의 물방울」)인 듯싶다.

재미있는 것은 이러한 시선에 따르면 인간의 지극히 상식적이고 평범하며 습관적인 행위들은 '영혼'과 상관없는 '기계'의 그것이라는 점이다. 그것들은 '영롱함'은커녕, 투명함은커녕 그 안에서 감정조차 느껴지지 않는 상투적이기만 할 따름인 것으로 이해된다. 시 「기계들」이 섹스하는 인간들의 모습을 '레미콘차'와 '펌프카'가 공사장에서 작업하는 모습으로 치환시켜 놓고 있는 것도 이와 관련된다.

인간을 다차원적 성질의 그것으로 인식할 경우, 그리고 인간의 영혼을 타자성을 지닌 과정 중의 그것으로 인식할 경우 인간이라는 자아는 순수한 것이 아니다. 자아는 근대적 인식이 그러하듯 단일한 주체로서 자율적으로 행세하지 못한다. 인간은 '누군가에게 원격 조종당'(「마크 로스코의 늦은 저녁」)하는 듯하며, 언제나 혼란의 와중에서 기묘한 현상들을 이끌고 다니는 수수께끼적 인물이 된다. 「어느 호프집의 굿판」에서처럼 '불안'을 불러일으키는 '괴청년'의 '몸짓'도 그 중 하나인데, 그의 '흔적'은 그가 떠나고 없는 상태에서도 환기될 만큼 타자성이 강하다.

인간이 단일한 자아로 구성된 인물이 아니라 타자성으로 중첩된 복합적 그것이라면 인간의 존엄성은 어떻게 보장될 수 있는가? 인간은 그저 혼돈스럽고 혼탁한, 복잡하고 요령부득인 존재일 따름인가? 앞서 '어떠한 욕심'도 벗어버리고자 하였던 '영롱하고도 슬픈' '영혼'(「연잎 위의 물방울」)에 관해 말한 바 있거니와, 시인은 타자에 의해 복합적으로 일그러진 영혼일지라도 이를 넘어서고자 하는 '과정 중'에 있다면 그에게 높은 의미를 부여한다. 「질문 하나」는 바로 그러한 관점에서 쓰여진 시라 할 수 있을 것이다.

> 호거산虎踞山어미 호랑이 꼬리에 걸터앉은 사리암, 미륵 오시는 그날
> 까지 말세 떠받치는 힘겨운 나반존자那般尊者,
>
> 벼랑 끝에서 빙그레 웃고 있다 적막이 그어 놓은 능선의 눈자위는 더
> 욱 두텁다 대궁도 없는 백열등 꽃이 오늘 따라 한껏 부풀어 정상의 눈
> 썹 가에 떠 있다
> 터질 듯한 그 연등 둥근 모서리에 은백의 농어 한 마리 느긋이 꼬리
> 흔들며 유영한다 목어 같은 저 나반존자,
> 환한 세상 법당을 몇 겹으로 감싼다
> 쓰린 내 안 비질하는 비구니 목탁소리,
> 중생들 혼에 붙은 잡기 달랜다 두들긴다 후다닥 뒤좇는다
> 헝클어진 머리 예각으로 흔들며 나, 반, 존, 자를 소리 높여 암송하는
> 저 보살 마음에도, 때가 되면 미곡米穀 쏟아질 구멍 하나 나겠지 풍덩
> 몸 던지고 싶은 저 높은 백열등 안에서
> 나도 구멍 하나 내고 아뜩한 벼랑 해맑은 절망이라도 내 안 가득 채
> 워야지
>
> 내 발원 귀담아 듣던 나반존자 미소 지을 때, 미륵세상까지 얼마나
> 걸리느냐며, 아까 그 보살 답 없는 질문 하나 불쑥 내민다
>
> ―「질문 하나」 전문

‘중생들 혼에 붙은 잡기’, 시적 화자 ‘나’의 안에 있는 ‘아뜩한 벼랑’은
시인이 인식하는 보통의 인간 모습이다. 순수하거나 완전하지 못한 모습
이 그것이다. 근대의 합리적 인간은 자아의 단일성과 주체성을 믿어 왔지
만 인간은 생각만큼 동일성을 갖춘 자아가 아니다. 인간은 숱한 타자들로
이루어져있다. 여기에서 타자란 프로이트가 말한 무의식이나 푸코가 말

한 비이성만을 의미하는 것이 아니다. 그것은 영적 차원에서 느껴지는 맑고 평온한 감각 이외의 모든 것들도 포함한다. 인용시에서 언급하고 있는 '혼에 붙은 잡기'라든가 심지어 자아에 대해 느껴지는 '아뜩한' 느낌도 완성된 자아에 대립하는 타자들이라 할 수 있다. 반면 '나반존자'는 해탈한 이, 즉 타자성을 모두 탈각시켜내어 순수하고 완성된 영혼을 구축한 이를 의미한다. 여기에서 타자성과 동일성, 중생과 부처, 탁함과 맑음의 대립구도가 바로 영적 차원에서 형성된다는 점을 알 수 있다.

이러한 관점에서라면 인간이 가야할 길은 명백해진다. '나반존자'를 등불로 삼아 완성을 향해 나아가는 길이 그것이다. 그것은 끝없는 정진을 요구하는 것으로서 '세상을 환하'게 하는 빛, '쓰린' 인간의 마음을 '비질하는' '소리', '달래는' 미소 등 상처로 얼룩진 인간의 어두운 마음을 어루만져줄 수 있는 요소들을 내포한다. 물론 이러한 일들은 인간이 행하기에 결코 쉽지 않은 것이다. 또한 '미륵세상까지 얼마나 걸릴'지도 모르는 아득함 속에 인간은 놓여있다. 그러나 시인은 희망을 놓지 않는다. 시적 자아는 "나도 구멍 하나 내고 아뜩한 벼랑 해맑은 절망이라도 내 안 가득 채워야지"라면서 조심스레 발원하는 것이다.

2. 채선 – '독(毒)'의 엄습을 넘어

채선의 시들에 나타나 있는 시적 자아는 혼잡한 세상 한가운데에 있다. 세상으로부터 벗어나 초월적이고 평온한 포즈를 취하는 모습은 그의 시에서 조금도 찾아볼 수 없다. 인간들 틈에 섞여 있는 그는 바로 그 자리에서 인간들이 뿜어내는 숨들의 느낌을 우리에게 말해준다. 이때 그가 전하는 세상의 모습은 선과 악, 추함과 아름다움, 절망과 희망이 갈래 없이 뒤엉켜 있다. 더 정확히 말하면 세계를 밝게 하는 긍정적 가치들은 부정적 요소들에 의해 짓눌려 흔적마저 상실당할 위기에 놓여 있다. 세계는 시적 자아를 옴쭉달싹 못하게 억압하는 육중한 실체가 된다. 세계를 바라보는 시인의 관점은 어둡고 비극적이다.

> 움터 오르는 살의殺意를 비집고
> 아기가 운다.
> 신생아실 앞 아기를 보러 온 사람들이
> 흡반처럼 웃고 있다.
> 붉은 리본에 묶인 꽃다발 흔들린다.
>
> 삼키지 못하는 저 울음과 웃음은
> 서로 닮아 있다

—「레퀴엠」 부분

신생아실의 풍경을 담고 있는 위 시의 제목이 「레퀴엠」이라는 사실은 세계를 바라보는 시인의 관점이 매우 비관적이라는 점을 말해준다. 시인의 세계관에 의하면 '아기'의 탄생은 축복스럽다거나 행복한 것으로 감각되지 않는다. 오히려 '아기'를 에워싸고 있는 것은 '살의殺意'이다. 시인이 추출해낸 이러한 감각의 연원은 어디에 있을까? 시인은 아기의 울음으로부터 세상에 대한 공포를 읽었는지 모른다. 자궁을 빠져나온 순간 '아기'가 겪어야 했을 충격과 두려움은 사실 살아있는 자가 죽음으로 이행해갈 때와 맞먹는 비중을 지니는 것이 아닐까. 탄생 또한 생으로 이행해가는 국면으로서, 엄연히 서로 다른 차원 간의 이동을 요구하기 때문이다. 그러한 '아기'에게 세상과 '사람들'은 '흡반'과도 같은 낯설고 음험한 것으로 다가온다. '아기'의 경악에 가까울 정도의 자지러지는 '울음'은 공포스러운 세상 속에서 자신을 지키고자 하는 몸부림에 해당할지도 모른다.

> 깊은 잠을 기다리는 밤이 시작되고
> 불면을 잠재우지 못하는
> 질긴 하푸--ㅁ에 턱관절이 아프다.
> 억지스런 자막처리가 돌고 있는
> 개그, 혹은 지루한 심야 토크쇼의 필름처럼
> 치르륵치르륵, 서로 다른 생이
> 같은 상자 안에서 돌고 있다
>
> ─「오래된 싸움」 부분

위의 시에서 읽을 수 있는 어조 또한 냉소와 우울함이다. 사람들을 즐겁게 하려 애쓰는 '개그'에서 시적 자아는 즐거움은커녕 권태와 '억지스러움'을 느낄 뿐이다. '불면'의 '밤'을 보내야 하는 시적 자아에게는 어떠한 것도 위로가 되지 않는다. 싸늘한 고독과 고요만이 감돈다. 시의 그늘지고 어두운 어조는 세계 속에서 조화롭지 못한 자아의 모습을 환기시킨다. 세계의 한가운데 놓여 있지만 자아는 세계와 다른 차원에 존재하듯 불협음을 내는 것이다. "서로 다른 생이 같은 상자 안에서 돌고 있다"라고 하는 시인의 언급은 세계와 자아의 부조화를 단적으로 설명하는 부분이다. 함께 존재하지만 함께 할 수 없는 부조리함이 세계에 대한 시인의 인식인 셈이다. 이러한 인식은 "블랙박스에 갇힌 망상 같은 나,는/ 부식된 사물이 된다"(「오래된 싸움」)라고 하는 암담한 상황으로 이어진다.

세계와 자아간의 대립과 부조화에 대한 인식은 우리에게 매우 익숙한 것이다. 세계가 복잡하고 거대하게 변화되기 시작한 순간부터 인간은 그 세계 아래에서 점점 더 작은 존재가 되어 왔기 때문이다. 그러한 세계는 인간에게 언제나 대결과 투쟁을 요구해왔고 이러한 싸움을 겪어오면서 인간은 보다 더 강해졌다. 그러나 그 강해지는 과정이 결국은 시인의 말대로 '독獨'과 '독毒'(「붉은 오후」)의 내면화 과정에 다름 아니었다는 점에 대해서는 우리는 무지했다. 지금 여기 눈앞에 펼쳐져 있는 세계는 자신을 점진적으로 파괴적인 존재로 변형시켜가며 이룩한 인간의 역사라 할 수 있다. 다시 말해 눈부신 성장의 세계는 인간성의 파괴를 담보로 이루어진 왜곡되고 일그러진 그것이다.

채선의 시들은 이러한 세계 안에서 그것의 부정적 힘들을 자기화하지 못하는 자아들을 그리고 있다. 겉으로는 밝고 화려하지만 이면에 가득한 '독소(毒素)'는 민감한 자아들을 해친다. 독소 가득한 세상 앞에서라면 자아는 「레퀴엠」의 '아기'처럼 무방비한 존재일 따름이다. '나'는 '앓'게 되며(「낙수」), 세상이 '지옥'(「일식日蝕」)처럼 여겨진다. '나'는 '죽은 말들은 지껄이고 살아온'(「낙수」) 듯하다. 세상은 '대낮'인데도 어두워 그것을 '안이라 불어야 할지 밖이라 불러야 할'(「일식日蝕」)지 모를 만큼 혼란스럽다. 세계가 이러한 까닭에 '나'의 행동반경은 지극히 제한된다. '벽을 향해 모로 누워 있는' 몸, '벽만 모고 둘둘 한쪽으로 말린 몸'이야말로 독소 가득한 세계 안에서 '내'가 존재하는 양태인 것이다.

채선의 독창성은 세계를 '독(毒)'의 그것으로 명명했다는 점에 있다. '독(毒)'은 세계가 지니는 부정적 에너지를 단적으로 표현해준다. 그것은 시나브로 온누리에 스며들어 그 안의 생명체들을 모두 질식시키는 질료적 성질을 지니는 것임을 의미한다. 에너지로서의 그것은 실체가 명료하게 파악되지 않는다는 점에서 더욱 위험하고 두렵다. 세계와 자아를 둘러싸고 있는 이 같은 비극적 정황 아래 시인은 "문드러진 지문 같은/ 생생한 슬픔/ 몸 속 둥둥 떠다니고/ 아무것도 깃들지 않는 나는/ 지금 위독하다"(「중독」)라며 예리하게 호소한다. 형태가 불분명한 실체에 의해 인간들이 황폐해진다는 것, 손쓸 도리도 없이 병들어간다는 것은 매우 심각한 일이 아닐 수 없다.

> 자주 그랬던 것 같다.
> 빨래를 만지면서 나도,
>
> 빨래가 되고 싶다
> 더럽혀져서도 마르고
> 뜨겁거나 차갑게 젖었다가도 마르고
> 처박혔다 종일 비벼져도 마르고
> 다 마르고도 다시 젖을 몸인 것을 아는
> 빨래가 되고 싶다, 고

—「내성耐性」 부분

　자아를 호흡조차 곤란한 지경으로 내모는 세계를 그러나 시인은 떠나지 않는다. 시인은 관념적인 초월 대신 세계 안에서 그의 부정적 힘들과 함께 끝까지 살아가기로 한다. 서로 어울리지 않아 각자 다른 차원의 생을 사는 듯하더라도 기실 세계로부터 벗어나 있을 곳은 어디에도 없다. 세계는 말 그대로 자아가 몸담고 있는 환경이며 이러한 환경을 떠날 수 있는 이들은 죽은 자들뿐이다.

　인용시 「내성耐性」은 세계에 관한 이와 같은 냉혹한 이해에서 빚어진 것이다. 시인은 견딤의 방식으로 '빨래'를 떠올린다. 빨래는 "더럽혀져서도 마르고/ 뜨겁거나 차갑게 젖었다가도 마르고/ 처박혔다 종일 비벼져도 마르"기 때문이다. '빨래'는 어떠한 상황에서도 꿋꿋하게 자신을 지켜나가는 존재로 암시된다. '더러움'이나 '차가움' 혹은 '뜨거움', '궂음'이나 '거칠음' 어떠한 것도 '빨래'를 훼손하지 못하고 '빨래'는 결국에는 깨끗하고 단정한 상태로 귀결된다. 우리는 '빨래'의 정갈하고 뽀송뽀송한 이미지로부터 오염된 세상을 단숨에 넘어서는 쾌적한 느낌을 회복한다. 뿐만 아니라 '빨래'를 통해 부정적 세계를 살아가는 질기고도 강인한 힘의 가능성을 발견한다.

시인이 제시하는 견딤의 방식은 단순히 인내하는 성질의 것을 의미하지 않는다. 가해져오는 아픔을 반복적으로 감내하는 것으로 머문다면 그것은 차라리 죽는 일과 다를 바가 없다. 시인의 인식은 보다 깊다. 그는 더 깊이 '안다'. 마치 '빨래'가 '다 마르고도 다시 젖을 몸인 것을 아는' 것처럼 그는 사태를 보다 냉정하게 파악한다. 깨어있는 인식은 세계를 객관적으로 이해하는 수준에 그치지 않고 세계의 부정성에 대응해갈 수 있는 방법과 기술을 계발하게 될 것이다. 깊은 통찰은 사태의 끝없는 반복 속에 깃든 원리의 비밀을 파악하게 할 것이며 나아가 반복되는 사태를 넘어서는 법을 깨닫게 할 것이기 때문이다.

3. 윤영림 – '괄호' 속 세상과 그 밖

윤영림 시인의 시를 이해하려면 세계에 대한 독특한 구성을 전제해야 한다. 흔히 근대인의 사유를 틀 지워주는 대상과 자아, 세계와 주체라는 구도를 통해 시인의 시에 접근해간다면 우리는 곧 알 수 없는 미로 속에서 헤매게 될 것이다. 그는 대상을 인식하고 그를 전달하기 위하여 시를 쓰지 않는다. 그의 시 속엔 대상과 무관한 채 존립을 확정지어 나가려 하는 자아의 몸짓이 가득하다. 대상에 대한 인식을 통해, 세계와의 관계를 통해 자아를 정립시켜 나간다고 하는 근대인의 존재방식이 그의 시에는 나타나 있지 않은 것이다. 그러한 점에서 시인은 포스트 모던적이다. 그는 오로지 스스로 존재함으로 존재한다. 외부와 내부의 대립 없이 자아는 존재하며 외부도 내부도 아닌 곳에서 그는 살아간다. 여기에서 세계에 대한 독특한 구성이 요구되는 것이다. 이때 윤영림 시인의 이해를 위해 가장 먼저 도출되어야 하는 영역은 '지면(紙面)'이다.

> -빈 문서의 란에 봄이라 적고 그 옆에 안개가 와서 누웠다고 적었다 사나흘 그와 避靜에 들었다고 적었으며 혼몽해지도록 휘둘려졌다고 적었다 그 봄을 비키어 갈 수 없었다고 적었다

> -빈 문서의 란에 지고지순한 당신과 동침했다고 적었다 이만하면 눈부신 부정이 아닌가, 부정을 부정하지 않아서 완벽하다고 적었다 그저 피해갈 수 없는 한 순간이 있었다고 적었다

> -빈 문서의 란에 봄이 와 머문 적 없고 당신이 와 누운 적 없다고 적는다 사나흘 족히 避靜같은 고요가 다녀갔다고 적는다 여전히 웃고 화내고 무료함의 발기들 뿐이라고, 적는다

—「報告書」전문

대상이 전제되지 않아서일까 시인은 매우 자유로운 사유를 보여순다. 시인의 사유는 어떠한 이항대립의 구별없이 종횡무진으로 전개된다. 그의 상상력은 신화에서 우주로, 고대에서 현대로(「행성x」), 현실에서 환상으로(「5계절」) 넘나든다. 시인에게 세계는 자신의 자유로운 상상력을 그려내는 하나의 거대한 지면(紙面)이다. 위의 시 「報告書」는 세계가 자유로운

지면이 될 수 있었던 과정을 잘 보여준다.

　주지하듯 '보고서'는 가장 공식적인 기록을 상징한다. 근대의 합리적인 시스템 속에서 이를 유지하고 운영해나가는 데 '보고서'는 없어서는 안 되는 중요한 문서에 해당한다. 그러한 만큼 '보고서'는 신중하게 쓰여지고 엄격하게 관리되어야 한다. 그러나 위의 시에서는 '보고서'의 그러한 속성이 완전히 무시된다. 위의 시에 등장하는 '보고서'에는 응당 보고서에서 담을 만한 내용이 하나도 수록되지 않는다. '봄이 왔다'는 둥, '안개가 와서 누웠다'는 둥 사소한 일들이 기록되는가 하면 '지고지순한 당신과 동침했다'는 등의 지극히 사적인 일이 기록되는 것이다. '보고서'의 속성을 전복시키는 일은 거기서 멈추지 않는다. 화자는 지금까지 자기가 썼던 내용을 일일이 모두 부정한다. '보고서'의 내용은 마치 변화무쌍한 감정이 그러하듯 시시각각으로 변한다. '보고서'는 권위있는 공식 기록이기는커녕 '낙서장'보다도 더 가벼운 문서가 된다.

　'보고서'를 다루는 시인의 태도에는 대결의 긴장감이 돈다. 시인은 의식적으로 '보고서'의 속성을 가치전도시킨다. 근대적 질서를 상징한다고 보아도 무방할 '보고서'를 희화화함으로써 시인은 합리적 세계에 도전하고자 한 것이 아니었을까? 그리고 이를 통해 시인은 합리적 질서에 의해 구획되지 않는 너른 지평, 가령 규범도 없고 이항대립도 없으며 논리도 위계도 없는 세계, 시공간의 한계도 차원의 구별도 없는 세계를 펼쳐내고자 하였을 것이다. 이곳에서는 모든 것이 허용된다. 거짓도 장난도 포즈도 가장도 모두 허용되는 절대 자유의 지평이 열리는 것이다. 이곳이 곧 지면(紙面)이다.

　　얼룩말이란얼룩지는몸의말이다내가나의눈물을눈물의길이라고생각했

던바로그날그생각의늪이눈물길이라생각이들었던날나의몸어딘가에서얼
룩이지던말의의미이다미끄러지고추락하면서얼룩지던몸의말이다얼룩말
이란얼룩지는몸의말이다내가내몸어딘가얼룩지게했던말이다몸아프게했
던말이다슬픔이달아난쪽으로얼룩이졌다는말의뜻도된다무엇이자꾸솟구
쳤다는말의뜻도된다얼룩말이란인간적진동을느낄때마다울어서생긴말이
다눈물이뻗어나가다더는뻗어나가지못했다는말도된다얼룩말이란얼룩지
는몸의말이다뜨거운것들이순차별로올라왔다는이야기도된다

—「얼룩말」 전문

「얼룩말」은 '얼룩말'이라는 기표로부터 시작되어 무한히 그 의미가 증
폭되고 있는 재미있는 시이다. 위의 시는 흔히 포스트모던 이론 중 기표
의 유희에 해당되는 예를 전형적으로 제공해주고 있다. 위의 시에서 '얼
룩말'은 물론 외부의 대상으로 실재하는 '얼룩말(zebra)'과 하등 상관없는
순수기표이다. 시인은 '얼룩말'이라는 기표를 해체하면서 의미의 영역을
자유자재로, 무한히 확장시켜나간다. 사유는 기표의 흐름을 타고 종횡무
진으로 이동해나간다. 의미는 고정되지 않으며 흐름의 양태, 방향 또한
무차별적이다. '미끄러지고추락하는'가 하면 '달아나거나 솟구친다'. '뻗
어나가다' 멈추는가 하면 '순차별로올라오'기도 한다. 어느 곳에도 의미
를 집중시키는 부분이 존재하지 않으며 '진동'이 있는 곳이라면 어디서
든 기표가 피어오른다. 이와 함께 감정 및 태도에 관한 어떠한 허용도 이
루어짐은 불본이다.

시인이 절대 자유의 지평인 '지면'을 상정한 까닭은 무엇일까? 실제로
존재하는 현실이 자유지평임을 말하는 것일까? 그렇지 않다. 현실은 자유
로운 지평이기는커녕 여전히 엄격한 규범과 질서가 존재하는 곳이다. 시
인이 포스트모더니즘과 갈라지는 곳도 이 지점이다. 시인은 '지면'이란

영역을 괄호쳐진 세계로 규정하고는 이와 별도의 현실 영역을 다시금 상정한다. 즉 자유의 영역과 현실의 영역이라는 이원적 체계를 만들어낸다. 자유의 영역은 자유롭고 유예된 세계인 반면 현실 영역에 이르면 주어진 규칙과 질서를 충실히 따르게 된다. 그는 그 "사이를 잇는 환승역이 있다 한들 내가 과연 환승할까에 대하여 고민하고 싶지 않다"고 말한다. 그는 고민하지 않는다. 지면은 지면이고 현실은 현실인 법, 어느 영역에 놓일까 고민할 필요 없이 그저 주어지는 영역에서 그 영역의 성격에 따라 최선을 다해 살면 그만이다. 그것이 시인의 현실 감각이고 또한 자유의 감각이다. 단 "줄 바깥으로 나갔다는 건 추락"을 의미하므로 두 영역으로부터의 이탈은 경계해야 할 문제이다.

그러나 자유지평을 괄호침으로써 지면 안에서만으로 자유를 제한 허용한다면 '나'의 자유에의 욕구는 해소될지언정 세계의 진정한 진보는 없다. 세계는 언제나 그대로일 뿐이다. 이러한 모순은 시인을 번뇌케 한다. 시인은 '괄호의 상태'를 '묵직하고 관념뿐인' 것이라 생각한다. 그리고는 "어디로든지 던져진 그물처럼/ 한 번은 자유스러워야하는 것인데"(「( )의 상태」)라고 토로한다. 그는 '지면' 속에서가 아니라 "푸른 원형의 하늘을 원없이 헤엄치고 싶다"(「무엇으로 견디십니까?」)고 고백한다.

이제 시인에겐 조정이 필요하다. 두 영역간의 소통이든 두 영역의 해체든 두 영역을 가로질러 자유와 현실이 서로 융합되는 새로운 짜임의 세계 구성이 필요한 것이다. 그것은 근대인의 구획적 사유를 넘어서는 것이며 동시에 현실을 외면한 자유도 극복하는 것이다. 기존의 각 국면들을 가로질러 새로운 차원으로 이동하는 일이 요구되는 것이다. 새로운 차원으로의 이동은 현실 속에서의 자유, 현실의 질적 변화, 진정한 진보를 의미한다. 이를 위해 시인이 취하는 방법은 '계속 모드'이다.

안개의 번짐이 흘러넘치는 강가의 나무는

한 그루의 희생이어야 해
그 어떤 소용돌이의 인내라도 조용조용 견디어야 해
한 세상을 싸매고 벗는 일에 열중이어야 해
아주 미세한 경계의 사소함까지
다 읽어 내리는 실수를 범하게 되더라도
강가의 나무는 세상의 가여운 독을 인내하여야 해

이 묵직하고 관념뿐인 괄호의 상태를 무엇과 바꿀까

어디로든지 던져진 그물처럼
한 번은 자유스러워야하는 것인데
나는 우윳빛 안개의 섬광에 끌려
자꾸만 소리를 듣는다
멈추지 말고 가라
어깨에 감기는 안개와 그 안개의 눈물과
지금 여기를 벗어나 한번 가본 적 없는 나라로

―「( )의 상태」 부분

'안개의 번짐'이 이루어지듯이 구분된 두 영역이 소통될 수는 없는 일일까? 두 영역을 가로지르는 일을 위해 시인이 고안해낸 방법은 '강가의 나무'처럼 행동하는 일이다. '한 그루의 희생', '조용조용 견디는 인내', '한 세상을 싸매고 벗는 일에의 열중' 등이 그것이다. 그것은 세상의 일을 받아들이며 묵묵히 견디어 나가는 일을 의미한다. 세상에 대해 불평하기보다는 세상 일에 깊이 몰입하여 '열중'한다면 세상의 일들이 조금은 덜 힘들질 것이다. 더욱이 '세상의 독'을 '가여이' 여긴다면 희생과 인내가 더 큰 보람으로 느껴질 것이다.

어떻게 해서든 '괄호의 상태'를 변화시키는 일이야말로 진정한 자유에 해당하므로 시적 자아는 '우윳빛 안개의 섬광에 끌려' '멈추지 말고 가'는 길을 택한다. '안개'는 모호한 전망을 암시하지만 다른 영역들을 '뒤섞는' 의미 또한 지닌다. 따라서 시적 자아는 '안개와 안개의 눈물'을 감각 삼아 계속하여 나아간다. 계속하여 열중하고 쉬지 않고 꿈꾼다. 이는 우리에게 차원을 가로지르는 한 방법을 시사해준다. 이 '계속 모드'를 진행시키는 시적 자아는 아마도 지금 여기의 차원을 넘어서는 또 다른 국면으로 이동해 갈 것이기 때문이다. 그리고 그곳은 시인의 전언대로 '지금 여기를 벗어나 한번 가본 적 없는 나라'가 될 것이다.

존재를 증명하는 언어적 상징체(象徵體)

– 에너지의 형태(氣)와 언어
: 김상미, 한명희, 진승범의 시

시가 언어를 도구로 하는 예술이라는 점은 우리에게 많은 것을 생각하게 한다. 언어를 재료로 함으로써 시는 세계 내에서 다양한 기능으로 행위하기 때문이다. 시에 의해 행사되는 언어 행위들은 기실 언어를 사용하는 존재들의 개성만큼이나 각양각색이다. 그것은 언어의 속도감이라든가, 사용되는 어휘량, 밀도감, 논리성 등등에 의해서 결정된다. 언어 예술인만큼 시는 단지 한 가지 언어 요인에 의해서 그 성격이 규정될 수 없다. 시인은 '손가락 사이로 흐르는 모래알'처럼 살아 움직이는 언어를 조화롭게 다룰 줄 아는 이라 할 수 있다.

시의 행위가 다양한 것은 언어 자체가 매우 추상수준이 높은 상징인데서 비롯한다. 기표와 기의의 자의적 결합에 의해 이루어진 언어는 감각적 상징과 달리 사유의 복잡한 과정이 개입되는 고도 상징인 것이다. 시의 언어는 그림이나 음악, 무용의 언어처럼 감각적 체험을 유도하는 것으로 그치지 않는다. 언어 상징은 감각에서부터 사유에 이르기까지 다양한 층위의 정신활동을 유도하는 속성을 지닌다. 언어를 이루는 기표와 기의 사이에는 숱한 경로의 울림과 사유가 내포되는 것이다. 시가 때로 충실한 기교로 다가오는 것, 때로 사회적 운동으로 기능하는 것, 혹은 평온한 파장으로 느껴지는 것 등은 모두 이러한 언어가 취할 수 있는 다양한 층위에서의 행위이다. 언어가 그러한 성격을 지니므로 우리는 특정하게 구현된 언어 상징을 통해 시인들의 다양한 실존을 접하게 된다.

최근의 젊은 시인들은 어떠한 언어를 구사하는가? 요즘 시인들의 시를 두고 과거처럼 논리에 따른 이념적 차원에서 논하는 것이 과연 의미있는가? 혹은 사조 등속의 큰 틀로 접근하는 것이 유효한가? 그것이 아니라면 무의식적 욕망의 분출이라 하며 논의를 그치겠는가? 이들의 언어는 사실상 발화된 것과 발화되지 않은 것을 포함하면서 이루어지고 있다. 또한 발화된 것이 지니는 다층(多層)의 의미 던짐과 발화되지 않는 데서 피어나는 의미의 생성들이 어우러져 독자적인 상징물들로 구성되고 있음을 알 수 있다. 언어를 살아있게 하는 에너지들은 단지 논리적 차원에서 혹은 충동적 차원에서 분출되는 것이 아니라 발화됨과 발화되지 않음 사이, 발화됨 속의 다층과 발화되지 않음의 공간 사이에서 자유롭고 정교하게 이동하며 다닌다. 이들의 언어는 이미 그 에너지의 결절점(結節點)이 매우 심층적인 데에까지 나아가 있는 것이다. 이런 식으로 하여 축조된 이들의 언어 상징물은 획일적이지도 규격화되어 있지도 않다. 때문에 이들 시를 통해 지시적 의미를 따지는 것은 오류다. 어쩌면 이들은 때로 아무것도 말하지 않을지도 모른다. 아무런 의미도 지시하지 않으면서 그러나 충만한 에너지를 분출하고 있는지도 모른다. 그것도 무의미한 충동으로써가 아닌 정교한 상징적 행위로써 말이다. 소위 포스트모던한 언어의 사용 깊숙이 이들은 들어와 있다. 이들의 언어는 진화되어 있는 것이다.

1. 김상미 – 응시의 존재론

포스트모던 시대의 진화된 언어는 논리의 언어도 아니고 존재의 언어도 아니다. 외부 현실에 '대한' 진술로써 사회와 시대에 대한 비판적 언술로 기능했던 논리의 언어가 주로 이념을 대변하는 역할을 하였다면 이에 대립하며 등장했던 언어가 존재의 언어임은 주지의 사실이다. 존재의 언어는 외부 현실에 '대한' 명명이 아니고 외적 사물을 '향하는' 언어, 사물 자체가 되는 언어이다. 존재의 언어는 정통 서정시의 언어로 다루어지면서 시가 도구화되는 것을 지양하고 시의 예술성을 굳건히 하는 데 기여한 언어다. 이 두 언어는 기표와 기의 사이의 간격과 의미화 방법에 서로 차이가 있지만 두 경우 모두 기표-기의의 안정적 결합이 이루어지고 있다고 할 수 있다. 반면 초현실주의나 해체시에서 사용해왔던 욕망의 언어, 충동의 언어의 경우는 기표와 기의 사이의 결합의 끈이 끊어진 채 기표 홀로 무의식 선상을 누비게 된다.

이들 언어에 비하면 요즈음의 언어는 철저하게 0과 1의 조합에 의해 이루어지는 디지털적 언어다. 기표와 기의는 각각 에너지를 내장한 채 다양한 조합에 의해 이합과 집산을 반복한다. 그것들은 때로 의미로 때로는 무의미로 기능한다. 때로는 드러남으로 혹은 드러나지 않음으로 표현되기도 한다. 성실히 형상을 건설하는가 하면 한없이 비어있는 지대를 만들기도 한다. 이 속에서 의미의 강렬함과 의미의 축소도 이루어지며 빈 지대의 넓음과 좁음도 결정된다. 의미의 정연함이 때로 대사회적 발언을 강경하게 하는가 하면 하릴없는 일상의 세태를 묘사하기도 한다. 언어는 그렇게 종횡무진으로 운동하면서 하나의 체(體)를 형성한다. 그리고 그것은 여전히 언어로 축조된 것이므로 상징적 형태(形態), 즉 상징체(象徵體)가 된다.

그렇다면 이들이 축조하는 유연하고 창조적인 상징체들은 무엇을 형상화하는가? 단일한 이념도 서정적 울림도 아니라면, 논리성도 존재성도 이들이 추구하는 바가 아니라면, 따라서 이들이 말하는 지시적 내용을 액면 그대로 따라가는 일이 무의미하다면, 그럼에도 불구하고 이들이 열과 성을 다하여 정교하게 축조한 건축물로부터 우리가 얻는 것은 무엇인가 하는 점이다.

> 모두가 아프다고 아우성인데 나는 아프지가 않다 나도 아프다고, 아프다고 위안 받고 싶은데 도대체가 아프지 않다. 내 아픔은 어디에서 표류하고 있는가 남들처럼 상처받지 않으려고 노력한 적도 이것저것 재며 무리수를 둔 적도 없건만 도대체가 나는 아프지가 않다 아무리 때리고 꼬집고 난도질을 해봐도 아프지가, 아프지가 않다 아파야만, 아픔이 돌아와야만 사는 맛도 생기고 시인다운 시도 살아날 텐데 아무리 안간힘을 써도 아픔이 살아나지 않는다 내 이마는 뜨겁고 내 가슴은 진흙탕이고 내 손톱은 이리도 창백하고 움푹 들어간 내 손바닥 속 손금은 아직도 눈물로 흥건한데 무수한 불면의 밤들은 앓는 소리 한번 내지 않고 멍청히 깊기만 하다 도대체가 아프지가 않다 아프기는커녕 잎사귀 다 떨어진 숲으로 달아나는 토끼를 낚아채기 위해 두 날개를 퍼덕이는 독수리를 보고서도 아무런 미동 없이 새아침을 맞는다 너무나도 세차게 달려온 자동차처럼 나쁜 공기로 가득 찬 이 세상의 아침을,

—「나쁜 공기」 전문

김상미 시인의 인용 시를 논리적 층위에서 분석을 해본다면 우리가 도달할 결론은 '나쁜 공기로 가득한 이 세상'에서 그러나 아픔을 느끼지 못하는 기이한 '나'에 대한 소묘이다. 아픔을 느끼지 못하는 아이러니한 '나'에 대한 묘사가 다소 비대하게 강조되면서 마지막에 이르러 '나쁜 공기'의 현실과 대비되는 형국이다. 이러한 관점에서 보면 위의 시는 사회의 부조리 및 그로 인해 감각마저 상실한 피폐해진 자아를 비판적으로 그리고 있다고 말할 수 있다.

그러나 이러한 독법은 지극히 아날로그적이다. 이러한 분석은 논리적 층위에서만의 이해일 뿐 시 전체에 대한 파악에는 도달하지 못한 경우라 할 수 있다. 이 경우 비평은 시적 자아가 간절하게 되뇌고 있는 '아프지 않음'의 이유에 대한 질문, '아픔'이 절실하게 필요하며 형언할 수 없이 '아파'야 하는 상황인데도 '아픔'을 도무지 느끼지 못하는 데 대한 절박한 '의아함'이 시의 대부분을 차지하고 있는데도 이에 대해서는 전혀 해명해주지 못한다. 논리적 층위에서의 비평은 시의 거의 전부에 해당되는 이 부분을 과감하게 그리고 의도적으로 삭제 처리를 해야 한다. 이렇게 해야 전반부와 후반부가 논리적으로 이어지기 때문이다. 이는 단선적 이해가 시인의 시에 얼마나 폭력으로 작용하는가를 말해준다.

「나쁜 공기」가 '쉼표'로 마감되고 있다는 점을 고려하여 다음 시로 연접해본다. 그녀의 두 번째 신작시 「어느 날, 문득」에서 화자는 "그가 자살을 했다/ 그는 내 딸이었던가 아님 내 아들이었던가/ 그가 누구든 그게 무슨 상관인가"로 발화를 시작한다. 이는 기괴한 발화다. 자살자가 '내 딸'이든 '내 아들'이든 '그게 누구든' 상관되지 않는다는 발언은 도무지 무엇을 지시코자 한 것인지 납득하기 힘들다. 시인은 말장난을 하고 있는가 아니면 판타지를 그리는가? "그는 죽은 사람/ 그가 죽어가면서 흘린

피가 아까워/ 나는 눈으로 그의 피를 빨아 마신다”에 이르면 초현실주의
의 한 장면을 보는 것처럼 그로테스크하다.

　시인의 그로테스크한 분위기는 「예전에도 그랬던 것처럼」에도 이어진
다. “오늘도 시체들이/ 네 문 앞에/ 학교 앞에/ 광장 안에/ 교회당 앞에/
은행 앞에/ 거리 곳곳에// 쌓이고 쌓인다”가 그것이다. 그러나 이 시는 처
음부터 끝까지 기표-기의의 거리를 일정하게 유지함으로써 의미의 논리
화를 이룬 경우다. 이 시는 예외적으로 의미가 분명한 사회학적 상상력
을 보이고 있음을 알 수 있다.

　시인의 자선시 「웃음주스」에 이르면 「나쁜 공기」에 화답하는 듯한 면
모를 만나게 된다.

　　나는 웃는다
　　네가 멀리 떠나갔는데도
　　나는 웃는다

　　한낮이 너무 밝아서 웃고
　　한밤중이 너무 깊어서 웃고
　　헤어지고 만나는 시간의 날개들이
　　너무 가벼워서 웃고
　　가슴 한복판으로 날아온 그리움의 돌멩이가
　　자꾸만 창가로 불러내어 웃고

　　웃다가 웃고 웃다가 웃고

　　이제는 아무것도,
　　정말 아무것도 할 게 없어진
　　내 방에 걸린

네 사진처럼 웃고

그 사진 속 어둠처럼/ 캄캄한 웃음 주스를 마시며/ 웃는다

—「웃음주스」 전문

「나쁜 공기」가 '아프지 않음'의 '납득할 수 없음'을 말하고 있다면 「웃음주스」는 '웃음'의 '자연스러움'에 대해 말하고 있다. '웃음'이 역설적이라는 것은 "네가 멀리 떠나갔는데도"에서 간략히 언급될 뿐, 그러나 그 '웃음'은 역설적이랄 것도 없다는 듯, 이상할 것도 없다는 듯 연발된다. 이 시 역시 논리적이려면 '너의 부재'의 사건성이 충분히 언급되어야 한다. 힘겨운 아픔에 대해 충분히 납득시킨 뒤 '웃음'의 아이러니적 성격을 들려주는 것이 시의 문법상 논리적이다.

그러나 시인은 여전히 시적 논리에는 관심을 두지 않는다. '이별'의 상황성은 전적으로 괄호 속에 놓이고 있다. 시인이 '이별'의 진부한 상황 묘사를 삭제해버리는 대신 연발하는 '웃음'을 전면화시킨 까닭은 무엇일까?

이는 시인이 논리의 층위에서 시를 쓰고 있지 않음을 말해준다. 시인은 때로는 기표의 비대화로 때로는 기의의 드러냄과 숨김으로써 독창적인 언어의 결들을, 매우 입체적인 언어의 상징체를 만들고 있는 것이다. 언어는 어떠한 특정 의미를 전달하기 위해 애쓰지 않는다. 그녀의 언어는 단지 축조되어 그 자리에서 독립된 상징체로 존재할 뿐이다. 그녀의 언어는 외부 현실 및 타자와 소통하려들지 않고 독자적 영역 속에서 홀로 자유롭게 있다. 답을 기다리지 않는 '물음', 어떠한 반향을 기대하지 않는 '웃음', 이러한 것들은 그의 시를 건축하는 재료로 쓰일 뿐 독자에

게 교감을 요구하지 않는 것이다. 그리함으로써 그녀의 시는 저 멀리에 자신만의 상징체를 구축한다. 그녀는 말로 설명하는 대신 말없이 묵묵하게 하나의 상징체를 빚어낸 것이다.

그렇다면 그 상징체는 과연 어떠한 의미를 띠는가? 나는 이 상징체가 다른 것이 아니라 그녀의 존재론적 형상이라고 생각한다. 어떤 심한 아픔에도 '아픔을 느끼지 못한다'고 말하는 자아, 자살자가 '누구'인가에 대해 요란해하지 않는 자아, 슬픈 '이별' 앞에 연신 '웃음'으로 있는 자아. 말하자면 시적 자아는 감정을 초월한 채 상황을 응시하는 자로서, 이는 시인의 존재성에 대한 한 해명이 된다 할 수 있다. 이때의 응시하는 자아는 단순히 외부 사물을 관조하는 자아가 아니라 "신의 이름으로/국가의 이름으로/ 지도자의 이름으로/ 자본의 이름으로/ 민중의 이름으로"(「예전에도 그랬던 것처럼」) 저질러지는 세상의 온갖 부조리 앞에서, 인간의 힘으로 어쩌지 못하는 운명의 무게 앞에서, 그것들에 휘말리지 않으려 혼신의 힘을 기울이고 있는 자아이다. 그것은 곧 인간을 억누르는 모든 죄악 아래서 정신을 잃지 않고 이를 감당하려 하는 자아이다. 운명과 대결하며 상황을 치열하게 따라서 고요하게 응시하는 자아가 바로 그것인 것이다.

2. 한명희 – 포용의 존재론

한명희 시인도 시적 언어의 디지털적 성격을 갖는다는 점에서는 김상미 시인과 동일한 경우이다. 따라서 필자는 기표와 대응하는 기의를 찾아내기보다는 기표, 기의가 서로 독립적으로 자유롭게 부유하는 현상을 있는 그대로 바라보고 그것들이 만들어내는 전체적인 상징체의 모습에

더욱 주목할 것이다. 시에서 서로 분리되어 있는 기표, 기의들은 무의식
적 충동 및 기표의 맹목적 유희가 아닌 가운데 자유롭고 평화롭게 흐른
다. 이들 사이에는 에너지의 결절점(結節點)들이 모였다 흩어지기를 반복
한다. 기표와 기의가 조화롭게 대응하고 있을 때에는 에너지가 한데로
모여 분명한 의미가 환기되지만 대부분 기표, 기의의 에너지들은 자유롭
게 이리저리 흘러다닐 뿐이다. 사정이 이러하므로 시의 지시적 의미를
찾는 것은 그리 중요하지 않다. 다만 에너지의 흐름에 따라 형성된 언어
적 상징체의 형태 혹은 정체가 무엇인가를 나름대로 파악하는 일이 유효
하다. 그것은 하나의 독립된 유기체인 동시에 시인의 존재론적 형상이기
도 할 것이다.

나운규가 뛰고 김소월도 뛰고 김종삼도 뛰어가는 마라톤입니다

파르테논 신전에서 한강 고수부지에서 동네 놀이터에서도 동시에 달
리는 마라톤입니다

저런 모터사이클을 타고 달리는 사람이 있군요 저 사람은 롤러브레
이드를 탔군요 요트를 타고 달리는 사람도 있습니다

좋습니다 이 경기는 마라톤입니다

아이를 업고 뛰는 사람 병든 어머니를 업고 뛰는 사람도 있습니다 휠
체어를 밀며 뛰는 사람도 있군요

좋습니다 그래도 마라톤입니다
마라톤이어서 마라톤이라서 좋습니다 나를 앞질러갔어도 나를 앞질
러간 것이 아니어서 좋습니다 넘어졌어도 넘어진 것이 아니어서 좋습니

다 끝까지 끝까지 가보자는 것이어서 좋습니다 죽어서도 죽어서도 달릴
수 있는 것이어서 좋습니다 마라톤입니다

—「마라톤」 전문

마지막 연에서 '마라톤'에 대한 의미부여 작업이 이루어지고 있지만,
그러나 위 시의 골격은 그곳에 놓여 있지 않다. 물론 마지막 연에서 '마
라톤이어서 마라톤이라서'라든가 '앞질러갔어도 앞질러간 것이 아니어
서', '넘어졌어도 넘어진 것이 아니어서' 등과 같은 기교적 언어들이 구
사됨으로써 언어적 에너지가 집중되어 있고, 강하게 의미 지시가 이루어
지고 있다. 뿐만 아니라 시인은 앞의 연들을 모두 '마라톤'에 대한 '호
(好)' 감정이라는 의미역(域)에 귀결시키려 노력하고 있다. 그러나 이러한
시인의 노력은 큰 효과를 발휘하지 못한다. 전체 시에서 마지막 연은 의
미의 중심으로 기능하지 못하며, 앞에 놓인 나머지 연들은 마지막 연에
귀속되지 못한다.

대신 앞의 연들은 거의 독자적으로 행세한다. 앞의 연들과 마지막 연
은 그다지 논리적으로 이어지지 못한다. 이들 사이는 '마라톤' 과 관련된
다는 점에서만 공통적일 뿐 앞의 연들의 기표들과 마지막 연에서 자아가
강조하고 있는 '마라톤은 좋다'의 기의와는 별 상관없이 놓여있다. 말하
자면 앞 연들의 기표들에 대응하는 짝 기의는 마지막 연이 아니라는 점
이다. 이뿐 아니라 앞 연들에 제시되어 있는 기표들은 단지 기표들일 뿐
특정한 의미를 내포하고 있지 않다. 도대체 '나운규', '김소월', '김종삼'
들 사이에 어떠한 논리적 연관성이 있는가? '파르테논 신전'과 '한강 고
수부지', '동네 놀이터'가 역시 동시에 제시될 어떠한 필연성이 있는가?
'모터사이클'을 타는 사람, '롤러브레이드'를 타는 사람, '요트'를 타는

사람은 어떠한가? 여전히 모순이고 비관련의 양상을 보여준다. 이들은 아무런 논리적 필연성 없이 나열되어 있을 뿐이다. 이 모두가 '마라톤'을 하고 있다는 이유로 '마라톤이 좋은' 이유가 될 수는 없는 것이다.

말하자면 열거된 이들 기표들에는 대응하는 기의가 없다. 기의 없는 기표들의 나열만이 있는 것이다. 그러나 이들 기표에는 에너지의 결절점들이 있다. 그것은 그렇다고 충동적인 에너지가 아니고 고르고 균등하게 배분되어 있다. 의미를 환기하지 않지만 에너지를 함의한 기표는 나름의 기능을 행사하고 있는 것이다. 그렇다면 이들 기표의 역할은 무엇인가?

그것은 특정한 상징체(象徵體)로서의 언어적 건축물을 축조하는 데 할애된 것이라 할 수 있다. 위 시의 기표는 기의와 무관한 채, 그러나 세심하게 배열되면서 단정한 하나의 조형물을 형상화한다. 그 조형물 안에는 시인이 불러낸 모든 기표들이 동등하게 자리를 점하고 있다.

한명희 시인의 시들은 대부분 이와 유사한 구조를 보여주고 있다. 「왕관을 쓴 사람들」에서 보이듯 '저 사람', '이 사람', '일찍 온 사람', '늦게 온 사람', '오래 전부터 왔던 사람', '이제 막 오는 사람'들 모두 '왕관을 쓰고 왔다'든가, 이들의 왕관이 모두 '참 멋진', '참 높은', '하나같이 빛나는' 등 동등한 가치를 지닌다고 하는 진술은 시인이 끌어들이고 있는 기표들이 모두 대등하게 열거되고 있음을 말해주는 것이다. 이 때 기표 안에 내포된 의미를 찾는 일은 무의미하다. '왕관'이 무엇이고 '왕관을 쓴 사람'이란 무엇을 의미하는지를 질문하는 것은 비생산적이다. 다만 우리는 이들 기표가 빚어낸 단정하고 소담한 하나의 건축물을 상상해보는 것이 바람직하다. 그 건축물은 역시 독자에게 지시적 의미를 전달하고자 애쓰는 상징물이 아니라 스스로 오롯이 존재하는 것에 해당한다.

이러한 언어적 구조는 다른 시들 「응급실 근처」('아침엔 여자 하나', '교복

을 입은 남학생 둘', '비둘기', '취객', '두 남녀', '캬바레 음악 소리'의 나열)나 「황
금 동전이 쌓이는 의자」('괴테', '섹스피어', '카프카', '도스도예프스키', '보들레
르', '두보', '백석', 그리고 '당신'의 나열), 「아무튼 난 롤러코스트를 타요」('등
산을 갈 때', '직장에 갈 때', '지하철을 탈 때', '장례식장에 갈 때', '연애를 할 때',
'일기를 쓸 때' 등의 나열)에서도 유사하게 나타난다. 이들 시에 등장한 기표
들은 그 자체로 의미를 지닌다기보다 동등하게 배열되는 데서 비로소 의
미를 얻는다.

그렇다면 그 배열 행위로부터 생성되는 의미란 무엇일까? 그것은 역시
시인의 존재론과 관련되거니와, 우리는 가지런한 배열에 의해 형성된 건
축물로부터 다름 아닌 포용하는 자아의 모습을 만나게 된다. 어느 것 하
나에 치우치지 않고 모든 대상들을 똑같이 끌어안는 자아의 모습이다.
열거된 기표들 사이에는 귀천(貴賤), 경중(輕重), 우열(優劣)의 구별이 없다.
모두 평등한 존재로서 존중되거나 대우된다. 요컨대 한명희 시인의 시에
서는 마치 어머니처럼 어느 누구도 소외시키지 않고 동등하게 품는, 마
음 큰 이의 자아가 떠오르는 것이다.

3. 진승범 – 스밈의 존재론

진승범 시인이 보여주고 있는 언어구조 역시 디지털적이다. 우리가 주
목할 점은 언어 구조란 단지 그것으로 그치지 않는다는 사실이다. 시인
이 빚어내는 언어구조는 곧 그의 사유 구조이자 나아가 그의 존재론이기
때문이다. 물론 이때의 언어구조는 의미 구조와 다른 개념이다. 언어 구
조는 어떤 의미를 지향하는 데에서 구해지지 않으며 말 그대로 언어를
다루는 방식에 의해 이루어진다. 특히 기표와 기의의 무한 조합에 의해

형성되는 디지털적 언어는 바로 그 조합에 의해 에너지의 독특한 흐름, 즉 특정한 파동을 일으킨다. 느리거나 빠른 파동이 에너지의 흐름에 다름 아니라는 점을 상기하면 이 점은 쉽게 이해가 간다. 시에서 다루어지는 언어 또한 기표, 기의 두 요소의 느리거나 빠른, 거칠거나 고요한, 혹은 이외의 어떠한 파동들을 만들어낼 수 있다는 점이다. 그리고 이 파동은 이를 발산하고 있는 존재의 가장 본질적인 부분이라 할 수 있다. 우리가 요즘 시인들에게서 발견할 수 있는 언어가 이러한 성격의 것이라는 사실은 이들 언어로부터 필연적으로 그들의 존재론을 해명할 수 있다는 점을 말해준다.

심야 뉴스에서 **토막살인범 검거!!** 속보를 보다 잠든 밤
내 잠이 토막 난다

동해물과 백두산이 마르고 닳아 없어진
TV 울음소리에
한 토막

도마뱀 꼬리처럼 잘라도 잘라도 다시 붙는
고등어를 토막 내려다
애꿎은 내 손마디만 토막 내는 꿈에 놀라
한 토막

긴 잠청하려 데워 마신 우유牛乳로
한밤의 화장실에 초대되어
어제 먹은 김밥이니 가락국수니 하는 것들
죄다 하얀 소용돌이 속으로 돌려보내느라
또,

한 토막…

설익은 토막들이
곶감처럼 매달리는 밤
토막잠 엮어 이 밤을 꿰뚫는다.

―「토막잠」 전문

위의 시는 1연과 나머지 2・3・4・5연이 서로 비대칭적으로 마주하
고 있는 양상을 띠고 있다. 1연이 시 전체 가운데서 의미를 집중시키고
있는 핵심 연이고 나머지 연들은 이에 대응하는 형국이다. 의미를 집중
시킨다고 했거니와 이는 나머지 연들의 의미가 1연으로 귀속된다는 뜻이
아니고, 1연이 모든 연들 가운데 가장 큰 에너지의 결절점(結節點)으로서
나머지 연들이 이로부터 에너지의 일정량을 할당받는다는 의미에서 그러
하다. 실제로 잠결에 접한 **토막살인범 검거!!**'가 지닌 사건의 심각성은
시적 자아의 의식에 둔중한 무게로 작용하는데, 그 결과 시적 자아는 연
속하여 이 사건에 의해 영향을 받는다. 1연의 전면에 가로놓인 '토막'이
라는 기표는 스스로 힘을 발휘하여 시인의 '잠' 속에서 그리고 '잠깬 밤'
내내 설치고 다닌다. '토막'은 2, 3, 4연을 내내 떠돌며 잠을 계속하여'토
막'낸다. 2, 3, 4연들에 공통적으로 등장하는'토막'이라는 기표는 1연의
'토막'의 잔여물이다. 사실 시인은 2, 3, 4연의 '토막'이라는 기표들에 대
해 나름의 의미를 부여하려고 의도한다. 잠을 '토막'낸 '계기'들과 기표
'토막'을 대응시키려 한 점이 그러한 사실을 지지해준다. 그러나 이러한
시도는 별반 의미 있지 않다.'TV울음소리'라든가 '손가락마디', '배탈'
등은 의미의 논리상 필연성을 지니고 있지 않기 때문이다. 오직 '토막'이
라는 기표가 에너지를 모은 채 발산하고 있는 데서 의미를 찾을 수 있다.

사정이 그러하지만 시인은 시의 구조적 완결성에 대해 상당히 세심하게 고려하는 편이다. 그 점은 마지막 연이 2, 3, 4연을 아우르는 기능을 하는 데서 읽을 수 있다. 시인은 "토막잠 엮어 이 밤을 꿰뚫는다"라고 말함으로써 2, 3, 4연에서 분할되었던 기표들을 다시 모으려는 시도를 하는 것이다.

다소 성급하지만 이 시를 통해 우리는 시인의 존재론적 형상을 스케치해 봄직하다. 아마도 시인은 안정감에 대한 의식이 강한 자이리라. 시인은 예의 디지털적 언어를 구사하지만 그 속에서 기성의 시들이 보여주었던 시적 구조의 완결성을 자기의 것으로 하고 있다. 그는 의도적으로 완성적 시의 구조를 기획한다. 또한 시인은 결절된 에너지에 민감한 자일 것이다. 시인은 그것에 반응하여 그것과 혼융되는 민감한 감수성을 보이는 자이리라. 이렇게 설정한 나의 가설은 「그곳에 가면-노래방 別曲」이나 「그래서 미국소가 무섭다」, 「애기똥풀은 개미가 고맙다」, 「일주일을 빨다」 등 시인의 거의 전편의 시들을 통해 증명가능하다.

「그곳에 가면」에서는 우선 1연과 마지막 연 사이의 밀접한 대응 구조를 확인할 수 있다. 1연의 "그곳에 가면/ 안되는 게 없지"와 마지막 연의 "그 곳에 가면,"이 그것이다. 시인은 첫 연과 마지막 연을 서로 마주하는 구조로 고정시킨 뒤 그 속에서 노래방이라는 공간 안에서 취할 수 있는 온갖 꿈의 향연들을 펼쳐놓는다. '노래방'은 거대한 기의가 되어 그 안에서 만끽할 수 있는 '여행'이라든가 '사랑', '이별', '소풍' 등의 다양한 꿈들을 꿈틀거리며 살아나게 한다. 이들 꿈들은 '노래방' 공간이라는 기의에 의해 비롯되는 환상들인 셈이다.

거대 기표 혹은 거대 기의에 의해 여러 기표 혹은 기의가 다발적으로 양산되는 형국은 기표 혹은 기의 등의 결절된 에너지에 '스며드는' 시인의 존재성을 짐작케 한다. 어떠한 상황이나 현상과의 민감한 교감이 곧 시의 언어 구조에서 그처럼 현상하는 것일 터이다. 이를 스밈의 존재론 혹은 뒤섞임, 교감의 존재론이라 하면 어떨까.

「그래서 미국소가 무섭다」에서 그려지고 있는 촛불시위 현장은 이와 같은 스밈의, 뒤섞임의 존재론을 가장 극명하게 보여주는 시가 될 것이다. 그리고 이 존재론은 시인 자신만의 것이 아니라 촛불시위에 참가했던 모든 주체들, "미국소 먹게될거란 소리만 듣고도/ 미친 듯이 거리에 나와/ 촛불이 미치고/ 물대포가 미치고/ 쇠파이프가 미치고/ 군홧발이 미치고/ 서울시청앞 광장이 미치고/ 여의도가 미치고/ 광화문이 미치고/ 세종로가 미치고/ 너와 나의 호흡이, 맥박이 미쳐간다"를 경험했던 현장의 모든 이들의 것이기도 할 것이다. 여기에서 '미치다'의 기표-기의는 참으로 안정되게 결합되어 다채로운 기표-기의의 연쇄를 생산해낸다.

진승범 시인의 시에서 시적 상징체는 중심 기표가 기표들로, 중심 기의가 기의들로, 혹은 중심 기표-기의가 기표-기의들로 연속적으로 이어지고 생산되는 형상으로 나타난다. 에너지의 결절(結節)이 강한 거대 기표, 거대 기의, 거대 기표-기의들은 혼자서 완성되는 것이 아니라 끊임없이 아류들을 양산해낸다. 아류들은 에너지의 중심에서 비롯되고 그 중심에 의탁하여 자신의 존재를 보증받는 모양새다. 여기에서 중심과 주변은 서로 통섭된다. 서로 스미고 뒤섞인다. 서로 영향을 주고받는다. 에너지는 고립되어 있지 않은 것이다. 언어의 상징체가 이러하다면 시인의 존재성도 이와 닮은꼴임은 물론이다. 즉 시인은 그의 언어 구조가 그러하듯 '스밈의 존재론'을 구가하고 있는 이이다. 이는 언어로 현상하는 에너지의 형태는 곧 존재의 본질을 규정하는 에너지의 형태와 동일하다는 데서 기인한다. 곧 언어를 발하는 것은 존재의 에너지의 흐름, 소위 기(氣)인 것이다. "언어는 존재 그 자체다"라는 명제는 이러한 측면에서 이해될 수 있을 듯하다.

세계의 주름, 그 속에서 탄생하는 시

우리들의 눈에 보이는 세상은, 우리들이 항상 느끼는 시간만큼이나 평범하다. 언제나 반복되는 일상과 달라질 것도 없는 스케줄, 늘 보는 사람과의 똑같은 만남과 거의 자동화되어 존재하는 사물들. 우리는 그저 정해진 위치에서 부과되는 역할에 충실하며 성실하게 그리고 최선을 다해 살아갈 따름이나. 물론 때로 싱궤로부디 벗이니는 경우도 있다. 흔치 않게 누군가와 갖게 되는 즐거운 시간이나 혹은 역시 누군가와의 격한 갈등의 시간들이 있을 때 그러하다. 그러나 이것들을 제외하면 우리들의 세상과 시간은 대체로 보통의 그것을 넘지 않는다.

평범함, 보통의 것, 그저 그러함, 속된 말로 '뻔함', 이러한 성질은 우리 근대인이 만들어낸 세상의 보편화된 현상이다. 이곳에서 저곳까지의 간격은 눈에 보이는 거리와 수치화된 시간에 의해 측정되기 마련이어서 눈에 보이지 않거나 거리상 멀리 떨어진 것일수록 '나'에겐 존재하지 않는 것이 된다. 속도경쟁이 생겨난 것도 이 때문이고 합리성이 삶의 방식이 된 것도 이와 관련된다. 즉 세계는 하나의 평면으로 구성되어 있으며 시간은 일직선으로 흐르고 마는 것이다. 시공간에 대한 이러한 인식이야말로 근대인 특유의 것이며 근대인의 삶을 특별할 것도 없이 '뻔한' 것, 충분히 예측가능하고 신비할 것도 없는 것으로 만든 근거다.

그러나 세상은 그렇게 생겨 있지 않다. 무차별적 소음 가운데 명료하게 들리는 누군가의 목소리를 들어본 적이 있다면, 셀 수도 없는 군중 가운데 어느 한 사람의 눈빛만이 강하게 전해지는 것을 경험한 적이 있다면, 혹은 눈앞에 있지도 않는 이가 '나'의 생활 속에 끼어들어와 세심하게 참견하는 듯한 느낌을 가져본 적이 있다면, 우리가 살고 있는 시공간이 근대적 인식이 말해주는 것처럼 평면적이지도 일직선적이지도 않다는 것을 알 수 있다. 세상에 존재하는 것들은 한번 스치고 지나가는 것이 아니라 어느 순간에 이르러 고여 있기 마련이며 또 세상은 거리라는 평면에 의해 구획되어 있는 것이 아니라 울퉁불퉁한 주름으로 이루어져 있다는 점이다. 그 속에서 시간의 정지와 거리의 무화가 생겨나고 또는 '그'가 '내'가 되는 현상이 발생한다.

임선기의 첫시집 『호주머니 속의 시』와 조하혜의 『웃지 말아요, 비둘기』의 시편들을 통해 우리는 시인의 경험이 결코 보통의 우리가 생각하는 시공간 속에서 이루어지는 것이 아님을 알게 된다. 물론 그저 눈에 보이는 것을 그리거나 지나간 경험을 제시하는 것만이 시일 까닭은 없지만, 이들의 시는 시가 발생하는 시공간의 특수함을 매우 강렬하고 집중적으로 보여주고 있어 주목된다. 이들의 시 한 편 한 편들은 세상은 단지 무심한 평면으로 이루어져 있는 것이 아니라 강한 울혈로 이루어져 있음을, 그것을 시인다운 감수성으로 섬세하게 포착할 때에라야 시가 탄생하며 세계의 신비로움이 비로소 현실화될 수 있음을 말해준다.

1. 세상의 중심에 선 '나무'의 소용돌이

임선기의 『호주머니 속의 시』에서 가장 중심에 놓이는 사물은 '나무'다. 거의 대부분의 시편들에 '나무'가 등장하는데 이때 '나무'는 시적 이야기의 중앙에 놓여 있음을 알 수 있다. '나'는 '나무'를 그리워하여 그것을 보러 가기도 하고("나는 원숭이처럼 나무가 그리워/ 나무 보러 간다"「건조기」), "누워 온종일 보"기도 하며(「나무를 지나서」), 그 곁에서 시를 읽기도 한다("나무 곁에 머물 수 있을 때는/ 시를 읽을 수 있을 때"「나무와 시」). 시를 쓸 때에는 일부러 '나무'가 보이는 '창'으로 가기도 하는 것이다(「학교와 정원」). '나무'는 시인에게 의미의 중심축이자 세계의 한가운데이다. 어쩌면 '나무'는 「오쉬에서」에서 등장하는 '마르셀 씨'가 그러하듯 시인으로 하여금 '철학을 배우'게 해주는 것일 터이다. 시인은 언제나 '나무' 근처를 배회하며 '나무'의 드라마에 귀를 기울이고 있다. 만일 '나무'가 등장하지 않는다면 그 자리에 내신 '디락'(「이국에서 1」)이라든가 '회전목마'(「돌체 비타」), '구멍'(「수련의」)과 같이 의미를 수렴시키는 중심이 제시된다.

'나무'를 비롯한 이들 소재에 시인이 집요한 경도를 보이는 것은 무엇 때문일까. 시인은 이들 소재를 매개로 그의 상상을 발랄한 유희로 펼쳐 보이거나 자신의 세계관을 강력하게 어필하지 않는다. 시인은 자기 자신에 대한 언급을 한껏 자제하고 회피하는 것이다. 그의 시에는 감정의 격랑도 보이지 않고 상상력의 격동도 느껴지지 않는다. 반면에 그의 시는 지극히 평온하고 잔잔하다. 시인의 어조와 음색이 그러하고 그의 언어가 담아내는 세상이 그러하다. 지극한 섬세함과 고요함 속에 세상의 물상들이 놓여있는 그의 시는 은은히 번지는 수채화와 같다.

> 그 집에는 나무가 있어서,
> 말없이 가난했네
> 나무가 있는 집은 가난한 집
> 나무는 서정,
> 그 나무, 집과 숨쉬고 있네
>
> 그 나무에는 집이 있어서,
> 나는 그 집을 관이라 부르지
> 관 속에는 아무 말도
> 떠다니지 않네
> 말들은 나무 속에
> 나무는 또 고요 속에
>
> ―「나무가 있는 집」 부분

위의 시에서도 알 수 있듯 임선기의 시에서 '나무'는 흔히 시적 소재를 다룰 때 취하게 되는 역동적 기발함이라든가 화려한 이미지로 전경화되어 있지 않는다. 그렇다고 시에 등장하는 대부분의 자연물이 그러히듯 시적 자아와 동화되는 성질의 것도 아니다. 말하자면 임선기의 시에서 '나무'는 시적 자아와 분리되어 존재하는 독립적 개체인 셈이다. 그러나 그것은 그것을 바라보는 시인과 일정한 거리 아래 놓여진 채 그 피상적인 외면만을 드러내는 독립물이 아니다. 시인의 시선이 만일 '나무'의 외적 이미지를 그려내는 데 주력하였다면 그의 시는 이미지즘으로부터 크게 벗어나지 않았을 것이고 이때의 시적 자아 역시 근대적 자아의 성격에 포괄되었을 것임은 물론이다.

대신 '나무'는 독립적 개체인 동시에 근대적 자아 외부에 정물처럼 놓여있는 물체가 아니라 살아 숨 쉬는 존재가 된다. 그것은 시인의 시선에 조용히 닿아서는 그의 시선에 의해 조금씩 자기를 드러내거니와 이때의 '나무'는 '혼자' 우뚝 서서 고독하게 고립되어 있는 것이 아니라 주변 세상과의 어우러짐의 관계 속에서 항상 소통하는 존재로 놓여 있다. 그리고 그러한 소통은 '나무'가 몸을 움직이거나 '말'을 건네서가 아니라 그저 저절로 이루어진다는 것을 알 수 있다. '그 나무'가 '집과 숨쉬고 있'어 '나무'와 '집'이 뗄 수 없는 하나의 유기체화 되는 점이나 '아무 말도/ 떠다니지 않'되 '말들'이 '나무 속에/ 나무는 또 고요 속에'서처럼 침묵의 일체를 이루는 현상은 바로 그와 같은 생리에서 비롯된다.

> 가장자리에서는 나무가
> 연신 붉은 별들을 쏟고
> 곧 눈이 내릴 듯하다
>
> 물 속 같은 고요 속
> 희미한 언덕 위에는
> 가난한 집들의 윤곽
>
> 한 마리 새가,
> 무한 속을
> 깊이 수렴하여 간다
>
> ―「새」 부분

그렇다면 '나무'가 소통하는 범위는 어디까지라고 말하는 것이 가능할까? 시인의 시를 살펴보면 '나무'는 홀로 존재하지 않는다. 때로는 '바람'이 '꼭 무엇을 위하여 그러는 것처럼' '나뭇잎을 스치고 지나'가기도 하고(「바람의 시」), 스스로 '먼지'를 만들어 온 집안을 뒤덮기도 하며(「먼지」), 그 위로 '해가 지나가'는가 하면(「나무 아래로」) '나비들' 혹은 '무수한 공기들'이 '나무'를 감싸고 돌기도 한다(「이 저녁에」). 뿐만 아니라 위의 시에서처럼 '별 들을 쏟'거나 '새'의 비상을 부르기도 한다.

'나무'의 둘레에서 그와 교감하는 사물들은 '바람'이나 '태양'과 같은 무정물에서부터 '새'나 '나비' 등 유정물에 이르기까지 자연에 속한 모든 것이다. 더욱이 '나무'는 수동적으로 그들 존재의 방문을 받아들이는 데서 그치지 않고 스스로의 분비물을 내뿜어 인간 세상으로도 자신의 존재를 투영시킨다. 이처럼 '나무'의 주변은 우주의 넓은 공간 전체라고 해도 무방할 터인데, 이 속에서 사물들은 마치 어떠한 비의(秘意)를 암시하듯 깊은 몸짓으로 조우한다. 이들 사물들의 만남으로 그려지는 영상이 '눈이 내릴 듯'한 긴장감으로 혹은 '물 속 같은' 충만함으로 채색되는 까닭도 여기에 있을 것이다. 시인이 '새'의 날개짓을 가리켜 '무한 속'의 '수렴'이라 칭한 것도 이와 관련된다.

우주의 사물들은 '나무' 근처에 이르러 비로소 그들이 품고 있는 비밀을 드러내고 자신의 존재성을 증명한다. 요컨대 '나무'는 우주의 한복판에서 모든 우주적 사물을 모으고 분산시키는 통로이자 구멍이 되는 것이다. 사물들의 '나무'로의 접근이 단순한 우연에 의해서가 아니라 '깊은 수렴'처럼 빨려들어가듯 이루어지는 것도 이 때문이다. 여기에서 감수성 강한 시인도 예외는 아닐 터, '나무'에 시인의 시선이 집중되는 것은 어쩌면 당연한 일일 것이다. '나무'는 모든 것을 집중시켜 그 주위를 크게 부풀린다. 우주의 존재들을 집중시켜 '나무'는 우주 한가운데 울체를 만들어내는 것이다. '나무'가 만들어낸 그곳은 따라서 강한 밀도를 지닌 우주 안의 전혀 다른 공간이 된다. 우주는 근대인의 관념 속에 형성된 평면의 공간 위에 전혀 다른 조직으로 짜여지는 독특한 시공간을 품게 되는 것이다.

> 무한 공간을 종일 흔들고 있는 저
> 나무
>
> 숨 쉬는
> 수많은 시간인 돌
>
> 지난 시간으로 날아가는
> 눈송이들,
>
> 진흙인 나의 몸
> 먼
> 진공의 세계
>
> 누군가,
> 다가갈 수 없는 어둠 속에서
>
> 누군가 환하게 얽은 찬 별들을 치고
>
> ―「서시」 전문

위의 시는 우주적 존재들이 드나드는 통로인 '나무'의 시공간적 특질을 잘 말해주고 있다. 그곳은 가시적 잣대로 잴 수 있는 평면의 공간도 아니며 과거에서 현재, 미래로 흐르는 시간의 일직선의 방향성도 찾아볼 수 없다. 속도의 빠르기가 무의미하며 이 모든 대상들을 지각하는 인간의 감각도 제 역할을 다하지 못한다. 즉 '나무'는 '무한 공간을 종일 흔들고 있'으며 시간은 역방향으로 흐르거나("지난 시간으로 날아가는/ 눈송이들") 혹은 '돌'처럼 단단하게 응축된 채 있다. 이러한 시공 속에서 '나의 몸'은 '진공의 세계'에서 유영하는 '흙', 곧 우주적 분자로 환원된다.

이곳은 밝음과 어둠이 혼재하며, 빨려 들어가기도 하지만 쉽게 다가가기 힘든 면도 있다. 작은 입구에 불과하지만 거대한 공간으로 이어지는 곳이자 시간이 정지된 듯하지만 무한한 혼돈이 도사리고 있는 이곳은 '찬 별들이 치'듯 우주적 이치가 관통한다는 점에서 밝음이지만 알 수 없음으로 가득하다는 점에서 '어둠'이기도 하다. 그 알 수 없음이란 아마도 우리 인간에게 비밀처럼 숨겨져 있는 '죽음' 때문일 것이다. 죽음이 깃드는 곳이라면 그곳은 '한순간 어두워졌다가 밝아진다'(「12월」). '죽음'은 쉽게 받아들이기 힘든 인간의 어두움이지만 '주검'이 우주의 통로를 통과하는 순간 밝은 빛은 그를 감싸 안아 환하게 할 것이다. 그것이 곧 '영원'(「12월」)이다. 인간을 포함한 자연의 존재들은 모두 이 구멍을 통과하도록 되어 있다. 임선기 시인의 시가 태어나는 곳도 이 지점이다. 시인은 우주의 존재들이 한데 뭉쳐져 강한 밀도를 형성하는 곳, 생명과 죽음이 교차하는 까닭에 어둠과 빛의 오묘한 부늬를 발하는 곳, 무한한 시공간의 영원성이 도사리는 곳에 두려움 없이 성큼성큼 다가가 그 입구를 오가는 사물들의 궤적을 그려내고 있다. 세상의 주름인 그곳에서 태어나는 그의 시는 그곳의 시공간적 형질만큼이나 깊다.

2. 세상의 울체로서의 '눈물'

조하혜 시인의 『울지 말아요, 비둘기』는 흥미롭게도 맨 앞에 놓인 시 「밤의 화전민」이 중간에 한 번, 또 맨 뒤에 다시 한 번 더 놓인다. 물론 동일한 시는 아니지만 같은 제목에 담고 있는 내용도 서로 화답하는 형국이다. 「스파게티 에비뉴, 서울, 2020」 또한 부제나 번호 없이 같은 제목으로 앞과 뒷부분에 두 번 게재되어 있다. 특히 「스파게티 에비뉴, 서울, 2020」의 모티브가 되고 있는 '천사와 악마' 이야기는 내용 면이나 언어 조직 면에서 서로 대칭이 되는 특징을 보여주고 있다.

언젠가 악마의 얼굴을 본 적이 있지
울던 악마는 눈이 새빨갛게 울고 있어서
악마의 얼굴을 보고서
슬픔이 밀려왔지

눈물을 해방한 천사처럼
고통을 해방한 천사처럼

악마의 얼굴을 본
천사이 얼굴처럼
천사의 얼굴을 본
악마의 얼굴처럼

울지 못하는 천사의 얼굴이
울고 있는 악마의 얼굴과
마주한다는 거

―「스파게티 에비뉴, 서울, 2020」 전문

악마와 천사라는 서로 대립되는 요소로 구성되어 있는 위의 시는 내용에 있어서도 어울릴 것 같지 않은 계열로 연결되어 있다. '울던 악마', '울지 못하는 천사'에서의 연결이 그러하고 '악마의 얼굴을 보고서/ 슬픔이 밀려왔'다는 상황 제시 역시 그러하다. 시는 '울지 못하는 천사의 얼굴이/ 울고 있는 악마의 얼굴과/ 마주하'고 있음을 상정하고 있으며 실제로 '악마의 얼굴을 본/ 천사의 얼굴처럼'이 '천사의 얼굴을 본/ 악마의 얼굴처럼'과 완전한 대칭을 이루고 있다. 서로 대칭이 되어 완전히 포개지는 언어적 구성은 「거울제국」의 "내가 태어난 곳은 끝이 보이지 않는/ 사막의 막사, 막사의 사막"에서도 거듭 확인되거니와, 시인은 '거울'이 "뱀의 혓바닥처럼 두 개의 언어로 만들어"졌다고 말하고 있다.

「절망」의 언어는 어떠한가. "날아가지 않는 새는 날개 달린 새, 눈을 감고/ 달리다 날개를 아주 내어버린다 날개를 버리고/ 날아갈 것만 같다 공중에서 새는 분해될 것이다/ 새의 절망도 날아갈 것이다 날아가는 건 자유가/ 아니지만 자유다 자유는 기계적 몽상이다 몽상은 날개라는 기계의 꿈이다 날개를 아주 내다/ 버리고 날개 생각은 안한다 (중략)"의 언어 조직은 모두 대립과 포개짐으로 끝없이 이어져 있다. '날아가지 않는 새'와 '날개 달린 새', '날개를 버리고'와 '날아갈 것만 같다', '자유가 아니지만'과 '자유다', '기계적 몽상'과 '몽상은 날개라는 기계의 꿈이다', '날개는 내다 버리고'와 '날개 생각은 안한다' 등이 그러한데, 이들은 의미상 대립적이지만 모두 언어의 같은 요소들을 통해 연상적으로 연접되어 있다. 연접된 이들 어사(語辭)는 완전히 포개지며 마치 '천사와 악마'의 관계처럼 서로 마주하고 있는 '두 개의 언어'다.

조하혜 시인의 경우 이와 같은 언어의 이중적 대칭 구조는 단순히 언어 구성적 차원에서만 설명될 수 없는 중요한 의미를 담고 있다. 그것은 언어를 세계를 반영하는 도구로 본다거나 혹은 그것을 이항대립적 체계 안에서만 의미를 지닌다고 하는 것과도 상관없이 언어를 세계 자체로 본다는 관점에서 그러하다. 즉 "언어는 세계다"라는 명제를 끌어내 보자. 언어는 세계에 대한 모사물도 아니며 세계의 의미를 전달해주는 매개체도 아니다. 언어 자체가 세계로서 언어에는 세계의 무게가 고스란히 담겨 있으며 그 언어의 구조가 곧 세계의 구조를 드러낸다는 점이다. 다시 말해 언어와 세계는 동일하다.

시인의 말을 빌면 그러한 언어를 모두 끌어안고 있는 것이 '거울'이 되는데, 여기에서 '거울'은 대상 A와 B를 서로 마주하여 포개 놓는 '주름'이 된다는 점에서 주목할 만하다 할 것이다. 마찬가지로 조하혜 시인의 언어는 세계와 동일한 무게와 밀도를 지닌 채 끝없이 이어지고 있다. 그것은 의미나 세계의 진리를 제시하는 데 목표를 두고 있지 않으며 단지 세계의 흐름을 좇는 것이라 할 수 있다. 그러한 점에서 시인의 언어는 에너지 자체이며 충동과 욕망의 응어리다. 이 가운데 대칭의 언어는 특히 강한 돌출을 보이는 부분이라 할 수 있을 것이다. 세계가 에너지의 연속적 흐름으로 이루어져 있다면 시인은 언어로써 세계의 그러함을 드러낼 뿐만 아니라 동시에 언어로써 에너지의 강한 돌기 또한 보여주고 있다.

시인의 시들 가운데 이와 같은 언어의 돌기가 가장 두드러지는 계기가 있다면 그것은 '눈물'에 해당될 것이다. "단단한 슬픔의 젖가슴을 보았네 어머니들이 징그러운 개구리처럼 울었네 …… 눈이 새빨간 어머니들이 징징대고 우는 통에 홍수처럼 불어난 젖가슴"(「가령, 두 여자」)이나 "온통 눈물뿐인 어머니가/ 그대의 눈물 속에 우는 어머니를 부둥켜안고/ 눈물을 재우고 있다"(「밤의 화전민」)에서 확인할 수 있는 예의 대칭적 언어 구조는 다름 아니라 '눈물'에 대한 드라마를 펼치고 있는 것이다. '눈물'의 강한 울림은 그 강렬함에 비례하는 언어의 돌기와 만나고 있다. '눈물'은 언어의 돌기에 상응하는 밀도를 이루고 있는 바, 여기에서 '눈물'은 곧 세계의 주름 혹은 세상의 울혈이라 할 수 있을 것이다. 조하혜 시인의 시편들 가운데 '눈물'이 가장 빈도 높게 등장하는 이유도 이와 관련된다. 즉 시는 바로 세상의 울혈 부분에서 발생하는 것이라는 점이다. 세상이 울체를 형성한 그 한가운데 '눈물'이 놓여 있다는 것이 어쩌면 지극히 당연한 일이라 할 것이다.

> 눈물 때문에 얼굴이 오늘도 엉망이에요 무시무시한 분장을 하고 걸어가는 슬픈 광대가 보여요 상어처럼 무시무시한 이빨을 달고 붉은 휘장처럼 눈물을 삼킨 입 속이 출렁거려요 아저씨, 그 이빨 나한테 팔래요 눈물을 먹여줄게요, 달랑 한 모금의 눈물이에요 그래도 요즘은 석유나 금보다 더 희귀한 눈물이죠 난 매일 눈물을 팔아요 달랑 눈물 한 봉지, 한 그릇, 씨앗만큼 사가도 되요 당신의 고통이면 한 달치의 눈물이 충전되니까요 도시에선 재빨리 눈물이 바닥나거든요

—「人生淚傳」 부분

'눈물'이 세상의 울체가 되는 것은 그 안에 내재되어 있는 슬픔의 함량 때문이다. 슬픔과 아픔과 고통 등속의 것들은 '눈물'로 그 밀도를 증명한다. 그것의 에너지의 돌기는 시인의 시를 충분히 생산하고도 남음이 있다. 이 때 중요한 것은 '눈물'이 단지 부정적 속성의 것은 아니라는 사실이다.

위의 시에서 화자는 '눈물'을 파는 사람이다. '눈물'이 '석유나 금보다 더 희귀한' 것으로 설정되어 있듯 시인은 '눈물'에 매우 높은 가치를 부여하고 있다. 그것은 희소가치가 매우 큰 것이다. '눈물'이 이처럼 귀한

까닭은 '인정이 메말랐기' 때문이다. 시인은 현대 사회에서 벌어지고 있는 잔악한 비행들을 '눈물 없음'과 견주고 있다. 현대의 비인간적 행태들은 결국 '고통이 무감각해지는 심각한 병'에서 비롯된다는 것이다. 시인의 전언에 따르면 '눈물'은 결코 폐기처분해야 되는 불순한 감정이 아니라 오히려 인간이 순수성을 회복할 수 있는 소중한 지표가 된다. '눈물'은 곧 진정한 세계의 표현인 셈이다. 사정이 이러하다면 시인의 촉수가 '눈물'에 집중되어 있는 이유가 보다 분명해진다. '눈물'은 세계의 슬픔이 응축된 울체이기도 하지만 동시에 순수성과 진실을 확인할 수 있는 계기이기도 한 것이다. 이 점에서 '눈물'은 '서러웁게 반짝이며 우는 집'(「밤의 화전민」)과 같이 의미의 초월을 이루는 차원 높은 자리를 구축한다.

제 2 부
시집을 통해 본 문화론

새로운 시대의 문학의 이름들
— 강헌국의 『활자들의 뒷면』, 박수연의 『문학들』,
이용욱의 『문학, 그 이상의 문학』

우리에게 1980년대의 문학은 민중문학의 거대한 줄기와 함께 그에 맞서려는 자아들의 치열한 모색으로 점철되어 있다. 운동과 정치로서의 문학이 그들의 목소리를 강하게 내면 낼수록 그 이면에서는 그것을 부정하는 개인들의 치기어린 상상력들이 난무했다. 이 속에서 문단은 집단과 개인, 정치와 문학, 민중과 지식인의 이분법적 구도에 휘말려 들어갔으며 이러한 구도에서 자유로울 수 있는 사람은 없었다. 90년대 포스트모더니즘의 세례에 거의 맹목이다시피 했던 것도 우리 문단의 80년대적 특수성에 기인한다. 우리는 80년대의 결말이 나지 않는 구도에 지쳐 있었던 것이다. 이 구도의 부조리함을 아무리 합리적이고 이성적으로 논변했을지라도 시대는 그러한 담론 자체를 예의 견고한 이분법 속에 가둘 수 있었다. 블랙홀처럼 모든 것을 집어삼키고 존재의 어떠한 빛도 부정할 수 있는 것, 이는 시대의 힘으로 비로소 할 수 있는 일이었다. 그런 점에서 80년대의 세대들의 행동은 몸부림이었고 그만큼 치열하고 외로웠으며 한편으로는 불행하였다.

강헌국과 박수연, 이용욱은 80년대 세대들이다. 80년대에 대학 생활을 하였고 이 때에 문학적 감수성을 길러왔을 것이라는 점에서 그러하다. 그러나 이들은 80년대의 시대적 특수성에 길들여진 채 이 속에 매몰되지 않는다. 이들은 80년대적 터전을 딛고 새로운 시대를 내다보고 있으며 그곳을 향해 자신들을 던지고 있기 때문이다. 이들은 80년대가 흉터처럼 남긴 이분법의 구도를 그들의 글쓰기 속에 용해시킨다. 과거의 악명 높던 구도는 이들의 글쓰기적 실천을 통해 오히려 흔적도 없이 집어삼켜진다. 이제 상황이 역전되어 시대가 존재를 삼키는 것이 아니라 존재가 시대를 삼키는 형국이 되고 만다.

이들은 자신의 글쓰기를 통해 정치와 문학, 집단과 개인이 어우러진 문학의 새로운 방법론을 찾아 나선다. 그것은 이 양자의 산술적 통합과 같은 차원의 것이 아니다. 문학이 어느덧 정치가 되고 개인이 알게 모르게 집단이 되는 체험 속에 그들은 놓여 있다. '어느덧', 그리고 '알게 모르게' 이루어지는 양자의 어우러짐은 그것이 단순히 종합과 결합이 아님을 의미한다. 이는 그들이 자신들의 문학적 파을 새로이 짜고 있음을 뜻한다.

1. 글쓰기에서 읽기와 쓰기의 차연 관계 – 강헌국의 『활자들의 뒷면』

강헌국은 문학이 자율성과 개별성을 지닌 자족적인 체계임을 부정하는 데서부터 자신의 문학적 이름을 언명하고 있다. 이는 문학이 '읽히기'에 진입한 순간 '문화적 관습이라고 통칭할 만한 여러 문맥들이 본문에 결부되어 의미가 마련'(『활자들의 뒷면』 이하 생략, p.12)되기 때문에 비롯되는 현상이다. 문학의 본문은 그 자체로 의미가 파악되는 것이 아니라 독자가 처한 텍스트 외부의 경험적 바탕에 의해 내용이 보완됨으로써 의미가 해석된다는 것이다. 또한 글쓰는 주체는 글쓰기 이전 이미 글을 읽는 주체이기 때문에 소설 쓰기는 '있는 그대로의 현실이 아니라 현실이라는 복면으로 위장된 다른 본문들을 옮기는 행위'(p.13)라고 한다. 다시 말하면 활자와 현실 사이는 서로 넘나들기 때문에 그것들은 모두 어떠한 독립적이고 고유한 성질을 주장할 수 없다. 현실이 자신의 모습을 전경화시키려 하지만 활자가 되는 순간 그것은 자신의 독자성과 절대성을 고집할 수가 없는 것이며 활자 또한 제아무리 자체 완결적이고 보수적인 틀을 강하게 지니고 있다 하더라도 현실과의 관계망으로부터 벗어날 수 없는 것이다.

이러한 관점에서 보면 문학에서의 현실주의와 자율성을 주장하는 문학 중심주의가 얼마나 심한 오류에 빠져 있었는가를 알 수 있다. 리얼리즘과 문학의 자율성은 그것이 결국 작가에 의해 쓰여진다는 점에서, 즉 작가의 과거와 현재, 읽기와 쓰기가 연루된다는 점에서 순수하지 않으며 여러 문학적 관습의 층위들에 의해 간섭되고 훼손되는 것이다. 따라서 강헌국은 문학의 본문이 '문화적 관습이라는 거대하고 촘촘한 그물망의 한 매듭에 불과'(p.13)하다고 하며 여기엔 읽기와 쓰기의 차연 관계가 형성된다고 말한다. 차연 관계란 '의미가 확정되지 않고 끊임없이 다른 문자로 옮겨지면서 지연되는 것'(p.14)이라는 점에서 그러하다.

차연 관계 속에서 글쓰는 주체는 작가가 부여받기 마련인 기존의 환상을 뒤엎는다. 작가는 절대적 창조자가 아니라 자신이 놓여 있는 환경과 배경, 그가 놓여 있는 다양한 층위의 문맥들을 펼쳐내는 대리자에 불과하다. 리얼리즘을 통해 절대성을 보장받던 작가의 시선이라는가 문학적 자율성을 통해 권위가 인정되던 작가의 상상력은 작가 배후에 있는 문맥들의 파편일 따름이라는 혐의를 받게 된다. 우리가 '작가의 체험의 기록 속에서 그것을 가능케 한 역사적 맥락, 현실을 지배하는 질서와 같은 현실 이면에 대한 통찰을 함께 하'(p.29)는 것도 이와 관련된다.

강헌국은 작가를 둘러싼 문화적 관습의 총합들과 작가 사이를 랑그와 빠롤의 관계에 비유한다. 랑그가 사회라고 한다면 '그것은 작가의 손을 거치면서 그 작가가 속한 사회 계층, 직업, 이해관계, 개인의 생활사 등에 의해 변형, 위축, 왜곡, 과장, 전도되어 빠롤인 소설로 표출된다'(p.130)는 것이다. 작가들은 자기 나름의 시각으로 사회의 일면을 포착하면서 그가 속한 사회집단에 의해 형성된 가치관에 따라 그것들을 해석하고 구조화, 의미화한다.(p.129) 이는 읽기와 쓰기 과정을 거치면서 작가들이 제각각 자기 나름의 차연적 간격을 달리 지니는 것을 뜻한다.

그러나 강헌국은 작가들이 보여주는 세계관의 편차가 그리 크지 않을 것이라고 생각한다. 그것은 작가들이 거의 동일한 사회 계층에 속할 것이기 때문이다. 따라서 작품에 숨겨져 있는 세계관 분석을 통해 동시대 작가들의, 나아가 동시대 지식인들의 실재가치를 귀납해낼 수 있을 것이라는 가능성을 찾고자 한다.(p.129) 이 점에서 문학을 포함한 지식 및 의식을 바라보는 그의 관점은 칼 만하임의 지식 사회학적 개념에 한 자락을 대고 있음을 알 수 있다. 만하임은 개인의 사유 체계가 독창적인 개인의 소산임을 부정하고 그것을 그가 소속한 사회집단, 역사적, 사회적 상황에 연관시키기 때문이다.

우리는 이로써 강헌국의 비평적 입지를 확인할 수 있게 된다. 그는 문
학의 독자적이고 자율적인 전제를 부정하되 그렇다고 현실주의자들과 같
은 현실의 절대적 우위성을 강조하지도 않는다. 그는 작가와 활자가 맺
고 있는 읽기와 쓰기의 근원적인 차연 관계를 통해 문학과 현실을 하나
의 판 속에 포괄시킨다. 문학과 현실은 작가를 통해 서로 넘나들기를 한
다. 작가는 현실을 가공하고 변형하는 주체일 뿐만 아니라 현실의 흔적
을 옮기는 피동적인 대리자이기도 하다. 강헌국이 볼 때 작가는 이 양면
적인 인물이다. 작가는 철저한 피동적 대리자도 아니면서 철저한 주체도
아닌, 다시 말하면 주체이기도 하면서 대리자이기도 한 자이다. 때문에
강헌국의 초점을 받는 작가는 이 사이에서 긴장을 보여주는 인물들이다.
해체주의로 나가지 않으면서 사회와의 긴장의 끈을 놓지 않는 작가가 그
들이다. 사회는 그들에게 스며들어 있기도 하지만 그들에 의해 의식적으
로 수용되기도 하는 것이다.

2. 문학적 차이들의 힘 – 박수연의 『문학들』

강헌국에 비하면 박수연은 문학을 보다 내재적인 관점에서 대하고 있
다. 이는 씨실과 날실의 관계로 짜여지는 문학과 현실의 관계에서 문학
에 더 큰 비중을 둔다는 것을 의미한다. 박수연의 사유체계에 비출 때 씨
실과 날실이라는 비유가 부적절할지 모르겠다. 그에 의하면 문학과 현실
은 각기 한 지점을 차지하는 영역으로 서로 마주하고 대결하는 관계에
있는 것이 아니다. 문학 스스로가 현실이 되고 정치로 화하게 되는 것인
데 문학 내부에 이를 이루는 역학적인 힘이 존재한다고 그는 보고 있다.
따라서 '심지어 작품들이 정치적 능동성을 결여하고 있는 것처럼 보일지

라도 그것은 하나의 정치에 대한 또 다른 정치의 배반'(『문학들』 이하 생략, p.9)이 될 수도 있게 되는 것이다. 내재하는 역학관계에 의해 문학의 힘은 넘쳐흘러서 주어진 경계를 뚫게 되므로 문학은 자율성의 틀을 고집하지 않는다.

이러한 관점은 강헌국의 그것과 마찬가지로 80년대의 문학적 지형도를 떠오르게 한다. 그것은 문학이 무엇인가 하는 질문과 닿아있는 바, 80년대의 문학이 자율성의 측면에서 위축당하고 또한 자율성을 내세우더라도 비정치적이라는 부정적인 선입견을 부담해야 했던 상황과 관련되는 것이다. 박수연은 이를 효과적으로 전복한다. 그는 문학의 자율성을 말하되 그것의 역동성을 말함으로써 문학에 생기를 부여한다. 그에 의하면 오히려 모든 문학은 자율적, 즉 내재적이어야 하며 오로지 그것을 통해서 힘을 발휘해야 하고 또 그런 점에서 정치적일 수 있다는 것이다. 다시 말하면 정치를 말하든 말하지 않든 모든 문학은 정치적일 수 있다.

그러나 박수연이 염두에 두고 있는 정치는 주관적이고 독특한 것이다. 그것은 힘이 있다는 점에서 '권력'을 지니지만 무언가를 '지배하는 힘이 아니라 이행을 가능하게 하는 힘'(p.9)이라는 점에서 긍정적이다. 이러한 힘을 발견할 때 비평적 투지가 살아난다고 고백하는 박수연은 비평이 곧 문학 작품이 숨기고 있는 '원래 가지고 있었을 힘'(p.9)을 부여해주는 작업이라고 한다. 우리는 여기에서 박수연의 비평가로서의 자의식을 엿보게 된다. 비평가란 작품을 재단하고 지도하며 이를 통해 작가를 장악하는 것이 아니라 작품의 '목소리'에 귀기울이고 이를 끌어내고 이것에 생명을 불어넣는 자인 것이다.

그렇다면 박수연의 비평적 꿈이 닿아있는 문학에 내재하는 '힘', '이행을 가능하게 하는 힘'이 지시하는 것은 구체적으로 무엇일까? 라캉적으로 말하면 그것은 "'소유의 변증법'에 묶이는 대신 '존재의 변증법'으로 나아가려는 주체의 끝없는 시도"(p.46)에 의해 탄생되는 것이며 들뢰즈에 기대면 '복수적인 목소리들의 상호 교배를 통해 문학들이 자신의 경계를 파괴하고 그로써 예기치 않았던 영역으로의 해방을 실현'(p.54)하는 것을 뜻한다. 문학에 대한 해체주의자들의 이러한 관점을 박수연은 라자뤼스의 그것과 연결시킴으로써 그 내포를 더욱 분명하게 하고 있다. '시는 언어를 초월하려는 시도이며 시적 표현들은 일상어와 동일한 수준에 머무는 언어들의 왕복운동의 결과'(p.21)라는 것이다. 이들의 견해를 종합해 봄으로써 우리는 박수연이 의미하는 문학적 힘이 언어 내적인 변형과 충돌과 운동에 의해 발생하는 것임을 알 수 있다. 즉 시인이 상징계에 군림하는 아버지의 언어를 수락하고 이를 무반성적으로 사용한다면 그는 결국 현실 규칙의 지배적인 힘과 타협하는 것에 다름 아니며 이 속에서 진정한 창조와 자기 찾기는 불가능할 것이라는 점이다.

박수연이 제시하는 글쓰기는 자본주의의 합리적 체계에 포섭되지 않고자 하는 주체의 의지를 반영하는 것이기도 하다. 문학이 상품으로서 관리되는 것을 거부하고 그 틈 사이에 놓인 좁은 길을 걷는 것은 시의 위기이지만 동시에 시의 존재 증명이 되기도 한다. 박수연은 이러한 문학이 '자율적 주체들의 역능에 의해 재구성되는 삶의 또 다른 배치방식'(p.58)이자 '변이의 역능으로 창조적인 생성으로 되어가는 소수자의 언어'(p.59)라는 점에서 정치적이며 복수적인 것이라고 말한다. 정치적인 것은 기존의 삶을 변혁시켜 새로운 삶을 만들어낸다는 점에서 그러하고 복수적인 것은 다양성과 달리 지배적인 것에 포섭되지 않고 늘 그것의 경계에서 그것을 넘어서고자 하기 때문이다. 이러한 문학에 자신의 비평적 촉수를 드리우고 있는 박수연은 이들 문학을 통해 생성하는 힘과 문학의 정치성을 발견코자 한다. 그리고 이것은 박수연 식의 새로운 문학 찾기, 그 나름의 80년대 넘어서기에 해당된다.

3. 사이버 문학적 상상력 – 이용욱의 『문학, 그 이상의 문학』

이용욱은 강헌국이나 박수연과 약간의 세대 간격을 두고 있다. 앞의 두 사람이 80년대 초반에 대학생활을 보내고 90년대에 등단하였다면 이용욱은 주로 90년대에 대학 생활을 경험한 소위 디지털 세대이며 등단도 사이버 공간을 통해 이루기 때문이다. 디지털 세대의 기수답게 그는 문학적 토대의 형질 변화에 민감히 반응한다. 그는 90년대 문학의 위기론과 맞물려 활자 매체가 아닌 전자 매체가 급부상하기 시작하였으며 새로운 세대들이 여기에 '벌떼처럼' 몰려드는 상황을 목격한다. 전혀 다른 시스템과 그로 인한 전혀 다른 시간과 공간은 현실에 대응하는, 또한 현실을 능가하는 또 다른 세계를 보여주었다. 이용욱은 이 속에서 이루어지는 글쓰기에 주목하게 되는데 사이버 세계 속에서의 글쓰기는 사이버 세계 밖의 글쓰기와 질적으로 차이가 나며 따라서 여기에서 새로운 문학적 변혁의 단초를 찾을 수 있다는 입장을 제시하고 있다.

사이버 세계가 현실의 그것과 다른 것은 일차적으로 그것이 시간과 공간의 구속을 받지 않는 3차원적 시·공간을 구축한다는 점에서 찾을 수 있다. '네티즌들은 수시로 자신이 속해 있는 공간을 이동'(『문학, 그 이상의 문학』 이하 생략, p.47)한다. "'나'는 A라는 대화실에서 이야기를 나누다가 B라는 공간으로 이동하여 전혀 다른 시간을 경험"(p.47)하는 것이다. 또한 '나'는 사이버 공간에서 진행되는 작가의 '텍스트의 의미 구축 작업에 작가와 같이 참여'(p.26)할 수도 있다. '나'는 어떠한 권위나 한계에 구애됨

없이 실시간에 의식한 대로 행동할 수 있게 된다. 의식은 곧 행동이 되고 현실이 된다. 이러한 점에서 사이버 공간은 '나'에게 절대적인 힘을 부여함은 물론 '나'와 '타자' 사이의 벽을 허물어 '나'에게 완전한 자유를 누리게 한다. 이러한 조건은 가히 인간을 신으로 현상하게 하는 것이다. 그 속에서는 가상이라는 명분에 의해 모든 것이 허용되기 때문에 어떠한 말과 의식도 제한없이 넘쳐흐를 수 있다.

이용욱이 주장하는 것은 그러한 무소불위의 조건을 지닌 세계에 대응해서 현실의 문학이 살아남을 수 있겠는가 하는 점에 있다. 그는 과거 문학의 위기론이 문학이 처한 위기에 대해서 심각하게 고민하지 않았다고 비판하면서 활자를 매개로 이루어지는 문학은 정보화 시대의 소통적 상상력에 비하면 권위적이고 제한적인 점을 지적한다. 반면 비물질성에 의해 구축되는 사이버 문학은 "'작가'와 '독자'라는 전통적인 관계망을 해체"(p.16)시키고 "문학의 세계 재현 문제"(p.16)를 해소함으로써 문학의 위기에 대한 '대안'이 될 수 있다고 한다. 따라서 사이버 문학의 남는 문제는 '전혀 다른 형식으로 현현하는 문학적 생산과 소비의 메커니즘'에 따라 '지금까지와는 전혀 다른 물적 기반을 갖는 상상력'(pp.19-20)의 변화에 놓여 있다. 그리고 그것은 단지 상상 영역의 넓이 문제가 아니라 '정보화 사회가 가져다주는 의식적 지반의 급격한 변화와 이미지의 다양한 스펙트럼을 얼마나 미적으로 가공하는가'(p.20)에 가치 기준을 두는 것이다.

이용욱의 이러한 논리의 궤적은 사이버 문학이 지니고 있는 조건과 특질에 기반하여 문학의 특수성과 가능성을 짚어내고 있다는 점에서 의미를 띤다. 이들에 대한 치밀하고도 섬세한 그리고 진지한 고찰은 현실에서와는 다른 문학적 패러다임을 제시해줄 것이다. 또한 사이버 공간이 지니는 가상적 현실과 특수한 시·공간은 우리가 처한 현실적 조건을 넘어서는 새로운 상상의 방식을 제공해줄 수 있을 것이다. 그러나 정작 문제가 되는 것은 사이버 문학이 어느 정도로 이러한 가능성들을 실천하고 만족시켜 주는가에 있다. 이는 사이버 문학이 지닌 특질과 장점을 십분 발휘하여 지속적인 문학의 진보를 이루는가, 아니면 흥미와 오락을 담아내는 것으로 멈추는가의 갈림길에 놓여 있음을 의미한다. 이용욱은 사이버 문학의 체계화에 앞장설 것을 다짐하면서 더 많은 작가와 독자의 참여를 촉구한다. 소란하고 '요란할수록 그 안에 무언가 채워질 것'이라는 기대 때문이다.

세 비평가 모두 문학과 비평과 관련하여 전개되는 쟁점들을 선명하게 지니면서 각자의 방법과 길을 모색하고 있다. 이들은 80년대의 문학적 특수성에 대한 안티 테제를 제시하였다는 점에서 동시대인으로서의 면모를 보이지만 이들이 그려내는 미래는 조금씩 차이가 난다. 우리는 이들 방법론이 제각각 우리 문학을 이끌어 갈 흐름이자 틀로서 작용하여 우리 문학을 더욱 풍요롭고 정교하게 형성해갈 것이라고 기대한다.

삶의 무게를 다스리는 언어 예술

중견 시인들의 최근작들을 모아보았다. 김광규의 『시간의 부드러운 손』
과 민영의 『방울새에게』, 문정희의 『나는 문이다』, 그리고 조오현의 『아
득한 성자』가 그것이다. 오랜 시간에 걸쳐 이루어진 그들의 시작(詩作) 작
업이, 마치 잘 익은 장맛처럼 시를 깊게 느껴지도록 해주었다. 이들 시인
들에게 언어는 생활의 편린들을 구수하게 발효시키는 시간과 같은 것이
었다. 더 많은 정성에 의해 익은 언어는 시인들의 손때가 묻은 생활들을
매우 익숙하게 담아내고 있었다.

생활이 시로 담길 수 있다는 것은 얼마나 다행스런 일인가. 평범한 일
상이나 타올랐다 스러져 버리는 사유의 편린들, 가슴시린 일들이나 형언
하기 힘든 비극들이 시로 표현된다는 것은 인간의 운명에 대한 크나큰

위로가 아닐 수 없다. 시는 가볍거나 무거운 인간의 삶을 아름답게 감싸줌으로써 가벼움과 무거움의 무게를 조절한다. 그저 흘러가버릴 아무것도 아닌 것들은 언어의 추를 달고 사유의 진중함을 얻게 되거나 감당하기에 버거운 고통은 언어의 입김에 의해 그 무거움을 공기 중으로 흩어버리기 때문이다. 언어는 그 안에 모든 것들을 용해시켜 내어 언어만의 독자적인 질감을 형성하는 바로 그것이므로 생활은 그 자체로 절대적인 지위를 확보하지 못한다. 시가 언어예술인 것은 이 때문이고 시의 자율성도 바로 이 점에서 비롯된다. 이는 바꾸어 말하면 언어란 모든 것을 수용하듯 열려있는 것이되 외부와 상대적으로 단절되어 있는 다른 영역임을 뜻한다. 언어는 내부를 지니고 있는 것으로서 외부에 저항하고 또 나름의 독특한 장(場)을 형성한다.

언어 이전의 생활도 시의 내용이 되면서부터는 언어의 장(場)이라고 하는 독특한 질감 속으로 수용된다. 무릇 시론이란 시의 언어가 어떻게 구성되어 있는지를 밝히는 데 주력하지만, 그러나 분명한 것은 시적 언어의 장(場)은 명료하게 분석될 수 있다기보다 오히려 분석되기 어려운 모호함을 안고 있다는 점이다. 어쩌면 단지 전체적이고 종합적인 아우라가 언어의 장(場)에 대해 설명해줄 수 있을지도 모르겠다. 가령 '언어'와 '언어'의 조직은 무엇으로 이루어져 있느냐가 문제인 것이 아니라 언어조직의 '사이에' 놓인 긴장상태가 더 중요한 것이라는 점이다. 또한 시의 내용이 되어 있는 사유가 무엇인지보다 언어 전체를 아우르는 유기적인 숨결이 시적 언어의 본질이라는 것이다.

모든 성분을 녹여내어 하나의 유기체로 만들고 그 속에서 일정한 호흡을 빚어내는 일이야말로 시의 보편적인 부분이자 시를 가장 차원 높게 이끄는 요인이 될 것이다. 시가 유구한 역사를 간직하면서 살아남아온 까닭도 여기에 있으며 그 부분이 서정시의 핵을 차지하고 있다고도 말할 수 있으리라. 요컨대 우리는 언어가 만들어내는 숨결로 말미암아 시를 찾게 되거니와 이러한 독특한 숨결 속에서 우리는 비로소 마음의 율(律)을 고르게 된다. 물론 이때의 마음의 율(律)이란 격정도 고통도 분노도 슬픔도 녹여낸 항심(恒心)에 근접하는 것이자 가벼움과 무거움이 조정된 중용(中庸)에 가까운 것일 터이다.

1. 일상을 관조하는 시선 – 김광규의 『시간의 부드러운 손』

김광규의 『시간의 부드러운 손』에 주로 등장하는 소재는 스쳐지나가 버릴 만한 일상들이다. 주말을 보내는 가족들의 모습(「비 오는 주말」)이라거나 등산하며 주고받는 이야기(「우리 아파트」), 암투병하는 친구를 찾아간 일(「오래된 친구들」), 이웃의 이사에 얽힌 일화(「새 이웃」), 정년이 되어 연구실을 비우는 일(「책의 용도」), 여행 갔다 가방을 잃어버린 일(「잃어버린 비망록」) 등이 시의 내용을 차지한다. 대개 사소한 생활의 편린들이므로 시의 소재 뒤켠에 밀려날 것 같은 일들이 김광규 시의 중심 내용이 되고 있다. 이러한 내용을 다루는 방식에 있어서도 시인은 특별한 기교를 부리지 않는다. 비유나 압축과 같은 시의 고전적 기법이라든가 드라마틱한 내용 전개, 혹은 의도적인 해체나 산문성 등 시의 내용을 부각시켜 줄 만한 기교나 형식이 시에 나타나지 않는 것이다. 그러나 그렇다고 해서 김광규의 시가 시적 긴장이 떨어진다거나 조직의 밀도가 엉성하다는 것은 아니다. 그의 시는 매우 익숙한 서정성 속에 우리를 잠겨들게 하기 때문이다.

특별한 시적 기법을 동원하지 않는 김광규 시의 서정성은 어디에서 비롯하는 것일까? 김광규 시의 독특한 시적 공간은 어떻게 형성되는 것일까?

우체국 앞 가로수 곁에
아낙네가 죽제품 좌판을
벌여놓았다 대나무로 만든
광주리와 키와 죽침 따위에 섞여
효자손도 눈에 띄었다 건널목
신호등이 황급하게 깜빡이지 않았더라면
그 조그만 대나무 등긁이를 하나
사왔을지도 모른다
노인성 소양증만 남고
물기 말라버려 가려운 등을
시계 방향으로 돌아가며 장난 삼아
간질간질 긁어주던
고사리 같은 손
이 작은 효자손이 어느새 자라서 군대에 갔다
옆에는 나직한 숨결마저 빈자리
어둔 창밖으로 누군가 지나가며
빨리 떠나라고
핸드폰 거는 소리
뒤에서 슬며시 등을 떠미는 듯
보이지 않는 손
벽오동 잎보다 훨씬
커다란 손
되돌릴 수 없는 시간의
부드러운 손

—「효자손」 전문

　「효자손」의 시적 자아는 길을 가다 '효자손' 파는 노점상을 만난다. 대
나무로 만든 여러 상품들 가운데 유독 '효자손'에 눈길을 주는 시적 자아
는 '효자손'을 둘러싼 이야기의 회로를 엮어낸다. '신호등이 황급하게 깜

빡이지 않았더라면 … 하나 사왔을’ 것이라는 것, ‘물기 말라버려 가려운 등을 … 긁어주던 … 손’이라는 것, 아들쯤 되는 아이가 ‘어느새 자라서 군대에 갔다’는 것 등이 그것이다. 물론 이것은 극적 효과가 두드러진 스토리가 아니다. 그렇다고 여기에 고도의 시적 의장이 가로놓여 있는 것도 아니다. 그런데도 이 시는 우리의 가슴을 잔잔하게 에워싸면서 아련한 감회에 젖어들게 하는데, 이는 여기에 시간을 다루는 시인의 솜씨가 가로놓여 있기 때문에 그러하다. ‘죽제품 좌판을 벌여놓은 아낙네’의 이미지가 주는 정적 시간과 ‘황급하게 깜빡이는 신호등’의 조급한 시간의 대비, 그리고 그 사이에서 조급함에 떠밀려 지나가야 했던 자아의 황망한 이미지를 그려내 보이는 솜씨는 매우 돋보이는 부분이 아닐 수 없다. 이뿐 아니라 ‘효자손’에서 아이의 ‘간질간질 긁어주던 고사리 손’을 연상하는 시간의 흐름이라든가 그 아이의 성장과 자신의 ‘늙음’을 대비하면서 떠올리는 시간에 대한 무상감 역시 ‘시간’을 둘러싼 시적 전개라 할 수 있다.

이후 시는 ‘옆에는 나직한 숨결마저 빈자리/ 어둔 창밖으로 누군가 지나가며/ 빨리 떠나라고/ 핸드폰 거는 소리’ 등 어지럽고 소란스런 장면으로 이어지는데, 이것이 결국 ‘군대에 간’ 아이를 추억하는 동안 공허하게 비어있는 ‘지금 이곳’에 대한 시적 표현이라 한다면 이 부분 역시 시간을 다루는 한 방법에 해낭뇌는 것이라 할 수 있다. 시적 자아의 허전함은 시간의 비어있음, 곧 ‘빈 시간’으로 전개되고 있는 것이다. 주위의 여러 번 잡스런 소음들로 가려져 있는 자아의 자리는 다름 아닌 빈 시간 속에 황황히 놓여 있는 모습과 겹쳐진다. 그리고 이때의 공허함은 시인이 말하듯 ‘뒤에서 슬며시 등을 떠미는 … 보이지 않는 손’에 의해 비롯되는 것인 셈이다.

우리는 '등을 떠미는 보이지 않는 손'이 자아를 공허하게 하고 과거를 회억토록 강제하는 빠른 물살 같은 시간임을 대번에 짐작할 수 있다. 그 시간의 빠른 속도가 모든 것을 변화시키며 사람을 늙고 힘없게도 한다는 것에 절망하기도 할 것이다. '벽오동 잎보다 훨씬/ 커다란 손'이라는 시인의 언급은 그 점에서 연유하는 것이다. 시간은 이처럼 인간을 능가하여 거스를 수 없는 힘을 지닌 실체로 그려진다.

그러나 시인은 결코 시간에 대해 적대적이지 않다. 시간의 흐름이 인간을 왜소하게 만든다 할지라도 그는 그러한 성격의 시간을 받아들인다. 그는 시간을 긍정하고 그것과 화해하며 그 속에 자신을 조용히 자리매김 하고 싶어 한다. 시의 마지막 부분인 '되돌릴 수 없는 시간의 부드러운 손'이라는 놀라운 표현은 시인의 그와 같은 정서를 형상화하는 것에 다름 아니다. '부드러운 손'이라 함으로써 시인은 위악적인 '시간'과 그에 압도되는 인간을 동시에 감싸 안고 있음을 알 수 있다.

이처럼 「효자손」은 시간을 다루는 시인의 독특한 솜씨에 의해 전개된다. 그러나 이 시의 중요성은 여기에서 그치지 않는다. 이 시에는 시간을 바라보는 시인의 관점까지도 밝혀져 있는 까닭에 시는 김광규 시 전체의 서정성의 비밀을 짐작할 수 있게 하는 것이다. 그것은 일상을 관통하는 '시간'을 지극한 애정으로 받아들임으로써 시간의 세찬 물살 속에 놓인 일상마저 애정의 품 안에 둔다는 사실과 관련된다. 일상에 대한 잔잔하고 섬세하며 애정 어린 관조의 시선은 바로 그 점에서 비롯된다. 이로써 '일상'은 시의 중심 소재가 될 수 있었으며 이 일상을 다루는 시선은 '부드러움'으로 일관할 수 있었던 것이리라. 우리는 이것이 김광규 시의 서정성을 확보하는 것이며 기실 그의 창작론과 관련되는 부분임을 짐작할 수 있다.

2. '가위눌린 시대'에 대한 서정성의 포옹 – 민영의 『방울새에게』

민영의 『방울새에게』는 시의 중심 내용에 따라 크게 두 부분으로 나눌 수 있다. 1부와 2부는 '봄', '꽃', '숲', '새' 등 자연물에서 소재를 취하고 있고, 3부와 4부는 주로 시대성 강한 내용을 중심 소재로 다루고 있다. 자연물을 다룸으로써 시의 앞부분이 초월적이고 명상적인 분위기를 담고 있다면 뒷부분은 시대의 모순과 부조리, 그로 인한 역사의 상처가 주된 내용이다. 이 두 부분의 병존은 일견 부자연스럽고 단절적이다. 그리고 그 이질감은 과거 민중시로 대표되는 현실 지향적 시와 자연을 관조하는 서정시 사이에 있던 거리감에 비견될 수 있을 것이다.

그러나 이 두 시적 경향의 사이는 사실 우리의 시사가 보여준 것처럼 그렇게 단절적이지도 배타적이지도 않다. 한 시인이 두 시적 경향을 모두 보이는 것이 가능하며 이것이 세계관 상의 모순이라거나 적당한 절충으로 평가될 수 있는 것은 아니다. 엄밀하게 말해서 두 시적 경향 사이의 차이점은 소재 및 내용에 있는데, 이때의 소재 및 내용상의 분류도 어찌 보면 경험적 시 역사에 따른 편의적인 것일 수 있다. 시의 본질에 있어서 이 둘을 대립적인 것으로 분류하는 근거는 사실상 취약하다는 점이다. 더욱이 시가 독자적 언어 예술인 다음에야 그 안에 도입되는 내용이란 한낱 국소적인 일부에 지나지 않는다. 이는 시에서 결국 중요한 것이 소재 및 내용이 아니라 그것을 용해시켜 빚어낸 언어적 조직체라는 사실을 말해준다.

매향리에는
목 부러진 섬 하나가
살고 있다.

꽃 한 송이 피우지 못하고
철조망으로 가로막힌 바다에서
몸집은 날아가고 모가지만 남은
섬.

핏빛으로 물든
서해 바다의 황혼을 겨누어
타 타타타 쾅!
기관포가 터질 때마다 자라목같이
움츠러드는 슬픈 땅.

국적 없는 국토가 남아 있다
매향리에는.

무서움에 소름이 돋아 돌아앉은
목발 짚은 섬!

—「매향리에서-매향리에는 매화가 없다」 전문

「거창에 와서」, 「남도의 봄」, 「그 봄에 있었던 일」, 「聖夜」, 「러시아에
서」, 「白夜」 등과 더불어 위의 시 역시 역사의 상흔을 건드리고 있다. 이
들 시는 한국전쟁 당시 양민 학살이 자행되었던 참혹한 과거와 함께 지
금도 진행 중인 해외의 전쟁을 다루고 있다. 참혹한 현장을 다룬 만큼 어
조 자체도 격앙되어 있고 전체적으로는 비극적 분위기를 풍기고 있다.
이들 시는 역사의 상처에 대한 고발이자 그것이 잊혀져간다는 데 대한
경각심 또한 환기하고 있다. 즉 시의 내용 자체가 시대적 현실성을 선명
히 드러내고 있는 것이다.
　한편 민영 시의 경우 시가 현실성을 담는다고 해서 그것이 시적 의장

들을 소홀히 하는 이유가 되지는 않는다. 위의 시는 압축과 암시 등 서정시 일반의 기법을 충분히 활용하고 있는데 그렇다고 이것이 현실 지향적 내용을 환기하는 데 걸림돌로 작용하는 것은 아니다. 시의 내용과 형식은 어느 하나에로 환원되지 않고 조화와 균형을 잘 이루어내고 있다. 곧 시의 형식은 오히려 내용을 강화시키고 내용은 형식 안에 무리 없이 녹아들고 있는 것이다. 예컨대 '목 부러진 섬 하나', '몸집은 날아가고 모가지만 남은/ 섬', '자라목같이/ 움츠러드는 슬픈 땅', '목발 짚은 섬' 등의 반복적 은유 구조는 사건의 참담함을 더욱 부각시켜내는 역할을 한다. 이처럼 시의 내용과 형식은 서로 대립하지 않으며 어느 한 부분이 다른 부분을 잠식하지도 않는다. 이는 시가 언어 예술이라는 점을 거듭 확인케 해주는 부분이며 그러한 까닭에 시에서 가장 중요하게 여겨야 하는 점이 서정성의 확보임을 말해준다.

    저 서러운
남도의 땅에
하얀 눈 솜이불처럼
덮였으면 좋겠네.

야트막한 산 아래
황토 흙 무덤마다
제비 떼 지저귀는 소리
울려 퍼지고,

자운영 핀 들판을
아기 업은 새댁들
햇볕 쏘이며 사분사분
걸어갔으면 좋겠네.

—「남도의 봄」 전문

인용시 또한 시대의 비극을 시의 내용으로 삼고 있다. '저 서러운 남도'란 피로 얼룩졌던 우리 역사의 현장을 의미한다. 그런데 앞의「매향리에서」와 마찬가지로 이 시 역시 내용의 현실성을 생경하게 부각시키지 않은 채 시적 의장들을 촘촘하게 조직해나가고 있다. 더욱이 '하얀 눈', '제비 떼 지저귀는 소리', '아기 업은 새댁들', '햇볕' 등의 자연물들은 역사의 현장성을 폭넓게 감싸 안는 의미소로 자리 잡고 있다. 시의 서정적 요소들은 시의 현실주의적 색채들을 미학적으로 포용함으로써 시대의 아픔을 승화시키는 데 기여한다. 우리는 여기에서 서정성의 위상과 역할을 거듭 확인하게 되거니와, 서정시는 독특한 언어 구조로 인해 내용의 생경함을 무화시킬 뿐 아니라 내면의 상처를 따뜻하게 치유해주는 역할 또한 한다는 점이다.

3. 강렬한 자의식의 시적 형상화 – 문정희의『나는 문이다』

문정희의『나는 문이다』는 시인의 자의식이 빛을 내는 시편들로 구성되어 있다. 시인으로서, 여성으로서, 인간으로서의 시인의 자의식은 시편들을 통해 끊임없이 불타고 있었다. 그녀의 지칠 줄 모르는 정열과 순수함은 시편들을 관통하는 핵심 요소에 해당된다.

> 오늘 저녁 티브이 뉴스 속의
> 저 검은 양복들은
> 선거 벽보 속에서 유유히 튀어나와
> 그들이 먹기 위한 포도청을 위해
> 나에게 사료가 되라 하네
> 길게 늘어선 투표용지

민중 또는 들러리

그들을 위한 살코기를 위해

나에게 사료이거나

사료를 만들기 위한

기계이거나 땀이거나

결국 개를 위해 쑤어놓은 죽이거나

죽이 될 수밖에 없는

오늘 저녁 티브이 뉴스 속의

저 검은 양복들은

나에게 투표용지 속의 동그라미가 되라 하네

그래, 눈에는 눈 이에는 이다

나 오늘 무모한 열정으로

아무도 알아듣지 못하는 시를 쓰네

티브이를

시의 도끼로 내리치기 위해

—「나의 도끼」 전문

다소 과격한 제목의 「나의 도끼」는 정치 광고의 도구가 돼버린 '티브이'를 비판하고 있다. '티브이'에 등장하는 선거 후보들은 말로는 정의를 외치지만 그들에게 '민중'은 '그들'을 먹여 살리기 위한 '먹이'이자 '도구'이며 '들러리'에 불과하다. 시민들의 '투표'권은 신성하기는커녕 '검은 양복들'을 배부르게 하는 '죽'일 따름이다. 때문에 '나'는 '투표용지 속의 동그라미'처럼 철저하게 소외된다.

시인은 정치판의 부조리에 대해 "그래, 눈에는 눈 이에는 이"라 하며 단호한 투쟁을 선언한다. '그들'이 '나'를 도구화하면 '나' 역시 그들을 비인간으로 간주할 것이고 그들이 양심을 버리면 '나'는 '그들'을 고발하겠다고 한다. 그들의 힘과 부패함에 맞서 '나' 또한 그 정도의 강력함과 치열성을 발휘하겠다는 것이다. 이에 대해 시인은 "나 오늘 무모한 열정으로/ 아무도 알아듣지 못하는 시를 쓰네"라고 말한다. 아무도 알아주지 않는 순수하고 치열한 투쟁을 시인은 이처럼 표현한 것이다. 그러나 우리는 시적 자아가 보이는 이 같은 치열성과 순수성이 결코 무모하지도 고독하지도 않다는 것을 알고 있다. 순수함과 치열함은 시를 빛내는 불꽃이자 시대를 밝히는 횃불인 까닭이다.

지난밤 무슨 생각을 굴리고 굴려
아침 풀잎 위에
이렇듯 영롱한 한 방울의 은유로 태어났을까
고뇌였을까, 별빛 같은
슬픔의 살이며 뼈인 생명 한 알
누가 이리도 둥근 것을 낳았을까
고통은 원래 부드럽고 차가운 것은 아닐까
사랑은
짧은 절정, 숨소리 하나 스미지 못하는
순간의 보석
밤새 홀로 걸어와
무슨 말을 전하려고
아침 풀잎 위에
이렇듯 맑고 위태한 시간을 머금고 있는가

「아침 이슬」 전문

「아침 이슬」은 시인으로서의 자의식과 그를 바탕으로 하는 시 창작 과정에 대해 말하고 있는 시이다. 길들여지지 않는 시인의 치열성은 위의 시에서처럼 시를 통해 하나의 형식을 만난다. '영롱한 한 방울의 은유',

‘순간의 보석’, ‘슬픔의 살이며 뼈’인 그것은 다름 아니라 ‘아침 이슬’과 같은 한 편의 시인 셈이다. 위 시를 통해 우리는 시를 향한 그녀의 열정과 그것을 시화하기 위한 숨겨진 분투를 읽어낼 수 있다. 화자에 의해 우리는 시란 밤새 뒤척이는 숱한 사유와 고뇌를 통해 빚어진다는 것, 번뇌의 시간을 보이지 않게 지워내 ‘숨소리 하나 스미지 못하는 순간’에 현상한다는 것, 뜨거움보다는 ‘부드럽고 차가운’ 것으로 전환되어야 쓰여지는 것임을 알 수 있다.

문정희의 시편들을 읽다 보면 강렬한 자의식을 배태하는 그녀의 순수성에 매혹당하기 마련이다. 그 순수성은 어떠한 허위나 가식을 거부하는 모습으로 나타난다. 그녀의 시에는 스쳐지나가는 바람 같기도 하고 떠도는 ‘집시’(「집시가 되어」)같기도 한 이미지가 묻어나는 것이다. 시인의 순수성과 치열성은 그 자체로 넘치는 에너지를 지닌다. 그러나 문정희 시인의 그와 같은 뜨거움에 비하면 언어는 차갑다. 언어에는 질서가 있고 시간이 있으며 조직과 구조가 있기 때문이다. 한 마디로 언어는 이성적이다. 이성적인 언어는 그녀의 정열과 부딪히고 갈등한다. 정열은 언어에 저항적이고 언어 속에서 정열은 손에 잡히지 않는 모래처럼 가두어지지 않는다. 요컨대 언어는 그녀의 열정을 길들이기엔 너무나 냉정한 것이다. 시인이 언어로 다 표현될 수 없는 눈물과 번뇌 속에서 절망하는 것도 이 때문이다. 좌절하는 그녀는 독자에게 ‘당신이 이 시를 읽을 때/ 시인의 눈물은 잊어도 좋습니다’(「당신의 손가락에 보석이 빛날 때」)라고 전하기도 한다.

이처럼 언어와 정열 사이엔 크나큰 모순이 있지만 시인이기 때문에 그녀는 언어를 포기할 수 없다. 시인인 그녀는 그러한 딜레마 속에 언제나 형벌을 짊어지듯 놓여있어야 한다. 또한 그녀는 자신이 처한 딜레마로부터 쉽사리 벗어나려고도 하지 않을 것이다. 그것은 그녀가 순수하기 때문이다. 그녀는 언제까지나 정열과 언어 사이의 모순 속에서 방황할 것이며 그 속에서 계속하여 시를 탄생시킬 것이다. 이렇게 하여 태어난 시는 그녀 말대로 '맑고 위태한 시간'(「아침 이슬」)이 될 것이다.

4. 언어도단의 지경에서 말하기 – 조오현의 『아득한 성자』

언어 예술인 시는 인간의 삶을 모방하고 표현하지만 모방될 수 있는 삶이 어디에서부터 어디까지인지를 분명히 말하기는 간단치 않다. 시인이면서 승려이기도 한 조오현의 『아득한 성자』는 보통의 사람들이 사는 곳, 사는 모습과는 다른 '아득한' 경지에서 쓰여진 시편들로 구성되어 있다. 우리는 이들 시편들을 통해 접할 수 있는 경험이 대개 객관화된 언어로 표현되기에 결코 쉽지 않은 궁극의 성질을 지닌다는 점을 알 수 있다.

나아갈 길이 없다 물러설 길도 없다
둘러봐야 사방은 허공 끝없는 낭떠러지
우습다
내 평생 헤매어 찾아온 곳이 절벽이라니

끝내 삶도 죽음도 내던져야 할 이 절벽에
마냥 어지러이 떠다니는 아지랑이들
우습다
내 평생 붙잡고 살아온 것이 아지랑이더란 말이냐

— 「아지랑이」 전문

살다보면 더 이상 '나아갈 길'도 '물러설 길'도 '없'는 '낭떠러지'에 처해있는 자신을 발견할 때가 종종 있다. 도망칠 곳도 없고 그렇다고 맞설 수도 없는 때, 주변에 도와 줄 사람 하나 없고 본인 스스로 모든 것을 감당해야 할 때, 마치 바늘 끝처럼 위태로운 지경에 오직 자신만이 하나의 작은 점처럼 서 있을 때 등이 그와 유사한 경험이 아닐까 한다. 그런데 이러한 막다른 곳이 살다가 종종 부닥치게 되는 어려움 정도가 아니라 시에서처럼 '평생 헤매어 찾아온 곳'이라고 한다면 사정은 그리 단순하지 않게 된다. 전자가 자신의 직업이나 인생에서 도모하고자 하는 일이 잘 풀리지 않을 때 겪게 되는 장애라 한다면 후자는 결국 어려움과 고통을 목표로 살아왔다는 것에 해당되기 때문이다. 전자가 '잘 먹고 잘 사는 것'을 목표로 살아오면서 그 중간에 겪는 고난을 의미하는 것이라면 후자는 이 때 '잘 사는 것'을 목표로 하기보다는 남들이 일반적으로 사는 방식을 '버리면서' 살아온 것과 관련된다. 부정하고 또 부정하면서 살아온 길, 궁극에까지 남아 그것이 진리임을 보여주는 길, 삶의 영원한 진실이 무엇인지를 구하며 온 길, 「아지랑이」의 시적 자아가 '평생 헤매어 찾아온 곳'이란 바로 이와 같음을 의미하는 것이 아닐까. 이는 보통 사람들이 걷게 되는 소위 세속의 삶을 거부한 삶을 뜻하는 것일 터이다. 그러한 만큼 자아가 구한 길은 최선의 길이자 절대의 길이 아닐 수 없다.

평생을 걸고 찾아온 절대의 길이 결국 '절벽'이었음을 깨닫게 된 자아가 할 수 있는 행동은 무엇일까? 좌절의 상황에서 보통의 경우라면 어려움에 맞서 이를 극복하는 방법을 찾을 것이다. 그러나 시적 자아의 경우는 해결의 방법을 구할 수 있는 것과 거리가 멀다. 시적 자아가 처하게 된 지점은 자신이 유일하게 추구한 것이 결국 아무것도 아님을 알게 된 지경, 자아가 치열하게 구해온 길에 어떠한 것도 놓여있지도 보이지도 않는 지경, 목표 삼을 만한 것이 삶도 죽음도 아님을 알게 된 지경, 곧 도단(道斷)의 지경에 해당되기 때문이다. 말 그대로 그는 '허공'에 처하게 된 것이다.

위의 「아지랑이」는 승려로서 올곧게 구도의 길을 걸어온 시인의 절박한 자기 성찰이 가감 없는 솔직함으로 담겨 있는 시다. 『아득한 성자』로 정지용문학상을 수상하게 된 조오현은 수상소감에서 "모든 것을 포기해야 할 사람이, 부처니 깨달음이니 하는 것까지 다 내다 버려야 할 놈이, 시를 쓰고 상을 탐하여 상을 받게 된 것이 낯꿈이 아니니 시방 내가 묵형墨刑을 받는 것 같다"(「피모대각披毛戴角」)며 겸허한 성찰의 변을 토로한 바 있는 바, 그의 이러한 언급을 염두에 두면 시 「아지랑이」는 자기 성찰의 시일뿐 아니라 그의 시가 비롯하는 발생론적 지점에 대해 암시하고 있기도 하다는 것을 알 수 있다. 이는 그의 시가 '평생 헤매어 찾아온 곳이 절벽'이라고 하는 깨달음의 지점에서 쓰여지는 것과 관련된다. 그의 시는 구도하는 자신의 삶마저 '버려야' 하는 언어도단의 경지에서 쓰여지는 것이다.

상황이 그러하다면 그의 시는 위의 시에서 말하듯 '아지랑이' 그 이상도 이하도 아닌 것이 된다. 그의 시는 '절벽'에서의 그의 삶이 '마냥 어지러이 떠다니는 아지랑이들'인 것처럼 그와 닮은 것이 되는 것이다. 조오현은 그곳에서 당연히 삶도 죽음도 택하지 않으며 그저 '우습다'고 말하며 '웃'는다. 이 허허로운 지경에서의 시인의 허허로운 태도야말로 생이 다할 때까지 살아가면서 시인이 할 수 있는 행위가 될 것이다. 시인은 한편으로 '내 평생 붙잡고 살아온 것이 아지랑이더란 말이냐'라 하며 탄식하지만 시인의 그와 같은 인식이야말로 생의 본질에 가까운 것이 아닐 수 없다. 따라서 그의 시는 생의 궁극의 경지에서 아득하게 피어나 우리로 하여금 아픔을 덜 아프게 슬픔을 덜 슬프게 만드는 역할을 한다.

지난날 무슨 일로 광주까지 갔다가
돌아오는 길에 망월동에 처음 가 보았다
그 정말 하늘도 땅도 바라볼 수 없었다

망월동에서는 아무것도 보이지 않아
망월동에서는 묵념도 안 했는데
그 진작 망월동에서는 못 본 것이 보여

죽을 일이 있을 때는 죽은 듯이 살아온 놈
목숨이 남았다 해서 살았다고 할 수 있나
내 지금 살아 있음이 욕으로만 보여

—「망월동에 갔다 와서」 전문

삶이라든가 죽음을 '향한' 행위조차가 무의미한 지경에서 살아야 하는 것이 인간에게 주어진 운명의 본질일진대 조오현은 그러한 인식 위에서 인간을 비롯한 온 생명체의 운명을 어루만지듯 시를 쓴다.「이 세상에서 제일로 환한 웃음」이라든가 「어미」, 「염장이와 선사」 등이 그것이다. 이들 시에서 시인은 생의 극한에 처한 이가 상황을 어떻게 인식하고 또 넘어서는지를 따뜻하고 생생하게 보여준다.

승려인 까닭에 여러 극단의 모습들을 보아오며 마음 다스렸을 시인에게 그러나 여전히 마음 추스릴 수 없는 실체로 남아있는 사건이 있다. 그것은 곧 '5.18광주'다. 어떠한 상황, 어떠한 지경 아래서도 담담히 언어를 풀어내어 무던하게 이를 위로하고 넘어섰던 그가 '5.18' 앞에서는 당황스러움을 숨기지 못한다. 어떠한 말로도 대신할 수 없고 어떠한 마음으로도 해결 되지 않는 극한을 그는 여기에서 경험한다. 그 어떤 언어도 마음도 여기에서는 궁색하기만 하다. 시인이 지금껏 유지해왔던 시적 호흡의

맥이 「망월동에 갔다 와서」에 이르러 확 풀어지는 이유도 이 점에 있다.

　말할 수 없음 앞에서 그러나 시인은 말을 한다. '그 정말 하늘도 땅도 바라볼 수 없었다'고, '망월동에서는 아무것도 보이지 않아/ 망월동에서는 묵념도 안 했'다고, '내 지금 살아 있음이 욕으로만 보여'라고 그는 말한다. '끝내 삶도 죽음도 내던져야 한'(「아지랑이」)다고 말했던 이가 이젠 '살아있음이 욕으로만 보'인다는 것이다. 이는 광주가 우리에게 어떠한 상처인지를, 그리고 삶과 죽음을 웃도는 궁극적 진리에 대한 통찰도 5.18광주 앞에서는 여전히 빛나는 인식도 깨달음도 되지 못하고 역시 허망하여 '버려야' 하는 것이라는 사실을 말하는 것에 다름 아니다. 여기에서 우리는 시인은 구도자이지만 동시에 우리의 동시대인으로서, 그의 초월은 결코 삶의 구체성과 결코 유리되어 있지 않으며 어쩌면 초월과 생 사이의 거리는 우리가 생각하는 것만큼 동떨어져 있는 것이 아님을 알게 된다.

더 높고 큰 포월(包越)을 향하여

7·80년대를 횡일했던 거대담론의 자리를 소비문화나 중심 해체 등 소위 미시적이고 일상적인 담론이 대체한 지도 어느덧 20여년의 시간이 흘렀다. 마치 시대의 정언 명령처럼 저항할 수 없는 에너지로서 육박해오던 당시의 정치적 담론들은 수많은 젊은이들과 지식인들을 뜨겁게 사로잡았었다. 민중의 고통서린 삶이나 민족 분단의 현실, 경제 구조의 부조리 등 정치 사회적 문제들은 어느 특정 당사자에게 국한된 질곡이 아니라 모두가 머리를 맞대고 함께 해결해야 하는 문제들로서 여겨졌던 것이다. 그 속에서 주체들의 개인적인 욕구 및 조건들은 쉽게 배제되었고 때론 관념의 관성적인 폭주로 현실의 구체적인 양태들이 외면되기도 했지만, 그러나 당시의 지식인들은 공동의 이념과 목표라는 중심이 있었기에 사상을 펼치며 시대의 방향을 탐색해나갔다. 지식인들 사이엔 공동체

적 이상주의를 근거로 하는 통합된 정서가 형성되어 있었고 이 때문에 서로에 대해 한결 개방적이고 포용적일 수 있었던 것이다. 설사 서로 다른 이상과 지향을 지니고 있었다 해도 공동체에 관한 열정적인 고민들은 하나의 장 속에서 충분히 교류되고 토론될 수 있는 성격의 것이었다.

새삼 지나간 세월을 돌이켜보는 까닭은 그간 20여년의 세월 동안 우리 삶의 현실이 얼마나 개선되었는지에 대해 회의가 일기 때문이다. 비단 민중을 들먹이지 않아도 우리들의 삶은 주어진 조건이라는 틀로부터 자유롭지 못한 채 개인주의적이고 현실안주적인 양상을 벗어나지 못하는 것으로 보인다. 소비의 자유란 끝도 없이 이어지는 늪과 같으며 미래지향적 비전이 결여된 기술에의 추종은 공허한 기계주의라 할 수 있다. 그나마 남아 있던 순수한 꿈은 현실의 노회한 시스템에 지쳐가기 일쑤고 열정은 도구적 이성의 차가움 속에 잠식당하기 마련이었다. 꿈과 열정이 괴물과도 같은 차가움 속에 흡수되어갈 때 느껴지던 막막함과 절망감은 우리의 신체와 정신을 갈수록 고갈되게 만들었다.

정권이 몇 차례 좌우익을 오가고 새로운 세대가 거듭 배출되었던 지난 20여 년간의 시간은 이제 우리에게 해체를 위한 해체, 변화를 위한 변화라는 시대의 급격한 물살로부터 한 발 물러나 시대의 흐름을 보다 대자적으로 통찰하도록 요구하고 있다. 개성과 자유를 앞세워 등장했던 소비주의와 기술주의의 미시성은 단지 피상에 불과할 뿐 그것들은 과거의 거대담론보다 더욱 거대하고 견고한 지금의 획일성을 조장하는 실체었다. 허구적인 미시성에 의해 더욱 파편화된 사회야말로 지식이나 문화의 창조적 역할을 극도로 위축시켜 우리의 정신성 자체를 말살시켜왔다. 이제 우리는 지금까지 무기력하게 목도해야만 했던 정신의 물질에 대한 패배, 창조성의 획일성에 대한 패배, 뜨거운 열정의 차가운 안일주의에 대한 패배를 반성하고 지식인 문화의 비판성을 회복하며 나아가 새로운 세대가 만들어갈 시대의 모습을 밝혀야 할 것이다.

1. 더 깊은 통찰과 사랑 – 신경림의 『낙타』

197,80년대를 풍미하면서 선언적인 구호시라 비판받던, 즉 시의 서정적 울림을 만들어내지 못한다고 외면당하던 민중시나 노동시가 정작 민중과 노동자들의 가슴에는 강한 메아리로 울렸다는 사실은 그들 시의 본질이 정서의 순화에 있는 것이 아니라 힘의 고양에 있다는 점을 말해준다. 시적 구조의 미학적 완결성은커녕 순화된 시어의 채택과도 상관없이 생경한 구호 및 이념 일색이었다 해도 그들 시는 나약과 침체에 빠져있던 민중들에게 힘을 주고 그들을 당당한 주체로 일으켜 세우는 데 기여함으로써 그 나름의 시의 역할을 충실히 수행해 왔다. 이러한 관점에 서면 시는 예술이라는 명제, 시는 미적 완성물이며 따라서 서정시야말로 시의 본령에 해당된다는 명제는 사실상 시에 관한 편협한 인식이라 할 수 있다. 시가 예술의 한 분야라는 대전제는 역사 속에서 펼쳐졌던 시의 다양성을 고려할 때 회의되고 폐기되어야 하는 것이리라. 그것이 아니라면 미 혹은 예술의 범위가 달리 설정되어야 할 것이다. 요컨대 과거의 민중·노동시의 표현 형태는 잘못 지정된 대전제와 모순되는 성질의 것이 아니라 내용과 표현 간에 적절한 긴밀성을 유지한 독자적 완결성을 지닌 것이라 할 수 있다.

이러한 근본적 인식을 되짚는 일은 높은 준령으로 우뚝 서 있는 신경림 시에 다가가기 위한 최소한의 사전 작업에 해당된다. 인간사의 세세한 굴곡들, 즐거움과 설움의 구석구석들을 그 흐름 그대로 겪어온 시인

의 마음의 결을 따라가기 위해서는, 또한 그 속에서 인간에게 주어진 실
존의 조건에 관한 큰 다스림을 실천해가는 시인의 높이에 근접하기 위해
서는 시를 둘러싼 이와 같은 방위 탐색을 먼저 하는 편이 필요할 듯하다.

> 저 굵은 주름투성이 늙은이는 필시 내 이웃이었을 게다.
> 눈에 웃음을 단 아낙은 내가 한번 안아본 여인인지도 모르고.
> 햇살 환한 골목은 한철 내가 정들어 살던 곳이 아니었을까.
> 문앞 화분의 팬지도 벽 타고 올라간 나팔꽃도 낯설지 않아.
>
> 조그맣게 엎드려 사는 사람들은 말씨도 몸짓도 엇비슷해.
> 너무 익숙해서 그들 손에 묻은 흙먼지까지 익숙해서.
> 어쩌면 나 전생에 눈이 파란 이방인이었는지도 모르지.
> 다음엔 그들 조랑말로 이 세상에 다시 올는지도 몰라.
>
> 너무 익숙해서 그들 눈에 어린 눈물까지 익숙해서, 마지막
> 내가 정착할 땅에 가서 어울릴 사람들만큼이나 익숙해서.

—「이역(異域)」 전문

　　신경림 시인의 최근작 『낙타』는 주제상 크게 세 부분으로 나눌 수 있
다. 1부와 2부가 시적 대상에 관한 서정성의 표출에 주안점을 두고 있다
면 3부는 기독교적 세계의 편린이 드러나는 부분이고 4부와 5부는 여행
지에서의 에피소드를 담고 있는 기행시들이다. 위의 시는 그 중 첫 번째
부분에 수록된 시이다. 낯선 땅에서 마주친 인물들을 소묘하고 있는 이
작품은 특히 일회적인 삶의 경계를 훨씬 넘어서 있는 시인의 삶의 감각
을 잘 드러내고 있다. 가령 '저 굵은 주름투성이 늙은이'가 '내 이웃'으
로, '아낙'은 언젠가의 '나'의 '여인'으로 상상되고 있는데 이는 시인의

생에 대한 관념이 현재의 이곳이라는 이승에 국한된 것이 아니라 전생이라는 과거적 영역에까지 이르고 있음을 보여준다. 그리고 '나'의 생이 과거적 범주에까지 미칠 때 '내'가 마주하는 모든 대상은 명료하게 의식할 수 없을지라도 기억되는 것, 교감되는 것이 된다. 기실 처음 보는 대상들인데도 그것들은 결코 생소한 것이 아니라 오래전부터 함께 살아온 것처럼 친근하고 익숙한 것이 된다. '말씨'나 '몸짓', 심지어 '그들 손에 묻은 흙먼지'까지 익숙하다는 화자의 진술은 시인과 대상들 사이의 긴밀한 유대감을 표현하고 있다.

그런데 '이역'의 인물들에 대한 이러한 친밀감의 정도는 단지 시인의 윤회론적 관념을 확인하도록 하는 데 멈추지 않는다. 그것은 시인의 상상력이나 관념에 그친 익숙함이 아니다. 그것은 세계관이나 관념이 강제해내는 것이 아니라 무엇보다 내면으로부터 샘솟아 나오는 시인의 이웃에 대한 애정의 밀도를 말해주는 것이라 할 수 있다. 이웃들의 삶에 겹겹이 끼어있을 고달픔과 시름, 일상들과 무게 등 그 구체적인 것들을 함께 나누고 느끼고 견디려고 하지 않는다면 현실화되기 힘든, 말 그대로 사랑이라고 하지 않고서는 설명되지 않는 애정의 밀도가 그것이다. 단순히 관념이나 상상으로 그 두께에 근접하지 못할 이웃에 대한 지극하고 구체적인 사랑이 거기에 있다. 그러한 성실한 사랑이 있음으로써 이웃은 낯선 타인이 아니라 오래전에 함께 살았던 것과 같은 나와 닮은 모습으로 비춰지는 것이리라.

신경림 시인의 이웃에 대한 사랑은 그의 시세계에서 상당히 중요한 부분을 차지한다. 앞서 민중시의 선언적 성격에 관한 언급을 하였고, 민중시인으로서의 역할과 정체성을 논외로 하고 신경림 시인을 거론하는 것은 불가능하지만 시인의 시는 가령 70년대 농민시, 민중시를 한창 쓸 때에도 그만의 독특한 특질을 구축하고 있었다는 점에 주목해야 할 것이다. 그는 민중시로써 시대가 부여한 소명을 다하였으나 그에게 민중성은 외부로부터 부과되는 이념이라든가 지식인에게 요구되었던 책무 등 관념적 차원에서 해명할 수 없는 근원적인 체질성(體質性)을 지니는 것이었다. 시인의 민중성은 그와 민중을 분리해낼 수 없을 만큼 밀착되어 있다. 민중은 의식 혹은 목적에 의해 대자화되는 존재가 아니라 함께 부둥키며 어우러지는 존재라 할 만한 질료성을 띤 실체가 된다. 말하자면 시인은 민중을 자신의 몸 자체가 되게끔 육화(肉化)시켰던 것이다. 민중이 시인의 피가 되고 살이 됨으로써 민중의 아픔이 그의 아픔이 되고 민중의 고통이 그의 고통이 되는 경지, 그것이 신경림 시인의 독특한 세계이자 그가 도달한 세계의 높은 경지라 할 수 있다.

낙타를 타고 가리라, 저승길은
별과 달과 해와
모래밖에 본 일이 없는 낙타를 타고.
세상사 물으면 짐짓, 아무것도 못 본 체
손 저어 대답하면서,
슬픔도 아픔도 까맣게 잊었다는 듯.
누군가 있어 다시 세상에 나가란다면
낙타가 되어 가겠다 대답하리라.
별과 달과 해와
모래만 보고 살다가,
돌아올 때는 세상에서 가장
어리석은 사람 하나 등에 업고 오겠노라고.
가장 가엾은 사람 하나 골라
길동무 되어서.

—「낙타」 전문

시집 『낙타』의 표제시인 위의 시는 신경림 시인에 관한 과거의 명명들
과 하등 상관없는 표현 형태들로 직조되어 있다. 시에서는 계급적 성격
으로서의 민중이 호명되는 것도 아니고 이념을 담아내는 것은 더더욱 아
니다. 완연한 서정시인으로서의 면모를 가감없이 보여주고 있는 이 작품
은 등단초기 시인의 본연의 모습을 보는 것과 다름이 없다.

그러나 그렇게 규정하고 말 수 없는 것 또한 사실이다. 위의 시에는
초기부터 지금까지 지나오면서 변함없이 일관되게 지켜지고 있던 시인의
본질적 부분이 순금처럼 빛나고 있기 때문이다. 그것은 칠순을 지나는
이의 원숙한 인식에 감싸인 채 더 깊고 높게 그 모습을 드러내고 있는데,
바로 이웃에 대한 사랑이다. 시인에게 이것이 어떤 의미를 지니는가는
'낙타'가 내포하는 성격을 탐색해볼 때 더욱 분명해진다.

얼마 전 인터뷰에서 시인은 '낙타'에게서 "삶의 고달픔이나 어려움 같
은 것을 안고 이고 있는 듯한" 이미지를 발견하였고, 그것이 자신의 "세
상을 보는 눈을 대신한다"고 말한 바 있다. 실제로 '낙타'는 끝없는 사막
을 배경으로 인고의 형상으로 서 있는 생에 관한 상징적 이미지의 동물
이라 할 수 있다. 때문에 '낙타'는 수많은 작가들에 의해 빈번하게 문학
적 소재로 차용되었다. '낙타'는 시인의 언급처럼 무거운 짐을 진 채 묵
묵히 생의 고통을 견디는 이를 지시한다. 실상 이것은 그다지 새로울 것
도 특별할 것도 없는 비유다. 그러나 시인이 몽골의 사막에서 조우하는
순간 그것에게서 실존적 포개짐을 경험했다는 사실은 우리에게 남다른
관심을 불러일으킨다. 그것은 시에도 나타나있듯 '낙타'가 곧 "별과 달과
해와 모래밖에 본 일이 없는" 지극히 순결한 삶을 산 이를 암시하는 것
과 관련된다. 또한 "세상사 물으면 … 슬픔도 아픔도 까맣게 잊었다는
듯" 무심하게 비워진 마음을 보이는 것과 관련된다. 말하자면 '낙타'는

평생토록 가장 순수하고 가장 정결하게 살아온 존재임을 암시하고 있는 것이다. 그것은 고도의 정신주의적 태도가 아니면 실천하기 힘든 삶으로서, 그 바탕엔 생을 향한 치열한 집중과 번다한 욕망들의 철저한 배제가 수반되어 있다. 시인의 표현에 따르면 "무슨 재미로 세상을 살았는지도 모르는" 고지식할 정도의 외곬의 삶이 그것인 셈이다. 모든 것을 이겨내고 넘어선 자리에 바로 이 '낙타'의 고독하고도 처연한 이미지가 아로새겨진다.

우리는 이러한 순도 높은 정신적 태도의 삶이란 홀로 서 있는 것조차 힘들 정도로 큰 에너지를 필요로 한다는 점을 짐작할 수 있다. 사막을 건너가는 '낙타'의 운명은 살아있는 것만으로도 버거운 일에 속할 것이기 때문이다. 사정이 그러한데도 시적 화자는 다시 태어나도 '낙타'가 되겠다고 말한다. 여전히 정신적인 긴장의 삶을 살 것이고 여전히 외곬으로 살겠다는 것이다. 더욱이 화자처럼 역시 고집스럽게 정결한 삶을 살아온 이가 있다면 기꺼이 그를 '업고' 가겠다고 한다. 화자가 일컫는 '어리석은 사람', '가장 가엾은 사람'을 만나게 되면 그를 연민하여 그의 고통의 짐을 함께 져주겠다는 것이다. 마치 예수가 인간의 죄를 대속하여 십자가를 짊어졌던 데에서 느껴지던 황량하고도 서글픈 감정이 만일 이 지점에서도 밀려오더라고 말한다면 정서의 과잉이라 하겠는가. 신경림의 '낙타'가 보기 드물게 통찰의 드높은 빛을 던지는 것으로 다가오는 까닭은 바로 여기서처럼 시인의 일생의 고독과 이웃을 향한 절대적 사랑이 기반되어 있기 때문일 것이다.

이러한 고찰들은 신경림 시의 독특한 형질이 바로 이웃에 대한 육화된, 그리고 절대화된 사랑에서 비롯된 것임을 깨닫게 해준다. 그 점은 신경림의 내면에 가장 올곧게 자리하면서 때로는 민중시로 때로는 서정시로 표출된 것이라 볼 수 있다. 민중시가 소리높게 울리던 시절 그 선두에서 신경림을 찾을 수 있던 것이나 요즈음처럼 잔잔한 감동의 서정시를 만날 수 있는 것은 서로 모순되지 않는다. 거기에는 공통적으로 시인의 이웃에 대한 지극한 애정이 놓여 있는 것이다. 특히나 그 사랑은 매우 잔잔하고 섬세한 것이어서 시인의 음색은 어느 경우에도 거친 법이 없었다. 시인의 음성은 언제나 부드러운 울림으로 가득하다. 그의 시를 읽을라치면 우리의 내면이 조용히 열리면서 점차적으로 크게 흔들리게 됨을 느끼는 것도 이 때문일 것이다.

2. 불구적 시대와 사물의 활유(活喩) - 이재무의 『저녁 6시』

이재무 시인의 최근작 『저녁 6시』는 시대의 한복판을 가로지르며 성실하게 살아온 이의 분주한 몸짓이 그려져 있어 매우 인상적이다. 80년대를 살면서는 자신의 가난했던 유년의 경험과 당시의 정치현실을, 90년대를 살면서는 생태학적 상상력과 사회적 부조리를 중첩시키며 시의 공간을 확장시켜오던 시인은 이번 시집에서 일상에 지친 현대인의 삶을 따뜻한 시선으로 조명하고 있다. 중년의 나이에 암선고를 받은 선배(「빈 자리가 가렵다」), 요양 차 부재하는 아내(「부재에 대하여」), 노래방 도우미로 나선 주부(「심청이」), 늘 긴장 속에 살아야 하는 샐러리맨(「팽이」), 힘겨운 가장(「아버지 너머는 없다」) 등이 바로 『저녁 6시』의 주인공들이다. 어느덧 50줄에 들어선 시인은 노쇠한 자본의 사회를 힘겹게 끌고 가는 이들 시대의 인물들에게 공감과 유대의 말을 건넨다. 『저녁 6시』는 노후한 사회가 만들어낸 시대의 쓸쓸한 분위기를 상징적으로 드러내는 표현이라 할 수 있다.

새해 벽두 누군가 전하는
한 선배 시인의 암선고 소식 앞에 망연자실,
그의 굴곡 많은 이력을 안주로 술 마시며
새삼스레 서로의 건강 챙기다 돌아왔지만
타인의 큰 슬픔이 내 사소한 슬픔 덮지 못하는
이기의 나날을 살다가 불쑥 휴대폰 액정화면
날아온 부음을 발견하게 되리라
벌떡 일어나 창밖 하늘을 응시하는 것도 잠시
책상서랍의 묵은 수첩 꺼내 익숙하게
또 한 사람의 주소와 전화번호 빨간 줄을 긋겠지

—「빈 자리가 가렵다」 부분

위의 시에 등장하는 '굴곡 많은 이력'의 선배는 아마도 같은 시대를 살아왔던 세대의 한 전형을 담아내고 있지 않을까 생각된다. 7,80년대에 대학을 다니면서 광주학살이라는 희대의 사건에 직면했을 것이고 집에서 편안히 공부하기보다는 학교와 거리에서 춥고 고달픈 시간들을 삼켜야 했을 것이며 나이가 차 결혼을 하고 가장이 되었을 때에는 역시 일상에 치여가며 아등바등 살았을 것이기 때문이다. 거기에다 가족의 내력이 좀 평탄치 않았다 한다면 생활의 궁핍은 더 말할 나위가 없었을 것이다. '굴곡 많다'고 하지만 사실 이러한 삶이야말로 당대 보통 사람들의 운명으로서 거의 공통적인 것이 아니겠는가. 앞뒤 가릴 겨를 없이 바쁘게 살고 보니 이제는 몸이 망가져 죽음만을 바라보게 되는 형국이란 이들 세대에게 마지막 남겨진 삶의 옵션이라 할 수 있다. 말미에 놓인 비극적 운명에 마주치느냐 그렇지 않은가가 남아있는 관심사가 된다.

세대마다 시대에 따른 삶의 지형이 다르다고 한다면 시인이 살아왔던 시대는 불행한 시대라 하지 않을 수 없다. 우선 인생의 황금기가 되어야 할 시기에 광주사건에 부딪힌 것이 그러하고 연애다운 연애 한번 제대로 못하고 부랴부랴 가정을 꾸렸을 것이라는 점도 그러하고 격변하는 시대로 인해 정체성의 혼란을 온몸으로 감당했어야 했을 것이라는 점도 그러하다. 시인의 바쁜 언술들은 이들 세대의 쓸쓸한 운명을 묘사하는 데 대부분 할애된다. 이제는 일상이 되어버린 지기(知己)들의 부음, 그러면서도 아무것도 대신해줄 수 없는 무력감이 시인의 우울함의 근거라 할 수 있다. 시인은 다소 물기어린 시각으로 현대인의 보편적 삶과 세대의 자화상을 오버랩시켜 그려낸다.

그러나 세대의 운명을 우울하게 스케치하고 있다 해서 시인이 어두운 그늘 속에 오래 머물러 있는 것은 아니다. 시인은 오히려 발랄하다 싶을 만큼 밝고 활기차다. 그는 시대의 어두운 면에 공감과 유대의 시선을 던지되 그 속에서 벗어나는 법을 알고 있다. 같은 경험을 함께 나누면서도 그것에 잠식당하지 않고 그로부터 벗어날 수 있다는 것, 동일 세대에 속하지만 그 세대를 넘어설 수 있다는 것은 모종의 힘과 기술을 요한다. 또한 그것이 이재무 시인의 개성과 특질이 될 것이다.

> 흙도 가려울 때가 있다
> 씨앗이 썩어 싹이 되어 솟고
> 여린 뿌리 칭얼대며 품속 파고들 때
> 흙은 못 견디게 가려워 실실 웃으며
> 떡고물 같은 먼지 피워올리는 것이다
> 눈밝은 농부라면 그걸 금세 알아차리고
> 헛청에서 낮잠이나 퍼질러 가는 갈퀴 깨워
> 흙의 등이고 겨드랑이고 아랫도리고 장딴지고
> 슬슬 제 살처럼 긁어주고 있을 것이다

—「갈퀴」 부분

『저녁 6시』에 수록되어 있는 시들은 크게 두 가지 성격의 교차로 이루어져 있다. 앞서 살펴보았던 현대인 혹은 동세대의 우울한 자화상이 그 하나이고 자연물을 다루는 생기발랄한 상상력이 다른 하나이다. 이 두 가지 영역은 소재적 측면과 성격적 측면에서 서로 대비되며 자유롭게 교차된다. 시인은 이 두 국면의 시들을 시집 체제상 구분하지 않으면서 그들 세계 위를 종횡무진으로 넘나든다. 말하자면 시인의 이번 시집은 이 두 부분을 가로와 세로로 삼으면서 널따랗게 확장시켜 가는 양상을 보인다. 그리고 그 한가운데엔 부지런히 시의 공간을 넓히고자 쉴새없이 움직이고 있는 시인의 모습이 서 있다.

그렇다면 이제 시대의 그늘을 함께 나누는 시인이 어떻게 어둠이 아닌 밝음 속에서 늘 환하게 웃고 있는지 말할 수 있게 되었다. 그것은 먼저 시인의 성실함 때문이라 할 수 있겠다. 시대 속에서 개인을 보고 개인의 아픔을 시대의 아픔으로 승화시켜 이겨낼 수 있는 성실함, 사회의 모순 속에서 상처 입은 자연을 보고 동시에 자연의 생명력을 통해 사회의 질곡을 넘어서려는 성실함, 우울한 운명에 대해 침묵하는 대신 수다스러울 정도로 계속 발화함으로써 말의 힘을 빌어 우울함을 씻어버리는 성실함이다. 지금까지 시인이 보여 온 시세계들은 온통 한계와 질곡을 넘어서려는 시인의 넘치는 에너지에 의해 전개된 것이라 할 수 있다.

특히 위의 시는 자연물을 대할 때의 시인의 상상력이 얼마나 생동감있게 작동하는지를 단적으로 보여주고 있다. 우리는 위의 시에서 만물이 소생하는 봄이 되자 농부도 몸을 펴 농사일을 시작하는 즈음의 풍경을 재미있게 읽을 수 있다. 농부와 흙, 흙과 씨앗의 유기적 어울림은 피어나는 봄의 정취만큼이나 정겹고 푸르다. 그러한 살가운 정경을 시인은 '흙의 가려움'이라는 참신한 모티프로 풀어내고 있는 것이다. '씨앗이 썩어 싹이 되어 솟고/ 여린 뿌리 칭얼대며 품속 파고들 때'에서 느껴지는 에너지의 역동성은 굳이 설명을 필요로 하지 않는다. 여기에는 온기와 생기를 갈구하는 생명체의 근원적 지향성과 운동량이 부족함없이 표현되어 있다. 또한 생명체를 품속에 안아 길러내는 대지의 모성적 욕망은 '흙의 가려움'에서 그 표현을 매우 극적으로 얻고 있다. 시인은 땅의 따뜻하고 넉넉한 품에 대해 '흙은 못 견디게 가려워 실실 웃으며/ 떡고물 같은 먼지 피워올리는 것'이라고 표현하면서 농부의 갈퀴질이란 흙을 '제 살처럼 긁어주는 일'이라고 덧붙인다. 우리는 여기에서 자연이란 인간을 포함하여 하나의 완전한 유기적 생명체를 구축하고 있음을 확인하게 된다.

자연물을 이와 같은 생동감으로 묘사하는 일은 시집의 한 특징이라고도 할 수 있다. 「두꺼운 공책」이나 「철없는 맨발」, 「해산」, 「감자알」, 「얼음꽃」 등 많은 시편들은 모두 이와 같은 생기 그득한 상상력을 형상화한 것이다. 시인의 발랄한 상상력은 자연을 인간 저편의 대상으로 치환하지 않으며 인간과 똑같이 느끼고 살아가는, 인간과 구별되지 않는 존재로 지정한다. 시인의 눈에 자연은 천진난만한 어린아이로 비친다. 시인은 자연의 이러한 순진무구한 생명력과 교감하면서 시대의 우울함을 이기는 힘을 얻는다.

> 서산 마애석불 돌 속에 새겨진
> 저 웃음이야말로 꽃 아니고 무엇이랴
> 무늬도 색깔도 냄새도 없는 저 꽃은 그러나
> 잔물결인 양 온몸에 번지는 웃음 하나로
> 보는 사람 문득 적막 속에 가둬버린다
> 저 인화의 웃음 속에는 시간이 출렁거린다
> 보는 이 가슴에 활짝 천진을 꽃피우는

> 저 웃음이야말로 무소불위 힘 아니고 무엇이랴
> 태어나 천년을 지지 않는,
> 이후로도 오랫동안 피어 있을 웃음의 잔주름
> 몸속에 스며 생활의 퍼런 독이 녹는다
>
> —「웃음의 시간을 엿보다」 부분

우리는 위의 시를 마주하면서 시인이 자연을 통해 얻어내고 있는 힘의 벡터량이 어느 정도인지 가늠하게 된다. 자연은 단순히 신이 창조한 완벽한 피조물인 데서 그치는 것이 아니라 시인의 정신세계와 만나 그 에너지의 양을 무한대로 발휘하게 되는 것이다. 어찌보면 아무것도 아닌 무정물이요 '돌'에 불과한데도 시인은 그것들을 단지 그렇게 보지 않는다. 그는 그것들을 호명하고 생기를 불러넣으며 펄펄 살아있는 존재로 승화시키는 것이다. 위의 시에서도 사정은 마찬가지여서 시인은 '돌'을 불러내어 '꽃'으로 만든다. 그것도 연약한 것이 아니라 '웃음'으로써 '천년을 지지 않는' '무소불위의 힘'을 지니는 '꽃'으로, 그 속에 '인간 생활의 퍼런 독을 녹'이는 힘을 지닌 '꽃'으로 전환시키는 것이다.

사물을 생명이 숨쉬는 활유적인 존재로 탄생시키는 시인의 상상력과 감각은 그 자체로 놀라울 뿐만 아니라 새삼 그것이 시인의 세계에서 차지하는 의미를 환기시킨다. 나아가 언제나 시인의 입가에 눈가에 웃음과 활기가 떠나지 않는 까닭에 대해서도 말해주는 듯히다. 어찌면 시인의 가슴에 늘 활기와 웃음이 불지펴지고 있기 때문에 시인은 시대의 불모성에 대해서도 두려움없이 마주할 수 있는 것이 아닐까 생각된다. 어둠과 그늘이 뿜어내는 우울함의 힘에 잠식당하지 않을 것이라는 시인의 자신감이야말로 시대의 불구성에 대면토록 하는 근거이자 동력이 되는 것이다.

원숙한 시간의 질서

– 오탁번의 『손님』, 한광구의 『산경山經』

성 어커스틴은 『고백론Confession』에서 "과거, 현재, 미래의 세 가지 시간이 있다고 하는 것은 타당하지 못하다"면서 '과거의 것의 현재'인 '기억'과 '현재의 것의 현재'인 '직관'과 '미래의 것의 현재'인 '예기'가 있을 따름이라고 말한 바 있다.[1] 시간은 시계나 달력에 의해 수량화될 수 있는 것이 아니라 인간의 주관에 의해 존재하는 것이라는 뜻이 이 안에 담겨 있다. 만일 시간이 객관적 수량에 의해 진행되는 절대적인 무엇이라면 인간의 모든 삶도 이에 따라 규격화되는 운명을 겪게 될 것이다. 인간은 공산품과 다를 것이 없게 되며 이에 맞추지 않을 경우 낙오자로서 소외될 것임은 명약관화하다. 주어진 속도에 따르는 일은 곧 삶과 죽음을 판가름하는 문제가 될 것이다.

---

1) 오세영, 『문학과 그 이해』, 국학자료원, 2003, p.242.

시간의 이같은 속성은 어느 정도의 진실성을 지닌다. 특정 영역에서 우리는 이와 같은 시간의 절대성을 요구받는다. 그것이 생존과 직결되는 때도 분명 존재한다. 그러나 이것이 시간에 관한 보편적 사실은 아니다. 시간은 인간에 의해 선택되는 것이며 그에 따라 인생이 달라진다. 요컨대 시간을 운전하는 것은 바로 자기 자신이다.

언제부터인가 '느림'이 현대 문명에 대한 대안적 문화 코드로 작용하고 있다. 물론 그것이 강력한 힘을 발휘하기에는 현대가 구축한 시스템이 너무 견고하지만, 번잡한 현대를 등지고 '느림'의 시간을 찾는 이들은 언제고 존재한다. 시간은 등질적으로 흐르지 않으며 세계는 서로 다른 시간들의 교섭으로 가득하다. 때로 어느 공간이 정신없음으로 혹은 편안함으로 느껴졌다면 그것은 다른 시간에서 비롯된 것이다. 누군가 압박감 혹은 편안함으로 다가왔을 경우에도 같은 이유를 적용할 수 있다. 그러므로 문화적인 '느림'은 얼마든지 가능하며 그것이 생활패턴과 그의 성격과 심지어 호흡마저 결정하리라는 기대도 틀린 것이 아니다.

오탁번의 『손님』과 한광구의 『산경山經』에서 가장 인상적으로 느꼈던 점은 바로 '편안함'이다. 호흡과 마음의 편안함이 주변에까지 번지는 힘을 시집들은 가지고 있었다. 이들 시가 전해준 편안함의 바탕에는 무엇보다 시인들이 살아가는 독특한 시간성이 가로놓여 있을 것이다. 더욱이 이들이 보여주는 시간성은 사유와 밀착되어 사유의 내용을 형성해간다. 그렇다면 시인들이 그려간 사유의 무늬는 어떤 것일까? 이를 살펴본다면 시편들을 가로지르는 시간성이 무엇이며 또한 그것이 어떻게 편안한 호흡으로 이어지는지 확인할 수 있을 것이다.

1. 기억의 시간 – 오탁번의 『손님』

오탁번의 시에서 가장 주요하게 등장하는 소재는 유년 시절의 경험이다. 유년 시절에 겪었던 특별할 것도 없는 일상들, 가령 한 동리에 살던 일가친척들에 관한 이야기, 명절의 풍습, 동무들과의 놀이, 시골에서 흔한 동식물들이 그의 시를 수놓는 소재들이다. 시인은 그들 소재들을 화자인 어린 아이를 통해 천진난만하게 다룬다.

> 흰 두루마기를 입은 노인이
> 우리집 사립 앞에 와서 큰기침을 했다
> -이리 오너라!
> 동무들과 소꿉놀이를 하던 나는
> 바느질하는 어머니에게 달려갔다
>
> 어머니는 바늘겨레에 바늘을 꽂으며 말했다
> -누구시냐고 여쭈어라!
> 어머니의 목소리가 사립에 닿자마자
> 우리집을 찾아온 노인이 대꾸했다
> -충주 오생원이라고 여쭈어라!
>
> 어머니는 방문을 열고
> 섬돌로 내려서며 반겁게 말했다
> -당숙 어른 아니세요? 어서 오세요
> 노인은 큰기침을 하면서 들어왔다
> 어린 흰둥개도 덩달아
> 섬돌까지 따라오며 꼬리를 쳤다

—「손님1」 전문

「손님1」은 유년기를 배경으로 어린 화자의 순수한 시선을 전하고 있는 시이다. 「손님2」에서 시적 화자는 "손님이 온 날 저녁이면/ 형과 누나는 보리밥을 먹었지만/ 손님과 나는 겸상으로/ 흰밥을 맛있게 먹었다"고 말하며 손님 오는 것을 은근히 바라고 있던 어린 시절을 떠올리고 있는데 그래서 그런지 위의 시에서도 '손님'을 맞이하는 품이 자못 명랑하다. 화자의 유년기는 끼니조차 걱정해야 하는 형편이었는데도(「밥냄새1」), 「손님1」에서 곤궁함이나 인색함 따위는 전혀 느껴지지 않는다. 시에 등장하는 어머니 또한 여유롭지 못한 살림에도 집안 어른이 오시는 것에 대해 부담을 갖기는커녕 반가움과 공경의 마음만을 전하고 있다. 손님을 대하는 이러한 마음의 풍경이 시인이 기억하고 재현해내는 과거의 사실이다. 이 속에서는 "이리 오너라!"를 외치는 '생원'의 양반연하는 태도도 거북살스럽게 느껴지지 않는다. 그것은 오히려 예와 질서를 지켜가려는 조상들의 꼿꼿함으로 다가온다. "누구시냐고 여쭈어라!"하며 화답하는 어머니의 태도 역시 어색하지 않은 것은 마찬가지다. '손님'과 '주인'의 이같은 인사법은 시대에 뒤처지는 허례라기보다 곤궁함 속에서도 스스로와 서로에 대해 존대를 지키는 긍정적 행위로 여겨진다.

사실 시인이 설정하는 '대화법'의 모습을 통해 일견 우리 조상들이 살았던 평범한 일상 이상을 떠올리기는 힘들 것이다. 그러나 여기에는 모든 인간들이 차등 없이 공존하는 방법과 지혜가 숨겨져 있으며 현대의 삭막한 인간관계와의 대비가 놓여 있다.

시인에게 과거는 어린 화자에게 어울리는 정겨움과 흥겨움의 공간이다. 그곳엔 갈등이나 모순이 존재하지 않으며 편협함이나 이기심 또한 없다. 과거의 기억 속에선 모두가 귀한 존재들이며 어느 한 사람 모나거나 날을 세우지 않는다. 과거에는 현대가 지닌 번잡함과 반인간성 역시 자리할 여지가 없다. 이러한 과거를 떠올리면서 시인은 현재 위에 과거를 포개어 과거의 시간성이 현재의 그것을 대신하게 한다.

> 감나무 가지에 아스라이 매달렸던
> 까치밥도 어느새 동이 나고
> 밤새 함박눈이 쏟아져서
> 단군 할아버지의
> 무명 두루마기처럼
> 아이들의 남루와 헐벗은 나뭇가지를 덮으면
> 손꼽아 기다리던 설날은
> 흰 화선지 한 장 크기로
> 문뜩 밝아오는 것이다
>
> 고드름이 뚝뚝 떨어지는
> 설날 아침이 되면
> 세뱃돈 몇 닢 쥔 고사리 손은
> 겨울 바람에 시리지만
> 잣눈이 내린 밭두렁 위의 까치처럼
> 한 살 더 먹은 설날의 아이들은
> 까치걸음으로 눈밭을 내달리며
> 이까짓 추위 쯤 하며
> 아주 씩씩해지는 것이다
>   (중략)
> 인터넷 바다에서 온갖 정보를 체크하고
> 바라보는 한강의 하늘에는
> 그 옛날 설날 아침
> 무명 두루마기를 입은 단군 할아버지가
> 깜냥껏 그려보라고 건네준
> 흰 화선지 한 장이 선명하게 떠오르고

그 위에 크레용으로 그렸던
거짓말 같은 아이들의 미래가
정말 펼쳐지는 것이다

―「설날 아침의 화선지 한 장」 부분

　「밥냄새1」, 「손님2」, 「밤」, 「설날」, 「액막이 연」 등으로 이어지는 유년 시절의 추억은 위의 시 「설날 아침의 화선지 한 장」에서 가장 선연한 양상을 보인다. 「설날 아침의 화선지 한 장」에는 풍요로운 명절의 분위기 속에서 흥겹게 노는 아이들의 모습이 잘 형상화되어 있다. 명절은 사람들은 물론 주변의 자연현상까지도 살갑고 포근하게 만드는 힘을 지니고 있다. '감나무에 매달린 까치밥'이라든가 '함박눈', '할아버지의 무명 두루마기' 등은 모두 명절에 더욱 푸근해지는 우리 선조들의 마음 씀씀이를 표현하는 소재들이다. 어찌 보면 고향 마을 어디서나 볼 수 있는 흔한 소재를 특별한 기법을 동원하지 않은 채 밋밋하게 내보이고 있는 듯하지만 소재를 다루는 시인의 소박한 태도야말로 이 시를 한층 맛깔스럽게 하는 요인이다. 별다른 기교 없는 자연스러운 서술 너머에는 자연의 있는 그대로의 모습과 그 안에 스며 있는 자연의 숨결이 고스란히 드러나게 마련이다. 그때의 자연이란 인간에 의해 대상화되는 사물이 아니고 오롯이 스스로 공간의 주인됨을 드러내는 주체이자 유기물이다. 더욱이 '단군 할아버지의 무명 두루마기'와 같은 표현은 평범한 듯하면서도 결코 범상히 다룰 수 없는 부분으로서 시인의 높은 시적 경지를 보여준다. '단군 할아버지의 무명 두루마기'야말로 '아이들의 남루와 헐벗은 나뭇가지'를 가장 따뜻하게 위무해줄 수 있는 시적 상관물이기 때문이다. 또한 '무명 두루마기'가 감싸 안는 대상이 인간에게만 해당되는 것이 아니라 등가로서의 자연을 포함한다는 인식의 자연스러운 표출은 시인의 세계가 우리 민족이 품어왔던 우주적 원형에 가까이 다가가 있음을 보여주는 것이다.

이러한 과거적 원형은 '흰 화선지 한 장'을 매개로 현재로 연결된다. 그것은 '흰 화선지 한 장'이 유년의 '설날'의 심상이면서 동시에 '인터넷 바다에서 온갖 정보를 체크'한 '오늘' '한강의 하늘'과 겹쳐지는 이미지이기도 한 까닭이다. 시인은 '흰 화선지 한 장'이라는 독특한 소재를 통해 과거의 아련한 기억과 설날의 환한 풍경, 그리고 현재의 '하늘'을 한꺼번에 매개시킴으로써 '기억'의 원형적 질감이 현재에까지 이를 수 있다는 것을 말해준다. 과거의 기억은 현재에 고스란히 살아남아 최첨단을 달리는 현재의 시간성까지 무화시킨다. 인터넷을 앞세운 정보화 시대는 과거의 원형질에 의해 그 시대성을 탈각당하는 것이다. 때문에 시인의 세계 인식에 의하면 현재에서 중요한 것은 현대성을 얼마나 달성했느냐에 있는 것이 아니라 과거의 원형적 세계가 현재에 어느 정도로 구현되어 있느냐에 있다. '단군 할아버지'가 준 '화선지 한 장'에 그렸던 '아이들'의 세계가 '미래'에 역시 어떻게 '펼쳐지는가'를 가늠하는 것도 시인의 이러한 인식에서 비롯된다. 이로써 우리 '아이들의 미래'는 과거 '고드름이 뚝뚝 떨어지는/ 설날 아침'에 '세배돈 몇 닢 쥔 고사리 손'의 '아이들'이나 '짓눈이 내린 밭두렁 위의 까치처럼' '아주 씩씩한 아이들'과 다르지 않게 순수함과 쾌활함을 지닌 것이 될 터이다.

시인이 전개하고 있는 시간의 이러한 과정은 상당히 의미심장하다. 그것은 과거가 현재와 단절되어 있는 것이 아니라 겹쳐지듯 이어진다는 것을, 과거가 현재 속으로 들어와 하나의 회로로 연결된 채 순환한다는 것을, 결국 미래도 과거나 현재 등속과 다르지 않는 동일한 것임을 보여주기 때문이다. 그 중심에 유년기의 천진난만함이 있으며 인류의 원형적 세계가 있다. 그리고 이것들은 시인의 '기억'에 의해 과거와 현재, 미래를 하나로 연결하는 순환의 회로로 진입하게 된다. 이 때 시는 과거의 기억을 호명함으로써 그것에 생명을 불어넣고 이를 현재로까지 이르게 하는 바, 결국 현재는 바로 시에 의해 독자적 시간성을 획득한다는 것을 알 수 있다.

2. 흐름의 시간 – 한광구의 『산경山經』

한광구 시인의 『산경山經』은 제목에서도 암시되듯 자연의 차원 높은 경지에 관한 이야기를 담고 있다. 물, 산, 바위, 소리, 해 등에 대한 이야기가 시집의 주된 내용을 차지한다. 서정시의 가장 핵심적인 소재로 등장하는 자연물 및 자연 현상을 매개로 하여 시인은 어떠한 진경산수화를 그려내는 것일까? 『산경山經』이 주는 편안함은 어디에서 비롯되는 것일까?

산은 오르는 것이 아니라
가서 박히는 것임을 알게 됐네.
내가 가서 박히니
풀도 나무도 박히어 파랗고
냇물도 박혔다가 흐르는 걸.
하늘도 이렇게 뿌리를 박고
산 속에 살고 있음을 알게 되었네.
울창한 나무와 풀들이
검붉은 몸뚱이로
어제의 잎들을 털어 내고

뿌리를 박고
하늘 말씀을
땀처럼
눈물처럼
흘리는
물을 모아
아래 세상으로 보내는 걸
비로소 알게 되었네.

─「산경山經」 전문

　「산경山經」은 시집의 맨 앞자리에 놓여 있는 시이다. 우리는 시집의 가장 앞선 자리에서 "산은 오르는 것이 아니라/ 가서 박히는 것임을 알게 됐네."라 단언하는 시인을 만날 수 있다. 이 한 마디 말로 시인은 자연에 관한 자신의 관점을 밝히고 있다. 그것은 자연은 정복하기 위해 있는 것이 아니라, 또 자연은 인간의 언저리에 있는 피상적인 존재가 아니라 인간과 한 몸이라는 사실을 가리키는 것이다. '산'에 들면서 사람은 '산'과 하나가 된다는 점, 즉 '산'에서 사람은 '산'의 유기적 한 부분이 된다. 때문에 '산'에 들어서면 사람은 '산'과 더불어 호흡해야 한다. '산'이 숨을 들이 마시면 '나'도 역시 그래야 하고 숨을 내쉬면 '나'도 내쉬어야 한다. '산'이 맑으면 '나'도 맑아지고 '산'이 편안하면 '나'도 그리해진다. '나'는 '산'과 함께 함으로써 '산'을 닮아간다.

　이때 시인이 '산'이라는 유기체 안에서 가장 핵심이 되는 원리로 포착하는 것이 있는데 그것은 '흐름'이다. '내가 가서 박히니/ 풀도 나무도 박히어 파랗고 냇물도 박히'는 유기체 형성 과정의 끝에 시인은 곧바로 '냇물도 박혔다가 흐르는 걸' 함으로써 '흐름'의 순서를 잊지 않는다. '흐름', 곧 '순환'을 이루어내면서 '산'은 비로소 완전한 생명체의 면면을 갖추게 되는 것이리라. 그리고 사실 이 부분이 시인이 시집 전체를 통해 펼쳐 보이는 우주의 순환론에 관한 첫 대목에 해당된다. 「깊은 샘」, 「물소리1」, 「씻기」, 「보행」, 「물소리2」, 「산바람」 등 많은 시들의 핵심 모티프가 되는 순환과 '흐름'이 바로 「산경山經」의 이 부분에서 시작되기 때문이다. 주목할 것은 여기서의 '흐름'이, 위의 시 "울창한 나무와 풀들이/ …… /뿌리를 박고/ 하늘 말씀을/ 땀처럼/ 눈물처럼/ 흘리는/ 물을 모아/ 아래 세상으로 보내는 걸/ 비로소 알게 되었네"라는 술회에서도 밝혀져 있듯이, '산' 안에서의 순환에 그치는 것이 아니라 '하늘' 및 인간 '세상'과 연결되는 우주적 차원의 것이라는 점이다. 자연은 그 자체로 독자적으로 존재하는 것이 아니라 인간을 이어주는 매개이며 또 그러할 때 생명성을 지속해 나간다.

이보시게, 일어나
씻고 하루를 시작하시게.
하늘은 비를 내려 땅을 적시고
땅도 하늘이 그리워
안개 자욱이 피워 올리지.
땅이 젖고, 숲이 젖고,
바위 속까지 적시는
맑고 투명한 샘물로
머리를 씻고, 얼굴을 씻고
몸을 씻고, 마음을 씻고
죄를 씻고, 깨끗한 영혼으로
푸른 하늘같이 다시 태어나시게.
샘물이 흘러내려
사랑의 입김처럼

하늘과 땅을 잇고 있네.

―「씻기」 전문

위의 시는 '하늘이 비를 내'리고 그 비가 땅과 바다로 흐른 뒤 '안개'가 되어 다시 하늘로 오르는 정해진 자연의 순환 과정이 위대한 잠언으로 들리는 까닭을 잠시 엿보게 해준다. 그와 같은 순환의 흐름이 끊긴다면 지구상에 생물체가 모두 사라질 것임은 자명한 일이고 땅도 하늘도 모두 존재의 의미를 상실할 터이다. 이러한 관계에 비추어 시인은 '하늘'과 '땅'을 '그리움'으로 엮고 있다. '하늘은 … 땅을 적시고/ 땅도 하늘이 그리워/ 안개 자욱이 피워 올린'다. 하늘이 언제나 땅을 '향하여' 비를 내리듯 땅도 언제나 하늘을 '향하여' 있는 관계가 그들이다. 그리고 이러한 하늘과 땅의 그리워하는 마음 사이에는 '물'이 있다.

언제나 순환의 한가운데엔 '물'이 있다. 물론 '물'만 순환하는 것은 아니다. 바람이나 공기도 흐르고 빛도 흐르고 하다못해 '돈'도 흐른다. 세상에 순환하지 않는 것은 없으며 순환하지 않는 즉시 그것은 생명을 상실한다. 중요한 것은 순환이 순조롭게 이루어져야 한다는 점이다. 여기저기 막혀 흐름이 매끄럽지 못하다면 건강한 상태가 되지 못한다. '돈'도 제대로 흘러야 경제가 살아나고 나라가 힘이 생기는 것처럼, 또한 그 속에 사는 사람들이 행복하게 살 수 있듯 '물'도 제대로 흘러야 자연이 건강하다. 몸속의 피와 기가 제대로 흘러야 건강한 것은 사람도 마찬가지다. 그렇다면 이러한 순환을 이루어내는 데 가장 중요한 것이 무엇일까? 그것은 '깨끗함'이다. 맑고 순수한 것, 티 없고 투명한 것, 오염되거나 부패하지 않은 것, 이 깨끗함의 상태야말로 순환을 이루는 가장 큰 요인이 될 것이다.

시인이 '씻기'를 강조하는 것도 이 때문이다. 그는 '머리를 씻고, 얼굴을 씻고/ 몸을 씻고, 마음을 씻고/ 죄를 씻'으라 말한다. 그것도 '맑고 투명한 샘물로' 그리해야 한다. 반드시 정화되어 흐르는 '물'로 씻어야 하며 그리 함으로써 '깨끗한 영혼으로/ 푸른 하늘같이 다시 태어날' 수 있다. 시인도 밝혔듯이 '물'은 몸을 깨끗하게 하고 영혼을 맑게 하며 죄를 사하여 주는 힘을 지니고 있기 때문이다. 사정이 이러하므로 시인은 "가야지, 걸어서/ 물의 행법行法을 따라/ 연옥煉獄같은 이 골짜기/ 하루 종일/ 걷고 또 닦어서 가야겠네"(「보행」)에서처럼 인간의 삶 역시 '물'의 원리를 따라야 함을 힘주어 말하고 있다.

> 산을 오르다가 만나는 파란 풀밭에서 속삭이는 소리 따라가니 풀뿌리 적히며 하늘을 안고 박혀 있는 샘물을 만났네. 햇살을 안고 반짝이는 샘물에 어리는 내 얼굴 비로소 바로 보이고, 나무들도 와서 저마다 굵기로 뿌리를 내려 물을 마시며, 푸른 피로 힘차게 일어서서 하늘로 가지를 뻗고, 검푸른 잎으로 햇살과 바람이 함께 엮는 하늘 글자를 속삭이듯 읽고 있어, 소리를 따라 계속 오르다 보니. 비탈길에 바위들이 저마다 옹기종기 모여 앉아서 (중략). 우람하게 앉아서 햇살 받아 안고, 파란 하늘 이고, 머리에 투구처럼 소나무 꽂고, 영원을 사는 법을, 바람으로 설법說法하다가, 구름으로 기도祈禱하고 있네.
>
> —「산경山經」 부분

시인이 '물의 행법行法'(「보행」)을 배우라 하는 것은 '물'이 비단 순환의 핵심 역할을 담당하기 때문만은 아니다. '물'은 흐름을 주도하며 더러운 것을 씻어내는 데서 그치는 것이 아니라 그러한 가운데 '하늘'을 담아내고 '하늘'과 닮아 가는데 그 점이야말로 인간이 '물'을 따라야 하는 이유이다. 시집의 첫 시와 같은 제목의 위 시는 '물'과 '하늘'의 동일성에 대

해 말하고 있다. '산'에서 만나게 되는 '샘물'은 '하늘을 안고 박혀' 있다
는 표현은 시인의 그러한 관점을 보여준다. 뿐만 아니라 '하늘'을 안고
있는 '샘물'은 '내 얼굴'을 '비로소 바로 보이'게 하며 '나무들'로 하여금
'힘차게 일어서서 하늘로 가지를 뻗'게 하는 역할을 한다.

'물'을 '하늘'과 동질적으로 보는 것은 형태에 대한 집착 없이 항상 낮
은 데로 임하되 주변의 모든 생명체를 살리는 '물'의 이법理法이 세상을
다스리는 '하늘'과 통하기 때문일 것이다. 시인은 "말씀의 씨앗은/ 햇살
처럼 내리고/ 비처럼 내려오니/ (중략) / 그대 삶에 뿌리내려/ 싹 틔우고/
꽃피우고 열매 맺"(「농사」)게 한다고 말함으로써 '하늘'과 '말씀'과 '물'을
최고선의 위치에 지정한다. 그리고 이러한 '물'과 '말씀'과 '하늘'의 흐름
에 맞는 인간의 삶의 태도를 '화법'을 통해 조율하고자 한다.

큰소리로
이목을 끌려고 하지 말고
마음을 담아
빈말 없이
조용조용 말하리.
먼저
마음의 상처를 녹여 내는
결신으로
용서를 청하는
말문을 열고
한마디, 한마디
힘주어
천천히 걸어
그대 마음속으로 다가가리.

─「화법話法」 전문

위의 시 「화법」에 이르면 한광구 시인의 시가 왜 그토록 편안함을 주었는지 이해할 수 있게 된다. 시인의 시에서 느껴지던 호흡은 바로 이 '화법'에서 비롯된 것이라는 점이다. '큰소리로/ 이목을 끌려 하지 말고/ 마음을 담아/ 빈말 없이/ 조용조용'하는 말하기, '한마디, 한마디/ 힘주어/ 천천히 걷는' 말하기는 시인의 '화법'이자 호흡법에 다름 아니다. 더욱이 그의 호흡은 단지 말하기의 한 기술에 해당되는 것이 아니고 '물'과 같은 흐름을 포지하고 있는 것이며 나아가 '하늘'과 '말씀'의 이치를 담고 있는 것이다. 이러한 관점에 서면 우리가 따라야 하는 호흡이나 운용해야 할 시간성이 어떤 것인지 명확해진다. 그것은 곧 '자연'을 향하는 것이다. 자연의 원리와 자연의 호흡에 우리의 그것을 맞추어 갈 때 인간은 지극한 평온을 얻게 될 것이라는 점이다.

혼(魂)을 증명하기 위한 방법론

『리어왕』을 이끌어가는 주된 테마에 해당하며 1990년대 이인화의 소설에서 인용되는 질문인 "내가 누구인지 말할 수 있는 자는 누구냐"가 만일 나에게 주어진다면 이에 대해 명쾌히 답할 수 있는 이는 얼마나 될까? 이 질문이 어렵게 느껴지는 까닭은 그것이 '나'의 무엇을 묻는 문제인지 모호한 데서 비롯한다. '나'의 직업인가, 성격인가, 배경인가? 결국 '나'의 정체성에 대해 묻는 것일 터인데 그 또한 범위와 본질을 잡아내는 것이 만만한 일은 아니다. 무엇보다 우리는 정신과 육체를 이분시키는 데 익숙하기 때문에 '나'의 정체성을 논하는 자리에서 가능한 정신에 가까운 것, 의식의 내용 내지 두뇌 활동과 관련된 부위를 더듬기 마련이다. 사상이나 세계관, 종교적 믿음이나 정치적 이데올로기 등이 전면에 내세워지는 것도 이 때문이다. 그러나 조금 더 생각해보면 이들 두뇌와 관련된 의식 활동은 스스로 고집스럽게 집착함으로써 유지될 수 있는 관념에 불과하다는 것을 알 수 있다. 언제든 상황이 달라지면 다른 것으로 대체될 수 있는 것, 손쉽게 삭제되고 새로운 내용으로 채워질 수 있는 것이라는 점이다. 이것들은 일시적인 것이고 때문에 나의 것으로써 지켜야 한다는 의지가 있을 때에 한하여 나의 것이다. 바꾸어 말하면 그것들은 "내가 누구인지 말할 수 있"기 위해 선택되고 조작된 의식의 화려한 그림이다.

그러나 그러한 의식들이 '나'에 위배되는 경우는 얼마든지 있다. 나의 이익이나 입장이나 삶의 목적이나 조건에 맞지 않으며 오히려 나의 그러한 관점들에 해악을 끼칠 수도 있는 것이다. 종종 당위나 윤리, 선험적으로 주어지는 권위를 따를 때 그런 일이 발생한다. 여기에서 옳다고 믿기 때문에 무조건 따라야 하는 부조리하고 불합리한 사태가 발생하며 그것은 대체로 나의 욕망과 이기적 만족을 희생시키며 추구된다. 말 그대로 '관념적'이 되는 것이다. 우리는 여기에서 '관념적'이란 '나'의 형편에 맞지 않으면서 의지에 의해 과도하게 집착하게 되는 의식 활동을 의미한다는 것을 알 수 있다. 나아가 이것은 의식 활동에 해당되는 내용들이 '나'의 정체성을 전적으로 대변해줄 수 없다는 것을 확인시켜 준다.

의식이 아니라면 '나'의 본질에 더 가까운 것을 구할 수 있는 출처는 어디일까? 욕망인가, 사회적 이익인가 아니면 다른 무엇인가? 포스트모던한 문화가 시작된 이래 대중이든 지식인이든 할 것 없이 '욕망'이라는 코드에 사로잡혔던 것도 이와 관련된다. 우리는 보다 적합하게 '나'에 대해 말하고 싶었던 것이 아닐까? 감각이나 느낌이 의식이나 관념을 제치고 가치의 앞 순위를 차지하게 된 것도 이즈음의 일이고, 적어도 감정적인 것, 호불호에 의해 판별하는 것이 관념적인 것을 경계하기 위한 안전핀 구실을 한다고 생각한 것도 이 때쯤이다.

그로부터 20여년이 지나왔지만 여전히 우리는 혼란스럽다. '나를 말해 주는 것은 무엇인가'. 이 논의는 역시 관념에 불과한 듯하지만 새로운 우리의 문화를 정립시키는 데 반드시 풀어야 할 가장 핵심적 문제이기도 하다. 새로운 시대를 만들어가는 일은 무엇보다도 인간을 중심에 두고 이루어져야 하기 때문이다. 근대가 데카르트의 코기토에 의해 세워진 하나의 왕국에 해당한 것이었다면 지금 우리의 시대는 우리의 형편 및 진화된 인간 이해에 맞는 새로운 존재론에 의해 또한 세워져야 하는 것이다.

1. 살아있는 정신을 향한 문(門) – 문정희의『나는 문이다』

문정희의 최근작『나는 문이다』는 제목에 함의된 의미의 다양성 때문에 더욱 관심을 모은다. '문'이라는 말의 지시어가 과연 무엇인가에 대해 moon, 文, 門 등 여러 가지의 해석을 내어놓을 수 있는 것이다. 그 무엇이 되었든 시인은 스스로에 대한 규정을 시도한 것이며 그것은 그녀가 여성이라는 점, 시인이라는 점, 유일무이한 자아라는 점 등 총체적인 자기 정체성의 모색과 관련되어 있음을 짐작할 수 있다. 실제로 이 시집 전체를 휘감고 있는 것은 시인의 강렬한 자기 인식의 에너지이다. 시집에 수록된 시편 하나하나는 그 자체로 완전한 세계를 담고 있을 정도로 간단없이 불타고 있는 형국을 보여주고 있는데 그것들은 대부분 '나'와 세상에 대한 본질적 모습을 밝히는 데 수렴되고 있음을 알 수 있다. 그것은 시인이 세계와 부딪힐 때 비로소 조명되는 모습이거니와 우리는 그들 속에서 시인이 결코 고정되어 있지 않은 자신에 대해 질문과 답을 거듭해 가고 있다는 점을 보게 된다.

낯선 땅 길모퉁이 호텔 방에서
새벽 커튼을 젖히고
투명한 햇살로 열려오는
아즈텍의 거리를 바라보다가
뜻하지 않던 폭우에 휘몰리고 말았다

노숙에서 막 잠 깬
여섯이던가 일곱의 아이들 줄줄이 끼고 앉아
구걸 보내기 전 참빗으로 머리를 빗겨주는
마야의 어머니, 식욕처럼 생생한 핏줄들 앞에
다신의 정원은 아름답고 평화로웠다

내가 잃어버린 것은 가난만이 아니었구나
그리운 것은 다만 사랑만이 아니었구나
새근새근 숨 쉬었던
내 처음의 숨소리
햇살내려오는 뜨락의 다사로운 체온
무언가 많은 것을 가지는 동안
무언가 많은 것을 잃어버린 것 같아
낯선 땅 멕시코 길모퉁이 호텔에서
나의 새벽은
그것을 몰라서 풍랑이었다

—「멕시코에서의 새벽 울음」 전문

　　확실히 그녀는 시인이라고 해서, 여성이라 해서, 혹은 자의식 강한 자아라 해서 그녀에 대한 선입견의 벽을 쌓도록 허용하지는 않는다. 그녀의 시쓰기는 이미 주어진 세계의 윤곽을 그리기 위해 여러 수사어를 동원하여 암시의 성을 쌓는 것과 거리가 멀다. 그녀는 관념을 가지고 시를 쓰지 않는 것이다. 대신 그녀는 세상의 무수한 체험들과 정면으로 부딪힌다. 부딪히면서 깨지고 깨지면서 일으켜 세우는 파괴와 건설을 무한히 반복하고 있다. 따라서 세상은 그녀에 의해 부정되는 동시에 재정립되기 위해 존재한다. 위의 시 역시 이 점을 잘 보여준다. 그녀에게 인식은 숙련된 학습과 주입에 의해 형성되는 것이 아니라 순간에 의해 이루어진다. 마치 모종의 깨달음이 불현듯 닥치는 것과 같이 지금 이 순간의 체험이 그녀에게 새로운 인식을 던지는 것이다. 체험에 의한 새로운 인식 앞에 그녀는 자신을 내맡겨 충분히 흔들린다. "뜻하지 않던 폭우에 휘몰리고 말" 정도로 자신을 송두리째 내걸어 온몸으로 그 인식을 받아들이는 것이다. 보통의 사람들이 보기에는 특별할 것도 없는 장면이지만 그녀는 대번에 전율을 느끼고는 그것에 의해 많은 사유를 펼쳐나간다. "무언가 많은 것을 가지는 동안 무언가 많은 것을 잃어버린 것 같"다는 성찰도 연이어 비롯된다. 이는 그녀의 인식이 언제나 새로이 형성된 것임을 말해준다. 언제든 들이닥치듯 다가오는 체험에 의해 그녀는 기성의 것들을 지우고, 지워낸 채 세상과 대면하는 것이다.

이러한 점에서 그녀의 언어는 펄펄 살아있는 야생의 그것이자 치장을 거부하는 맨얼굴의 그것이다. 그녀의 언어는 지금 이 순간에 밀어닥친 새로운 인식을 담아내는 것이자 과거의 그것에 대한 폐기를 통해 이루어지는 것이다. 인식을 이루는 이러한 특징은 그녀가 고백한 바 있듯 "나는 정주(定住)의 족속"이 아닌, "날마다 길을 떠나는 집시"(「집시가 되어」)라는 규정과도 관련될 것이다. 그녀는 항상 새롭게 인식하며 따라서 언제나 다르게 존재 규정될 것이라는 점이다.

이를 보면 그녀의 "나는 문이다"라는 규정은 '열려 있음'의 함의를 지닌다는 것을 알 수 있다. 말하자면 "나는 門이다. 그러나 닫혀 있는 것이 아니라 '사납게 열어젖히고'(「두 조각 입술」)나갈 門이다"가 되는 것이다. 門을 통해 세상으로 나감으로써 그녀는 언제든지 새로운 인식과 만난다. 그리고 그러한 문은 그녀의 세포 구석구석에 모두 새겨져 있는 것일 터이다. 이 모든 문을 밀고 나가 세상과 만나는 일은 그녀로 하여금 자신만의 것으로 새로이 세계를 구축하도록 할 것이다. 요컨대 그녀는 세상과 면해 있으되 그 세상에 피동적으로 규정되는 존재가 아니라 대자적 능동형으로서 세상을 향해 입출(入出)을 자유롭게 하는 존재이다.

> 이토록 멀리 떠나온 것은
> 모험심 때문만은 아니었다
> 나는 낭비에 대한 두려움이 없었다
> 어떤 손도 지도와 나침반을 갖지 못한다
> 가령 그것을 유산으로 물려받은 사람도
> 그것이 곧 자신의 길과 일치하지 않음을
> 깨닫게 될 뿐
> 나 아직 큰 도서관 안으로 들어가지 못했지만
> 책 한 권을 찾아
> 찬찬히 읽고 배우고 싶지만
> 세상의 허리를
> 먼저 강물처럼 두루 돌고 싶었다
> 누군가 칼을 숨기고
> 내 삶의 식솔처럼 들어와
> 시간을 잘라 길을 만들고
> 그곳에 나를 쓰러뜨리기 전
> 결투를 신청하듯이
> 내가 먼저 세상을 돌아보고 싶었다
> 지도와 나침판이 없어
> 내 영혼은

언제나 소독 냄새를 풍기고
부나비처럼 사랑의 꽃가루를 묻히리라

— 「지도와 나침판」 전문

화려한 미사여구나 고도의 수사법으로 채색되어 있지 않은 시인의 시는 위의 시처럼 담백하고 솔직하다. 아름다운 시어를 다듬는 일이나 교묘한 의장을 궁리하는 일은 시인과 참으로 어울리지 않는다는 느낌이다. 한 곳에 편히 앉아 느긋하게 시를 빚어내는 대신 그녀는 우리에게 언제나 길 위에서 어딘가를 향해 발걸음을 모아가고 있다는, 바람 한 자락 깊게 감고서는 미지의 세계로 휘돌아간다는 이미지를 안겨준다. 그러하듯 「지도와 나침판」은 시인의 모험과 여정에 관한 직설적인 기록이라 할 수 있다. 그녀는 '낭비에 대한 두려움이 없었다'는 강점을 바탕으로 '세상의 허리를 강물처럼 두루 돌고 싶었다'는 것이다. 특히 '결투를 신청하듯이 내가 먼저 세상을 돌아보고 싶었다'는 진술에는 시인의 투지와 열정이 고스란히 묻어난다. 어쩌면 그녀의 시를 시적으로 이끄는 것은 시적인 수사나 기교가 아니라 그녀 자신일는지 모른다. 갖은 장식에 의해 꾸며지지 않았으므로 소탈하지만 그 안에서 꿈틀거리는 그녀의 열정적인 실존 자체가 시의 가장 핵심적인 요소라는 점이다. 그것은 기성의 것이 설령 '유산'으로서 전해지더라도 그것을 수동적으로 답습하는 대신 '그것이 곧 자신의 길과 일치하지 않음을 깨닫게 되'는 부정 정신을 내포하는 것이리라. 물론 그녀는 자신의 부정 정신을 구동시키는 데에 특정한 방향성을 암시하는 어떠한 '지도'나 '나침판'의 도움도 받아들이지 않는다.

그래서인지 그녀의 시를 읽는 일은 다소 벅차다. 그녀의 시는 소박한 듯하지만 치열하고 느슨한 듯하지만 긴장을 요구한다. 그녀의 시에는 선조적인 시간의 지속성이나 의식의 긴 이어짐이 없다. 언제나 그녀의 시는 점으로 존재하고 순간으로 타오른다. 공중에 터지는 불꽃이 되었다가 곧 다른 불꽃이 타오르는 식이다. 이러한 실존의 방식은 항상 새로움을 추구하는 것이자 세상에 미만해 있는 온갖 허위 및 비본질과의 투쟁을 치르는 일에 속한다.

> 내가 원하는 방식대로
> 나의 성(性)을 사용할 것이며
> 국가에서 관리하거나
> 조상이 간섭하지 못하게 할 것이다
> 사상이 함부로 손을 넣지 못하게 할 것이며
> 누구를 계몽하거나 선전하거나
> 어떤 경우에도
> 돈으로 환산하지 못하게 할 것이다
> 정녕 아름답거나 착한 척도 하지 않을 것이며
> 도통하지 않을 것이며
> 그냥 내 육체를 내가 소유할 것이다
> 하늘 아래
> 시의 나라에
> 내가 피어 있다

—「꽃의 선언」 전문

「꽃의 선언」은 허위에 저항하는 시인의 투지가 얼마나 철저한가를 잘 보여준다. 위의 시는 역시 직설적이지만 그 어떤 시보다도 생의 본질을 직접적으로 투영한다. 그녀의 언어는 마치 전사의 그것처럼 세상의 부조리와 가식에 대항하여 칼을 휘두르는 듯하다. 위의 시에서처럼 그녀는 단 몇 마디 말로써 성(性)을 지배해왔던 오랜 인류의 역사를 조감하고 그것을 부정한다. 성(性)을 억압해왔던 지배자들의 그 다양했던 논리는 그녀의 언어의 칼날에 의해 깊게 상처 입는다. 국가나 사상, 돈이나 이데올로기, 관습이나 윤리 등 여성을 길들여왔던 모든 것들은 허구에 불과하다는 것을 위의 시는 새삼 환기시키는 것이다.

이러한 치열한 부정 정신을 발휘하는 것은 그러나 그녀의 과도한 욕심에 의한 것이 아니다. 그녀는 단지 '내 육체를 내가 소유'하고자 하는 것이다. 그녀의 이러한 자기 고백은 지극히 소박하지만 사실 여기에는 세상이 감추고 있던 엄청난 아이러니가 반영되어 있다. 그것은 '내 육체는 나의 것'이라는 지극히 당연한 사실이 오랜 세월 동안 얼마나 왜곡되고 외면되어 왔던가 하는 점과 관련된다. 그 누군가를 위해서, 혹은 그 무엇을 위해서 여성의 성(性)이야말로 가장 우선적으로 관리되는 대상이었다는 점을 역사는 잘 말해준다.

따라서 그러했던 성(性)을 탈환하는 일은 엄청난 의미를 지닌다. 그것은 여성으로서의 자의식을 살리는 일이며 인간으로서의 독립적 자아를 회복하는 일에 속하기 때문이다. 아니 그뿐만이 아니다. 육체에 대한 소유권 주장은 그것이 비단 '성(性)'적 함의에만 국한시킬 문제가 아니다. '몸'이야말로 정신에 의해 억압되어야 하는 대상이 아니라 정신의 발원지이자 세상과의 최초의 소통이 이루어지는 바로 '문(門)'에 해당되는 것이 아닐까. 그것은 생물학적 개체로서 존재하는 데서 그치지 않고 세계에 대한 인식이 새겨지는 하얀 판화지이며 그로부터 형성되는 생생한, 날 것의 정신을 생산하는 터전이다.

그러나 '몸'에 대한 지각을 통해 이루어지는 그것의 온전한 소유는 그저 저절로 이루어지는 것이 아니다. 경직된 관념을 지닐수록 육체 역시 더욱 경직되어 갈 것인 바, 살아있는 몸을 얻고자 한다면 부단히 세상과 부딪혀야 한다. 부딪힘과 깨달음, 낯선 만남과 새로운 인식의 연속적 도정이 있을 때라야 몸은 서서히 깨어나 세포하나하나마저 살아있는 생명체가 될 것이라는 점이다. 그리고 이 때 우리는 살아있는 정신, 즉 '혼'을 만날 수 있게 된다. 문정희 시인은 정신이란 결코 관념의 범주에 속하는 것이 아니라 살아있는 '몸'에 의해 이루어지는 것임을, '혼'과 '몸'은 분리되는 것이 아니라 그 자체로 일원적 실체임을 우리에게 암시하고 있다.

2. 황금 비율에의 의지 – 문덕수의 『꽃먼지 속의 비둘기』

『꽃먼지 속의 비둘기』 후미에 실린 그의 시론 「한국시의 동서남북(Ⅱ)」에서 문덕수 시인은 언어예술인 시의 세 가지 요소로서 기호, 대상, 주체를 설정하고 이들 사이의 상호영향관계에 의해 한국시가 분류된다고 말하고 있다. 범박하게 분류의 틀을 그려 보면 전통적 서정시 및 관념시는 주체의 주관에 기울어지는 경향을 보이는 반면 이미지즘이나 모더니즘처럼 사물의 성질을 다루는 물리시, 사물시들은 대상에 무게 중심을 두는 시들이다. 이와 함께 언어 실험에 의한 아방가르드 시운동 및 하이퍼텍스트적 현대시는 기호를 중시하는 시라 할 수 있다는 것이다. 그런데 그가 이에 덧붙여 우리가 나가야 할 좌표로서 가장 높은 수준에 두는 시가 있어 주목되는데 그것은 곧 '주지시'다. 김기림의 시론에서 이미 접한 바 있으므로 생소하지 않은 '주지시'에 내해 시인은 시의 세 가지 요소인 기호, 대상, 주체를 모두 통합한 것이라는 설명을 덧붙인다. 즉 우리 시의 갈래들이 한 가지 요소로의 경도를 나타내는 서정, 관념, 사물, 기호 등을 포괄하는 시가 주지시라는 것이다. 물론 이때에는 통합을 이루는 일정한 원리가 있어야 하는데 이를 위하여 모든 요소를 한 눈에 통찰할 수 있는 시점을 확보하는 일이 우선이 된다.

모더니즘 시학에 깊은 조예를 보여주었던 만큼 그의 시론은 우리의 시를 모두 아우르는 명쾌한 논리를 선보이고 있다. 특히 감정과 관념에 치중하는 경향을 경계하는 지성적인 태도는 직접 김기림의 계보에 닿아있는 것으로서 시가 궁극적으로 도달해야 할 미학적 경지를 한층 분명히 강조하는 것이라 할 수 있다. '통합된 감수성'이라든가 '형이상학적 포괄'은 단지 형식 논리가 아니라 삶 전체의 완전한 균형과 조화를 꾀하는 것이기 때문에 궁극의 미학이라 할 만한 것이다.

간략하게나마 먼저 시론을 살펴본 것은 그것이 문덕수 시인의 시를 이해하는 데 있어서 일 지침을 제공해주고 있기 때문이다. 물론 이것이 이론과 창작 사이에 가로놓이기 마련인 복잡한 관계망을 외면하는 것은 아닐 터이다.

　　이목구비가 몰린 두부頭部는 잘려 행방불명이다
　　머리에 썼던 검은 중산모자만 칼자국도 없이 풍선처럼 떠서
　　미동도 않고 허공에 그대로 달랑 남다
　　슬픔의 상장喪章이 아니다

　　피 한 방울 안 튀게
　　두 번째로 내리쳐 싹둑 잘린 대[竹] 밑둥 같은 목뼈에서
　　연둣빛 새싹 한잎 돋고
　　빈 파이프 같은 목 뿌리를 감은 채 남은 꽃빛 넥타이는
　　바람 한 점 안 타고 단정하다

　　미처 못 피한 채 남은 두 토막 다리
　　100년 후에 벌떡 일어선 사막의 말뚝이다
　　어디서 다시 칠 일격을 기다리는 지금

　　상실한 체중을 앓는다

—「붉은 모델―르네 마그리트에게」 전문

　　초현실주의 화가 르네 마그리트의 「붉은 모델」을 비롯한 여러 작품을 모자이크하여 만든 시인 듯하다. 1연이 그의 그림 「순례자」를 오브제로 하고 있다면 2연에서는 「신뢰」, 「자정의 결혼」에서의 이미지가 겹쳐 보인다. 반면 3연은 시의 제목이기도 한 「붉은 모델」을 스케치하고 있다.

　　『꽃먼지 속의 비둘기』에 수록된 시편들에는 위의 시처럼 명확한 틀을 갖춘 대상을 소재로 취하고 있는 시들이 다수 있다. 「백남준에게」, 「찬 김동리」, 「이육사」와 같은 예술가라든가 「한 송이 장미」에서의 문학 작품, 「사진」의 김주열, 「한강에게」, 「타홀라에서」, 「백운대」, 「북한산에서」, 「백도에서」 등에서의 특정 지역들은 시인의 시에서 구획이 분명한 소재이자 대상으로 등장하고 있는 것이다. 시인은 그들을 정확히 오브제로 취하고 있으며 그것들을 바탕으로 자기 그림을 그리고 있다.

　　그러한 시들 가운데 대표라 할 수 있을 「붉은 모델」에서 그리고 있는 그림이란 어떤 것일까? 먼저 문덕수 시인이 르네 마그리트의 작품을 취했는가 하는 점도 주목할 만하다. 르테 마그리트는 초현실주의 작가이지만 그의 터치는 사진으로 찍어낸 듯 매우 선명하다. 시인이 위의 시에서 ‘칼자국도 없이’, ‘미동도 않고’, ‘피 한 방울 안 튀게’, ‘바람 한 점 안 타고’라고 언급하고 있는 것처럼 그의 그림은 색채나 선의 경우 한 치의 흐트러짐도 없이 ‘단정하다’. 이러한 화법에 비하면 토막나고 서로 중첩되고 유실되어 있는 모습들은 기괴하게 느껴진다. 재미있는 것은 문덕수 시인은 르네 마그리트가 여러 작품들에 걸쳐 동강내고 해체시켜 놓은 사물들은 끌어 모아 머리끝에서 발끝까지 완전한 신체로 구성하고 있다는 점이다. 말하자면 르네가 보여준 선명한 색채 및 선은 그대로 보존되면서 초현실주의적으로 분산되었던 면들은 재구성되어 완전하고 선명한 또다른 사물로 서게 되는 형국이다. 부숴지고 이탈되었던 초현실주의적 물상들은 시인의 의도에 의해 완전하게 균형을 이루게 된다.

이러한 분석이 가능하다면 문덕수 시인이 위의 시에서 보여준 기법은 그가 시론에서 전개하고 있는 시적 입장의 일단을 담고 있는 것이 아닐까 생각된다. 그것은 주체와 대상과 기호라는 삼각의 변 사이에서 섬세하게 균형을 취하고자 하였던 시인의 방향성과 관련된다는 점이다. 이는 어느 한 곳으로 치우치지 않은 통일을 통해 미의 완성을 향하고자 하는 고전주의적 정신을 반영하는 것으로서 절제와 조화를 핵심 조건으로 요구하게 된다. 위의 시의 기법뿐 아니라 어조, 어휘 선택에도 드러나고 있는 절제감과 선명함은 결국 시인의 이와 같은 정신을 기반으로 하고 있는 것이다.

> 나침반처럼 민첩할 수야
> 한 가닥 곧은 외팔 더 멀리 뻗어
> 동서남북을 지푸라기처럼 가볍게 물고 서서히 선회하고 싶다
> 고대 폐허의 벽돌 한개 몰고와 멋진 도시 세우고 싶다
>
> 쭉곧은 이 완강한 기하학
> 때로는 물가의 낚싯대 모양 낭창낭창 휘고 싶다
> 뉴욕 파리 뉴델리 요하네스버그 그리고 돈황까지
> 자꾸 입질한다 퉁길 듯 구부러진다
>
> 피의 십자가보다는
> 먼저 눈금 또렷한, 강직한 저울대이고 싶다

> 터 잡고 길 내고 기둥 세우기 그
> 모든 빛과 그늘
> 긴장된 황금의 균형을 위하여
>
> —「기중기」 전문

시인이 시의 궁극으로 제시하고 있는 주지시(主知詩)가 낭만주의의 대척점에 있는 고전주의의 소산이라는 점은 주지의 사실이거니와 주지시는 자아의 주관적 정서나 이념에 휩쓸리지 않은 채 건축물과 같은 시의 구조를 추구하게 된다. 의당 시를 구성하는 모든 요소들이 균일하게 배합되어야 하고 그들 간에 아름다움을 목적으로 하는 황금의 비율이 있어야 할 것이다. 「기중기」는 바로 그러한 시인의 지향과 정신을 숨김없이 담아내고 있는 시임일 알 수 있다. "피의 십자가보다는/ 눈금 또렷한, 강직한 저울대이고 싶다"는 그의 진술은 바로 낭만주의에 대한 부정과 고전주의 정신에 대한 지향이 완고하게 표현되고 있는 부분이다.

한편 자신의 시관에 대해 직접적으로 서술하는 대신 '기중기'라는 대상을 매개로 하여 표현하는 방식은 주관에로 치우치지 않으려는 시인의 의지를 반영한다. 그는 '기중기'와 같이 아슬아슬하면서도 절묘하게 안정성이 유지되는 상태를 환기하며 미가 추구해야 할 '긴장된 황금의 균형'을 꿈꾸는 것이다. 여기에서 '기중기'는 단지 외적으로 묘사되어야 할 사물이 아니라 시인의 주관과 상호 작용하면서 주관에 지성을 결합시켜주는 객관적 상관물이 된다. 외부의 대상에 의해 주관은 섬세하게 절제되고 조율되는 것이다. 이는 앞서 언급한 바 있듯 프레임이 명확한 대상을 소재로 취하는 시인의 창작 방법과도 무관하지 않다. 시인은 자신의 주관을 거르지 않고 나열하기보다는 외부 대상과의 조응에 의해 다듬고 질서 잡는 길을 선택한다.

　대상과 주관의 만남이 그러나 결코 기계적으로 이루어진다고 여겨서는 안 된다. 대상과 주관의 완벽한 결합이 있다고 해서 주관이 대상에 대입된다거나 대상이 주관을 억압하는 일은 없다. 대상과 주관의 통일은 시인의 시적 이상이지만 그의 이상은 보다 높은 세계 속에서 그 시점을 확보하고 있다. 그의 세계가 단지 사물에 의해 한정된다거나 창작방법 상 이상 추구에 머문 것으로 본다면 그의 본질을 간과하게 될 것이다. 그의 상상력은 그와 같은 제한된 세계 안에 그를 가두지 않는다. 그는 매우 섬세하고 완고할 정도로 질서를 추구하지만 그가 품고 있는 세계는 한없이 넓다. 그의 시선이 때로는 첨예한 현대 문명에 대한 비평에서부터 인공에 의해 훼손되지 않은 대지에 닿는 것도, 가장 서구적인 것에서부터 동양적인 것에 이르기까지, 가장 사소한 일상에서부터 정치적 쟁점에 이르기까지, 가장 시사적인 소재로부터 과거의 고전물에까지 미치는 것도 이 때문이다. 이 모든 것들을 끌어안음으로써 그는 보다 높고 보다 이상적인 세계를 추구해 나간다. 위의 시에서 말하는 대로 그는 '동서남북을 지푸라기처럼 가볍게 물고' '물가의 낚싯대 모양 낭창낭창 휘'어서 '뉴욕 파리 뉴델레 요하네스버그 그리고 돈황까지 자꾸 입질'하고 '퉁길 듯 구부러지'고 싶은 것일까.

　　한여름 을지로의 플라타너스 잎은
　　인도의 새끼코끼리 귀다
　　내 코흘리개 적 가오리연보다 조금 더 큰
　　내 어릴 적 연못의 연잎은 로마 병정의 방패다
　　주르륵 한자락 훑어서 한모금 입안에 넣고 싶은
　　아카시 잎꼬치야

바늘끝 뭉쳐 촘촘히 세운 고슴도치 같은 다박솔아
찰진 멥쌀떡 한 알씩 돌돌 말아 싸고 싶은
들쭉날쭉 자잘한 톱니 고루 두른 떡갈잎아
공주님 인형의 금비녀꼴 샛노란 은행잎아
훤칠한 아저씨의 밋밋한 아랫도리 빼닮은 이탈리아 포플러
애벌레 날짐승의 보금자리를 엮어 우람한 궁전 같은 느티야
쌔액쌔 쌔액쌔 찌르르 찌르륵 찌륵
무성한 간제미 가제미 홍어 병어 준치 잎들아

—「꽃먼지 속의 비둘기」

시집의 표제가 되고 있는 위의 시가 보여주고 있는 상상력의 무늬를 살펴보면 세계를 가득 품고 있는 시인의 품을 짐작하게 된다. 그가 꿈꾸고 있는 높고 큰 세계라는 시점 안에는 스스로 질서를 이루고 있는 자연의 물상들이 하나둘씩 남김없이 포착된다. 플라타너스, 연꽃, 아카시아, 다박솔, 떡갈나무, 은행나무, 포플러, 느티나무 등 모든 나무들이 마치 귀여운 자식처럼 정겹게 느껴지는 것이다. 그러한 나무들의 저마다 다른 잎들을 향해 시인은 하나하나 이름을 불러주기 시작한다. '인도의 새끼코끼리 귀'라든가 '로마 병정의 방패', '잎꼬치', '고슴도치', '공주님 인형의 금비녀' 등등이 그것이다. 재미있는 것은 그가 붙인 자연의 이름들이 종횡무진일 정도의 다채로운 상상력을 보여준다는 점이다. 시인은 공간적으로나 시간적으로 어떠한 한계를 지우지 않은 채 사물과 이름, 즉 대상과 주관 사이에 발랄한 결합을 시도하고 있다. 인도나 로마와 같은 먼 지역이 호출되는가 하면 어린 아이의 감성이 발휘되기도 하고 화려한 도시의 이미지가 떠오르기도 한다. 이는 상상력이 마치 병풍처럼 펼쳐지는 양상을 보여주는 것이자 또한 이들을 한 눈에 내려다보는 시인의 높은 자리를 가늠케 하는 것이다.

야생적 삶을 찾아가는 사유의 편린들

    — 박미라의 『안개부족』, 채풍묵의 『멧돼지』, 윤관영의 『어쩌다, 내가 예쁜』

1. 근원에 대한 구체적 사유 – 박미라의 『안개부족』

　푸코는 일찍이 인간의 주체성과 사유능력을 부정하면서 무의식에 기반한 고고학적 상상력을 내세운 바 있다. 이 사유체계의 강점은 인간의 이성보다는 무의식을 인간의 능력을 발휘하는데 있어서 가장 강력한 기제로 표방하는데 있다. '나는 생각한다 고로 존재한다'라는 데카르트의 코기토가 근대를 열어제낀 모토였다면, 푸코의 고고학적 인식성들은 근대의 기린아였던 이성을 추방시켜버린다. 따라서 인간을 이끌어가는 힘이나 인간 사회를 추동하는 근본 게기는 무의식이 된다는 것이다. 푸코의 이 같은 사유는 20세기 초에 광범위하게 진행되기 시작한 근대의 제반 사유들을 부정하는 모더니즘의 전략으로부터 멀리 떨어져 있는 것이 아니다. 그러나 푸코가 이성적 사유나 능력을 통렬히 부정하고, 미시적인 담론 체계의 중요성을 강조했다해서 그의 철학적 사유들이 거대담론의 틀에서 벗어나 있는 것은 아니다. 그는 제도로 표상되는 규율적 통제의 힘에 대해서는 부정하고 있지 않은 까닭이다. 오히려 그러한 무의식의 저장소들이 모여서 만든 또 다른 거대 담론에 의한, 인간에 대한 지배가 푸코 철학의 핵심이라 해도 크게 틀리지 않을 것이다.

푸코가 말하는, 이성에 억눌린 무의식의 저장소란 무엇일까. 그것이 반 이성적인 것에 뿌리를 두고 있는 것은 틀림없는 사실이지만, 보다 개념 적으로 접근하자면 근원적인 어떤 것이 아닐까 한다. 근원이란 다소 추 상적이고 관념적인 말이긴 하나 근대적 이성이 조율하지 못하는, 혹은 그 이성을 배제하는 비이성적인 어떤 것임에는 분명할 것이다. 오늘날 반근대적인 사유에 뿌리를 두고 있는 온갖 관념들의 근저를 더듬어 들어 가 보면 늘상 만나는 주제들이 바로 이런 것들이었다.

박미라의 『안개부족』이 말하고자 하는 것도 바로 이 고고학적인 상상 력이다. 시인은 현재의 인간을 규율하는 힘들이 무엇인가를 직시하고, 그 것들이 무엇이었던가에 대해서 집요한 질문을 던지고 있다. 다소 생기발 랄하고 디지털적인 상상력이 발휘되는, 또 그래야만 시적 선구성이랄까 진보성이 인정받는 시단에서 그의 이러한 상상력이 예외적으로 받아들여 지고 있음은 이 때문이 아닐까.

> 우레 같은 숨소리를 다스리는데 백 년이 걸리고
> 눈과 귀를 버리는데 천 년이 걸렸다
> 버리고 지운 것이 그 뿐이 아니어서
> 겉과 속이 똑같이 살점도 가죽도 뼈도 아닌데
>
> 나는 어느 강물의 종족이었는지

선명히 남아 있는 실핏줄 아니어도
강물 한 굽이를 잘라낸 몸의 기억이 환하다
생각 깊어지는 한밤중이면
달빛 아래에서 출렁일 줄도 알고
한 마리 나비의 기적에도 살갗 파르르 떨린다
살점 어딘가에 깊숙이 숨은 채
마른 물줄기를 후벼 파는 기억 하나 있지만
오래된 것들은 닳아 가는지
통증도 이제는 견딜만하다
발바닥이거나 종아리쯤에서 실핏줄 하나 터졌는지
물소리 가만가만 들려오지만
풍화를 꿈꾸기에 나는 여전히 너무 무거워
또 다시, 천 년을 작정하고 禪定에 든다

피고지고피고지고,
몇 송이 풀꽃만이 누대에 걸친 이웃이다

—「고인돌」 전문

인용시에서 고인돌의 기능을 묻는다면, 구조적인 사유의 문제에 걸릴 것이고 고인돌 자체에 대해서 묻는다면, 반구조적인 사유의 문제에 닿을 것이다. 전자의 태도가 푸코적인 것이라면, 후자의 경우는 반푸코적인 것이 된다. 그러나 이 작품이 지향하는 의미를 따져보면 이러한 이법적인 갈라치기는 아무런 의미도 갖지 못한다. 「고인돌」이 포지하는 의미는 궁극적으로 푸코적 사유의 끝에 닿아있는 까닭이다. 우선 이 작품의 구조는 정신과 육체의 이분법으로 짜여져 있다. "우레 같은 숨소리를 다스리는데 백 년이 걸리고/눈과 귀를 버리는데 천 년이 걸렸다"는 정신의 영역일 것이고, "선명히 남아 있는 실핏줄 아니어도/강물 한 굽이를 잘라낸

몸의 기억"은 육체의 영역일 것이다. 전자가 영원적인 것과 관계한다면, 후자는 일시적인 것에 관계된다. 여기서 시인이 지향하는 것은 물론 영원의 영역이다. 일시적인 육체의 흔적을 지워서 영원에 이르는 길, 그것이 이 작품이 지향하는 함의이기 때문이다. 그렇다면, 여기에 이르는 길이란 어떻게 이루어지는 것일까.

인용시에서 육체의 한계를 벗어던지고 영원에 이르는 길은 자기성찰의 문제와 분리시켜 논의하기 어려운게 사실이다. "우레 같은 숨소리를 다스리는데 백 년이 걸리고/눈과 귀를 버리는데 천 년이 걸렸다"는 성찰의 문제나, "풍화를 꿈꾸기에 나는 여전히 너무 무거워/또 다시, 천 년을 작정하고 禪定에 든다"는 자기 수양의 문제들이 이와 밀접한 상호연관을 갖고 있기 때문이다. 이런 비욕망적 사유들은 실상 현재를 규율하는 이성적 힘들에 대한 저항이며, 근원을 향해 나아가는 지난한 자기노력이라 할 수 있다. 그 근원이란 다름아닌 무욕의 세계 혹은 자연과 같은 원시적 사유들이다.

> 백내장을 앓는 어머니 모시고 병원에 간다
>
> 그녀는 오래전부터 안개의 부족이었다
> 눈동자에 찍힌 안개의 紋章 아니어도 증거는 있다
> 새벽부터 밤중까지 쉬지 않고 돌아다니지만
> 발자국 소리가 들리지 않는나
> 안개 위를 떠다니는 것이 틀림없다
> 마른 논바닥처럼 먼지 풀썩이는 상심 따위도
> 그녀에게 기대면 금방 촉촉하게 젖어든다
> 사물의 경계가 지워진 짙은 안개 속에서도
> 매일 똑같은 자리에 밥상을 차리고 반듯하게 신발 벗어 놓고

가족들의 귀가를 기다리는 그녀를
다른 부족이라고 의심해 본 적이 없다

—「안개부족」 부분

이 작품이 말하려는 부분도 앞의 경우와 같이 근원에 관한 것이다. 모성이란 다소 일반화된 주제를 다루고 있긴 해도 이 작품이 지향하는 궁극은 인간을 추동하는 근본 힘에 대한 것들이다. 이런 주제가 참신하고 의미있게 다가오는 것은 그 독특한 상상력 때문일 것이다. 어머니는 백내장을 앓고 있고, 이 병으로 인해 어머니는 사물의 인식능력을 상실해 가고 있다. 그렇기에 자신의 눈앞에서 보이는 오류들, 혹은 잘못들을 적당히 흘려넘기는 아량을 자연스럽게 갖게 된다. 그러나 자연스러움은 하나의 물리적 장치일 뿐이고, 보다 근본적으로는 어머니에게 덧씌어진 안개의 기능에 있다.

이 작품에서 안개는 이중의 뜻을 내포하고 있다. 하나가 물리적인 차원의 것이라면, 다른 하나는 형이상학적인 차원의 것이다. 안개가 병의 근원이라면, 그것은 일차원적인 것일 뿐, 더 이상 관념적인 어떤 영역으로 그 외연이 확장되지는 못한다. 그렇지만 안개는 모성의 또 다른 본뜻이라는 점에서 보면 그 함의는 달라진다. "마른 논바닥처럼 먼지 풀썩이는 상심 따위도/그녀에게 기대면 금방 촉촉하게 젖어든다"가 바로 그러하다. 그것은 병의 원인을 제공하는 역기능에 그 의미가 있는 것이 아니라 '먼지 풀썩이는 상심'따위를 촉촉하게 녹여서 사라지게 하는 순기능에 그 의미가 있기 때문이다. 이렇듯 안개는 온갖 종류의 상심의 경계를 무화시키는 화학적 반응에서 그 존재 가치가 찾아진다. 따라서 안개부족은 어머니라는 유적 집단의 또 다른 이름이 아닐 수 없는데, 이러한 안개

부족에 대한 친연성이야말로 '고인돌'의 존재의미와 더불어 근원을 찾아 들어가는 박미라의 또다른 고고학적 상상력이라 할 수 있을 것이다.

2. 유목적 삶에 대한 그리움 – 채풍묵의 『멧돼지』

개성을 부정하고 집합적 인식소로 삶의 형태를 규정하는 것이 구조주의적 사유의 한 방법이다. 이 사유는 모든 것을 관계의 틀에서만 해석할 뿐 개성이라든가 개인의 능력과 같은 주체의 영역들은 거의 무시해버린다. 사회 현상을 분석하고 사회를 읽어내는 데 구조주의의 사유가 유효한 것은 그러한 관계망을 인식하고 추출해내는데 있어 다른 어떤 방법보다 효과적이기 때문이다. 문제는 그 그물망이란 것이 무엇이고, 또 어떤 인식소로 이를 구분해내느냐에 있을 것이다. 여기서 사회의 제반 현상들을 인식하고 해석해내는 방법적 장치들을 모두 나열하는 것은 불가능하다. 또 그럴 필요조차 느끼지 못한다. 그 인식의 저변에 깔려있는 세계관이란 거의 단선적인 하나의 선으로 귀결되고 있는 까닭이다. 바로 인간이란 무엇이고 인간적인 삶이란 무엇인가하는 존재론적 물음이 바로 그것이다. 그러나 이러한 물음에 이르렀을 때, 그 해법을 찾는 일은 의외로 단순하다. 이와는 반대되는 사유의 끝으로 가 보면 그 해답의 실마리를 곧바로 찾을 수 있기 때문이다. 가령 인간적이지 않는 현실에 대한 해법이란 곧 인간적인 현실을 찾아나서기만 하면 그만인 것과 같다.

채풍묵의 『멧돼지』를 읽어보면, 이 시인이 현재 사유하고 있는 목록들이 무엇인가를 알게 해주는 단서도 이런 방식으로 찾을 수 있다. 그의 시들을 이해하기 위해서는 두가지 시각이 필요하다. 하나는 시집의 제목에서 알 수 있는 것처럼, 야생적인 사유에 대한 감각이다. 시인의 시들 속에는 상큼한 풀냄새로 가득차 있다. 그리고 다른 하나는 그러한 사유의 이면에 자리하고 있는 현재의 삶에 대한 인식들이다. 야생과 반대되는 것이기에 그것을 문명적인 삶이라 할 수도 있을 것이다. 어떻든 그의 작품들은 반문명적인 것들에 많은 부분들이 잠겨져 있다.

수렵 채취 이후 생계 방식 중
가장 오래된 미래는 유목이라고 한다
땅이야 하늘이 선물한 공동의 것
땅이 재산이 될 때 땅이 인간을 지배하리니
누구든 초원을 소유하지 않는다
목마른 들판은 풀을 키울 수밖에 없어서
한 곳에 오래 머물면 살갗이 드러난다
생존하려면 반드시 옮겨가야 하고
움직이려면 최소한의 물자만 필요한 법
가축이든 물건이든 차고 넘치면 짐이다
말달려 왔다가 말달려 가는 삶
하늘이 준 대로 한동안 빌려 쓰다가
말하지 않아도 반드시 돌려주는 유목은
역사에서조차 자신의 기록을 남기지 않는다

—「유목」 전문

　인용시는 다소 선언적이고 잠언적인 풍이어서 시의 맛이 떨어진다고 생각할 수도 있다. 그러나 이 시가 전하는 의미를 곰곰이 생각해보면, 이런 생각은 기우에 지나지 않음을 알 수가 있다. 인간의 가장 근원적인 부분을 평범한 진리를 통해서 무리없이 풀어내고 있기 때문이다.
　인간의 본원적인 삶이 무엇이 되어야 하는가, 또 어떻게 사는 것이 인간적인 삶인가에 대해 이 작품은 야생적 향기를 통해 우리에게 적시해주고 있다. 이러한 향기를 우리는 두가지 방향에서 맡을 수 있는데, 하나는 유목이 주는 삶의 교훈이고 다른 하나는 유목에서 얻을 수 있는 삶의 태도이다. 시인은 인간이 영위해온 가장 오래된 생계방식 가운데 가장 원초적인 모습을 유목에서 찾고 있다. 이 삶의 양태야말로 가장 오래된 것이며, 또 오랜 세월동안 미래에도 남을 것이고, 또 당연히 남아야한다고 말하고 있다. 유목적 삶이 과거와 현재, 그리고 미래에도 지속성을 가져야 한다면, 그것은 인간의 본바탕을 형성하는 가장 근원적인 것이라 할 수 있다. 인간의 본원적인 삶이 유목적인 것과 같은 것이라면, 그러한 삶이란 어떤 것일까. 이에 대한 답이야말로 채풍묵이 이번 시집에서 추구하는 궁극이라 할 수 있을 것이다.

일단 유목의 생활이란 시집의 문면에 나와 있는대로라면 자연과 같은 삶이다. 우주의 이법과 자연이 주는 질서대로 사는 삶이야말로 인간적으로 살아갈 수 있는 최고의 조건이라는 것이다. 곧 그러한 유목이 주는 삶의 교훈만이 인간이 인간답게 살아갈 수 있는 최적의 삶이 된다는 것이다. 그리고 또 하나는 유목에서 얻을 수 있는 삶의 태도이다. 이는 어쩌면 유목이 주는 교훈과 동일한 것이기도 한데, 유목은 인간에게 최적의 생존조건을 주면서도 "역사에서조차 자신의 기록을 남기지 않는다"는 희생 정신을 발휘하기도 한다. 여기서 희생이라고 말했지만, 실상 그것은 무욕과 다름 없는 삶의 태도이다. 욕망을 자신의 턱끝까지 올리고 사는 인간에 의해 현재의 생존조건이 파괴된 것을 감안하면 이런 유목직 대도야말로 인간이 반면교사로 받아들여야 하는 근본 자세가 아닐까.

유목을 어떤 삶의 모습이라든가 자세와 같은 구체성으로 이해했지만, 시인의 시세계에서 이를 곧바로 받아들이기에는 무리가 있다. 그것이 포지하는 사유들은 구체성보다는 관념적인 어떤 자장들로 휘감겨져 있기 때문이다. 즉 그것은 시대를 이해하고 규율하는 인식소에 가깝다고 보는 것이 옳다고 하겠다. 삶의 단위로서의 파장이라 할 수 있는데, 이러한 인식성을 바탕으로 한 삶의 양태야말로 가장 본원적인 인간의 모습이라는 것이 시인이 이해하는 유목의 진정한 모습이다.

유목이 시대를 이해하는 인식성이자 삶의 준거틀이라고 한다면, 그러한 삶의 기준을 파쇄하고 인간적 조건을 훼손한 매개들이란 무엇일까. 이는 유목의 반대편을 이해하는 대목이면서 현재의 삶의 조건, 곧 문명에서 파생된 삶의 부정성들을 읽어내는 좋은 매개가 될 것이다.

문이란
개념이 없던 시절
출몰하는 멧돼지를
이렇게 잡자고 누군가 제의했다
한 번 들어오면 나갈 수 없는
주머니 모양 울타리를 세운다
마셔도 마셔도 갈증인
샘을 파고 유혹한다
멧돼지 식구들이 들어가면
입구를 닫는다
멧돼지 일가가 증식하면서
멧돼지는 집돼지가 되고
집돼지는 그림 속에 늘어가
점점 네모나게 살이 붙는다
울타리 안에선 그림이 자란다
이젠 아무도 고기를 먹지 않고
그림을 잡아먹는다
문이 생기면서부터
닫는다는 개념이 생겨나고

　　문을 닫으면서부터
　　돼지를 많이 소유한 자와
　　그렇지 못한 자가 생겨났다

―「문」 전문

　　인용시는 인간들이 어떻게해서 유목적인 삶을 잃었는가하는 과정을 잘 보여주는 작품이다. 그 단초적인 매개가 된 것은 바로 문이다. 문은 시인의 독법에 의하면 욕망을 부채질한 동기 가운데 하나로 자리잡는다. 그것은 저절로 생겨난 것이 아니라 인간의 욕망에 따른 결과였다. 그러한 욕망들은 인용시에서 보듯 보다 많은 멧돼지를 차지하려는 소유욕에서 기인한 것이다. 그런데 그것은 일회적인 채움으로 끝나는 것이 아니라 마치 바이러스처럼 타고 오르내리며 끝없이 펼쳐나가는데 문제의 심각성이 있다. "마셔도 마셔도 풀어지지 않는 갈증"처럼 아무리 집어넣어도 채워지지 않는 것이다. 그리하여 야생의 멧돼지가 집돼지가 되어도, 곧 나의 완전한 소유가 되어도 그 욕망의 갈증은 해소되지 않는 상태로 놓여 있다. 그러한 욕망의 무한한 충동은 결국 돼지를 이상한 형태로 만들기까지한다. 그림 속에 들어간 돼지라든가, 그 속에서 점점 네모나게 살이 붙는 돼지, 혹은 울타리 안에서 자라는 그림, 곧 기형적인 돼지로 변형되는 까닭이다.

　　유목을 한낱 과거의 추억으로 되돌린 것은 이렇듯 인간의 욕망에 의해서이다. 인간은 소유의 상징인 문을 만들고 자신의 욕심을 채워왔다. 그럼에도 그들은 여기에 만족하지 못하고 끝모를 욕망의 노예가 되어 버렸다. 유목적 삶이란 한탄 추억거리에 불과하며, 현재는 다만 그것을 아름다운 과거의 한때로만 기억할 뿐이다. 시인의 시선이 닿아 있는 곳은 물론 지금 여기의 부정성에 있는 것이 아니다. 그 탐색의 눈들은 머나면 과거 속을 헤집고 들어가고 있다. 그 유현한 유목에의 삶이 현재화될 수 있는 꿈을 꾸고 있는 것이다. 집돼지가 아닌 멧돼지로 살아가는 세계, 그것이 시집 『멧돼지』가 보여주는 교훈이다.

3. 일상에서 걸러진 야생적 사유 – 윤관영의 『어쩌다, 내가 예쁜』

윤관영의 『어쩌다, 내가 예쁜』은 체험을 밑바탕으로 깔고 있는 시이다. 따라서 이 시집에서는 관념의 조작이나 어떤 형이상학적인 사유의 깊이들을 발견해내기가 쉽지 않다. 시인이 관심을 가지고 있는 것은 지금 여기에서 벌어지고 있는 일상들에 있다. 이러한 일상들이 있기에 그의 시들에서는 삶의 체취들이 짙게 묻어나온다. 시에서 이런 서정의 맛을 느끼는 일도 요즈음 시단에서는 드문 일이거나와 그것이 일상에서 길어올려지는 것임을 감안하면 더욱 그러하다고 할 수 있다.

체험이 시의 영역으로 들어온 것은 오래전의 일이다. 그러나 시가 이 영역에서 직조되는 것이 바람직한 일로 받아들여진 것은 아니었다. 특히 순수문학론자들에게는 더더욱 그러했다. 존재론적인 사유나 정서의 깊이들만이 시에서 대접을 받아왔을 뿐 그 이외의 영역에 대해서는 불순한 것으로 치부되어 왔기 때문이다. 이데올로기가 승화되던 시절에 이에 대힌 터부시는 다른 어떤 시기와의 비교를 거부할 정도로 심했다. 그러나 체험의 영역이 시에서 받아들여질 수 없다거나 전혀 시적인 요소가 아니라는 뜻은 아니다. 문제는 그것을 시로 승화시키는 서정의 깊이에 있을 것이다. 뿐만 아니라 단선적인 세계관의 문제만 개입시키지 않는다면 체험의 영역은 시에서 오히려 환영받을 만한 일이 될 것이다. 윤관영의 시

들을 주목하는 이유도 여기에 있다. 그의 시들은 관념의 영역을 넘어서
는 일이 없을 뿐만 아니라 형이상학적인 초월의 문제와도 거리가 멀다.
그의 시들은 지금 이곳에서 막 벌어졌던, 혹은 벌어지고 있는 일들에 대
해서만 발언한다.

> 이제 막 상토를 밀며 나오는 고추 모종들
> 들락날락하는 내 걸음에
> 시루떡 같은 흙이 들러붙는다
> 이 불화의 걸음걸이,
> 장화 코를 차대며 해찰하다가
> 돌짬에 진흙을 떼어낼 땐
> 주걱에 묻은 밥풀을 앞니로 긁는 것 같았다.
>
> —「따지기」 부분

얼음이 풀리는 때, 텃밭에서 체험된 추억을 가진 사람이 이 작품을 보
면 연신 고개를 흔들 것이다. 인용시는 과거의 체험이 공유될 뿐만 아니
라 지금 여기에서 벌어지는 듯한 착각을 불러일으킬 정도로 그 현장감이
뛰어나다. 그만큼 시인의 시들은 구체적이고 경험적이다. 게다가 시인만
의 특수한 체험이 아니기에 독자에게 각인되는 정서의 깊이도 깊다. 시
인의 시들이 이미지나 은유와 같은 방법적 장치들에 기대지 않고도 서정
의 깊이를 획득하고 있는 것은 순전히 이 체험의 덕택이다.

관념이 먼저가 아니라 체험을 우위에 두고 시를 쓴다는 것은 시인의
시선이 주변의 가까운 사물들에 놓여 있음을 의미한다. 실상 시인의 시
선이 멀어질수록 시가 관념화 되는 것은 당연한 일이다. 가령 낭만적 발
상에 기반을 두고 있는 시들을 보라. 이런 낭만적 자아의 시선들은 알 수

없는 미지의 공간에서 출발하기에 관념의 틀로부터 자유롭지 못한 것이
사실이다. 반면 윤영관의 시선들은 미지의 곳이 아니라 매우 가까운 지
금 여기에 있다. 근접한 거리에 있다는 것은 그만큼 사물을 똑바로 그리
고 객관적으로 볼 수 있다는 증거가 아닐 수 없는데, 가령 다음과 같은
시들이 바로 그러하다.

> 널 만난 적 있었다
> 톱밥 속에서 배때기를 드러낸 채 다리를 떠는 너를
> 굴비처럼 엮여 화석처럼 말이 없는 너를
> 그런 널 만난 적 있었다
> 오늘 영종도 시장에서 만난 너는
> 탱크처럼 전신에 갑옷을 두르고
> 탱크는 여덟 개의 발을 달았다
> 너에게 후퇴는 없다 다만
> 옆으로 비껴 갈 뿐
> 관절을 구부린 채
> 우주의 절반은 안을 듯 일어선다만
> 네가 선 곳은 고무함지 안
> 네 발에 네가 걸린다
> 양수 같은 고향 뻘 그리는 갈증으로
> 거품 물고 눈동자를 돌린다만
> 여기는 다만 다만 함지 안일 뿐이어서
>
> ―「게」 부분

'게'를 형상화한 인용시는 시인과 대상의 거리가 아주 좁혀져 있다. 거
리화가 없다는 것은 사물에 대한 자세한 관찰이 가능하다는 뜻이다. 실
제로 '게'를 향한 시인의 시선은 매우 세밀하고 구체적으로 묘사된다. 이

렇게 가까워진 거리 속에서 관찰되는 '게'의 모습은 여느 때와 다르게 다가온다. 범상하게 지나쳤을법한 과거의 그런 '게'의 모습이 아니라 답답하고 닫힌 '게'의 모습이다. 뿐만 아니라 그것은 "탱크처럼 전신에 갑옷을 두르고/여덟 개의 발을 달"고 있듯이 강건한 모양새 또한 갖추고 있다. '게'를 이렇게 이미지화한다는 것은 구체성에 혜안 없이는 불가능하다. 근대 문예사조의 한 축이었던 이미지즘이 일상의 구체적인 현실에서 발생한 것을 염두에 둔다면, '게'에 대한 시인의 이미지화는 당연한 결과라 할 수 있을 것이다.

그런데 갑옷을 걸친 모양으로 새롭게 변신된 '게'는 실제로는 전혀 그렇지 못한 현실에서 허우적거리고 있다. 탱크 모양을 한 '게'는 단지 우스광스러울 뿐이고, 어쩌면 아이러니컬한 상황으로 빠져들기도 한다. '게'는 매우 강한 존재처럼 보이지만, 자신을 가둔 울타리 그 이상을 넘볼 수 없는 한계가 있기 때문이다. 그럼에도 이러한 역설 속에 이 시가 지향하는 근본 함의 역시 담겨져 있는 것이 아닐까. '게'가 원하는 것은 자유일 것이고, 보다 구체적으로는 자신의 고향이기도 한 "앙수 같은 뻘"로 되돌아 가는 일일 것이다. 이를 위해 거품을 물고, 눈동자를 돌리지만 "다만 다만 함지 안"을 벗어나지 못한다. 자신의 본향에 대한 그리움이 「게」의 주제일 터이기도 한데, 이는 어쩌면 시인이 이번 시집에서 탐색해들어가는 주제가 아닐까 하는 판단도 해본다. 처음 시집을 상재한 시인의 시세계로부터 어떤 명쾌한 주제의식을 끌어내기가 쉽지만은 않다. 이는 출발이어서도 그러하거니와 시인에게는 아직도 걸어가야 할 길이 많아 남아있는 까닭이기도 할 것이다. 고향을 잃어버린 '게'가 자신의 뿌리로 되돌아가려는 몸부림, 이는 또 다른 의미에서의 야만적 사유라 할 수 있는 바, 시인의 시적 여로가 여기로 향해져 있는 것은 아닐까.

피로가 썰물 파도치듯
발톱눈으로 빠져 나간다
저린 발이 풀리는 것마냥
발바닥이 펴지면서 알싸하다
하지감자를 캔
흙살과의 해종일
베인 살에서 핏방울 돋듯
그렇게 뒷덜미에서 땀이 흘러내렸다

(샤워 샤워 샤워)

수제비 반죽을 떼어 던지듯
피로가 풀리는 것 같다
니스 바른 듯하던 땀
안경다리에 소들소들 소금기
지독한 땀 내는 향수 내와 같다
누운 지금, 피로가
발톱눈으로
검은피 빠지는 듯하다

—「오늘 하루 잘 살았다」 전문

　평범한 하루의 일상을 담아낸 시이다. 또한 그의 다른 시들과 마찬가지로 구체적인 일상을 바탕으로 씌어진 시이다. 이러한 평범성과 구체성이 윤관영 시의 기본 특장임은 앞에서 지적한 바 있거니와, 잃어버린 원시적 세계에 대한 야만적 사유 역시 이 작품에서 어렵지 않게 읽어낼 수 있다. 그것은 흙과 함께 하는 구체적 일상이고, 그것과 더불어 사는 평범한 삶일 것이다. 이러한 인식성에 갇힌 삶이야말로 시인이 추구하는 궁극이 아닐까 한다. 형이상학적 관념이나 초월의 사유를 들이대지 않고,

야생적 사유를 이끌어내는 재주, 그것이 윤관영의 시가 갖는 미학적 특징이다. 그의 그러한 방법적 자각과 인식적 특징들이 어떻게 펼쳐질지 주의깊게 지켜볼 일이다.

전위 시인들의 무기(武器)로서의 언어

전위예술은 19세기 말 유럽에서 번진 실험적 예술 경향들, 소위 모더니즘 예술을 총칭하는 용어였지만 그 후로도 계속 사용되고 있다. 어느 사회, 어느 시대건 예술이 당대의 관습을 깨뜨리고 파격적인 양태로 등장할 때 '전위'라는 명칭을 부여한다. 우리나라에서는 192-30년대의 이상(李箱)으로부터 시작하여 1950년대의 초현실주의 1960년대의『현대시』동인들을 서쳐 1980년대『문학과 지성』농인들을 통해 본격적으로 문단에 등장하였다. 의식보다는 무의식, 서정보다는 반서정, 조형미보다는 파괴를 지향하는 '전위' 예술은 대개 신세대들을 중심으로 하여 조직되기 마련이다.

이들이 보여주는 독설과 반항 심리, 성적 금기의 위반, 문법의 위악적 해체 등의 예술적 특징은 흔히 서로 상반되는 평가를 일으키곤 하였다.

전위라는 행위에 대한 인정과 서정 파괴에 대한 부정적 평가가 그것이다. 이는 전위 예술이 존재함으로써 시단이 항상 두 갈래로 나뉘는 것을 의미하기도 한다. 서정시와 반서정시, 기성문단과 신세대 문단이 그것이다. 반서정을 통해 신세대 예술가들이 보여준 아방가르드는 19세기에 등장한 이래 모든 시대에 걸쳐 그 양상이 유사하였다.

몇 세대를 거친 후 보게 되는 오늘날의 전위 시들 역시 아방가르드 예술의 일반적 범주로부터 벗어나지 않는다. 21세기가 시작된 작금의 신세대들 가운데에도 어김없이 전위의 경향이 존재하며 이들은 기존의 아방가르드 예술의 양태와 크게 다르지 않은 면면들을 보이는 것이다.

그렇다면 이들은 아류에 불과한가? 1980년대 이래로 한 번도 사그라지지 않았던 경향이므로 전위라는 말조차 무색한 것이 곧 요령부득한 신세대 예술인가? 예술의 본령이 서정성의 회복인 까닭에 전위 예술은 예술로서 존재근거가 희박한 것인가? 시대에 따라 유행처럼 등장하였다가 흔적도 없이 소멸할 운명을 지니는 것이 전위예술인가?

이에 대해 답하기 위해 아방가르드가 본래 지닌 의미를 살펴볼 필요가 있을 것이다. 가령 전투시 최전방에 선다는 의미가 전위라고 한다면 전위예술의 개념 안에는 투쟁의 의미가 내포되어 있다는 점이다. 무엇을 위한, 무엇에 의한 투쟁인가를 규명해야 하는 이유가 여기에 있다. 전위 예술이 한갓 유희나 키치로 전락하지 않으려면 전선(戰線)을 긋고 이를 위한 치열한 투쟁을 자의식적으로 전개해야 한다. 무엇과의, 누구와의 싸움인가. 그리고 이 싸움에서의 무기는 무엇인가. 전위 예술가는 이를 위한 준비가 되어 있어야 하며 이 싸움에서 승리하였을 때 그의 예술은 그 어떤 다른 것보다도 그 가치를 높이 인정받을 수 있다. 이때라야 비로소 독자는 난해함과 산만함을 수용하고 전위다움의 권위를 긍정할 것이다.

1. 분산된 욕망의 기호 – 박장호의 『나는 맛있다』

박장호의 시집 제목에 등장하는 '나'는 대상인가 주체인가. 시집은 '나'를 둘러싼 애매모호한 뉘앙스를 풍기며 독자에게 도전해온다. '나'는 욕망을 추구하는 성격화된 인물인가 혹은 욕망의 대상으로서 던져진 사물과 같은 존재인가? 묘하게 질문을 유도하지만 시인의 시들은 '나'에 관해 사유할 수 있는 이러한 틀과 무관한 자리에서 솟아난다. '나'는 주체도 대상도 아닌 존재, 주체이면서도 대상인, 둘 사이의 경계 위에 놓인 존재임을 암시하기 때문이다. 때문에 '나'는 욕망을 찾아 떠나는 존재이면서 욕망을 부추기는 인물이다.

이러한 언급이 '나'에 대한 선입견을 형성시킨다면 곤란하다. 전위는 원래 그러한 존재인가, 전위는 규범이 가하는 억압의 굴레를 벗어던지고 자아를 강하게 추구하는 자를 뜻하는가 하는 선입견이 그것이다. 자아의 완전한 자유와 해방을 획득한 강인한 존재가 전위인가 하는 점이다. 그러나 박장호의 '나'는 이미 '자아'가 아니다. 관계 속에서 타인과 구획이 분명히 그어지는 'ego'로서의 '자아'는 '나'와 하등 상관없다. 타인의 의식에 따라 성격화되고 사회의 규준에 따라 지위화되는 일반적 의미의 '자아'의 경계가 '나'에게는 없다. 그것은 '나'가 가장 혐오하고 필사적으로 경계하는 일이기도 하다.

시인은 무언가를 '선호'함으로써 자아가 '윤곽'을 얻는다거나(「취향을 중심으로 한 소규모 공동체」) 타인에 대한 '오해'로써 자신을 '견고'하게 하는(「표정 짓는 3층 건물」) 보통 사람들의 행태들을 매우 자각적으로 인식한다. 그에게 그러한 일들이란 '표정 처리'(「표정 짓는 3층 건물」)에 불과하고 '박제'화된 삶(「플리즈 플리즈 라이브 액션」)에 해당된다. 시인이 "국적과 혈

통과 신분을 갖추어야 확보되는 나의 시야를 교정"하고자 하며 이를 위해 "벽돌에 머리를 부딪치"는 파괴적 몸짓을 보이기까지 하는 것도 이 때문이다. 그는 오히려 "짐승 같은 나의 개성을 방사한다"(「페르시아 왕자」)고, "박제를 거부하는 것, 그게 삶의 흔적"(「플리즈 플리즈 라이브 액션」)이라고 선언한다.

시인의 이러한 언급들은 그의 '나'가 일반적 인식틀 속에서의 '자아'와 어느 정도의 거리 하에 있는지를 말해준다. '나'는 사회적 관계망 속에서 일정한 시간과 공간을 점유하는 존재라기보다는 끊임없이 공간을 가로질러가고 시간을 해체시켜나가는 존재이다. 일상화된 시공간의 함수 저 아래에서 오직 자신에게만 귀속되는 공간과 시간을 통해 형성되는 존재가 그이다. 시인은 그러한 '나'를 '오래도록 스쳐만 가는'(「취향을 중심으로 한 소규모 공동체」) 존재라 말한다. 타자와의 관계망 속에서의 규정이나 시선은 철저하게 배제된 채 오직 '개성'에 의해서만 결절되는 존재가 곧 '나'이다. 이러한 '나'를 두고 시인은 "나는 이 분야의 최초의 개성. 나도 내가 뭔지 아직 모른다"(「멀티 스타디움의 복면 심판」)고 말한다. 정확히 '나'는 누구인가, 나는 무엇인가.

> 정신질환의 나와 폐질환의 네가
> 극장에 나란히 앉아 영화를 본다.
> 혼자였다면 오징어나 씹었을 대사를 우리는 어깨를 낮내고 들씩이며
> 깔깔대고 웃는다.
> 공기 속을 떠다니는 우리들의 입김
> (중략)
> 나는 너의 구멍 뚫린 폐가 아프고
> 너는 나의 좁다란 뇌신경이 아프다.

　　우리는 같은 부위를 함께 앓고 있다.
　　(후략)

—「푸른 신호등」 부분

　사회적 관계망 속에서 명명되지 않는 존재, 타인에 의해 구획되거나 자아의 경계를 지니지 않는 '나'가 위의 시에 등장한다. 이 '나'는 그러나 '나'가 아닐 수 없고 '너' 역시 '너'가 아닐 수 없다. '나'와 '너'는 오롯한 개체로서 존재하는 것이다. 위의 시는 이러한 '너'와 '나'가 '우리'가 되는 과정을 천천히 보여주고 있거니와 이는 '나'를 파악하기 위한 한 근거를 제공할 것이다. 특이한 것은 위의 시에서 '나'와 '너'가 중성화되어 있다는 점이다. '극장에 나란히 앉아 영화를 보는' 상황 설정이지만 이 부분에서 흔히 연상되는 남녀간의 데이트 장면이 위의 시에서는 상기되지 않는다. 시인은 성별을 삭제하고 중성화시킨 대신 '나'와 '너'를 환자로서 성격화시킨다. '뇌'와 '폐' 환자가 그들이다. 이 둘을 매개하고 묶어준 것은 무엇이었을까. '나'와 '너'는 '우리'가 되어 뒤섞여 함께 유쾌하다. 무엇이 유쾌하게 하는 것일까. 분명한 것은 '우리의 입김이 공기 속을 떠다녔'다는 것, '뇌'환자인 '나'는 '폐'가 아프고 '폐환자'인 '너'는 '뇌'가 아파 '함께 앓게' 되었다는 점이다. 성별을 소거시켜 이성간의 만남을 지워버린 것은 시인의 세심한 의도에 의해서였다는 판단이나. 이는 '나'가 무엇인가를 탐색해나가는 데 있어서의 중요한 단서가 되기 때문이다. 앞서 시집의 제목에 의거하여 '욕망'의 의미망을 통해 '나'를 규정하였으나 적어도 '나'는 단순히 '욕망'만으로 이루어지지 않는다는 사실을 이 시를 통해 짐작하게 된다. '나'의 무정형성에 대해 말하되 시인은 들뢰즈적 '욕망'과 '나'를 구별시키고자 하였던 듯하다. '욕망'하는 주체,

'욕망'의 대상으로서의 성질만으로는 '나'는 파악되지 않는다. '병'은 가장 반욕망적(反慾望的) 성질의 것이 아닌가. '나'는 보다 더 탈인격화되어 있는 것이다. '나'는 '입김'에 의해서 '너'에게 방사되고 침투되는 존재, '욕망'보다도 더 정형화되지 않는 존재, 어떠한 의지에 의해서도 응집되지 않는 채 마치 먼지처럼 공기 중에 떠다니는 존재이다. 이러한 '나'라면 시간과 공간의 제약이란 추상적 개념에 해당될 뿐이다. '나'는 '나'에 갇혀있지 않다. '나'는 어떠한 관념이나 인식에 의해서도 추상화되지 않는다. '나'는 매우 구체적이고 대단히 자유로운 존재이다.

이러한 존재의 '나'를 편의상 '입자'라 부르기로 한다. 분자보다도 원자보다도 더 작고 미세한 입자, 특수 현미경으로도 관찰되지 않는 입자, 아니 그보다 더욱 미세하여 단지 진동에 불과한 입자라고 상상해보자. 진동에 불과한 '나', 에너지로서만 존재하는 '나', 의식이나 관념이 지니게 마련인 시간의 정체(停滯)로부터 초월해있는 '나'가 그것이다. 이처럼 미세한 입자가 '나'이며 이것이야말로 인간의 최소단위이다. '자아'를 구성하지만 이 '나'는 단순히 하나의 입자일 뿐 전체를 균질하게 보장하는 대표 성질의 것은 아니다. '나'는 그저 '나'일 뿐이다. '자아' 안에는 무수한 '나'가 존재하며 이 '나'들 사이에 균일함이나 공통성은 없다. 시인은 단지 '나'의 미정형성과 운동성만을 말할 뿐이며 '나'의 시공간적 초월성과 자유로움을 말하고 있을 뿐이다. '나'가 '욕망'과 혼동되는 것도 이 때문이다.

'나'의 성질을 규명하는 작업은 박장호의 시에서 필수적이다. 그의 시는 '나'의 분출이자 방사에 다름 아니기 때문이다. 그의 시는 진술을 통해 관념을 형성하거나 의미를 재현하는 데에 기여하지 않는다. 그에게는 '나'의 의식이나 타인의 의식이 주제가 되지 못한다. 그러한 점에서 그의

시적 언어는 일상화된 언어의 기능을 벗어나 있으며 이 점이 난해함의
요인이 된다. 언어 하나하나는 '나'인 셈이다. 이때 '나'가 누구라고 '말
하는' 일은 역시 불필요하다. '나'는 윤곽도 테두리도 없기 때문이다. 다
시 한번 말하지만 '나'는 '나'이다. '나'를 단일한 성격으로 규정하는 일
또한 무의미하다. '나'는 진동일 뿐이므로 같은 파장이 밀려들 때 더욱
강한 진동이 되어 '끈'이 되지만 동일 파장이 없을 경우 '나'는 흔적도
없이 소멸할 수 있다. 또한 '자아' 내부의 무수한 '나'들은 '나'들의 현란
한 무늬와 파장들을 만들어낼 것이다. 이러한 '나'와 '언어'를 시인은 유
영하는 '물고기'에 비유하고 있다.

> 생각 속에 물고기들이 산다.
> 어종 없는 물고기들이 생태계를 이룬다.
> 물고기들은 몸과 눈이 투명하다.
> 물고기들은 대화하지 않는다.
> 물고기들은 마주 보는 것에 익숙하다.
> 물고기들은 먹이를 찾아 헤엄친다.
> 먹이 사슬이 자유롭고 피식이 두렵지 않은 곳
> 물고기들은 질긴 말보다 빛나는 살결을 좋아한다.
> 물고기들은 빛나는 살결만큼 투명한 위장을 좋아한다.
> 피식어는 포식어의 몸속에서 헤엄을 멈추지 않고
> 포식어는 피식어의 속도를 가로채지 않는다.
> 물고기들은 날마다 싱싱해진다.
> 물고기들은 자지 않고 헤엄친다.
> 물고기들은 생태계가 넓어진다.
> 물고기들이 먹이를 찾는다.
> 물고기들이 쳐다본다.

— 「나는 맛있다」 전문

'물고기'는 '나'의 운동의 양상, '나'의 성질을 대단히 사실적으로 묘사해주는 적절한 비유어다. '물'과 '물고기', '공기'와 '진동' 사이에는 직접적인 대응이 이루어진다. '물고기'가 '생각 속'의 '어종 없'이 '생태계를 이룬'다는 것은 '자아' 속의 '나'들의 무정형성과 다수(多數)성을 암시한다. '먹이', '빛나는 살결', '투명한 위장' 등 '물고기'들의 지향들은 '나'의 운동의 방향성에 대해 암시하며 '피식어'와 '포식어'의 만남과 관계에 대한 언급은 '나'와 '너'들이 '우리'가 되는 부분에 대해, 서로의 만남에서 이루어지는 주체와 대상의 융해에 관해 떠오르게 한다. '자지 않고 헤엄치는 물고기', '넓어지는 생태계의 물고기'는 진동인 '나'의 항구성과 지속성을 말하는 것에 다름 아니다. 요컨대 「나는 맛있다」는 곧 '나'의 있음의 방식과 '너'를 찾아나서는 운동의 양상을 보여주는 것이며 '포식자'가 되고 '피식자'가 되는 지점과 그 결합을 형상화하는 시였던 셈이다.

2. 전위의 새로운 장 – 김경주의 『기담』

어느 시대 어느 사회에나 항시 존재하지만 그러하기 때문에 역설적으로 전위예술은 시대성과 사회성을 띤다. 엄밀히 말해서 명백한 시대성과 사회성을 지닐 때 전위 예술은 그 존재 의의를 확보할 수 있게 된다. 때문에 전위 예술은 사회의 얼굴이자 시대의 첨병 역할을 해주어야 한다. 전위 예술을 통해 우리는 시대의 감수성과 의식, 욕망과 모순을 읽게 된다. 그것들은 전위 예술가들에 의해 최대량으로 표현되며 나아가 그 이후에 대해서도 엿보여진다. 전위 예술가들은 현재의 맥시멈을 제시하며 동시에 그것의 넘어섬을 보여주는 것이다. 이들의 작품에서 현재와 미래의 모습은 붕괴직전의 형태로 응축되어 있다. 여기에 전위 예술의 파괴

성이 있다. 이때 시인들은 이 모든 양태와 에너지를 언어 속에 담아내게
된다. 시인들의 무기는 언어이기 때문이다. 따라서 전위 시인들의 언어는
고농축, 고밀도의 무엇이 된다. 전위 시인들의 언어에 대한 접근을 달리
해야 하는 이유도 여기에 있다. 이들의 언어가 대부분 진술의 언어, 재현
의 언어와 하등 상관없이 제시되는 것도 이와 관련된다.

　김경주의 ‘언어’는 어떠한 양상으로 나타나는가.「기담」이라는 제목을
통해서도 짐작할 수 있듯 시인은 ‘언어’에 대해 매우 자각적이다. 그는
그의 시가 ‘기이한 이야기’임을 내세워 말하고 있는 것이다. ‘기담’(奇談)
이라는 제목은 우리에게 어떤 ‘이야기’가 펼쳐질 것인지에 대한 기대와
호기심을 자극한다. 실제로 시인은 스토리를 열심히 들려준다. 그의 문장
들은 문법적으로 틀리지 않고 구체적인 장면들을 지니고 있다. 그의 문
장은 길게 이어져 재담이 있다는 인상을 주며 그가 그려내는 장면들 또
한 환상성이 풍부한 것들이다. 그러나 방심해서는 안된다. 그는 전위 시
인이기 때문이다. 그가 독자에게 즐겁고 행복한 이야기를 들려주려 했다
면 언어를 무기화하지는 않았을 것이다. 칼끝에 묻혀있는 꿀이 달콤하다
고 말하는 것처럼 기괴한 일은 없지 않은가.

　‘이야기’라 하였지만 그의 시에는 스토리가 없다. 시간의 흐름에 따른
인과적 구성이라는 ‘스토리’의 법칙이 그에게 통용될 리 없다. 끊임없이
이야기들을 실어나르는 길디 긴 그의 문장들은 문장과 문장들이 모두 제
각각이다. 각각의 문장들이 저마다의 이야기와 장면을 구사하는 것이 그
의 시의 특징이다. 문장들은 제각각 따로 ‘놀며’ 그 길게 이어지는 문장
안에도 장면의 전환이 숱하게 이루어진다. 독자의 기대는 여지없이 파괴
된다. 독자는 지치고 해독불능의 미궁 상태로 빠져든다. 그의 문장들은
이리저리 굽고 휘어지고 엉겨붙는다. 마치 긴 끈들이 무질서하게 헝클어

져 있는 상태가 그것이다. 그의 시는 난맥상(亂脈像)이다.

> 새들아 나의 해발에 와서 놀다 가거라 늑골 속에 머무는 해발에 목마
> 른 나의 불들이 누워 잔다 성에들이 망령의 한 행을 내려온다 나의 늑
> 골 속 해발에 머물고 있는 망령에 추위가 내려온다 새들아 내 망령에
> 너의 해발을 데려와다오 미친 새들의 눈에 머무는 중천에 머리털 달린
> 내 해를 띄워다오 나의 해발에 새들이 놀러 오면 나는 이 길고 검은 하
> 수관을 들고 대도시를 달리겠다 나의 상위개념은 새의 색계(色界), 기민
> 한 짐승이 병에 갇혀 꾸꾸루꾸 꾸꾸루꾸 주워 먹고 뭉친 개털이며 닭털
> 이며 머리털을 토한다 어떤 수증기나 증발로도 발견된 적 없는 기슭에
> 우선 나는 '명작'과 '연대'를 은신시켰다 (후략)
>
> —「꾸꾸루꾸 꾸꾸꾸 꾸꾸루꾸 꾸꾸꾸-엘도라도」 부분

술술 풀리는 달변의 문장과 시공을 넘나드는 이미지들의 화려함에 매
혹될 것 같은 시이다. 해발 고도 높은 곳에서 자유로이 비상하는 '새'가
등장하고 '나', '나의 망령'이 등장하며 그러한 시적 자아의 현란한 감정
의 색깔들이 굵은 골을 새기듯 제시되어 있는 위의 시는 독자에게 규모
큰 이야기를 전해줄 것 같은 기세로 다가온다. 독자는 자연과 인간, 과거
와 현재, 현실과 영혼을 넘나드는 환상적인 이야기를 들을 준비를 취한
다. 그러나 이러한 기대는 곧 붕괴된다. 시인은 스토리를 들려주지 않기
때문이다. 그는 참으로 짓궂다. 그는 "이제부터 내가 쓸 소설(小說)은 이야
기를 써내려가면서 동시에 이야기의 끝을 지워가는 거야"(「쇄골이 닮은 가
계(家系)」)라고 말한다. 시작되지만 이어지지 않는 이야기가 무수히, 숱하
게 갈래를 지으며 토해진다. '새'와 '해발', '늑골', '망령' 등 몇몇 공동
의 대상들이 연결 지점이 되어 각 끈들을 이어붙이고 뒤집어 붙이고 엉
기게 한다. 이 결절점들을 중심으로 문장의 끈들이 모이고 휘어지고 응

어리지기를 계속한다. 우리에게 남는 것은 엉겨붙어 비대해진 결절점들의 밀도뿐이다. 애초부터 길고 재미있는 스토리는 구상되지 않았으며 편하고 안온한 시공간에 대한 화해 의도는 시인에게 없었다. 비비꼬인 시공간, 풀리지 않아 밀폐되어 버린 시공간, '닫힌' 나머지 결국 '병에 갇힌 짐승'의 운명이 위의 시에 폭발 후의 파편처럼 나뒹군다. '*꾸꾸루꾸 꾸꾸꾸 꾸꾸루꾸 꾸꾸꾸*'는 응어리로 인해 소화불량이 돼버린 '새'의 위장 상태를 말해주는 소리가 아닐까.

이쯤되면 시인의 전위 예술가다운 메시지가 들려온다. 그가 우리에게 들려주고자 하였던 것은 실재하는 시공간에 대한 매운 인식이 아니었을까. 우리가 살고 있는 세계는 결코 안온하거나 평안하지 않다는 것, 만일 재미있고 환상적인 이야기들을 통해 그러하다고 꿈꾼다면 그것은 가상이자 착각에 불과하다는 것을 말하고자 한 것이 그것이다. 그것이 그가 의도했던 '기담'이었으며 그는 이 '기담'을 통해 우리에게 우리가 살고 있는 세계를 냉철하게 볼 것을 주문했던 것이리라. 이 싸늘한 시인이 "'사실'이란 늘 이상과 이하 사이에 놓인 기포에 불과하다"(「다섯 개의 물체주머니를 사용하는 자연 시간」)고 말했던 것도 이와 관련된다.

그러나 시인이 세계에 대한 차갑고 우울한 인식으로 끝을 낸 것은 아니다. 세계는 엉기기는 하지만 길고 긴 이어짐이 또한 있기 때문이다. 이 긴 이어짐이, 혹 알겠는가, 풀릴 날이 있을는지. 위 시의 시적 자아 역시 난맥상으로 엉켜 있는 상황 속에서도 "내 해를 띄워다오"라고 절규한다. "나의 해발에 새들이 놀러오면 나는 이 길고 검은 하수관을 들고 대도시를 달리겠다"라고 말한다. 시인은 여기에서 언어의 무기를 높이 쳐든다. 그에게 언어는 현재를 말해주는 신랄한 칼날이지만 동시에 미래를 여는 가름의 칼날이기도 하다. 그의 시집 '제2막'을 여는 한 편의 시의 말은 언어에 대한 그의 관점을 시사해준다.

물소리가 허공에 쌓이고 있다
공기가 물의 체내에 쌓인다
그늘이 허공을 벌리고 흘러내린다

언어가 성대를 꺼내놓는다
천천히 지면을 걸어다니는 언어
언어가 허공에 입을 벌렸다가 다물었다가 한다
다시 입을 벌리며

인어(人語)와 언어(言魚)
사이에 지느러미가 있다

—「제2막 인어의 멀미」 전문

위의 시는 김경주의 세계 인식과 언어에 대한 관점을 단적으로 형상화
시켜 놓고 있다. 시에서는 세계가 지닌 비어있는 시공, 밀도가 큰 결절이
존재하므로 블랙홀처럼 존재들을 삼켜버리는 어두운 공간에 대한 인식이
'허공'으로 표현되고 있다. '허공'에 빨려들어가는 '물소리'와 '공기' 등
의 여러 것들은 '그늘'을 만들어낸다. '그늘이 허공을 벌리고 흘러내린다'
고 시인은 말한다. 세계에 대응하는 언어는 공간의 주름에 따라 움직인
다. 언어는 '천천히 지면을 걸어다'닌다. 때문에 언어 역시 세계와 동일
하게 '허공에 입을 벌렸다가 다물었다가 한다'. 사람의 언어, 즉 '人語'가
'멀미'를 일으키는 것도 이 때문이다. 세계는 난맥상으로 주름지고 엉겨
있기 때문이다.
　김경주의 시에는 그러나 반전이 있다. 그는 역시 세계에 대한 인식만

으로 멈추는 인물이 아니다. 그는 우울한 어둠 속에 갇혀 있기를 거부하며 어김없이 솟구쳐 오른다. 시인 스스로 시막(詩幕)으로 설정해 놓은 그의 시는 드라마처럼 극적 전환을 일으키며 그늘을 빛으로 절망을 희망으로 바꾸어놓고자 한다. 여기에 사용되는 무기가 '언어'임은 물론이거니와 그것은 그의 언어가 '인어(人語)'에서 '언어(言魚)'로 변환됨으로써 가능해진다. 시인은 우리의 보통의 언어를 '말의 물고기', '물고기의 말'로 전환시킨다. 여기에서 블랙홀 속에 빨려들어간 것은 '공기'만이 아니라 '물소리'도 함께였다는 사실을 상기해야 한다. 이들과 함께 언어도 빨려들어가지만 힘있는 언어는 어둠 속에 갇혀 병들지 않는다. 언어는 어둠 속에 함께 빨려간 '물'을 매질(媒質)로 삼아 주름진 시공으로부터 헤엄쳐 나온다. 언어는 팔딱거리며 헤엄쳐 나와 그 힘으로 비비꼬여 있는 공간을 구김없이 펴진 공간으로 변형시킨다. 또한 그 힘으로 어둠으로 차있는 블랙홀을 밝음을 토해내는 화이트홀로 전환시킨다. 언어는 생생하게 살아있는 생명력의 실체로 존재전환하는 것이다. 그의 언어는 "지면 속에서 빠져나와" "허공에 입을 천천히 벌린"(「제 1막 인형(人形)의 미로」)다. 그의 언어는 어쩌면 시인이 이미 설정하였듯 "막이 오르면 미로와 멀미 속에서 활공하"는 것이리라.

김경주와 박장호가 동시에 언어를 '물고기'로 형상화하고 있는 점은 주목을 요하는 대목이다. 이 두 시인이 모두 신세대 전위 예술가들이라는 점은 이것이 단순한 우연이 아니라는 사실을 암시한다. 이들 전위 시인들은 지금 우리에게 새로운 언어를 보여주고 있는 것이다. 이들의 눈은 세계를 매우 예민하게 파헤치고 있는 바, 이들의 언어는 바로 그러한 인식 아래 만들어졌다. 이들의 언어는 세계의 깊이를 꿰뚫을 만큼 예리하다. 그 언어는 세계를 파헤쳐 들어간 만큼 세계의 구조 및 색채를 닮아 있다. 이들의 언어는 세계에 적응한 진화된 유전자를 담고 있다. 그리고 그 이상이다. 이들은 우리에게 생생함이 무엇인지에 대해 꿈꾸게 하기 때문이다. 박장호에게 '나'는 시인인 '그'에게 어떤 의미가 있었을까. 시인인 '그'는 왜 '나'라는 '언어', '물고기'의 '언어'를 만들었는가. 이 점은 김경주의 변환된 '言魚', 활공하는 언어와 만난다. 이들은 '자아'를 최소단위로 분해하고 '언어'를 '항해하는 자음과 모음'(김경주의 「제1막 인형(人形)의 미로」)으로 분해시키거니와 이를 통해 시인들은 세계의 가장 깊은 미지의 시공에 이르러 그곳으로부터 피어나는 생명의 힘을 끌어올리고자 하였던 것이리라. 이점이 전위 예술가로서의 그들의 투쟁이었으며 그들의 무기였으리라.

구원을 위한 시간적이고 공간적인 의미

– 고영민의 『공손한 손』, 황강록의 『지옥에서 뛰어놀다』

1. 풍경이 담아내는 시간의 비밀 – 고영민의 『공손한 손』

시집을 펼치면서 가장 먼저 만나게 되는 것은 시가 아니라 시인의 숨결이다. 마치 집에 처음 들어설 때 훅 밀려오는 공기처럼, 그래서 그 공기로 집에 관한 정보를 미리 짐작하게 되는 것처럼 시집도 그러하다. 비로소 시집을 열었을 때 끼쳐오는 고유의 숨결이 있는 것이다.

시집을 여는 순간 새어나와 문득 독자를 에워싸는 공기는 시인의 일상이자 꿈이다. 일상을 살아가는 모습과 열정이 시인의 호흡을 이루고 시집의 공기를 만들어 그것이 결국 독자에게 전혀 다른 현실을 지각시킨다. 시집을 읽는 까닭은, 그것도 설레이는 마음으로 시집을 열게 되는 이유 중 하나는 시인이 만들어낸 낯선 시공성이 우리의 메마르고 거친 호흡을 정화시켜 주리라는 기대 때문일 것이다. 시집이 펼쳐내는 우리와 다른 현실, 다른 호흡, 다른 시공성은 위안이자 휴식이다. 그것은 곧 시인이 일궈낸 미학이라 할 만하다.

고영민의 시집 『공손한 손』에는 시인이 일상에서 경험하는 마음의 결들이 섬세하게 담겨 있다. 자연의 사물을 바라볼 때나 내면을 반추할 때 혹은 가족이나 이웃과 함께할 때의 시인의 심성들이 솔직하게 그려져 있는 것이다. 그때의 정서들은 때로 고독이나 쓸쓸함도 있지만 짓궂음이나 익살스러움도 있다. 그만큼 시인은 평범한 일상인이 체험하는 감정의 영역들을 어떠한 재단이나 의도 없이 고스란히 드러내고 있다.

그렇다면 보통의 일상과 다르지 않은 시인의 체험역(域)에는 과연 어떠한 미학적 특질이 숨어있는 것일까? 시인이 일상의 한가운데에서 다른 시공성을 창출할 수 있게 된 요인은 무엇일까? 이에 대한 답은 여러 각도에서 탐색될 수 있을 것이다. 그러나 가장 먼저 눈에 띄는 것은 사물을 대하는 시인의 시선이 공통적으로 어느 특정한 순간에 멈춘다는 사실에 있다. 시인은 특정한 일순간에 시선을 고정시키고 그 속에서 피어나는 상념과 정서에 몰입한다. 시인의 경우 이때의 집중도는 대단히 높다. 시인은 이러한 순간들과의 조우를 무의식적으로 반복하는데 그는 이 순간을 무심히 넘기지 않고 매우 집요하게 그려 보인다.

> 반죽을 누르면 국수틀에서 국수가 빠져나와
> 받쳐놓은 끓는 솥으로
> 가만히 들어가
> 국수가 익듯,
>
> 익은 국수를 커다란 소쿠리째 건져
> 철썩철썩, 찬물에 담갔다가
> 건져내듯,

(중략)

이마의 젖은 땀을 문지르고
허, 허 감탄사를 연발하며 국물을 다 들이키고 나서는
빈 그릇을 가만히 내려놓은
검은 손등으로
입가를 닦듯,

살아갔으면 좋겠다

—「황홀한 국수」 부분

위의 시에서 다루고 있는 것은 다름 아니라 국수를 끓이는 장면이다. 국수를 틀로 뽑아내는 장면부터 시작해서 삶아서 국물에 말아내고 이를 누군가가 먹는 일련의 과정 전체를 그려내는 것이 위 시의 전체 내용에 해당된다. 국수를 끓이는 모습을 제외하고 다른 어떠한 모습도 덧붙여 있지 않다. 시인은 전적으로 이에 몰입하여 에누리 없이 하나의 장면만을 집중적으로 묘사한다. 특히 대상을 관조하는 시인은 이로부터 어떠한 심정인지, 무슨 말을 하고 싶어 이와 같은 영상을 올리기까지 하였는지에 대해 아무런 암시도 언급도 없는데 이는 매우 색다른 느낌을 주는 시 창작법이라 할 만하다. 왜냐하면 긴 장면 묘사에 비해 시적 자아의 목소리가 지나치게 약하기 때문이다. 작가는 독자의 기대를 능청스레 외면하려 작정하였다는 듯 주제의식, 의미, 동기 등등에 관한 언급을 계속하여 지연시킨다. 계속하여 반복되는 ~듯, ~듯, ~듯은 곧바로 이어질 법한 시인의 메시지를 연기시키고 약화시킨다. 이 속에서 오히려 국수 마는 장면이 전경화되는데 이를 통해 시인은 독자 또한 이 장면에 몰입하게 하는 전략을 구가한다.

대상의 관조에 의해 촉발된 정감을 제시하는 대신 독자 역시 같은 대상에 관조토록 하는 기법은 일견 정서를 삭제하고 의미를 배제하는 듯 보인다. 뿐만 아니라 대상에 관한 한 절실함보다는 초연함을 드러내는 것처럼도 보인다. 대상에 부과되기 마련인 의미부여가 이러한 기법의 시에서는 그만큼 절제되는 것이다. 그러나 이것이 시인의 대상에 관한 집중도를 의심케 하는 것은 아니다. 그는 대상에 대단히 밀착되어 있고 대상을 통해 상당히 많은 것을 전달하려 하고 있다. 외견상으로는 무심한 듯 그려내고 있지만 실상 이 하나의 장면에 담겨진 아우라는 대단히 강하다. 말하자면 이 하나의 장면은 매우 큰 밀도를 지니고 있는 것이다. 따라서 시인이 이 시를 통해 말하는 것은 아주 강렬한 셈이다. 그 강렬함은 제목의 '황홀한 국수'라든가 지연되기를 거듭하다가 결국 발설되는 "~듯 살다 갔으면 좋겠다"라는 구절 속에 확연히 드러난다.

해질녘 저 밭은 무엇인가
해질녘 저 흐릿한 논길은
해질녘 밭둑을 돌아 학교에서 돌아오는 거미 같은 저 애들은 무엇인
가

(중략)

해질녘 수섬수섬 섯은 수서를 놓는
손
수레국화 옆에서 흙 묻은 발목을 문지르는 저 고단함은
해질녘 내 이름 석 자를 적어온
이 느닷없는 통곡은 무엇인가

—「허밍, 허밍」부분

사물을 바라보는 시인의 시선은 유난히 조용하고 차분하다. 시인의 시
선에 포착된 사물들은 그다지 대단할 것도 없는 사소한 것들에 해당한다.
늘상 보게 되는 장면들, 언제나 접하게 되는 일상의 한 부분들이 시의 소
재들이다. 따라서 관조의 대상인 그것들은 시인의 고요한 어조만큼이나
무심한 것들로 인식된다. 그러나 무심하다는 것은 잘못된 판단이다. 시인
은 결코 아무러한 장면 앞에서 멈춰서지 않는다. 그는 아무 대상이나 관
조하지 않는다. 그가 걸음을 멈추고 시선을 고정시키는 대상은, 그 앞에
서 문득 관조의 시공으로 빠져드는 대상은, 조금 과장스럽게 말한다면
운명적이다. 관조의 순간 시인은 마치 의식을 잃은 듯한 깊은 몰입으로
돌입하는데 여기에는 시인을 그리 하도록 강제하는 바, 즉 필연성이 가
로 놓여 있다. 앞에서 인용된 시에서의 '황홀함'이나 위 인용시에서의
'통곡'과 같은 감정의 격렬함이 이를 잘 말해준다. 잔잔한 호수와 같은
시인의 어조는 그러나 그 이면에 강도 높은 격정을 숨기고 있는 것이다.

　감정의 격랑과 고요함, 집요한 몰입과 무심함 사이의 간극은 도대체
왜 발생하는가? 시인은 무언가를 의도적으로 숨기고 감추기를 즐거워하
는가? 그렇지 않다. 시인은 있는 그대로 말할 뿐이다. 보이는 대로 그려
낼 뿐이고 대상이 말해주는 대로 들을 뿐이다. 섬세한 시인은 사물이 지
닌 정밀(靜謐)할 정도의 고요함을 그대로 전한다. 그리고 그 온전한 전달
속에 사물이 지닌 감정의 밀도 또한 고스란히 전달받게 된다. 그 자리에
'통곡'이 있고 '황홀'이 있었던 셈이다.

　　여물지도 않은 풋모과 몇개가
　　낙태된 듯 떨어져 있다
　　집어들고 코에 대보니

아무런 냄새도 나지 않는다

숨소리도 없다
있었던 자리조차 없다

이걸 나는 무어라 불러야 할까
허공에 향기를 걸어보다
둥지에서 떨어진
새 새끼와 같은,
이 슬픈 것을

—「모과라 부를 수 없는 것」

시인은 종종 느닷없는 '슬픔'을 토로한다. 예고도 이유도 없이, 깊은 사색도 없었던 터에 불쑥 솟아나는 '눈물'(「민박」), 걷잡을 수 없는 '슬픔'(「다알리아」, 「저녁에 이야기하는 것들」, 「매미」, 「깻대를 베는 시간」)은 시인을 압도한다. 이러한 상황에서 시적 자아는 모든 것을 폐하고 이 감정에 열중해야 한다. 그는 "저물도록 저물도록 캄캄하게 운다"(「다알리아」).

고요함 가운데 시인을 격정적인 슬픔 속으로 몰아넣는 것, 아무것도 아닌 사소한 일들 중에 시인을 감당하기 힘들 정도의 요동 속으로 몰아가는 것은 무엇일까? 보이지 않는 이면에 깊은 슬픔을 배태하고 있는 사물은 어떤 것들일까? 의도되거나 의식화되지 않은 상태에서 닥치듯 밀려온다는 점에서 문제적이라고 할 수 있는 시인의 '슬픔'은 무엇을 말해주는가?

시인에게 관조의 시선을 이끌어내고 그 속에서 격정 또한 일으킨다는 점은 사물이 단순한 성질의 것이 아님을 의미한다. 최소한 사물은 두 가지 층위를 지니고 있다. 고요함과 그렇지 않음이 그것이고 이 두 층위는 보이는 것과 보이지 않는 것에 각각 대응한다. 길가의 나무(「싸이프러스 사이로 난 눈길을 따라」), 해질녘의 논길(「허밍, 허밍」), 마른 흙(「내가 갈아엎기 전의 봄 흙에게」), 잠든 딸아이의 다리(「숨의 기원」), 노을(「꽃과 저녁에 관한 기록」) 등 시의 소재가 되고 있는 사물들은 모두 하나같이 시인의 시선을 강하게 붙잡아 두는 것들로서 시인에게 관조와 격정이라는 이중적 양태를 만들어내는 것들이다.

이들에게 시인의 시선이 머무는 것은 우연에 불과한가. 그것이 아니라면 관조의 시선은 강제된 것인가? 이들 사물들에 공통점이 있는가를 밝혀내는 일은 중요한 일이다. 왜냐하면 그것은 시인의 '느닷없는' 감정들의 비밀을 풀어줄 것이기 때문이다. '이유없이' 토해지는 시인의 격정이 사실 필연적 이유가 있는 것이라면 그것은 오히려 존재론적 해명으로도 이어질 것이기 때문이다.

이러한 관점에 선다면 가장 먼저 주목해볼 만한 요소는 '시간'의 문제일 것이다. '시간'은 인간을 존재케 하는 가장 본질적인 조건이라는 점에서 그러하다. 시인이 난데없이 '통곡'을 터뜨렸던 경우도 '해질녘'(「허밍, 허밍」)이나 '떨어진 모과'(「모과라 부를 수 없는 것」) 앞에서, 혹은 '깻대를 베는 시간'(「깻대를 베는 시간」)이었다는 점은 시인의 정서를 둘러싸고 있는 '시간'의 조건을 강하게 암시해준다. 다시 말해 시인으로 하여금 대상 앞에 필연적이고 '운명적'으로 멈춰 서게 하였던 것은 '시간' 때문이었던 것으로 생각된다. 가령 "한번 본 적 없는 그 꽃을 왠지 알고 있는 듯도 한" 것, "오랫동안 그리워한 적이 있는 듯도 한"(「비비추」) 것도 '시간'과 관련된 마법이 아니던가.

시인에게 일어나는 감정은 대체로 사물이 품고 있는 시간성에 지배되는 것이다. 소멸과 이별의 시간, 일회적이고 순간적인 시간인가 그렇지 않다면 수백년 동안 혹은 계속하여 지속되는 시간인가 하는 점이 시인의 감정의 파장들을 일으키고 있다는 점이다. 일회성의 시간성이 슬픔을 불러일으킨다면 지속의 시간들은 행복감을 준다. 소멸의 시간성이 '통곡'을 일으킨다면 연속의 시간성은 '황홀'을 야기한다. 시인이 '해질녘'의 '밭'이며 '논', '아이들'을 보고 '통곡'을 하였던 것이나 '국수'를 보면서, '국수'가 뽑아져 상에 오르기까지의 이음새도 없이 계속되는 연속 동작을 보고 '황홀함'을 느꼈던 까닭도 모두 '시간' 때문이었다. 지금의 경험이 일회적이라는 사실과 그렇지 않다는 것은 시인을 처절하게 만들었던 셈이다. 그를 난데없이 '통곡'하게 하거나 '황홀'함으로 정지하도록 하였던 것도 시간이다.

어쩌면 이러한 결론은 너무도 단순하다. 인간에게 '시간'이라는 조건은 너무도 익숙하고 당연한 것이고 시간이라는 조건 속에서 인간의 유한함이 지니는 비극 또한 새삼스러울 것이 없기 때문이다. 그러나 아직도 '시간'은 우리에게 미지의 영역이다. 시간의 두께나 무게, 깊이나 밀도에 대해 우리가 아는 것은 아무것도 없다. 그 느낌 또한 너무도 희미하고 모호해서 시간과 감정이 상관하는 비밀과 정체 앞에 우리는 무지하기 이를 데 없다. 때문에 우리는 시간 앞에 번번이 좌절하고 속수무책으로 당하기도 한다. '시간'의 두께는 아마도 우리를 이렇게 조롱하지 않을까? "네가 누구인지 너는 말할 수 있느냐"라고. 고영민 시인의 지극한 섬세함은 그 어떤 것보다도 시간이 지니는 비밀의 깊이가 우리를 어떻게 충격하는지를 조용하지만 열정적으로 말해주고 있다.

2. 탈주를 위한 제 3의 공간 – 황강록의 『지옥에서 뛰어놀다』

시집을 펼치는 순간 처음 접하게 되는 것이 시인의 숨결이자 공기라고 했을 때 황강록 시인의 시집이 가장 먼저 전하는 것은 당혹감이다. 그의 시집은 독자가 응당 갖기 마련인 평온과 위안에의 기대를 일찌감치 깨뜨린다. 시인은 질서와 조화를 꿈꾸었던 독자의 욕망을 조롱이나 하듯 저버린다. 그것도 아주 냉정하다. 그는 말할 것이다. “내가 말하지 않던가, 지옥이라고”. 그러나 시인은 미처 생각지 못했던 듯하다. ‘지옥’이라는 기표의 상투성이 얼마나 강한가를. ‘지옥’이란 말은 거의 일상화되어 있어 이미 공허해질 대로 공허해진 기표다. 그것은 더 이상 별 실질적인 기의를 내포하지 못하고 있다는 것이다. 사정이 이러한데도 ‘지옥’이라는 기표를 당당하게 구사하는 데에는 이유가 있을까? 어쩌면 시인은 기의가 상실된 ‘지옥’이라는 기표에 다시금 기의의 실질을 채우려고 했던 것일까? 만일 그랬다면 그는 성공한 셈이다. 그의 시는 ‘지옥’을 실감케 했기 때문이다.

실질을 상실한 기표 ‘지옥’이 그 기의를 전달하기 위해서는 “여기가 지옥이다”, “거기가 지옥이다”, “이러이러한 것이 지옥이다”라는 식의 진술로는 부족하다. 이러한 단순 지시는 여전히 추상이고 관념이며 외연에 불과하나. 이러한 진술들은 ‘지옥’의 개념만 말해줄 뿐 그것을 느끼게 하지 못한다. 그것이 어떤 것이고 어느 정도로 고통스러운 곳인지 전혀 알게 해주지 않는 것이다. 알 수 없으므로 오랜 역사 동안 ‘지옥’은 그저 관념 속에서나 혹은 동화 속 과장된 이미지로만 회자되지 않았겠는가.

그러나 “젠장 시험이 내일모레인데, 취직할 길이 보이지 않는데/ 난 점점 더 영리하고 강력하게/ 이 모든 환란의 책임자를 찾아서// 널 죽일 거야"(「스타크래프트를 하다」)를 아무렇지도 않게 내뱉는 형국이라면, 그처럼 살의 섞인 말들을 시적 진술로 접할 경우라면 사정이 달라진다. 이는 '지옥'이라는 말의 내포가 과연 무엇인지를 뇌를 강타하듯 알게 해주기 때문이다. 이러한 진술은 강력한 불안과 공포를 만들어내고 독자를 내면까지 뒤흔든다. 마치 온 몸이 깨지는 것과 같은 느낌으로부터 독자는 자유롭지 못하다.

'지옥'의 실질을 전하려는 시인의 얼굴은 어떤 모습이었을까? 그것을 상상하는 일은 두렵다. 시인의 얼굴에서 파렴치한의 모습을, 싸이코패스의 모습을, 악마의 모습을 발견하게 될지도 모르기 때문이다. '지옥'의 내포를 더욱 실질로써 전하기 위해 시인은 스스로 악마의 얼굴을 하고 온 힘을 다해 지옥의 사자(使者)를 자처하다. 그는 결코 거리를 두지 않는다. 그는 '난 아니야 오해하지 마 난 지옥과 상관없는 사람이야'고 말하며 몸을 사리거나 고귀한 포즈를 취하거나 하지 않는다. 시인이 '지옥'의 내포를 전달하려는 태도는 철저하다. 한 치의 양보도 타협도 없이 시인은 지옥의 파편들을 쏟아내는 것이다.

창문 꽉 닫어, 입 꽉 다물어, 책 덮어, 말하지 마, 걱정 마 안 죽어, 만지지 마, 눈 감어, 이제 눈 떠, 꺄악 으하하하하! 죽여 준다

(중략)

떠다니다. 해부 당한 내 아버지의 내장 속으로, 고장 난 내 자동차 부품 속으로, 조각조각 난자된 내 욕망의 젖꼭지, 혀, 털, 보지 속으로, 공터 쓰레기장에 버려진 모든 저주, 버려진 관계들 속으로, 둥둥 떠다니다. 스며들다, 모든 것들과 섞여, 굳고, 단단해지다, 그렇게 겁 많고, 섬세한 내 속살들은 두터운 갑옷을

지어가다. 다치지 않는다. 죽지도 않는다. 난 너희들이 무섭지 않다.
이젠 너희는 무기질의 나를 벨 수 없다. 다 덤벼 이 씨발 놈들아! 흡혈
귀! 살인마! 늑대인간! 외계인! 나치! 담임선생! 악질 부르주아! 재벌! 동
네 깡패! 북괴 공산당! 몇천만이냐. 난 천하무적

울트라 건담 베타 제트 스캔들 엠 케이 투

다. 너희들은 모두가 나의 가소로운 적, 내 밖에 있다. 아니
너희들은 모두가 내 친구들이야, 내 안에 있어. 아니
너희들은 모두가 나 자신, 지금 여기에 있다. 아니, 아니, 뒤돌아

보지 마!

—「지옥에서 뛰어놀다」 부분

위의 시에는 어떠한 질서도 존엄성도 용납되지 않는 버려진 땅과 같은
모습이 여과 없이 드러나 있다. 온갖 쓰레기, 사물화된 육체, 난무하는
욕설, 살기 서린 증오, 세상과의 난투 등이 거친 호흡에 실려 되는 대로
나열되고 있다. 시는 억압적이고 두려움을 일으킨다. 시적 자아는 '내 밖'
의 세상 모두가 '나의 적'이라고 단언한다. 아니 '적'은 '내 안'에도, 나아
가 '나 자신'이기까지 하다고 말한다. 말 그대로 총체적 난국의 국면, 어
느 한 군데 어느 한 명도 심지어 나 자신도 믿을 수 없는 형편이다. '나'
의 자리가 없다는 것과 '나'는 '나'를 둘러싼 모든 것으로부터 소외되었
으며 적대시 당하고 있음을 고백한다.
이러한 상황이 '공포영화'(「지옥에서 뛰어놀다」)에서나 나올 법한 가상
세계인가? 혹은 피터지게 싸우는 것만이 규범이자 역할이 되는 컴퓨터
게임에서의 전개(「스타 크레프트를 하다」)인가? 만일 그러하다면 '치유'를

구하는 시적 자아의 음성이 그토록 처절하고 비극적으로 들리지는 않았을 것이다. 시인이 도시 전체를 가리켜 '푸석푸석하다'고, '먼지로 만'들어져 있으니 '녹아버리라'고 말하지는 않았을 것이다. 결국 시인은 모든 것으로부터 고립되고 단절되어 있는 곳으로 들어간다. 극단적으로 조용하고 '적막한' 곳, 어떤 존재도 없고 '미동도 없는' 곳, 철저히 유폐되어 있으며 모든 것이 '티끌로 돌아가는' 곳이 그곳이다(「치유」). 이곳은 적어도 난장판인 세계와 몹시 다른, 정반대의 공간이다. 여기엔 소란스러움도 무질서도 싸움도 혼란도 없다. 모든 흔적들이 소거된 이곳은 진공과 같은 무(無)의 공간이다. 다시 말해 시인이 토로하는 '지옥'은 단지 가상현실의 것이 아니라 현실 자체라는 점이다.

난 도시에서 도시로 떠돌아다니죠. 나와 가까운 사람을 죽이기도 하고, 모르는 사람을 죽이기도 해요. 중요한 건 그들이 혼자 있을 때 죽여야 한다는 거죠. 혼자 있는 건 없는거나 마찬가지거든요. 흔적이 없죠. 나도 없는 거나 마찬가지죠. 수많은 범죄의 통계… 살인, 강도, 강간, 폭행, 사고, 실종의 익명성 속에서 부유하는 유령이죠. 소문이죠. 어제 학교 뒷동산에서 누가 잡아먹혔대드라

난 평범해요. 평범해서 사람들은 날 잘 기억하지 못해요. 게다가 적당히 친절하기까지 하죠. 날 귀찮게 하지만 않으면, 밤늦게 혼자 다니다 내 눈에 띄지만 않으면 당신은

안전해요. (중략)

나쁜 버릇이 있긴 하지만
난 이 도시에 잘 적응해 서식하고 있었죠

—「연쇄 살인마2-헨리 리 루카스」 부분

‘연쇄 살인마’로 등장하는 위 시의 시적 자아는 도시인이다. 그는 자신이 살인이라고 하는 ‘나쁜 손버릇’이 있지만 대체로 잘 적응해 살고 있다고 말한다. 도시에서는 지켜야 하는 최소한의 어떤 것만 지키면 별 문제없이 살 수 있다고 한다. 도시의 “관계에서 지켜야 하는 것은 얼마 안 된다”는 것이다. 가령 그것은 ‘익명’으로 존재하는 것이다. 살인, 강도, 강간, 폭행을 저지르더라도 ‘속일 수 있다’(「연쇄 살인마1-테드 번디」)면 아무런 문제도 안 된다고 한다. 게다가 그는 자신이 ‘평범하고 친철하기까지 하다’고 한다. 자신을 귀찮게 하지 않으면 ‘당신은 안전하다’고 말한다.

이러한 ‘살인마’의 정신병적 고백은 그러나 도시의 모순을 매우 구조적으로 말해주고 있음을 알 수 있다. 익명성이 지배하는 세계, 따라서 서로가 서로에게 관여하지 않는 것이 미덕이고 그것만 지킨다면 정당하게 그곳의 시민이 될 수 있는 세계가 곧 도시이다. 그 안에서 어떤 범죄를 저지르건 부도덕한 일을 하건 하는 등속의 일들은 도시의 성격과 관련된 한 비본질적인 것들이다. 바꾸어 말하면 도시에서의 가장 큰 부덕은 타인의 영역을 침범하는 것, 소란을 피우는 일이다. 화자의 논리대로라면 ‘살인’ 역시 ‘눈에 띄지 않게’ 한다면 아무 문제가 되지 않는다. ‘죽음 자체는 조용하’(「연쇄 살인마2」)기 때문이다.

표면적으로는 매우 합리적으로 보이지만 그 합리성이야말로 부조리와 불합리가 세균처럼 증식할 수 있는 좋은 환경이 되는 곳이 바로 도시인 셈이다. 시인은 그러한 성격의 도시야말로 인간을 기괴하게 일그러지게 하는 조건이 됨을 역설하고 있으며 이를 극복하지 못할 때 도시는 쉽게 ‘지옥’이 될 수 있다고 경고한다.

시인은 단도직입적으로 도시의 ‘지옥성’을 문제삼는다. ‘지옥’은 ‘여기’다. 바로 ‘지금 여기’가 다름 아니라 지옥이다. 가상현실에만 한정된 것이 아니라 가상공간에서 벌어지는 난투극이 현실 속에서 똑같이 벌어지고 있는 오늘날의 환경이 곧 지옥인 것이다. 그 안에서의 분노와 증오, 절제되지 않는 욕망, 등등한 살의, 그리고 이를 천연덕스럽게 외면한 채 자신과 하등 상관없다고 여기는 도시인의 무관심과 허약성이야말로 이곳을 지옥으로 만드는 근본 요인이다.

화자인 '살인마'는 도시의 관계에서 "지켜야 할 것이 얼마 안 된다"고 하지만 이는 역으로 도시의 억압성이 얼마나 전면적인지를 말해줄 따름이다. 시인이 유폐적 자기 공간에 들려고 하는 것도 이 때문이다.

방에 틀어박혀 아주 오랫동안

반복되는 포르노들을 보다가. 들어갔다 나왔다 반복되는 굴파기 때문에
내 방은 아주 깊고 어두운 속까지 파고 들어가 버렸고, 이젠 밖을 그리워해도 밖은 물속이 아니고, 밖은 땅속이
아니고, 머릿속의 생각의 지도를 따라 나가려고 하다 보면 반드시
처음 출발한 곳으로 되돌아오고, 내가 그리워하던 어릴 적의 장난감들이 가끔 화석이 되어 발굴되곤 하는 흙벽, 탈출을 꿈꾸는 난 점점 더 틀어박히는 길인지, 나가는 길인지 모르는 통로를 파헤쳐 가고, 꿈들만 수북하게 벽을 메우고, 음악소리 들리는 곳을 쫓아, 열심히 뚫고 나가는 나의

자폐적 자기성찰

— 「자폐적 자기성찰」 전문

도시로부터 탈출해 안착한 장소가 나의 '방'이 되는 점은 지극히 자연스럽다. 난투극이 벌어지는 현실로부터 '방'은 '나'를 보호할 수 있는 가

장 안전한 공간이기 때문이다. 그곳에서 시적 자아는 안식을 취하고 생기를 회복하고자 한다. 그러나 그마저도 녹록지 않음을 시적자아는 쓸쓸하게 고백할 뿐이다. 시적 자아는 곧 갇혀 버린다. ‘방’에는 출구가 없었던 것이다. 시적 자아는 탈주하려 하면 할수록 더욱더 깊은 유폐의 골로 빠져들어가는 자신을 발견하게 된다. ‘생각의 지도’는 ‘나’를 한 걸음도 나아가도록 해주지 못한다. ‘어릴 적’의 기억은 ‘나’를 가두는 견고한 ‘벽’이 되고 ‘꿈들’은 하릴없이 ‘수북이’ 쌓여 또한 ‘벽’을 더욱 단단하게 한다. 출구는 어디인가, 탈출의 루트는 어디인가, 과연 어디로 가는 것이 탈주인가?

‘구원’을 문제 삼게 되는 지점이 바로 여기이다. 밖도 안도 구원이 될 수 없다면 시인이 가야할 곳은 더 안쪽인가 아니면 더 바깥쪽인가? 이때 시인의 시야에 들어온 것이 ‘허공’이다. 이쪽도 저쪽도 아닌 곳, 안도 바깥도 아닌 제 3의 공간이 ‘허공’이다. 물론 ‘허공’이라고 해서 시대의 조건과 다르다거나 시대의 조건을 피할 수 있다거나 하는 것은 아니다. 아니나 다를까 ‘허공’에는 ‘테레비, 모니터, 스크린, 액정 등 우리가 매일 들여다 보는’ ‘화면들’(「화면畵面」)이 있다. 시인에게 ‘화면’의 존재는 몹시 불만스럽다. 세상 사람들이 만나고 헤어지고 활동하는 장소가 곧 ‘화면’인데 자신은 이곳의 생리 또한 아주 잘 알기 때문이다. 더욱이 세상 사람들은 ‘화면’에서 행해지는 ‘무례하고 뻔뻔스러운 자유로움, 무슨 짓을 저질러도 용서받는’, ‘해탈에 가까운 사악함’(「화면」) 따위에는, 그것이 ‘가면’에 불과하다는 점 따위에는 관심이 없다. 시인은 「화면」이라는 ‘가면’을 통해 “언제나 자기주장”하는 세상 사람들이 못마땅하다. 어쩌면 세상 사람들이란 ‘가면’을 통해서이기에 그렇게도 ‘뻔뻔스러울’ 수 있는지도 모른다. 이에 “불공평하다”고 비판하는 시인은 비로소 자신의 소망을 말한다. 그것은 "투명하고 싶다"는 것이다. '가면'을 걷어치우는 것, '가면' 없이 '나'도 '자기주장'하는 것이 시인이 바라는 최선의 것이 된다. 시인 이 '맑음'을 꿈꾸게 되고 이를 가치롭게 여기기 시작한 것도 이때부터이 다(「이상한 나라의 소녀」, 「노스탤지어」). 그리고 시인은 '맑음'을 향한 의지를 실현하기 위해 '허공'에다 자신을 '던진다'.

> 훌쩍 몸을 던져, 걸리거나, 떨어지는 곳
> 몸이 부딪는 곳에 언어를 걸친다. 내
>
> 보이지 않는 집은
>
> 허공
> 에 있다
>
> 허공은 무한한 것이 아니라
> 몸을 던져서 조금씩 넓혀가는 어떤 것
>
> —「아라크네Arachne」 부분

시인에게 '허공'은 그 무엇보다 분명한 곳이다. 그곳은 밖도 안도 아니 고 현실도 비현실도 아니다. 그곳은 철저하게 제3의 영역이자 자신의 힘으로 얼마든지 가치를 실현해낼 수 있는 새로운 터전이다. 그곳은 오 염되지도 훼손되지도 않았으며 소외되거나 버려진 곳도 아니다. 그곳은 말 그대로 처녀지이다. '가면'에 지배되기 마련인 사람들이라면 눈에 잘 띄지도 않는 곳이다. 때문에 그곳에서 얼마든지 자신의 세계를 구축하는 것이 가능하다. 시인은 그곳에 '보이지 않는 집'을 세우고자 한다. '맑고 투명하며 둥글고 단단한 집', 이것이 그가 꿈꾸는 유토피아이자 '노스탤

지아'인 것이다.

한갓 꿈처럼 공소하게 들릴지 모르나 시인은 '허공'의 존재성을 아주 잘 파악하고 있다. 시인에게 '허공'은 환상의 공간이 아니라 실재한다. 분명히 존재함으로써 자신에게 현실이 된다. 단, 자신이 그곳에 얼마나 공을 들이느냐에 따라 그곳의 현실은 점점 더 실재성을 띨 것이다. 시인이 "몸을 던져서 조금씩 넓혀가"야 한다고 말한 까닭도 여기에 있다. '허공'에 계속하여 넓혀가는 '나'의 '집'은 '지옥'도 아니고 '자폐적' 공간도 아니다. 그것은 '나'의 집이지만 동시에 세계와 우주로 뻗어있는 통로이기도 하다. 이곳에서라면 '나'는 유폐를 염려하지 않아도 된다. '맑고 투명함'이란 세상에 그 빛을 분사하여 역시 세상을 '맑고 투명하'게 다스릴 수 있는 초월적 에너지이기 때문이다. 물론 시인에게 '허공의 집'을 짓는 데 던질 수 있는 도구는 '언어'(「아라크네」)이다. 언어로 된 시이다. 시인은 그의 시를 '칼'이라고 말한 것도 이 때문이다. 이제 그는 '시의 칼'을 쥐고 세계를 향해 분연히 자신의 목소리를 터뜨린다.

미메시스

수천 년 동안의 규칙과 집단 자아, 이상적 자아, 이데아, 모범의 녹을 닦아내고, 대신 지금까지의 우주의 결과이자 앞으로의 우주의 시작인 '현재-나 자신'의 말을 타고 흘러간다. 나 자신의 침묵에 도달한

다! 먼저 나 자신을 구원하라. 정신없이 분열하는, 미칠 듯한 속도의 시대, 예술의 미래와 문화의 위기, 잡종 강세론의 씁쓸한 인정, 인류의 불안, 이 모든 것보다 먼저 나 자신을

구원하라. 진리에 도달하는 길이랍시고 절대로 진리에 도달하지 못하

도록 얼기설기 미로처럼 꼬아놓은 저 문법적인 계단을 무시하라. 즉각
적으로

도달하라. 칼로 베듯이, 가장 오래된 그리고 가장 유효한 무기 중의
하나인

나 자신의 말로 하여금 노래하게 하라

—「시의 칼」 부분

제 3 부

비평을 통한 작가론

무한의 극점(極點)으로 기투(企投)된 새

- 오세영 론

1.「그릇」계열시의 언표적 특성

1988년 제 1회 소월시문학상 수상 시집인『불타는 물』의 서문에서 오세영은 자신의 시적 경향을 다음 두 가지로 설명한 바 있다. 하나는「그릇」계열의 작품이고, 다른 하나는 서정적인 계열의 작품이라는 것이다. 여기서 "「그릇」계열의 작품"이, '계열'이라는 단어가 암시하듯, 단지 그의 5번째 시집『사랑의 저쪽』에 수록된 연작시「그릇」만을 가리키는 것이 아닌, 그의 전체시늘 가운데서 특히 '그릇' 연삭시와 같은 세계를 지향한 일련의 작품들을 총칭한 표현이라는 것은 굳이 설명할 필요가 없다.

지금까지 '그릇 계열'의 작품들은 논자들에 따라 여러 가지로 해석되어 왔다. 철학성과 미학성이 조화된 시, 모더니티와 전통성이 결합된 시, 존재론적 형이상학을 구축한 시, 동양적 역설과 무(無)를 형상화해낸 시 등이 그것이다. 그럼에도 불구하고 우리는 아직 그 내면 세계의 깊이를 가늠할 수 없는 것 또한 사실이다. 언뜻 생각하기엔 단조로운 인식의 틀로 짜여 있는 것 같지만— 따라서 단순한 아포리즘 정도로 생각되기도 하지만— 그 안에 담겨 있는 상상력의 역동성이 단지 '역설'이라든가 특정한 '사상' 등과 같은 따위의 개념만으로 설명해내기에는 턱 없이 부족해 보이기 때문이다. 그렇다고 해서 오세영 시는 바슐라르적 몽상이나 요즘 유행하는 바 환상 세계에서의 유희와 같은 것만을 꿈꾸는 것은 더욱 아니다. 그의 상상력은 철저히 지성의 통제를 받고 있으며 이에서 한 발 더 나아가 어떤 내면의 이성적인 목소리를 담고 있다.

그것은 또한 다음과 같이 설명될 수도 있을 것이다. 즉 경구(epigram) 형태 속에 잠재된 역동성, 절제된 인식론적 명제에 녹아있는 상상력, 관념세계에 생생히 살아 육화된 일상성, 정연하고 분명한 언술 속에 빠져들게 되는 어지럼증과 혼돈 등이다. 말하자면 오세영의 '그릇 계열'의 작품들은 한마디로 이같은 '지적 몽상'의 세계에서 씌어지고 있다. 따라서 우리는 오세영의 전체 시들이 한편으로 농도 짙은 서정의 세계를 씨줄로, 다른 한편으로 「그릇」 계열의 이같은 지적 몽상의 세계를 날줄로 삼아 한필의 탄탄하고도 공교한 비단을 직조해 낸다고 말해도 크게 틀리지는 않을 것이다. 이는 또한 전자가 그 시선을 내면의 정서에 맞추어 주관에 집중한다면, 후자는 대상에 대한 인식을 지향하여 그 시선을 사물과 우주로 확장한다고도 말할 수 있다. 의식의 집중과 확산이라는 이 길항 관계 속에 그의 시의 문법이 내면화되어 있는 것이다.

시인이 즐겨 차용하는 잠언적인 형태의 진술이 그러하듯 「그릇」 연작시는 담론의 체계가 일면 정연하고 논리적인 것 같다. 그러나 그 실상을 들여다보면 결코 단순치 않다. 오세영은 오히려 세계가 무질서와 혼란으로 진입하는 지점을 포착하여 이를 비논리적 직관으로 묘사해내는 특출

한 기술을 지니고 있기 때문이다. 예를 들면「그릇」연작시 가운데 "손
님은 아직도/ 밀려드는데,/ 잔칫상 모퉁이에서/ 바싹/ 깨지는 그릇"(「살아
있는 흙」)이라든가 "하나의 아픔이 되기 위하여/ 인간은 스스로를 속박하
고"(「들끓는 물」), 혹은 "盲目의 사랑을 노리는/ 사금파리여,/ 지금 나는 맨
발이다./ 베어지기를 기다리는/ 살이다"(「그릇」) 등이 그것이다. 그는 이와
같은 역설을 통해 우리를 일상인이 지닌 개념적이고도 이성적인 사유를
훌쩍 뛰어넘는 어떤 비논리적 공간으로 이끌고 간다. 그리고 이 공간에
끌려간 자라면 그 누구라도 결코 편안하거나 명징(明澄)한 휴식에 들 수
없음이 물론이다. 그럼에도 불구하고 시인은 이에 아랑곳 하지 않고 곧
"살아있다는 것은 깨진다는 것"(「살아있는 흙」)이라든가 "상처 깊숙히서
성숙하는 혼(魂)"(「그릇」), "욕망을 다스리는 영혼"(「들끓는 물」)과 같은, 언
표를 통해 이같은 존재론적 혼란을 일시에 수습해버리는 마술을 보여주
기도 한다. 그것은 마치 깨달음에 이른 각자(覺者)가 자기를 따르는 무리
에게 "인생이란 게 그런 거지"하고 타이르는 것과 같은 방식이라 할 수
있다. 그리하여 그의 이 '비논리적인 공간'은 현실을 초월해버리는 것이
아니라 다시 삶의 문제로 되돌아오는 장소가 된다.

이같은 시인의 사유는 물론 비록 비논리적이기는 하지만 매우 이지적
이다. 결코 주관이나 감정에 흔들리지 않는 것이다. 그리하여 그의 번득
이는 예지는 너무도 태연하게 우리를 혼란과 인식의 쉼 없는 반복의 시
스템 속으로 몰아넣고 만다. 그러나 오세영의 이러한 시작 태도는 단순
히 우리가 수사학적 차원의 역설로만 설명할 수 없는 측면을 또한 지니
고 있다. 그에게 있어서 역설은 소위 '낯설게 하기'의 효과를 얻기 위해
시도하는 언어적 차원의 뒤틀기가 아니라 이 세계 자체가 본질적으로 지
니고 있는 혼돈과 모순을 하나의 실재성으로 드러내기 위해 차용한 인식

론적 모순어법이기 때문이다. 따라서 그가 전면에 내세운 이같은 역설적 진술은 진리를 향해 열고자 하는 인식의 문(門), 즉 화두에 해당하는 것이라고 말할 수 있다. 이는 「그릇」 계열의 시가 오세영의 독특하고도 개성적인 세계관을 이해하는 데 있어 그 중심에 자리하고 있음을 말해준다. 시인 자신도 이를 이렇게 말한 적이 있다.

> '그릇'은 저의 시를 총체적으로 제시할 수 있는 하나의 큰 메타포입니다.…… 저는 우주나 세계나 인생이나 이 모든 것들의 존재론적 의미를 '그릇'으로 보려고 했습니다. 그러니까 '그릇'은 제게 단순히 현실적인 의미로서의 그릇이 아니라 이 세계를 바라다보는 패러다임이라고 말할 수도 있습니다.[2]

그와 같은 관점에서 「그릇」 연작시들은 단지 사물의 의미를 묘사해 보여주는 미학적 차원이 아니라 인생과 우주에 내면화된 존재론적 진실을 모순 어법을 통해 드러내어 밝히는 철학적 차원의 작품이라 할 수 있다.

2. 사물과 자아의 겹쳐짐—프랙탈(Fractal) 구조[3]에 의한 역동성

---

[2] 김준오·오세영 대담, 「진실과 사실 사이」, 『사랑의 저쪽』, 미학사, 1990, p.102.

[3] 물질은 계속하여 전체에서 더 이상 쪼갤 수 없는 데까지 쪼개어 들어갈 수 있을까? 전제인 물질을 가장 작은 입자로까지 쪼갬으로써 물질이 분명하고 확실한 존재임을 증명하던 것이 뉴턴적 인식론의 틀에서 가능하였다면 현대의 인식론은 이와 다른 관점에 놓여있다. 물질은 그 전체가 부분의 기계적 총합이 아니고 부분과 전체가 동일한 것으로서 유기적 총체를 이루고 있다는 것이 그와 관련된다. 부분은 전체의 일 요소가 아니고 그 자체로 독립적이며 전체의 상태를 반영한다는 관점, 즉 부분이 전체고 전체가 부분이라는 관점이 그것이다. 프랙탈 패턴(frantal pattern)은 이러한 관점을 투영하고 있는 문양으로, 각 차원을 이루는 개체들은 개체마다의 공통적인 패턴이 있고 이 패턴들은 개체들이 합하여 이루는 상위 단계의 패턴과 같음을 보여준다. 이에 따르면 부분은 전체의 패턴을 계속 되풀이하고 있음을 알 수 있다. 실제로 자연계에 존재하는

‘세계를 바라보는 패러다임’이라는 말에서도 짐작할 수 있듯 오세영의 시에서 ‘그릇’이 적용될 수 있는 외연은 매우 넓다. 그는 실제의 ‘그릇’은 물론이고 ‘옷’(「그릇12」)이나 ‘신발’(「그릇9」), ‘술잔’(「그릇7」), ‘기도하는 손’(「그릇8」), ‘인간’(「그릇13」) 등 물리적 혹은 관념적인 사물들도 상상의 공간에서 ‘그릇’으로 은유화된다. 그뿐 아니다. 그에게 있어서 ‘그릇’은— 마치 ‘공간’이 언제나 ‘시간’과의 함수 관계 하에 놓이는 것처럼— 그 내포 역시 물질적인 데서부터 정신적인 것에 이르기까지의 모든 내용물과의 형식을 포함하고 있다. 따라서 ‘그릇’은 ‘깨져’ 더 이상 ‘그릇’이기를 멈추는 상태의 것도 있지만(「그릇1」), ‘말’(「그릇23」)에서부터 ‘욕망’(「그릇36」), ‘사랑’(「그릇53」), 혹은 ‘자유’(「그릇52」)나 ‘영혼’(「그릇6」) 등 수많은 관념들을 메타포라이즈한 것들이 대부분이다.

‘욕망’이나 ‘사랑’, ‘자유’나 ‘말씀’과 같은 의미소들의 집합을 통해 존재의 어떤 형상을 그려나가는 일은 그다지 신선한 일이 되지 못할지도 모른다. 이 모두 주관에 자리한 까닭에 특별한 긴장을 유지하지 못할 경우 대체로 관념적인 토로나 직설적 자기주장을 벗어나기 힘들기 때문이다. 그러나 오세영은 이러한 우리들의 우려를 말끔히 해소한다. 인식의 지향이 주관이 아닌 객관 즉 외부 대상들에게 있고 그 결과 서정적 주체로서의 ‘나’는— 언뜻 표면에 그림자를 드리운 듯하지만— 실상 내면 깊숙이 숨어 있기 때문이다. 따라서 오세영의 시가 다양한 사물들을 매개로 하여 다만 그 자신의 관념을 독자들에게 이야기하는 데서 끝난다는 식의 일부 비평가들의 피상적 평가는 옳다고 말할 수 없다. 무엇보다 오

모든 것은 이런 패턴을 가진 것으로 여겨지는데 이러한 관점을 지지하는 것이 곧 현대 양자물리학적 인식론이자 동양적 세계관이다. (이성환·김기현 공저,『주역의 과학과 道』, 정신세계사, 2002, 김상일,『현대물리학과 한국철학』, 고려원, 1991 참조)

세영의 시가 펼치는 상상력의 광활함이 이를 허락지 않는다. 그 어떤 관념이 상상력— 그것도 참신하고 돌발적인 상상력의 환원 앞에서 사물화되지 않겠는가.

그릇에 담길 때,
물은 비로소 물이 된다.
존재가 된다.

잘잘 끓는
한 주발의 물,
고독과 분별의 울안에서
정밀히 다지는 질서,

그것은 이름이다.
하나의 아픔이 되기 위하여
인간은 스스로를 속박하고
지어미는 지아비 앞에서
빈 잔에
차를 따른다.

엎지르지 마라
엎질러진 물은
붙이다.
이름없는 욕망이다.

욕망을 다스리는 영혼의/ 形式이여, 그릇이여.

—「들끓는 물-그릇6」 전문

신발도
하나의 그릇이다.
각기 다른
문수.
(중략)
인간은 누구나 그릇을 지닌다.
그 안에 미움과 사랑을 담고,
땀과 눈물을 쏟아
비바람 헤쳐 온 반평생.
(중략)
중심을 고누는
휘청거리는 공간에서
쏠리는 體重을
신발로 받는다.

—「신발-그릇9」 부분

아내도 자식도 잃고
빈 그릇밖에 남지 않았다.
바이올린 G線을 잡고
우는 광대여,
(중략)
이 地上의 확실한 소유는
빈 그릇,
虛無의 가슴에서 울려나오는
바이올린 솔로,

속이 비어야 共鳴하는
人間의 樂器.

—「인간의 樂器-그릇11」 부분

무한의 극점(極點)으로 기투(企投)된 새   213

빈 공간은 왜 두려운 것일까,
절대의 허무를
빛으로 메꾸려는 저, 神의
공간,
그러나 나는 그것을
말씀으로 채우려 한다.
내가 원고지의 빈칸에
ㄱ, ㄴ, ㄷ, ㄹ……
글자를 뿌릴 때
지상에 떨어지는 씨앗들은
꽃이 되고 풀이 되고 또
나무가 되지만
언제인가 그들 또한
빈 공간으로 되돌아간다.
나와 너의 먼 거리에서
流星의 불꽃으로
소멸하는
언어,
빛이 있으므로 神의 하늘에도
어둠은 있다.

—「神의 하늘에도 어둠은 있다―그릇39」, 부분

수십 편에 이르는 오세영의 연작시 「그릇」에서 '그릇'이 함의하는 의미를 단일하게 규정짓는다는 것은 쉬운 일이 아니다. 그것은 앞서 말했듯 그의 시에서 탐구된 '그릇'의 외연이 너무 넓고 또 그 메타포라이즈된 공간의 형상이 천차만별하기 때문이다. 그의 시에서 '그릇'의 의미는 포장지로 쌀 수 있는 이 세계의 사물의 숫자만큼이나 다양하다.

이 속에서 그나마 우리가 한 가지 단일하게 말할 수 있는 것이 있다면 이들 다양한 존재 형태를 모두 묵묵히 묘사해내고 있는 시인의 존재론적 위치에 관한 것일 터이다. 그리고 그것은 그의 세세한 일상의 총합이 규정할 수 없는 아스라한 무엇으로 느껴질 뿐이다. 그의 존재론적 위상은 그가 시에서 언급하는 일상의 어떤 모습으로도 그 좌표가 가늠되거나 확정되지 않는 무한의 어떤 한 지점에 해당될 것이다. 그것은 마치 망망한 바다 위에 떠 있는 쪽배와도 같다고 말할 수 있다. 미지의 곳에 놓여있는 시인은 다만 그곳에서 쏘아 맞추는 숱한 화살들로 사물의 의미를 하나하나 구해 보이는 바, 이 화살들의 역방향을 탐색함으로써 비로소 우리는 시인이 처한 위상에 대해 감 잡을 수 있을 것이다. 즉, 사물들의 다양한 존재 방식을 형상화하고 있는 「그릇」은 우리에게 사물의 여러 모습들을 보여주지만 동시에 사물들의 모든 모습에 대해서 말하는 것이 가능한 시인의 자리, 곧 무한하고 아득한, 모든 사물을 관통하여 볼 수 있는 시인의 초월적인 자리에 대해 짐작하게 한다.

이렇듯 시인이 망망한 대해에 표랑하는 쪽배와 같이 어떤 아득한 자리에 떠 있는 존재라면 왜 그는 그의 존재론적 윤곽을 그리는데 있어 유독 '그릇'이라는 은유적 매체에 집착하고 있는 것일까. 그것은 '그릇'이—비록 일시적인 상태라 하더라도—불변의 형식을 지님으로써 무변(無邊)의 공간을 부표(浮漂)하는 우주적 자아에게 일정 정도의 안정을 담보해주기 때문이라고 말해야 한다. 즉 시인은 '그릇'에 담겨진 자신을 통해서만이 존재의 막막함과 아득함에 어떤 구체성을 부여할 수 있게 된다. 따라서 은유적 의미의 '그릇'은 시인으로 하여금 자신의 우주에 확실히 주거케 해주는 좌표 그 자체라 할 수 있다.

여기서 우리는 다음과 같은 두 가지 사실을 확인할 수 있다. 하나는 '그릇'의 존재태가 비교적 질서와 균형을 갖추고 있어 우주의 빈 곳에서 막막하게 부유하는 시인에게 어떤 구체적 현실성을 꿈꾸게 한다는 점이요, 다른 하나는 그러함에도 불구하고 그 '그릇'의 존재태가 시인의 존재 그 자체를 현실적으로 대신해 주지는 못한다는 점이다. 앞서 언급했듯 '그릇들'은 다만 시인의 존재론적 좌표만 지정해줄 뿐 그 존재 방식에 대한 것까지 말해주지는 않기 때문이다. 이는 시인이 「그릇」 연작시들을 쓰면서 자신과 사물 사이에 일정한 관조의 시선을 유지하는 것에서도 재확인할 수 있다. 그는 결코 그 거리를 좁히지 않는다. 대상과 주관의 경계선상에 위치하여 다만 사물의 존재태를 차분하게 그려 보여줄 뿐이다. 그 결과 「그릇」연작시들은 다양한 사물들의 풍성한 존재론적 의미를 탐색하게 되지만 역설적으로 시인을 또한 고독한 자로 내몰 수밖에 없는 상황을 만들게 된다.

이제 우리는 이같은 과정을 통해 예컨대 '신발', '악기', '언어', '영혼' 등 다양한 '그릇들'의 양태들에게 일정한 거리의 시선을 드리우는 시인의 자리, 그리고 그 표정을 엿볼 수 있으리라 생각한다. 그리고 여기서 대면하는 것이 바로 의미의 이중성이다. 각각의 사물들과 '그릇' 그 자체가 지닌 양가성의 갈등이 바로 이 지점에서 발생하기 때문이다. 그러나 그것은 물론 상징의 차원과는 다르다. 상징이 높은 추상의 수준에서 동일한 의미가(意味價)를 실현하여 매 상황 마다 구체적 반복을 되풀이 하는 것이라면 이들 연작시에서 '그릇'의 이미지는 일정한 의미로 추상화되거나 일반화되지 않기 때문이다. 「그릇」 연작시의 경우 '그릇'은 그 의미가 매우 다양하여 그 단순화를 이루어내기가 쉽지 않다. 예컨대 '그릇'은 '사랑'을 담아내는 '마음'이 될 수도 있고 '욕망'이나 '영혼'을 담아내는 '육체'가 될 수도 있고, '말'을 담아내는 '시', 혹은 '말씀'을 담아내는 '기도' 가 될 수도 있다. 즉 서로 관련 없는 사물들의 집합으로 제시되는 것이다. 그리하여 만일 우리가 이 가운데 추상 수위를 높인 그 무엇을 찾아낼 수 있다면 그것은 적어도 '그릇'의 상징적인 의미가 아니라 다양한 각각의 '그릇'의 모습을 통해 그의 전체적인 얼굴을 중첩시키고 있는 시인의 존재론적 자리일 수 밖에 없다.

따라서 만일 '그릇'이 이 연작시에서 다만 상징적인 의미만으로 쓰였다면, 다음과 같은 난관에 부딪히는 것이 당연할지도 모른다. 말 그대로 사물의 형상을 규정하는 '형식' 이상의 것이나, 시의 역동성의 원인을 설명해내는 것이 어렵게 된다는 사실이다. 대신 '그릇'이 상징 이상의 의미를 지니고 있다면 이는 사물에 대한 정보가 그 자체로 사물의 존재론적 의미를 지시하면서 동시에 시인의 존재론적 '위치'를 확인시켜 주게 된다는 점과 관련될 수 있다. 그것은 서로 겹쳐지면서도 서로 다른 이 둘의 관계, 즉 간격과 간섭이 마치 장을 달리하는 두개의 투명한 셀로판지들을 겹쳐 평면적이면서도 입체적인 무늬를 만들어내는 이치와도 흡사하다. 따라서 사물의 형상은 그 이면에서 시인의 내면 전체를 지지하는 좌표와 만나 부분과 전체의 오묘하고도 환상적인 지대를 형성하고 그 결과 상상력의 공간을 무한하게 확장시키게 된다. 이 연작시들이 단정적인 언표를 통해 단일한 명제를 제시함에도 불구하고 그것이 지닌 의미의 고정성과는 상관없이 매우 다이나믹한 상상의 효과를 일으키는 것도 이와 관련된 것이라고 말할 수 있다. 즉 사물의 존재론과 시인의 존재론적 위치라는 범주를 달리하는 두 장(場)의 입체적인 겹침은 비평면의 공간에서 평면의 무늬를 형상해내고, 이것이 바로 '그릇'의 독특한 시적 무늬를 만들어 주는 것이다. 그의 시가 끊임없이 역동적인 질감으로 와 닿는 이유가 여기에 있다.

3. 음양(陰陽)과 태극(太極)의 논리 – '불타는 물'의 계보

'비우기 위하여 채우는 矛盾의 空間'(「부딪쳐라 술잔-그릇7」), '이 地上의 확실한 소유는 빈그릇'(「인간의 樂器-그릇11), '살아있다는 것은 스스로 깨진다는 것'(「살아 있는 흙-그릇14」), '비상은 추락을 위해 있는 것'(「地上의 糧食」) 등의 진술에서 찾아볼 수 있는 것과 같은 표현상의 역설적 진술과 양식상의 역설적 구조는 오세영 시의 핵심의 자리에 놓이는 키 워드이다. 뿐만 아니라 그것은 그의 시의 앞자리에 우뚝 서서 그의 시를 철학적으로 규정짓게 하는 본질적 요인이 되기도 하다. 그는 왜 이같은 역설 어법을 즐겨 구사하는 것일까.

그것은 아마도 존재 혹은 삶 자체의 본질이 근원적으로 역설적 조건에 자리한다는 그의 세계에 대한 통렬한 인식에서 비롯된 것일지도 모른다. 그런 까닭에 그의 시에서 역설은 단지 수사법의 차원에 머물러 있는 것이 아니라 진리의 참모습에 한층 다가서 있다는 뜻의 보다 적극적인 의미를 지니고 있다. 즉 근원적 존재 조건인 허무라든가 절망, 고독 등은 일상성으로 상투화된 이성의 논리를 파괴하는 힘으로 작용할 수 있다는 것과 이를 포함해 이 세계 그 자체는 존재론적 모순과 역설의 상황에 직면할 수밖에 없다는 인식이다. 말하자면 오세영에게 있어 '역설의 어법'은 일상의 차원을 넘어 근원을 향한 몸짓이자 그것이 내포하는 혼란과 진실을 온몸으로 감낭하겠다는 강한 의지의 표현이라 하겠다. 이러한 의식은 그의 시집 『모순의 흙』이라든가 『불타는 물』과 같은 시집의 표제에도 직접 반영되어 있다.

흥미로운 것은 「그릇」 연작시가 수록된 제5시집 『사랑의 저쪽』(1990) 이전에 간행된 『불타는 물』(1986)이나 『모순의 흙』(1987)에 수록된 시들도 이미 '그릇'에서 탐구되는 것과 같은 의미들이 내면화되어 있다는 점이다. 물에 반죽된 흙을 빚어, 불로 구워내는 방식의 전통적인 그릇의 생산 과정을 염두에 둘 때 우리는 '불타는 물'과 '모순의 흙'이 기실 '그릇'과 다르지 않다는 사실을 알 수 있다. 이와 같은 전제를 받아들일 경우 그것은 '불타는 물'이라는 모순 어법의 표현 앞에서 어리둥절해 있는 우리에게 그 맺힌 의미를 풀어주는 작은 실마리를 제공해준다. 우리는 '불타는 물'에서 가마 안의 반죽된 흙이 불을 견디어내는 모습을, '모순의 흙'에서 흙과 그릇의 생성과 소멸의 관계를 연상할 수 있는 것이다.

이렇듯 '그릇'은 의미론적 차원에서뿐만 아니라 물질의 차원에서도 모순과 역설의 함의를 지니고 있다. 그리고 그것은 단적으로 오세영의 시 세계에서 '그릇'이 얼마나 중요한 의미를 차지하고 있는가 하는 또 하나의 증거가 된다. 그것은 '그릇'이 단지 은유적이고 상징적인 의미를 지시하는 데서 그치는 것이 아니라 더 나아가 시인이 세계를 인식하는 틀을 제공해주는 것이라고 생각되기 때문에 그러하다. 말하자면 오세영에게 있어 '그릇'은 그의 무의식 및 의식을 정초(定礎)하는 하나의 원형(原型)에 해당하는 사물인 것이다. 이에 대해서는 그 자신이 또한 그와 유사하게 말한 바도 있다.4) 따라서 '그릇'은 은유화된 시인의 실존이자 세계를 인식하는 방법적 틀, 달리 말해 인식론이자 우주론이 된다. 즉 시인은 '그릇'을 통해 한계상황으로 내몰린 실존을 형상화하고 그러한 실존과 대면한 우주론적 원리가 '그릇'에 내면화된 의미와 크게 다르지 않다는 철학적 깨달음을 선적(禪的) 직관으로 이야기하고 있는 것이다. 이러한 그의 인식론은 이즈음에서부터 시작하여 오늘에 이르는 그의 시작 활동 전체

---

4) 김준오 · 오세영 대담, 「진실과 사실 사이」, 『사랑의 저쪽』, 미학사, 1990.

에까지 지속적으로 이어져나가고 있음이 물론이다.

> 한방울의 이슬도
> 술이다.
> 그릇에 담겨서 타오르는 물,
> 지상의 식탁엔 수많은 그릇,
> 뚜껑을 열고 젓가락을 대는
> 神의 입맛은 쓰다.
> 닳아오른 냄비는
> 열에 떠는데
> 세상은 화려한 잔칫상인데
> 들끓는 그릇들의 꿈꾸는
> 우주.
> 들끓는 그릇들의
> 꿈꾸는 盛饌
>
> —「식탁-그릇19」 부분

> 깨져라 그릇,
> 더 이상 갇히기를 거부할 때
> 우리는 불이 된다.
> 공간을 뛰쳐나온 존재의 환희,
> 가지 끝에서 파열하는 꽃,
> 설령 담겨진 물이라 하더라두
> 수직으로 거스르는 분수가 될 때
> 물은 불이 된다.
> 거역해라, 존재여,
> 꽃이여,
> 깨지는 그릇이여,
>
> —「분수-그릇51」 부분

오세영 시의 중심축에 놓인 역설의 기법이 가장 선명하게 부각되는 경우는 '물과 불'의 이미지가 만날 때이다. 가령 너무도 흔한 일상의 물질인 까닭에 과연 그 자체로 시적 상상 세례가 가능할지 의심되는 '물'과 '불'이 시인의 돌발적인 터치에 의해 감각적 차원의 물질성을 초월, 존재의 가장 근원적인 의미의 모습을 띠게 되는 경우이다.

그에게서 물이나 불은 호수나 바다 혹은 용광로나 화로 같은 일상성이 아니다. 오히려 물질의 잠재의식 밑에 용틀임하는 존재의 억압된 충동으로 인식된다.— 가능하다면— 그것은 물질이 지닌 본능에 관한 문제이기도 하다. 가령 위의 시 「그릇19」에서 '술'을 '타오르는 물'이라 하고 「그릇51」에서 '분수'를 '불이 된 물'이라 하였을 때 거기엔 어떠한 상징이나 비유가 개입되어 있지 않다. 다만 물질의 순수 내면에 잠재된 것으로 믿어지는 어떤 존재의 충동이 드러나 있을 뿐이다.

오세영 시에서 '물'과 '불'은 그 이질성에도 불구하고 오히려 결합을 통해 하나의 완성되고 독립된 실체를 만들어 낸다. 아니 그러한 기능을 지니고 있다. 마치 '술'이 있기 위해서는 필연적으로 '물'의 '달아오름'이 있어야 하고 '분수'가 있기 위해서는 '물'의 '수직 상승'이 있어야 하듯 그에게서 '물'과 '불'은 한데 뒤엉켜 전혀 다른 새로운 사물을 탄생시키는 물질들이다. 그리고 이때의 사물이란 위의 시에서 나타나는 것처럼 형체와 비형체가 공존하는, 안정된 실체이자 그로부터 이탈하고자 꿈틀거리는 그 어떤 실체임이 물론이다. 「그릇19」에서 '술'판의 '식탁'이 "들끓는 그릇들의 꿈꾸는 우주"가 된다거나, 「그릇51」에서 "가지 끝에서 파열하는 꽃"이 "깨지는 그릇"이 되는 까닭도 여기에 있다. 이 화해하기 힘든 '물'과 '불'의 갈등은 이처럼 오세영의 시에서 하나로 결합된다. 그리고 그것은 고차원의 정신적 에너지로 재탄생, 우주적 생명력을 공유하는 세계의 독자적인 중심이 된다.

이처럼 '물'과 '불'이 각각의 개별적인 물질로서가 아니라 양자 결합을 통해 새로운 의미를 빚어낸다는 것은 오세영의 시세계를 특징짓는 매우 중요한 부분이라 할 수 있다. 그것은 물질의 질료성보다 한 단계 더 상승된 우주적 차원을 주목하는 일이며, 물질들 상호 상극하는 관계를 넘어서 상생의 생명력을 피워내는 일—기실은 인간의 존재론적 완성을 지향하는 일이기 때문이다.

> 불이 물 속에서도 타오를 수
> 있다는 것은
> 연꽃을 보면 안다.
> 물로 타오르는 불은 차가운 불,
> 불은 순간으로 살지만
> 물은 영원을 산다.
> 사랑의 길이 어두워
> 누군가 육신을 태워 불 밝히려는 자 있거든
> 한 송이 연꽃을 보여 주어라.
> 닳아 오르는 육신과 육신이 저지르는
> 불이 아니라.
> 싸늘한 눈빛과 눈빛이 밝히는
> 불,
> 연꽃은 왜 항상 잔잔한 파문만을
> 수면에 그려 놓는지를.

—「연꽃」 부분

대립하는 두 성질이 만나 승화된 우주를 탄생시키고 그러한 존재론적 응결을 비유적으로 '그릇'이라 일컫는다면, 아마도 '연꽃'은 그 '그릇'에 상응하는 또 다른 표현이 될 수도 있을 것이다. 이 시에서 '연꽃'은 일반적으로 불교 상징에서 '깨달음'으로 설명되는 관습적 의미 이전의 어떤 의미를 지니고 있다. 진흙과 하늘이라는 상투적인 대비를 넘어서 '불'과 '물'이라는 상상력의 변증법적 의미를 만들어내고 있기 때문이다. 그것은 내면의 뜨거움과 외면의 차가움, 일탈과 절제, 숨김과 드러남, 상승과 하강 등 두 의미 축의 긴장 위에서 팽창과 수축의 우주적 드라마가 갈등하고 있음을 보여준다. 사랑의 '열기'와 이성의 '서늘함'이 만나 이루는 존재의 이같은 자기 초월은 '연꽃'의 생성 과정과 이에 간섭하는 물과 불의 내면화된 물질적 충동에 의해 그 의미를 더 극적으로 고조시킬 수 있음이 물론이다. 이 세상의 그 어떤 것도 대립되는 두 물질성의 충동과 지양 없이 새롭고 창조적인 존재를 만들어낼 수는 없는 것이다.

이로써 우리는 오세영 시에 나타난 역설의 어법을 가장 선명하게 표현하고 있는 '불타는 물'이 단지 수사법도, 이미지의 낯설게 하기도 아닌, 대상의 실재성을 반영한 것임을 알 수 있다. 오세영의 역설은 이렇듯 우리를 사물의 가장 근원적이고 본질적인 지점으로 인도하여 그 생성과 소멸, 혼돈과 질서라는 우주적 지평을 경험케 하는 것이다. 따라서 그의 역설의 수사에 몸을 맡길수록 우리는 변화하는 우주의 한가운데에서 살아 숨 쉬는 사물이 근원적인 실체에 가 닿게 된다.

시 <연꽃>을 통해 알 수 있듯이 개별적 존재로서는 아무런 생성의 요인이 될 수 없는 '물'과 '불'이 어떤 극적 관계의 함수망에 진입함으로써 역동적 힘을 발휘하게 된다는 사실의 깨달음은 오랜 동양적 예지가 가르쳐 준 바 음(陰)과 양(陽)이 조화하는 우주적 생성 원리를 연상시켜준다. 음과 양의 원리 역시 그 대립되는 에너지의 팽창과 수축, 생성과 소멸의 갈등과 조화에 의해 그 질서를 실현하고 있기 때문이다. 오세영의 시 역시 일반적으로 이와 같은 원리에 의해 상상력의 논리를 전개시키고 있는 것처럼 보인다. 연작시 「그릇」을 대표하는 '술', '분수', '연꽃', '그릇' 등의 이미지가 모두 그러하다. 태극5)에서 비롯된 이 음양의 도(道)가 움직이지 않으나 요동치고, 요동치는 듯하나 정적에 들어(정중동 동중정(靜中動 動中靜)) 개벽의 세계로 나아간다면 지금까지 살펴본 오세영의 시세계 역시 이와 크게 다를 바 없지 않겠는가.

4. 오세영 시인의 실존의 형상

오세영의 시에 있어서 '그릇'은 사물들의 존재론적 의미를 표상한 메타포인 동시에 시인의 자리, 그리고 그 표정을 말해주는 매개체라 할 수 있다. 그리하여 그것은 사물의 근원적인 지점에 착목하는 시인의 일관된 시선이 우주로 통하는 문을 열어주는 열쇠가 된다. 일상과 현실 안에서 늘 부대끼는 우리가 순간순간 처하게 되는 절대의 고독도 실은 그곳에서 맞닥트리는 존재론적 체험의 다른 모습이다.

이 존재론적 고뇌를 극기할 수 있는 힘은 무엇일까. 그것은 본질적으로 자신만이 감당해야 할 숙명인 까닭에 이를 두고 내면의 싸움에서 지친 우리들은 사실 타인의 문제까지 관여할 만한 여유를 갖고 있지 못하다. 우리가 근원적으로 타고난 고독을 오로지 자신만의 것으로 깊이지어 하는 이유도 여기에 있다. 그러나 오세영은 보이지 않는 극점에서 존재

5) 동양 철학에서는 어느 한쪽으로 치우치지 않는 음양을 모두 포함하기 때문에 중성적이고도 또한 가변적인 상태를 일컫는 '태극'을 만물의 전체이자 부분으로 본다. 즉 태극은 우주 만물의 단위이자 원리이고 또한 전체적인 형상이다. 우주는 이 태극이라는 전체(一)이자 부분(多), 절대성과 상대성이 통일되어 있으므로 변화와 창조를 거듭하게 된다. 김상일, 『화이트헤드와 동양철학』, 서광사, 1993, pp.76-8 참조.

가 자유를 체험할 수 있는 한 자리를 우리 앞에 펼쳐 놓았다. 그는 모든 힘이 그곳으로 돌아가고 그곳에서 나오는 듯 진술과 진술의 틈새에서 새어나오는 의미의 광선을 통해 그것을 희미하게 비쳐 보여준다. 그 빛을 좇아가는 길은 물론 당연히 평탄대로가 아니다. 오히려 덤불을 하나씩 하나씩 헤치고 돌다리를 건너 그 흔적만을 더듬어갈 수 있는, 즉 미지의 길이다. 따라서 우리는 오세영이 만들어 놓은 길을 분명히 말할 수는 없다. 그러나 한 가지 확실한 것은 사람들이 그 길을 찾아 한 걸음 한 걸음 보폭을 띨 때마다 그가 닦은 이 초입의 길은 우주의 중심을 향해 차츰 그 통로를 확보하게 될 것이라는 사실이다.

'말'을 통해 만드는 행복한 공간

- 김현 론

1. 엄정한 다변(多辯)

김현은 1942년에 진도에서 태어나 19세에 4.19를 경험하였고 1960년
대에 대학과 문단 생활을 시작했다. 그 후 비평 분야에서 70년대와 80년
대의 가장 중심적 인물 가운데 한 사람으로 활동하였던 그는 90년대의
시작과 함께 홀연히 세상을 떠난다. 지금 우리는 사후에 간행된 『김현 문
학 전집』으로 그를 만날 수 있을 따름이다. 80년대 말에 입학하고 90년
대 초에 대학시절을 보냈던 필자에게 김현은 실제로 인연이 있었던 스승
이다. 당시 불어 교양 과정에서 그의 수업을 신청하였을 때 필자는 잔뜩
기대를 하고 있었다. 그에 대한 이야기를 풍문으로 숱하게 들어왔기 때
문이다. 10년을 훨씬 넘긴 세월이 지났지만 필자는 그의 이미지를 뚜렷
이 기억한다. 그는 기대와는 전혀 상관없이 수업을 이끌어나갔다. 불어
연습이라는 교양과목이었지만 그에게서 문학과 관련한 어떤 감성적인 진

술도 들은 바가 없었던 것이다. 뿐만 아니라 단 한 번의 감정 표현도 그는 한 일이 없다. 그는 문학의 영토를 떠나 귀양온 사람처럼 건조하고 기계적으로 그러나 성실하게 불어를 가르쳤다. 글에서는 느낄 수 없던 그의 차가움은 무엇 때문이었을까?

김현의 글들을 면밀히 읽으면서 필자는 어렴풋이 그러한 냉정함이 그를 지탱하고 있던 엄격함에서 비롯된 것임을 느낄 수 있었다. 그의 글은 논리적이지만 다변(多辯)이었고 합리적이면서도 최대한도로 정감적이었다. 어찌 보면 더할 수 없이 수다스럽고 주관적이며 현란하기까지 한 그의 문체와, 엄정한 엄격함은 어떻게 만날 수 있는가? 다시 말해 주체들의 은닉된 욕망의 지점까지 파고들어가 그 면면을 찾아내고는 그것을 긍정하고 축복하는 무한한 포용성과 관대함의 비평의 태도, 그 속에서 어떻게 바둑판처럼 엄정한 절도를 발견할 수 있겠는가 하는 것이다. 그러나 분명 그의 그러한 글들을 읽으면서 엄격함을 느꼈다고 했으니 여기에는 모순이 있다. 이 모순은 글과 생활의 분리에서 오는 것일까, 에세이적 글과 학문적 글의 차이에 기인하는 것일까, 혹은 반대로 이들의 통합, 즉 상상력과 윤리, 비평과 학문이 종횡으로 결합되어 있었기 때문일까?

실제로 그의 사유 방식은 서로 대립되는 양면이 있음을 부각시키고 이들의 통일을 변증법적으로 꾀하는 것으로 이루어져 있다. 그의 비평에서 흔히 볼 수 있는 양가적 언술들, 가령 '꿈과 현실', '문학과 정치', '숨김과 드러남', '논리와 감성', '고난과 낙원', '죽음과 태어남', '수다와 절제', '여성과 남성', '밤과 낮', '어둠과 밝음' 등의 표현들은 그의 사유방식을 반영하는 표현들이다. 김현은 양면성을 전제하고 이들이 어떻게 서로를 공유하면서 국면의 전이를 이루는지에 관심의 초점을 둔다. 이들이 결합함으로써 역동적인 전회가, 그리고 유토피아적 꿈이 실현되리라는 믿음의 추적이 김현 비평의 내용에 해당한다.

그의 '엄격함'은 이같은 완벽하게 균형잡힌 사유를 일관되고도 철저하게 추구한 결과이다. 그것은 대립하는 양 측면 가운데 '논리'라든가, '남성', '현실', '절제', '밝음' 등등의 한 축을 통해 대변되는 것이라기보다 이들과 그 대립물들의 '짜임'을 그가 강하게 옹호하였던 사실과 관련된다. 다시 말하면 김현의 '엄격함'은 논리와 감성, 남성과 여성, 현실과 꿈, 절제와 욕망, 밝음과 어둠의 양 축들을 가지고 촘촘한 천을 직조하는 과정, 즉 그의 글쓰기 행위와 직접적으로 닿아 있다. 김현의 글쓰기는 변증법적 사유를 통해 모순이 화해되는 과정을 좇는 행위로서, 그에게 이는 말을 생산하는 과정, 자음과 모음을 결합시키고 말과 말을 연결시켜 말들의 연속을 만들어내는 과정과 일치하는 것이었다. 김현에겐 한 땀 한 땀 말을 만들어내는 것 자체가 글쓰기였으며 또한 변증법적 사유이자 총체적 세계의 구현에 속하는 것이었다. 이는 그의 글쓰기가 궁극적으로 '말'을 위한 말하기, 어느 지점에선 의미도 명료성도 부족한 주절거림, 높낮이나 강약이 없이 일정한 톤과 리듬으로 이어가는 말하기의 이미지로 현상한다는 점에서 추론될 수 있다.

이 점에서 그의 경우 역설적이게도 '다변'(多辯)이 '엄격성'과 통하게 된다. 곧 '말'이 있는 곳에 행위가 있으며 엄격성이 있는 것인데, 이는 당연히 재잘거리며 빠른 속도로 수다를 떠는 소위 여자들의 말하기나 강한 비트로 이념을 주입해대는 이데올로기의 언어, 경쾌한 리듬으로 청자를 흡인하는 장사꾼들의 말과 구별된다고 하겠다. 그의 말이 지닌 음색은 지루할 정도로 단조로우면서 나른하고 동시에 끈질기면서 아름답다. 마치 인상주의 계열의 작곡가 드뷔시의 선율처럼 그러하다. 그의 '말'은 지속적인 이어짐에 힘입어 현실과 구별되는 새로운 공간을 구축하고 그 속에서 완전하고 절대적인 세계를 꿈꾸게 하는 것이다.

이러한 김현의 '말'은 그 어느 비평가와도 다른 독자적인 영역을 점유케 한다. 극단적으로 말하면 그는 그가 발설하는 내용보다 '말하는 방식', '말하는 행위' 자체를 통해서 세계에 대응하고 자기 존재를 세우고 그의 영향력을 발휘한다. 때문에 이 글은 비평을 통해 그가 창조해 낸 화려하고 아름다운 논리와 꿈의 이미지를 재현하는 데 비중을 두지 않을 것이다. 대신 그의 '말하기', 특히 다변(多辯)이자 엄격한 그의 '말하기'가 어떠한 시대적, 존재론적 조건 속에서 발생하였으며 또 그 차원에서 어떠한 유효성과 함의를 발휘하였는가를 살펴보고자 한다. 아울러 이 과정에서 한국적인 시 유형에 대한 고민과 현장 비평에서의 섬세한 논리 구축이 김현 특유의 '말하기'의 의미로부터 마련될 수 있음도 확인해 볼 수 있을 것이다.

2. 완성으로 향하는 '말'을 위한 공간

일차적으로 그의 말하기의 의미는 60년대 이후 그가 처했던 억압적이고 삼엄했던 현실과의 관련 속에서 생각해 볼 수 있다. 당시의 현실은 구성원들의 다양한 욕망의 표현이나 이를 실현하기 위해 제기되는 합리적이고 이성적인 말 자체를 배척하는 극도의 반민수수의적 풍조를 보여주고 있었다. 60년대 참여문학과 순수문학의 적대적 대립도 그러한 사회 분위기의 연장선상에 놓이는 것인데, 참여문학은 이후 전면화된 민중 문학의 논리와 함께 문학을 윤리의 관점으로 재단하면서 문단을 강한 이분법의 구도로 경화시켜 나가는 오류를 범하게 된다. 문학은 사회의 구조적 모순을 제기하고 이를 실천적으로 해결해야 하는 의무를 지니고 있다는 주장이나 민중의 목소리를 대변하여 강하고 힘찬 시를 씀으로써 모순에 찬 현실을 개조하고 진보된 사회를 건설해야 한다는 주장이 당시 힘을 얻고 있던 현실주의 계열의 대표적 명제였다. 이 계열의 논리는 단순하고 빈약했지만 4.19를 계기로 고양된 정치 의식과 군사 독재 정권 하의 어둡고 강압적인 시대의 분위기로 인해 엄청난 사회적 반향을 불러일으켰다. 이로 인해 문단이 갈수록 도그마에 빠져들고 획일화 되어갔음은 주지의 사실이다.

이러한 문단의 상황 속에서 참여 문학과 순수 문학의 대립이 지닌 허구성과 이데올로기 문학의 한계를 지적하고, 문학의 성실성과 정직성이 보여줄 수 있는 현실 비판의 의미에 대해 역설한 대표적인 비평가가 김현이다. 이때의 비판은 김현 고유의 사유 방식인 변증법을 통해 이루어진다. 참여문학이 강조하는 사회성을 개인성과 통일시키고 순수문학이 강조하는 개인성을 사회성과 통일시키는 식의 비판이 그것인데, 그러나 김현의 합리적 논변은 당시 문단의 견고한 이분법의 틀을 와해시키지 못하였다. 뿐만 아니라 김현 역시 현실 참여문학에 대립하는 한 축으로서만 인식되었다. 그만큼 문학이 사회의 요구에 부응해야 한다는 명제가 강력한 당위로 작용하였던 것이다. 참여문학, 민중문학, 이데올로기 문학 외의 문학이 소시민적 문학이라 백안시되는 이러한 정황은 분단 이후 한 세대 이상이나 계속된다.

이같은 문단의 억압 구조에 처하여 이를 매우 민감하고 고통스럽게 느꼈던 김현은 자신의 문학을 이들 억압 구조에 대응하는 장(場)으로 삼게 된다. 그 중 당시 한국의 현실에서 과연 무언가를 명료하면서도 힘차게 단순화함으로써 신념을 보증할 수 있을 만한 정신적 지주가 있느냐는 지적은 이러한 차원에서 제기된 문제였다.

우선 도대체 민중이란 무엇을 가리키는 것일까? 민중으로 대표되는 '주체적 당위'란 무엇일까? 민중이란 한국 경제의 대부분을 쥐고 흔들고 있는 대(大)부르조아를 의미하는가, 아니면 요즘에는 거의 몰락하다시피 하고 있는 중산층을 의미하는가? 아니면 농민을 의미하는가? 그 어느 것도 확실하지 않지만 관리들은 민중 속에 포함되지 않는 것만은 확실하다. 민중의 개념에 대한 뚜렷한 자각이 없을 때 역사 의식은 공중에 뜬 의자와 비슷하다. 반항이란 개조의 내용을 담고 있기 전에는 아무것도 아니기 때문이다. 민중의 개념이 뚜렷해지려면 한국의 상황의 재조립에 대한 이론적인 방법론이 탐구되지 않으면 안 된다.(「시와 톨스토이 주의」, 『상상력과 인간/시인을 찾아서-전집 3』, p.127.)

위의 글에서 김현은 한국 사회에 보이고 있는 민중에 관한 담론이 '현실', '주체성', '독한 언어' 등등의 상투어를 만들어가며 역사의식을 내세우고 있지만 기실 그것은 실체를 이론적이고 방법론적으로 파악하지 못한 허약한 것에 불과하다고 판단하고 있다. 그리고 김현은 한국 사회의 이러한 고질적인 담론은 춘원에서부터 시작된 것이라 하면서 이를 톨스토이주의라고 명명한다. 그런데 문제는 러시아처럼 뚜렷한 정신적 지주가 없을 때 이 담론은 도덕적 안일주의로 전락할 수 있다는 것이다.(위의 글, p.124.) 김현은 정신적 토대를 갖지 못한 한국의 민중에 관한 담론이 결국 상투어만을 남발하는 부작용을 낳고 있다고 비판하면서 이러한 태도에 대한 반성을 촉구한다. 이때의 반성은 모든 계층의 언어를 포용력 있게 수용하는 것을 뜻한다. 그것이 비록 명료하거나 힘찬 대신 애매모호하고 퇴폐적이고 광기어린 것이라 하더라도 그 언어가 자신의 모순을 정직하게 보여준 것이라면 우리 시대의 한 흔적이라는 점에서 성실한 작품으로 긍정해야 한다는 것이다.

여기에서 우리가 분명히 해야 할 점은 김현은 '민중의 개념을 뚜렷이'

하기 위해 '한국의 상황의 재조립에 대한 이론적인 방법론을 탐구'하는 방향으로 자신의 입지를 정하지 않는다는 사실이다. 대신 그는 현재를 무언가 결여된, 비어 있는 상태로 간주하고 이 상태와 적절하게 만날 수 있는 합당한 언어를 구하고 있다. 김현의 판단은 전통 단절의 오랜 역사 속에서 민족의 뿌리를 상실한 한국 사회가 쉽게 정신적 지주를 찾는 것은 힘든 만큼 치열한 노력과 모색 없이 정해진 이념과 상투적 담론, 단순화되고 구호화된 독한 언어로 그것을 대신할 수는 없다는 데 놓여 있다.

상황이 그러한데도 사회는, 그리고 당시의 문단은 필요한 말을 수용하지 않는 경직된 태도를 보이고 있었다. 김현의 고뇌가 발생하는 것도 이 지점에서이다. 지주가 없는 데 따른 정신적 공허감과, 내재하는 모순을 정직하게 표현했을 때 그것을 거부하고 외면하는 사회라면 개인은 스스로 발 딛고 서 있을 수조차 없기 때문이다. 이에 절박감과 분노를 느낀 김현은 이때부터 '말'을 수용하지 않는 사회, '말'을 못하게 하는 사회, 침묵을 강요하는 사회에 대해 저항하기 시작한다. 구호화된 언어는 침묵을 강요하는 사회에 저항하기 위해 생겨났지만 그 역시 말을 못하게 하고 침묵을 조장한다는 점에서 억압적 사회와 동일한 면모를 띠는 것이며, 또한 힘찬 명료성으로 포장된 채 단순화되고 구호화한 언어는 결국 억압적 사회가 재생산한 것이라는 점이 김현이 내세운 주장이었다. 때문에 김현의 저항은 사회와 문단 두 범주를 향해 이루어진다. 그 두 범주는 상통(相通)하는 것이지 분리되어 있는 것이 아니다. 김현에게 진정한 문학은 이를 인정한 위에서 문학과 사회 양면에 걸친 올바른 모습을 보여주는 것이라 할 수 있었다. 사회를 비판하는 훼손된 문학이나 훼손된 사회를 외면하는 완전한 문학 등 그 어떤 것도 바른 길은 아니었던 것이다. 그에게 올바른 문학은 찢긴 사회, 찢긴 문학 등 그 어느 한 쪽에도 그대로 두지 않고 그 둘을 모두 완성시킬 수 있도록 하는 것을 의미한다.

　이러한 관점에 의해 "예술은 그러나 폭로도 아니며 기교도 아니다. 그것은 그 두 가지를 초월한 그 어떤 것이다. 성실하고 정직한 인간은 언제나 불가능한 것을 가능한 것으로 만들기 위해 싸운다. 인간의 모든 예술적 노력도 그런 싸움의 기록이다. 혼돈의 영역을 언어로써 조금씩 조금씩 인간적 질서의 영역 속에 편입시키는 작업이야말로, 정직하게 세계를 이해하고 관찰하려는 모든 의식인의 공통된 목표이다"(「자유와 꿈」, 『문학과 유토피아-전집4』, p.21.)라는 진술이 가능해진다. 이것은 김현이 상정하는 바른 길이나 옳은 문학을 단적으로 보여주는바, 옳은 문학은 '혼돈의 영역을 질서의 영역 속에 편입시키는 작업' 속에서 탄생한다는 것이다. 사회가 혼돈이라면 동시에 문학도 혼돈이며, 사회의 혼돈을 언어화하고 문학 속에서 질서를 찾아갈 때, 문학의 완성과 함께 사회의 질서도 꾀할 수 있다는 것이 김현의 논리이다. 김현의 이러한 생각은 사회와 문학이 안과 밖으로 분리된 것이 아니라 뫼비우스의 띠처럼 이어져 있음을 말하는 것이다. 여기에 사회와 문학을 이어주는 길 자체가 '언어'가 된다. '혼돈의 영역'이 '질서의 영역'으로 '편입'시키는 작업이 '언어'를 통해 이루어진다고 한 것도 이 때문이다.

　그 '언어'는 위에서도 말하고 있듯 '폭로'도 아니며 '기교'도 아니다. 그것은 '폭로'나 '기교'처럼 단순한 것도 복잡한 것도 아니며 완결된 것은 더더욱 아니다. 그것은 사회나 문학이 그런 것처럼 '혼돈'에서 '질서'로 나아가는 도정 속에 있는 것으로서, 싸움과 기록의 과정을 거치면서 '조금씩 조금씩' 완성되어 가는 것이다. 다시 말하면 언어는 그 무엇과 분리된 추상적인 것이 아니라 균형있고 총체적인 세계를 꿈꾸어 나가는 과정에서 그와 더불어 완전해지는 것을 뜻한다. 이 때의 언어가 '안개나

아지랑이'(「말과 우주」, 위의 책, p.43)처럼 애매모호한 것은 어쩌면 당연한 진실에 해당될 것이다. 지주가 부재하는 빈 공간에서 취해지는 완전한 세계를 향한 도정은 결론과 성공이 보장된 확고한 것이 아니라 두려움과 불안이 내포된, 그러면서도 단호함에 의해 이루어지는 모색의 과정이기 때문이다. 여기에 소용되는 말은 따라서 공허한 자아로 하여금 숨쉴 수 있고 발 딛고 설 수 있는 공간을 구축케 한다. 말이 피어나는 순간 그곳이 자아가 깃들 수 있는 자리가 되는 것이다. 이러한 말이 곧 살아있는 말이자 '존재의 언어'이다. 김현의 문학과 글은 자아를 현실에 살아 있게 하는 이 '말'에 의해 형성된다. 그가 '말'을 고집스럽게 계속하는 것, 명료성이 부족한 대로 애매모호한 주절거림을 지속한 것도 이 때문이다. 또한 김현의 이러한 말하기가 분명하고 힘찬 말을 하지 않는다 하여 그를 밀어내려 드는 현실 세력들에 대한 저항의 행위가 되는 까닭도 여기에 있다.

3. '말'의 울림을 통한 존재론적 공간의 형성

침묵을 강요하는 시대에 일정한 톤과 리듬으로 고요하고 차분하게 말하기를 지속해 갔던 김현의 행위는 자신의 존재의 자리를 마련하는 일 못지 않게 많은 시인들의 울타리가 되어 준다. 시인들은, 더 정확히 말해 현실을 비판적으로 보되 구호로써 자신의 내면을 표현할 수 없던 시인들은 김현이 보여준 이성적이고 존재지향적인 언어 추구와 상호작용하며 자신들의 자리를 찾아간다. 60년대에 등장한 황동규, 정현종, 오규원, 박제천, 이성부, 이승훈이나 70년대의 신대철, 김명인, 이성복, 김광규 등이 그들이다. 김춘수, 김수영과 더불어 이들은 김현에게 세심한 주목을 받게 된다.

김현은 황동규에게서는 비극을 넘어서 동경과 행복을 추구하는 자아의 방법적 긴장을(「시와 방법론적 긴장」, 위의 책, p.51.), 정현종에게는 사람들의 고통을 감싸안는 따뜻함과 부드러움을(「변증법적 상상력」, 위의 책, p.64.), 이성부에게선 상처를 원리로 삼아 죽음에서 탄생으로 이어가는 상상력을(「죽음과 태어남」, 『분석과해석/보이는 심연과 안 보이는 역사 전망-전집7』, p.284.), 이승훈에게선 싱싱함을 향한 무의식적 욕망을(「어두움과 싱싱함의 세계」, 위의 책, p.275.) 읽어낸다. 대부분 변증법적인 구도로 짜여져 있어 김현의 본래적 사유 방식을 보여주는 이러한 결론들은 그러나 결코 단숨에 도출된 것이 아니다. 김현은 시 구석구석에까지 파고들어가 숨겨져 있는 내면적 의미를 찾아내고는 그것을 요모조모에서 살펴 가능한 한 삶의 총체적 면모와 닿을 수 있도록 입체적으로 재구성한다. 그 속에서 행복과 꿈, 긍정과 희망으로 열리는 시인들의 지향성은 부정적 현실과의 역동적이고 극적인 융해 작용을 통해 탄생한다. 내부적인 꿈틀거림과 몸부림 없이 결론이 정물처럼 응고되어 있는 경우, 그러한 시들은 김현의 시선을 받지 못한다. 그들에게서는 생명에의 의지도 욕망도 찾을 수가 없기 때문이다. 시와 더불어 존재를 확인하고자 하였던 김현은 긴 시간과 인내를 요하는 그러한 작업들을 묵묵하고 우직하게 해나간다. 이 때 김현의 한 마디 한 마디의 말들은 시인의 존재에로 다가가는 디딤돌이며 시인의 존재를 그려내는 질료가 된다. 정현종의 시 「사람이 풍경으로 피어나」를 분석하는 자리에서 잘 표현되고 있는 이러한 '말'이 지닌 힘과 의미는 시적 언어에만 해당되는 것이 아니라 김현이 본래 가지고 있던 '말'에 대한 관점과도 관련되는 것이다.

　　인위적인 것과 자연적인 것의 화해로운 결합을 시인은 사람이 풍경
으로 꽃피어난다라고 묘사하고 있는데, 그 묘사에서 주목해야 할 것은
피어난다라는 어휘이다. 사람이 풍경이 되는 것이 아니고, 더더구나 사
람이 풍경을 그리는 것이 아니라, 사람은 풍경으로 꽃피어난다. 꽃피어
난다라는 어휘 속에서 울리고 있는 아름다움·풍요로움, 활짝·속을·
열어놓음 등의 어사적 가치를 느끼지 못한다면, 사람이 풍경으로 꽃피
어난다라는 이미지는 충분히 꽃피어날 수 없다. 사람이 풍경으로 꽃피
어나는 순간, 자연이나 사람은 풍요하게 활짝 속을 열어놓는다.(「변증법
적 상상력」, 『문학과 유토피아-전집4』, p.66.)

　　시인은 말 하나하나를 무심히 쓰지 않는다. 사물과 자아의 실재를 '말'
은 가장 생생히 담아내야 하기 때문이다. 그것이 감각적 실체로서의 대
상에 대한 사실적인 묘사를 가리키지 않는 것은 물론이다. '말'은 사물과
자아의 존재론적 본질을 담아내야 하는 것이고 실제로 그 일이 이루어졌
을 때 그 '말'은 대단한 효과를 발휘하게 된다. 그것은 시와 시인과 독자
를 하나의 공간 속에 놓이게 하는 큰 울림을 만들어 이 모든 이를 존재
로서 서있게 하기 때문이다. '말'은 그 자체로 잘 다듬어졌을 때 아름다
움을 얻는 것이 아니라 대상과 자아를 모두 우주적 생명의 부분으로 피
워냈을 때 아름다움의 이미지를 지니게 되는 것이다. 따라서 김현은 '말'
에 상당한 주의를 기울인다. 위의 "아름다움·풍요로움, 활짝·속을·열
어놓음 등의 어사적 가치를 느끼지 못한다면, 사람이 풍경으로 꽃피어난
다라는 이미지는 충분히 꽃피어날 수 없다."는 언급도 이러한 관점에서
이루어진 것이다.

　　'말'에 관한 이러한 접근은 김현의 비평을 이끌어가는 가장 기본적인
동기에 해당한다. 김현의 비평은 시에 최대한도로 섬세하게 밀착하는 방
식을 통해서 이루어지는데, 이것을 가능하게 했던 것이 '말'이 만들어내

는 '울림' 때문이었다. 김현은 '말'이 보내는 '울림'에 따라 비평의 논리적 길들을 밟아간다. 그 울림에 귀기울이는 김현의 고요하고 차분한 태도 앞에서 시의 애매모호한 언어들은 비로소 스스로 말하면서 그 내면을 보여준다. '공감의 비평'이라 스스로 명명한 이러한 김현의 태도는 대상을 억압하지 않고 그것을 생생하게 살아있게 한다. 대상이 생기를 가지고 살아날 때 비평은 '두 개의 의식의 능동적 부딪힘-울림'(『문학과 유토피아』 책머리에)이 된다. 요컨대 '말'은 말하는 자를 서 있게 할 뿐 아니라 '울림'의 속성에 의해 그 존재론적 공간을 확대하는 역할을 하는 것이다.

그렇다면 가장 큰 '울림'을 보여주는 시는 어떤 것일까? 김현은 '말의 울림'에 가장 민감한 시인 중 하나로 송욱을 들고 있다. "말이 울린다는 것은 그 말의 소리와 그 말의 의미에 그 말을 사용하는 종족이 부여한 온갖 심리적 가치가 다 같이 울린다는 뜻"(「말과 우주」, 위의 책, p.41.)인데, 송욱은 '말'의 울림에 예민하기 때문에 "그가 느낀 말의 울림을 가능한 그대로 시 속에서 느끼게끔 독자들을 유도하려 한다"(위의 글, p.42.)는 것이다. 송욱의 이러한 태도는 그가 『시학평전』에서 유형화한 한국시의 두 범위들, 즉 '의미와 주장'의 시와 '반향과 마력'의 시 가운데 후자의 맥에 놓여있음을 말해주는 것이다. '반향과 마력'은 시의 내용보다는 시가 독자에게 일으킨 효과의 차원에서 이야기되는 것이기 때문이다. 즉 이것은 '울림'이 독자를 유도해내어서 체험의 공유를 꾀하도록 하는 것과 같은 원리를 내포하고 있다.

'울림'의 비평을 내세우고 있던 김현은 송욱의 이러한 유형화를 반기면서 김춘수, 전봉건, 김구용, 김종삼 등을 통해 '반향과 마력'의 시적 경향을 정교하게 논리화해낸다. 김현은 "미가 하나의 질이 아니라 효과"를 의미한다고 하는 것은 말라르메적인 명제라고 하면서 김춘수, 전봉건 등의 시를 단순한 서정주의자들의 그것과 구분한다. 서정주의자들이 "시는 항상 묘사해야 한다"는 관점에 서서 아름다운 것을 보고 감정을 그대로 묘출하고자 한다면 이들은 "시는 절대 묘사해서는 안되고, 항상 곁에서 그리고 멀리서 교감하는 감정을 야기시킬 것을 암시해야 한다"고 하는 말라르메적 시학을 따른다는 것이다.(「시와 암시」, 『상상력과 인간/ 시인을 찾아서-전집3』, p.55.) 여기에서 감정의 직접 표현이 아니라 '교감하는 감정'을 위한다는 말은 시인과 독자 사이에 거리를 상정하고 있음을 의미한다. 그리고 그러한 '감정을 야기시킬 것을 암시해야 한다'고 말하는 것은 감정의 공유가 '암시'를 통해 가능함을 보여주는 것이다. '암시'의 언어는 시인과 독자 사이의 거리를 없애기 위해 소용되는 것으로서 언어가 효과적으로 사용되었다는 것은 시인과 독자 사이의 거리가 그만큼 해소되었음을 가리킨다.

그런데 효과적인 언어 사용이 왜 '암시'의 언어인가 하는 점은 보다 세밀한 고찰을 필요로 하는 부분이다. 시인과 독자의 분리를 전제하고 그 사이의 거리를 해소하기 위한 시적 효과를 꾀하는 시론은 과거의 모더니스트들에게서도 흔히 볼 수 있기 때문이다. 사실 시인과 독자의 거리를 강조하게 된 것은 근대 미학의 주요 특질에 해당하며, 이 거리를 줄이기 위한 방법으로 언어 구성의 문제를 제시하는 것 역시 근대 문학의 본질적 부분에 속한다. 그러나 '언어파'라는 이름을 통해 김현이 주장하는 시적 언어는 그 어떤 것도 아닌 '애매모호성'의 언어인 것이다. 김현은 "암시의 시학에서는 교감이 가장 큰 기둥이 되어주는데 교감 자체가 일종의 애매모호성이기 때문에 애매모호함이 이들 시에서의 가장 정당한 존재 이유"(위의 글, p.57.)라는 논리를 내세운다. 김현은 이러한 논리의 가장 핵심적 전제가 되는 '혼'을 이데아라고 하는 역시 애매한 표현으로 놓아둔다. 그리고 이를 논리화하는 부분에서 동어반복과 모호함 또한 드러낸다.

결국 '울림'이나 '반향과 마력', '암시', '애매모호성' 등의 일련의 용어에서 우리가 파악할 수 있는 것은 김현이 처해 있는 존재의 불투명함이다. 김현은 그 어떠한 분명하거나 확고한 것 없이 안개 속과 같은 어둠과 불안 속에 놓여 있었다. 그러한 자에게 불확실하면서도, 그러나 가장 쉽게 기대고 움켜쥘 수 있는 것이 언어였던 셈이다. 김현은 결여로서의 자신의 존재를 언어를 통해 확인하고 또 극복하려 했던 것이다. 적어도 언어는 '애매모호'하고 '암시'적일지라도 '반향과 마력'을 일으킬 만큼 내부에 '울림'을 지니고 있지 않은가.

이 점에서 언어는 관념을 만들어내는 허상이지만 또한 물리력을 지닌 실체이기도 하다. 김현은 언어가 지닌 이 양면적 속성 한가운데에 자신을 투기한 비평가이다. 그는 1960년대부터 생을 마감한 1990년에 이르기까지 활자 속에 파묻혀 살아 왔다. 책이 그를 배부르고 꿈꾸고 욕망하게 했으며 즐겁게도 행복하게도 혹은 괴롭게도 했다. 책읽기는 그의 놀이이자 직업이었고 취미이자 특기였다. 책은 그의 인생의 전부였던 것이다. 관념이 모호하고 불투명한 반면에 '말'은, 더욱이 자음과 모음의 완벽한 균형으로 이루어지는 한국어의 말하기 행위는 모호하거나 불투명하게 생겨날 수 있는 것이 아니었다. 김현이 '말'에 집착한 이유는 이 때문이다. 그는 '말'을 위해 말하기를 한다. '말'은 그림자와 같이 부정형(不定型)이고, 딛고 설 자리마저 찾기 힘든 김현에게 자신의 존재를 확인케 하고 서 있는 자리를 마련해주는 거의 유일한 언덕이 된다. 따라서 그는 '말'을 하였고, 그것도 끊임없이 해 왔다. 논리에 맞든 안 맞든, 견해가 타당하든 그렇지 않든, 그러한 것들은 '지금 이곳'에 있고자 했던 그에게 그다지 절실한 문제가 아니었다.

그러나 김현은 되도록 완전한 말을 하고자 했는데, 그에게 그것은 객관성과 타당성을 보유한다기보다 말 자체에서 대립이 변증법적으로 통일된 그런 말을 가리킨다. 그런 말은 실상 아무것도 아니며 현실의 삶에서 별반 힘을 발휘하지 못하는 관념에 불과하다는 것을 우리는 경험으로 알고 있다. 그러나 그는 그러한 말들을 의식적으로 했고, 그러한 말들은 사실대로 말하자면 그가 살던 시대에 영향력을 행사할 수 있었다. 그것은 변증법적인 말이 이성과 합리성을 대변하는 것으로 보였던 까닭에 열기로 뜨거웠던 사회에 하나의 섬(島)과 같은 쉼터가 되어주었다는 점에서 그러하다. 많은 지식인들과 시인들이 그에게 편안함과 든든함을 느낄 수 있었던 것도 이 때문이다. 김현은 '말'을 위한 말하기, 곧 뜨거운 사회에 대항할 수 있는 차갑고 이성적인 말의 직조를 통해 자신의 자리 뿐 아니라 많은 사람들이 기대어 숨을 돌릴 수 있는 넉넉한 자리 역시 만들어내었다. 한 시대에 오직 '말'을 통해 그러한 힘을 발휘할 수 있었다면 김현이라는 존재는 그가 느꼈던 불확실함과 불투명함에 관계없이 우리 사회에 이미 확고한 뿌리를 내린 것이라 할 수 있을 것이다.

이승과 저승의 경계에서의 시

- 김선우 론

김선우의 시에는 선과 후로 이어지는 직선적 논리가 없고 시와 시 사이의 연속성이 없으며 상상력의 범위와 정도에 있어서의 한계가 없다. 각각의 시들은 그 때·그 자리에서 극도의 독립성과 최대의 에너지를 뿜어내며 형성된다. 그녀의 시에서 반복되는 이미지라든가 일정한 의도를 찾아내는 것은 지극히 어려운 일이다.

그나마 일관된 것을 꼽으라면 각 시가 빚어질 때의 '힘'이라 할 수 있을 것이다. 그녀의 시를 듣고 있으면 마치 폭포수가 콸콸 소리를 내며 쏟아지는 듯한 소란스러움을 느낀다. 이는 그녀가 목청을 돋우어 외치기 때문도 요설스럽게 수다를 늘어놓기 때문도 아니다. 이와는 달리 그녀의 시는 극히 내면적이고 정밀하다. 그럼에도 읽는 이의 마음 속에 그려지는 분주함과 들썩거림은 무엇에 기인하는가. 그것은 그녀의 시 위를 종횡무진 교직하며 떠도는 상상의 힘에 근거를 두고 있거니와 그 힘이 시간의 선후 관계를 뒤엎고 공간의 한정된 범위를 무시하며, 따라서 범사(凡事)의 논리성과 관념의 고정성을 파괴한다.

그녀의 상상력은 일반인이 일상적으로 감각하고 경험하는 사유의 경계를 무시로 넘나들고 있다. 그녀의 시를 가득 채우는 역설과 비약 또한 여기에서 비롯된다. 이들 수사는 그러나 단순히 말재주로 기지를 발휘하는 차원에 있지 않고 사유 자체가 근원과 우주로 통해 있기 때문에 가능한 것이다.

그녀는 우리 일상인들이 사는 '여기'에 있지 않다. 그는 어디론가 가고 있으며 동시에 여기에 머물고 있다. 이곳에 있는 가운데 끊임없이 다른 곳에 있다는 것은 경계에 처해 있음을 뜻하는 바, 그 경계란 삶과 죽음, 이승과 저승, 과거와 현재, 혹은 현재와 미래 그리고 과거가 분간되지 않은 지점을 가리킨다. 이는 이것과 저것 둘 가운데 어느 하나를 선택하지 못한 채 어정쩡하게 걸쳐있는 기회주의자의 좌표와는 아무런 상관이 없다. 반면 그것들이 하나된 힘으로 동시에 밀려드는 생의 근본적인 이치와 관련된다. 이를 두고 앞과 뒤가 연속적으로 이어지는 '뫼비우스의 띠'로 설명하는 것에 큰 무리가 없을 듯한데 그녀는 경계에 있음으로써 '뫼비우스 띠'의 형상을 하고 있는 '우주적 참(眞)'의 한가운데에 놓이게 되는 것이다. 그의 시에서 고요함과 분주함, 무차별석이면서 동시에 공허한 울림을 듣는 것은 이 때문이다.

> 동쪽 바다 가는 길 도화 만발했길래 과수원에 들어 색(色)을 탐했네
> 온 마음 모아 색을 쓰는 도화 어여쁘니 요절을 꿈꾸던 내 청춘이 갔음을 아네

가담하지 않아도 무거워지는 죄가 있다는 것은 얼마나 온당한가

이 봄에도 이 별엔 분분한 포화, 바람에 실려 송화처럼 진창을 떠다

니고

나는 바다로 가는 길을 물으며 길을 잃고 싶었으나

절정을 향한 꽃들의 노동, 이토록 무욕한 꽃의 투쟁이

안으로 닫아건 내 상처를 짓무르게 하였네 전생애를 걸고 끝끝내

아름다움을 욕망한 늙은 복숭아나무 기어이 피워낸 몇날 도화 아래

묘혈을 파고 눕네 사모하던 이의 말씀을 단 한번 대면하기 위해

일생토록 나무 없는 사막에 물 뿌린 이도 있었으니

내 온몸의 구덩이로 떨어지는 꽃잎 받으며

그대여 내 상처는 아무래도 덧나야겠네 덧나서 물큰하게 흐르는 향

기,

아직 그리워할 것이 남아 있음을 증거해야겠네 가담하지 않아도 무

거워지는

죄를 무릅써야겠네 아주 오래도록 그대와, 살고 싶은 뜻밖의 봄날

흡혈하듯 그대의 색을 탐해야겠네

—「도화 아래 잠들다」 전문

시집의 제목이기도 한 「도화 아래 잠들다」는 그녀 시를 흐르고 있는 상상력의 무늬를 단적으로 보여주는 것이다. 이 시는 시간의 연속성과 논리의 일관성에 익숙해 있는 독자의 관념을 무색케 한다. '색(色)', '죄', '상처', '묘혈' 등 대개 무거운 서사를 지니게 마련인 이들 어휘들은 그러나 이야기의 돌기를 구성하고 있지 않다. 분명 시인은 이들 어휘와 관련하여 일반인이 기대하는 어떠한 관념이나 답을 제시하지 않는다.

그렇다고 '도화', '봄날', '색'에서 느낄 수 있는 화려한 이미지 속으로 독자를 몰아가지도 않는다. 이 시는 단지 이미지의 가벼움과 관념의 무거움이 부딪혀 전류와 같은 힘을 방사하고 있다. 그것은 형상을 지니지

만 단지 무일 따름인 구름과 같은 것이며 한 자리에 고정되지 않은 채 흘러가는 것이다.

독자는 시인의 관념을 붙잡을 수 없다. 또한 이미지의 환각에 몸을 맡길 수도 없다. 독자는 관념과 이미지 사이를 떠돌아다녀야 하며 의미와 허무, 강렬함과 무위, 상승과 하강, 영원과 찰나 사이에서 진동해야 한다. 그리고 그 속에서 길을 잃고 만다. 결국 시를 다 읽은 후에도 어떠한 통일된 이미지나 일정하게 논리화되는 관념을 얻을 수 없다. 그나마 우리가 얻어낼 수 있는 정보가 있다면 이 모든 것들을 아우를 수 있는 어떠한 지점에 시인이 있다는 사실 정도일 것이다. '요절을 꿈꾸던 청춘이가' 죽음이 더 이상 막연한 환상의 거리에 있지 않다는 것이라든가 '가담하지 않아도 무거워지는 죄가 있음'이 '온당하'게 느껴지는, 즉 생이 지니는 역설의 진실 가까이에 시인이 닿아 있다라든가, '한낱 절정에 이른 꽃의 아름다움에 생애가 뒤흔들려 그가 혼돈의 와중으로 떨어졌다'와 같은 귀절들이 그것을 말해준다. 시인은 바로 이 지점에서 앞과 뒤가 갈래 짓지 못하고 서로 뒤틀려 있는 우주적 참의 문 앞에 놓이게 된 것이 아닐까.

> 태양의 흑점이 커지던 날, 바람이 사라졌다
> 내가 도달한 다른 우주의 문은 찬바람이 걷히긴 산실이었다 구불구블 끝없이 이어지는 산길을 걸어 나는 지구 몸 속의 다른 별에 들어섰다 내 몸 속에 내가 모르는 다른 우주가 자전과 공전을 거듭하는 것이 훤히 들여다보였고 화창하게 갠 날이 저녁 가까이로 찾아왔다 화창한 날 저녁엔 목숨들이 하루살이처럼 가볍게 날고, 수많은 물고기뼈들이 공중을 헤엄치며 아무데서나 사랑을 나누었다

내가 셈할 수 있는 인간의 시간 아득한 저편으로부터 별의 여자들은
내내 이곳에서 살아왔다 잇꽃빛 번지는 노을 속에 여자가 그늘을 묻는
다 여자의 푸른 유방에서 죽은 별들이 흘러나왔다 여자가 텅 빈 우주를
자궁 속에서 꺼낸다 지구 표면으로 통하는 모든 문 위에 붉은 부적을
걸고 싶은 날, 내 몸에 묻어 온 독기에 찔려 여자의 손이 자꾸 허공을
짚는다 둥글고 푸른 별의 생장점이 꼬리를 끊고 흘러갔다 나는 속죄의
말을 찾지 못했다

　　구불구불한 꿈을 한없이 걸어 서늘한 산길이 걸어나온다
　　인간의 마을이 저물고 내 몸 깊숙한 곳의 뼈들이 오래 전 은하의 수
로를 따라 흘러간다 화창하게 갠 날에 가벼워지는 목숨들, 화창한 저물
녘에 별의 여자들이 자기 몸을 비우고 또 비운다 텅 빈 여자의 중심, 지
구 몸 속의 또 다른 별에서 지구가 눈물 한방울로 뜨거워져간다

—「별의 여자들」 전문

　김선우의 시에서 '바람'은 '육탈한 혼처럼 천지사방을 나부끼는' 것이
며 시인으로 하여금 '알몸의 유목을 꿈꾸게'(「민둥산」) 하는 것이다. '바람'
은 가장 자유롭고 가장 근원적인 힘 가운데 하나로 그것은 죽은 자의 흔
적을 지님으로써 저승과 이승을 이어주는 계기가 된다. 시인은 "향기도
빛깔도 거두고 땅 밑을 흐르는 바람을 홀로 매만져주고 있을 당신"을 부
르며 "죽은 오빠"를 그리워하고 있다(「유령 난초」). '바람'은 극도의 고요
함 속에서 소란스러움을 일으키는 것이며 그에 따라 무한한 에너지를 발
휘하는 것이다.
　그러한 '바람'이 '사라졌'음은 무엇을 뜻하는 것일까? 위의 시 「별의
여자들」에서는 3차원의 세계에서는 감히 일어날 수 없는 일들이 버젓이
행해지고 있다. '화창하게 갠 날이 저녁 가까이로 찾아온다'는 시간의 역

류 속에서 '목숨들이 하루살이처럼 가볍게 나는' 현상이 나타나는 것이다. 이는 이승의 한 평생에 해당되는 시간이 저승에서는 단 하루로 계산되는 것과 유비되는 사실로서 이승과 저승 사이의 도착된 시간 감각을 보여주고 있다.

지금 '바람'은 이곳에 있지 않다. '태양의 흑점이 커지던 날', 그것은 '꾸불꾸불한 산길을 걸어 다른 우주의 문'에 가 있다. 그곳은, 즉 '우주의 문'은 '지구 몸 속의 다른 별'에 이르는 통로이다. 그리고 그곳에서 '내 몸 속에 내가 모르는 다른 우주가 자전과 공전을 거듭하는 것이 훤히 들여다보이'는 것이다. 이는 시간의 궤도 이탈이 일어나는 우주 속 공간, 4차원의 세계를 형상화하고 있는 것이며 시에서는 이러한 세계가 이승과 저승 사이의 함수 관계를 지정하고 있음을 암시하고 있다. 따라서 이곳에서 '바람이 사라졌음'은 '육탈한 혼'들이 이승에서 저승으로 건너가고 있음을 의미하는 것이다.

생명이 죽음으로 이어지는 이 '우주의 문'이 '여자의 몸 속'에 있는 까닭도 여기에 있다. 시인은 '지구 몸 속의 다른 별'에서 '내 몸 속에 내가 모르는 다른 우주를 보았다'고 하고 있거니와 '우주의 문'은 지구와 다른 별이 연접한 것일 뿐만 아니라 '내 몸'과 우주가 맞닿아 있는 곳이기도 하다. 여기에서 '내 몸' 곧 '여자의 몸'이 '자궁'을 가리킴은 의심할 여지가 없다. 여자의 자궁은 새로운 생명이 잉태되는 곳이므로 육탈해 있던 혼들이 이승으로 들어오는 길목이 되기 때문이다. 한 생명이 저승으로 가면서 '우주의 문'을 통과하는 것과 마찬가지로 죽음이 이승으로 올 때에는 '여자'를 거친다.

따라서 '여자의 몸'이 우주로 통한다고 하는 말들은 더 이상 상징이 아니며 '별의 여자들이 인간의 시간 아득한 저편으로부터 내내 이곳에서 살아왔던' 것이 설득력을 얻는다. 이승과 저승, 생명과 죽음, 우주와 여자는 거짓말처럼 서로 붙어있는 것이다. 그것들은 동전의 양면처럼 혹은 한 몸의 두 얼굴처럼, 그렇지 않다면 결코 분리시킬 수 없는 하나의 뒤틀린 띠처럼 이어져 있다.

「별의 여자들」은 시인이 처한 지점을 극명하게 보여 주는 시적 자료이다. 그녀는 대단히 과감하게 자신을 모종의 경계에 던지고 있다. '모종'이라 한 이유는 그것이 일반인의 상식과 감각으로 쉽게 접근할 수 있는 것이 아니기 때문이다. 그러나 시인은 그곳에 가 있고, 바로 그러하기 때문에 그녀의 시는 비논리 및 역설과 비약, 나아가 우주적 힘과 규모의 상상을 빚어낸다.

하루가 저물어간다, 참 잘 곰삭은 저 저녁 풍경이 실은 천연스레 뒤를 보이고 않아 볼 일 보는 크낙한 엉덩이라면 저물녘 저 태양이 문이라면
금빛 항문-- 어슴푸레 열리는 새벽으로부터 한낮 지나 저물녘에 이른 우리의 하루가 뒤를 보이고 앉아 시름없이 일을 보는 크낙한 엉덩이의 한 오분 시원한 용변과 같다면
수성이랄지 목성은 그녀의 젖가슴쯤 명왕성이랄지 천왕성은 쌔근거리는 정수리 문쯤이 될까
금빛 거웃 바람결에 흔들려 느믄드믄 하눌자리 젖는 저 풍경이 우리가 셈하지 못할 어떤 하루의 한 오분 마지막 순간이라면
저물어간다, 허방지방 거미줄 치고 있는 목마른 나의 하루는 긴가 너무 짧은가 아득한 물병자리 옆얼굴이 슬몃 보였는데 뭉게구름 느릿느릿 금빛 항문을 닦아주며 흐르는데

—「어느날 석양이」 전문

김선우는 자신의 관점과 범위에서밖에 살아가지 못하는 인간의 한계를 벗어나고자 한다. 인간이 보는 사물과 인간이 겪는 시간들은, 그러나 더 큰 범주에서 보면 극히 불완전하고 상대적인 인식일 뿐이다. 노을지는 '저녁 풍경'을 '엉덩이'로 '태양'을 '항문'으로 보는 것, 저물녘의 시간을 '한 오분 용변 보는' 것쯤으로 보는 시각은 참신하게 느껴지는데 그것은 그녀의 상상력이 일상적으로 갖게 되는 사고의 틀을 넘어서 있기 때문이다. 그녀는 '나'의 자리를 반추하며 다른 차원에서 보았을 때 나의 자리가 무엇인가를 질문한다. '허방지방 거미줄 치고 있는 목마른 나의 하루는 긴가 너무 짧은가' 하는 질문이 그것이다.

시인이 품게 된 이 질문은 시원한 답을 마련할 수 없다. 그것은 특정 범주 안에서 절대적인 진리가 그 세계를 벗어나면서 대번에 거짓 혹은 상대적인 참이 되기 때문이다. 시인은 이곳을 넘어서는 또 다른 세계, 즉 우주를 염두에 두고 있으며 그곳을 통해 '우리가 셈하지 못할 어떤 하루'라는 미지의 영역을 상정한다. 미지의 영역은 설사 그것이 순전히 상상의 소산이라 할지라도 인간이 지닌 인식의 한계를 초월토록 한다. 뿐만 아니라 그것은 인간의 한정된 힘 또한 넘어설 수 있는 계기를 제공한다.

> 낮잠에 들었다 깬 맑은 가을 오후 저, 저, 저 나비 잡아라
> 꿈 속의 내가 평상을 박차며 허둥댄 것도 같은
> 내 낮잠 속으로 누군가 자러 들어와 한잠 곤히 들었다 방금 나간 것
> 도 같은
>
> 깨어보니 나는 큰대자로 잠들었던 모양인데 나비를 쫓으러 퍽이나
> 달렸는지
> 침대 발치에 머리를 누인 거꾸로 놓인 큰대자인지라

(중략)

> 거꾸로 선 희디흰 자작나무의 잠,
> 송장자세로 삶을 건너는 고즈넉한 휴식이 나는 대번에 그리워져
> 내 죽음의 형식을 벼락처럼 알아채고 만 것이다
>
> 화장한 나를 묻은 뒤 자작나무 묘목 한채 심어주면 좋겠구나
> 원한다면 언젠가 내 옆에 그대의 육신도 좋은 나무 한채로 이사와도
> 좋겠구나
> 그곳은 너무 울창하지 않은 이제 막 꿈꾸기 시작한 황무지여도 좋겠
> 어서
> 하나둘 이사온 사람들이 한 백년쯤 뒤에는 숲 한채 넉넉하게 이루어
> 도 좋겠구나
>
> ―「자작나무 봉분」 부분

「자작나무 봉분」에서 시인은 꿈을 통해 예의 다른 차원의 세계와 접하게 된다. '내 낮잠 속으로 누군가 자러 들어와 한잠 곤히 들었다 방금 나간 것 같은' 데에서 알 수 있듯이 시인에게 꿈은 현실의 상황처럼 생생한 감각으로 느껴진다. 꿈은 다른 세계를 끌어들이고 또한 나를 그 세계로 밀어넣는다. 잠에서 깨어보니 '나'는 '거꾸로 선 희디흰 자작나무의 잠'을, 즉 '송장자세로 삶을 건너는 휴식'을 취하고 있었던 것이다. 현실에서의 잠이 곧 죽음이 되고 꿈이 현실과 다르지 않게 되는 이접(離接)의 상태에 시인은 놓여 있었다.

그런데 시인은 이 속에서 그저 망연한 두려움으로 떨고 있지 않다. 그가 겪은 '죽음의 형식'은 낯선 세계에 대한 공포를 가져다주는 대신 죽음으로부터 또다시 생명으로 건너갈 수 있는 근원적 힘을 제공한다. 그리

고 이같은 초월적 힘이 있기에 '화장한 나를 묻은 뒤 자작나무 묘목 한채를 심어'달라는 주문이 가능해진다.

위의 시 외에서도 죽음과 생명의 이접적 양상들과 그로 인한 새로운 부활 의지를 찾아볼 수 있다. "월경 자국 선명한 개짐으로 깃발을 만들어 / 기우제를 올렸다는 옛이야기"는 "저의 몸에서 퍼올린 즙으로 비를 만든/ 어머니의 어머니의 어머니들의 이야기"(「물로 빚어진 사람」)가 그것과 다르지 않고, "생리혈 가장 붉은 월경 둘째날/ 허공을 디디고 선 내 몸의 벼랑으로/ 진달래나무가 건너온다"(「절벽을 건너는 붉은 꽃」)라든가 "떨어져 구르는 제 몸 어딘가에/ 울음주머니 하나씩 매달고/ 더러워진 봄꽃들이 맑은 하늘로 올라간다"(「맑은 울음주머니를 가진 밤」), "자기 알을 파먹으며 실을 뽑는 거미"(「수태(手打)」)와 같은 구절들이 그러한 상상력을 구체화한 것들이다.

앞서 살펴본 것처럼 김선우의 시에서 우리는 생명과 접한 죽음, 이승과 접한 저승, 그리고 그러한 세계의 중심에 놓여있는 여자의 존재를 마주하게 된다. 그녀에게 차원을 달리하는 두 세계는 쉽게 혼효(混淆)된다. 두 세계는 각각의 분리되고 독립된 영역으로 차폐되지 않으며 서로를 끌어들이고 서로에게 스며 들어온다. 이미 그러한 체험에 익숙해진 시인은 두 세계를 모두 긍정함으로써 새로운 생명에로의 길을 튼다. 시인의 이러한 자세가 그의 시를 우울하지 않게 하며 그의 반대로 고요와 성질 속에서도 소란스럽고 활기 넘치게 하는 힘이 되는 것이다. 김선우의 시들은 시인의 표현을 빌어 말하면 아마도 '짤' 듯하다. 시인은 「짜디짠 잠」에서 '독하다고 해야 할지 쓰다고 해야 할지/ 차맛 하나를 두고 오만가지 생각을 짚어보다가/ 짜군요 대답한' 바 있거니와 바로 이것이 그가 느끼는 삶의 맛이 아닐까.

전일적 융합으로서의 자유

- 정효구 론

1. 너와 내가 만나는 섬

최근에 상재된 정효구의 저서 『정진규의 시와 시론 연구』는 연구자가 쓴 정진규 論을 한데 모은 것이다. 한 권의 책이 특정 시인을 집중적으로 다루며 그에 대한 다각적인 면모를 조명하는 것도 흔치 않은 일이지만 현재 왕성하게 활동 중인 중진 작가를 전면적으로 탐색하고 있다는 사실 자체가 우리의 관심을 일으키기에 충분하다. 이는 저자의 한 시인에 대한 각별한 애정을 보이는 것이 아닐 수 없다. 연구자가 특징 시인에 집요하다 싶을 만큼의 깊이로 다가간다는 것은 이 둘 사이의 친연성을 암시하는 단서라 할 수 있을 것이다. 실제로 정효구는 책의 서문에서 "그를 읽는 동시에 나를 읽었고, 그의 고백을 듣는 동시에 나의 고백을 하였다"고 말하고 있으며 시인 정진규 역시 이러한 연구자의 진술에 대해 "나를 전율케 하고 행복하게 하는 바가 있었음"을, "이 쓸쓸하고 무잡한 세속사회의 삶이 한꺼번에 극복되는 느낌이었음"을 밝히고 있다.

이들의 대화는 이 책이 단순히 한 시인을 객관적이고 과학적인 차원에서 대상화시켜 처리하고 있지 않음을 말해주는 것이다. 연구자가 일정한 필요에 의해 연구 대상을 택하고 어느 정도 도구화된 관점에서 이를 구명해가는 학문의 일반화된 작업은 적어도 이때의 만남을 온전하게 설명해주지 못한다. 연구자는 대상에 보다 더 따뜻하고 시인은 연구자에게 자신을 보다 더 많이 드러낸다. 연구자는 대상을 통해 '나'를 인식하며 시인은 연구자에 의해 미처 인지되지 않던 부분을 열어 놓는다. 서로가 서로에게 거울이 되고 밝음이 되어 주는 자리에 이들은 놓여 있는 것이다. 따라서 이 책은 연구자와 시인의 내밀한 정신이 부딪쳐 일상화된 현실을 넘어서는 지점에 위치하게 된다.

이 책이 처한 지점을 확인하는 것은 저자의 글을 기계적으로 해석하는 오류를 피하기 위해 긴요하다. 우리는 글이 지닌 체계나 논리, 내용과 형식을 충분히 인지할 수 있지만 이것만으로 저자가 담고자 했던 열정과 소망과 염려가 모두 드러나는 것은 아니기 때문이다. 저자는 학문의 엄정한 틀로 얽어낼 수 없는 더욱 섬세하고 강한 목소리를 지니고 있다. 연구자의 개성이라고 할 수 있을 그 목소리는 학문이 지녀야 하는 틀과 논리의 틈새에서 스스로 우러나와 그것들과 섞여 발성된다. 저자의 글이 전체적 체계와 어우러진 가운데 때로는 잔잔하고 때로는 뜨섭게 느껴지는 것도 이 때문이다. 저자는 마치 끝없이 파도가 이어지듯 대상을 향한 자신의 잇댐을 지속해간다. 이에 따라 정진규의 시세계는 저자의 내면과 겹쳐지고 또 유리되는 과정을 반복하면서 저자의 숨결이 닿은 모습으로 서서히 드러나기 시작한다.

2. 섬(島)과 자유

저자가 정진규 시인에게 매료되는 까닭은 그의 시가 자신이 갈망하여 마지않는 '自由感'을 안겨주기 때문이다. 저자에게 '自由'는 '自生', '自發', '自律', '自遊', '自然'들의 의미소들과 동등한 것이자 '疎外'와 대립되는 것으로, 문명화되고 세속화된 사회에서 의식적으로 지켜내야 하는 것에 해당한다.6) '자유'에 관한 저자의 부연에도 불구하고 그러나 '자유'라는 말은 여전히 모호한 안개처럼 느껴진다. 이에 비해 '문명'이나 '세속'의 내포들은 숨쉬기 힘든 억압을 선명하게 그어놓는다.

이러한 사정 하에 저자가 정진규의 시를 읽을 때 얻게 된다고 하는 '전율'7)은 '자유'를 둘러싼 의미의 교착들을 일시에 해결해준다. 그것은 질긴 억압의 굴레들을 붕괴시키고 그 안에 '자유'의 실질들, '自生', '自發', '自律', '自遊', '自然'을 자리매김하기 때문이다. 비로소 '스스로 그러함들'을 연출할 수 있는 곳이란 그저 쉽게, 저절로 주어지는 것이 아니다. 주어진 메카니즘에 수동적이고 무방비하게 노출되어 있다면 우리는 자동적으로 외부의 메카니즘과 동일시되어 견고한 굴레를 내면화하게 될 것이다. 내가 억압당하는 동시에 남을 억압하게 되는 것도 이러한 조건에서 발생한다. 이때 대상과의 교감에서 비롯되는 '전율'은 자아를 에워싼 제반 상황과의 유착 고리를 끊어낼 수 있는 힘으로 기능한다. 그것은 자아와 대상을 질적으로 균등한 파장으로 묶어내어 외부와 단절된 새로운 영역을 탄생시킨다. 이 영역은 망망한 대해에 섬처럼 떠 있는 작지만 분명한 영토로서, 자아와 대상의 행복한 만남을 가능케 한다. 자유는 이

---

6) 정효구, 『정진규의 시와 시론 연구』 (푸른 사상, 2005), 서문, p.5.
7) 위의 글, p.5.

곳을 기반으로 하여 생성되며 또한 이곳에서 정진규 시인이 말한 '삶의 극복'이 느껴지기도 하는 것이다.

대상과의 균일함을 토대로 자아의 '自生', '自發', '自律', '自遊', '自然'이 이루어진다는 점에 주목하여 저자는 이를 소외의 치유법이라 여긴다. 그리고 현대를 살아가는 저자는 이 영역을 넓혀 동시대의 많은 이들도 자신과 같은 자유와 치유를 경험하기를 소망한다. 문명과 세속에 길들여져 대상과의 살아있는 만남에 익숙하지 않은 현대인들에게 이것은 어떻게 가능한가. 우리는 앞서 자유의 영역이 현대의 억압적 메카니즘의 굴레를 깨뜨림으로써 확보되고 그것이 작은 공간을 위한 자아의 치열한 노력에서 가능한 것이라고 했거니와 이를 위해 현대인들은 먼저 대상과의 관계를 회복해야 한다. 저자가 이 책 전체에 걸쳐 모색하고 있는 것도 이것이다. 저자는 '自生', '自發', '自律', '自遊', '自然'이 의미하는 자유의 연원을 탐색해 들어감으로써 대상과의 균일한 영토를 확보할 수 있는 방법들을 찾아내고 있다. 정효구에게 정진규의 시세계는 그것을 실천적으로 보여준 것에 해당하는 것이었던 까닭에 정진규의 시세계를 면밀히 고찰함으로써 그 방법들의 윤곽을 잡아나갈 수가 있었다. 그러나 저자의 글쓰기는 시인의 시에 관한 비평만으로 채워지지 않음을 알 수 있는데, 이는 연구자에게 더욱 중요한 것이 그 스스로가 얻은 자유의 체험 그것이었음을 말해주는 것이다. 저자는 시인과이 간섭을 통해, 뿐만 아니라 자유를 향한 저자의 완고한 의지를 확인해감으로써 자유의 방법 및 그 구체적 면들을 그려내고 있다.

3. 새로운 자유를 위한 '전일성(全一性)'

　정진규의 시를 통해 구해낸 자유의 면들 가운데 저자가 가장 힘주어 말하는 것이 '전일성'이다. 저자는 전일성(全一性)을 『中庸』의 '中'과 '和'의 개념을 빌어 설명하고 있다. '中'은 분화 이전의 상태이고 '和'는 분화 이후의 와중에서 조화와 균형이 취해진 상태를 의미하는 것으로 둘 모두 분열과 혼란에 대한 대립어가 된다. 태극의 분화 과정이 곧 혼돈과 무질서라고 한다면 일시적으로 존재하게 되는 완전한 상태야말로 가장 이상적인 순간에 해당되며 이것이 '전일성'이라는 것이다. 이를 주체와 객체의 관계에 적용하면 '전일성'은 곧 서로의 배타성을 극복하고 평화와 충만의 관계를 이루는 것을 뜻한다고 할 수 있다. 이 점에서 볼 때 '전일성'의 상태야말로 자아가 자유의 섬(島)을 구축하는 필요충분조건에 해당된다. 자아와 대상 사이의 온전한 합일이 곧 전일성이요 이 속에서 자아가 자신의 생성적 영토를 마련하기 때문이다.

　저자는 정진규 시인의 시에 형상화되어 있는 다양한 계기들, 가령 '몸(體)'이나 '알(卵)', '양식(糧食)', '식물' 등의 모티프들을 통해 '전일성'을 구체화한 다양한 지침들을 제시한다. '內藏', '內通', '共生', '光合成', '滿開', '獻身', '接觸', '直方'들이 그것이다.[8] 이들은 모두 저자가 만들거나 계발한 매우 독특한 용어들이다. 이 가운데 자아가 대상 속에 혹은 대상이 자아 속에 깃든다는 의미로 사용되고 있는 '內藏'이나 한 존재가 완전한 상태에 도달했다는 뜻으로 쓰이고 있는 '滿開', 언어에 의존하지 않는 '不立文字'의 경지를 가리키는 '直方'들의 용어는 의외의 사용으로 의미 전달의 효과를 극대화하고 있다는 점에서 저자의 창의성을 돋보이게 한

---

8) 정효구, 「全一性의 세계」, 『정진규의 시와 시론 연구』, 푸른 사상, 2005, pp.11-53.

다. 특히나 '直方'은 '중간과정 없이, 직접 대상에 향하거나 그에 도달한다는 뜻을 지닌 조어'[9]임을 밝히고 있어 저자의 언어 활용의 정도를 짐작케 한다.

이 밖에 '內通'은 대상과 자아 사이의 경계를 와해시켜 서로를 향한 개방의 자세를, '共生'은 자기초월 및 자기해체를 경험한 자의 타존재와의 어울림을, '光合成'은 '빛'으로 상징되는 타존재와의 결합을 통해 새로운 생성으로 이어지는 과정을, '獻身'은 자발적 이타성의 극단적 면모를, '接觸'은 대상과의 감각적인 마주대임을 지시하고 있는 바, 저자는 이들 개념들을 일구어냄으로써 '전일성'의 의미를 보다 풍부하고 입체적인 형상으로 구조화한다. 이로써 '전일성'은 흔히 대상과 자아의 합일로 규정될 수 있는 의미의 추상성을 벗어버리고 생생하게 살이 오른 모습으로 우리에게 다가온다.

'전일성'이 살아있는 개념으로 정립됨으로써 우리는 대상과의 관계에 있어서 바람직한 모형들을 제공받게 된다. 이것들은 종교적인 차원에서 권장되는 '사랑'이라든가 '자애', 혹은 '공경', '믿음'과 같은 덕목으로 대신될 수 없는 삶의 요긴한 방법적 자세를 우리에게 세심하게 풀어주고 있는 것이다. '相生'의 근원적 길을 열어놓고 있는 이들 자세들은 근대와 더불어 고질화되었던 인간 우월주의, 자기중심주의의 세계관을 비판하고 이를 극복한 새로운 세계관을 태동시키고 있다는 점에서 중요성을 지니고 있다. 더욱이 저자가 보여주고 있는 글쓰기의 전개 과정, 즉 '전일성'의 항목을 끌어내고 이를 구체화시키는 서술의 경로는 지금까지 인간 중심적 세계관을 극복하는 자리에서 얘기되곤 하던 주체와 객체의 문제를

---

9) 위의 책, p.47.

극단까지 밀고나가 형상을 찾지 못하고 있던 부분에 언어의 옷을 입혀 살아있는 모델로 탄생시키고 있다는 점에서 논의의 새 영역을 개척하고 있는 것이라 할 수 있다.

저자의 이러한 시도는 근대의 장에서 통용되던 '자유'의 내포를 새로운 관점으로 재정립한다는 의의를 아울러 지니고 있다. 지금까지 '자유'는 개인의 정치·경제적이고 사회·문화적 영역을 확장하는 과정에서 주어지는 것으로 타자를 정복하고 그들을 소외시키는 한에서 획득된다고 하는 다분히 인간 중심주의적 내포를 지니고 있었다. 나 이외의 존재들, 자연이나 동물, 혹은 타 인종이나 타 민족들을 도구화하고 배척하는 정도에 따라 나의 영역이 확대되며 그것이 곧 자유의 양으로 직결되는 형편은 곧 근대의 중심적 생리이자 담론이었던 것이다. 물론 저자는 이러한 근대의 생리를 답습함으로써 자유를 느끼는 이가 아니었다. 저자에게 자유는 오히려 근대의 기제들이나 문화로부터 벗어난 자리에서 '감동'이나 '전율'과 같은 형태로 다가오는 매우 좁은 영역에 국한되는 것이었다. 이 작지만 강렬한 영토를 저자는 과감하고도 적극적으로 지키고자 하였는데 그것을 위한 하나의 시도가 곧 '전일성'에 대한 천착으로 나타났던 것이다.

4. 또 다른 '나'를 다듬는 일

'전일성'의 의의에 동의한다고 해도 전일성의 구현을 위해 요구되는 항목들인 대상에 자아를 개방하고 그 속에서 대상을 감각적으로 대면하며 언어라는 매개 없이 대상과 소통하는 일, 실질적인 자기 해체와 초월을 이루어내는 일은 생각만큼 쉬운 것이 아니다. 인간은 기본적으로 '자아'라고 하는 굳건한 성곽을 지니고 있으며 언어와 이성을 매개로 한 사회적인 삶을 뿌리 깊게 형성하여 왔기 때문이다. 우리는 사실 단 한 치도 근대적 삶의 거대한 틀로부터 벗어나지 못한다. 그것을 부정하고 초월한다는 것 자체에 우리는 크나큰 두려움과 거부감을 지니고 있는 것이다. 대부분 우리는 타인과의 생존 경쟁에서 뒤처지지 않기 위해서라도 '나'의 영역을 확고히 하고자 하며 이성과 언어의 도구를 제련하는 데에 많은 시간을 할애하는 것이 사실이다. 최근 일각에서는 생태학적 사유를 통해 일정 부분 근대적 삶의 영역을 벗어나기 위한 시도를 행하고 있지만 저자의 우려에 따르면 그러한 움직임 역시 또 다른 종속의 양태를 보여줄 따름이라는 것이다.[10]

우리의 이러한 삶의 양태들은 이상적 상태인 '전일성'의 세계를 더욱 소원하게 한다. 하지만 그렇다고 이들을 하루아침에 버리거나 바꿀 수 있는 것도 아니다. 우리들은 '전일성'이 주는 '감동'과 '전율'의 순간을 위해 삶을 투자하기보다는 경제학적 원리에 따라 삶을 운위해가는 것이 더 편리하다는 생각에 익숙하기 때문이다. 이는 바꾸어 말해서 '전일성'의 세계를 구현하는 일이 우리에게 저절로 주어지는 것이 아니고 의식적인 노력에 의해 가능함을 보여주는 대목이다. 우리의 삶을 에워싼 억압적이고 작위적인 굴레들을 해체하여 순수한 자유의 순간을 맞이하고자 하는 강한 의지가 없다면 '전일성'은 우리에게 단지 관념으로만 머물 것이다.

현실의 이러한 정황을 잘 이해하고 있는 저자는 '전일성'을 위해 무엇을 제거하고 깎아내자고 하는 마이너스적인 것이 아니라 어떤 것을 보충

---

10) 정효구는 자연에 경도되어 과도한 예찬을 보이는 최근의 생태주의 담론이 집착과 의존이라는 건강하지 못한 양상으로 기울어져 있다고 지적하고 있다. 정효구, 「'넘어'와 '그리고'의 생태학」, 『계간 시작』, 천년의 시작, 2004, p.72.

하고 살리자고 하는 플러스적인 전략을 내세운다. 그것은 대상과의 관계에서 자아를 후퇴시키고 괄호치는 대신 자아를 또 다른 상태의 자아로 전환시키는 것을 의미한다. 그 중 근대 자본주의의 산물인 '개인'을 부정하기보다는 '개체'를 발견하고 그가 지닌 고유한 핵을 인정하는 일은 그녀가 우리 현대인에게 제시하는 가장 핵심적인 대안일 것이다. 또한 자연에의 지배를 반성하되 인간을 말소한 자연에의 의지보다는 인간과 자연의 동등한 존립을 확립하는 일, 인간의 생물로서의 특성에 주목하여 나의 '몸'을 소외시키지 않고 생성의 삶을 살게 하는 일, '나'를 단지 물질적 조건으로 파악하여 그 무엇에 얽매이지 않는 자연스러움을 배게 하는 일, 虛, 空, 無와 같은 현상계 너머의 세계를 이해하는 일[11] 등 역시 인간이 처한 현실적 조건을 외면하기보다는 오히려 인간의 조건을 더욱 깊이 있고 섬세하게 이해한 바탕에서 제시한 목표이자 전략이다.

본 책을 구성하고 있는 다른 장들, 「無爲自然의 세계」, 「몸의 언어, 몸의 수사학」, 「에로스 지향성」, 「<몸>과 치유의 생태학」, 「美意識의 세계」, 「자연과 자연성」 등은 대부분 저자가 상정한 전략을 현실화시키기 위해 자아가 갖추어야 할 의식 및 규범들을 표현하고 있는 것이라 할 수 있다. 즉 대상과의 관계에서 '전일성'이라고 하는 '감동'과 '전율'의 체험을 나의 것으로 하고자 한다면 자아는 또 다른 자아상(像)으로 거듭나야 하는 것이다. 그것은 곧 자아와 대상이 서로 살아나는 상생(相生)의 국면을 맞이하기 위해 자아가 어떠한 모습이어야 하는지를 모색하는 것과 같다. 저자는 먼저 인간이 생리적 차원의 존재임을 받아들여야 한다고 강조한다. 인간에게 정신적 차원의 체질보다 생물적 차원의 그것이 더 중

11) 위의 글, pp.72-5.

요하다는 인식은 인간의 삶을 엄청나게 바꾸어 놓는다. 인간이 인위적으로 구성된 관념의 자아가 아니라 스스로 난 몸의 주체임을 긍정한다면 인간은 자기의 실존으로부터 유로(流露)된 삶을 살 수 있다.[12] 인간은 인간 이외의 다른 존재들과 마찬가지로 자연과 우주에 귀속된 일부분이 되며, 따라서 인간은 외부의 힘에 강제된 삶을 살기보다는 자연과 우주에 순행하는 내적 삶을 살게 된다. 자연과 우주의 흐름을 받아들임으로써 막힘없이 살아가는 인간의 모습은 무위자연(無爲自然)의 세계와 닮은 건강하고 아름다운 그것일 것이다.[13] 이 속에서 인간은 억지로 무언가를 소유하려 하지 않을 것이며 타 존재와의 평등한 관계 속에서 자신의 본성과 리듬에 따라 살아가게 된다. 싱싱한 오감과 순환, 호흡, 소화, 배설, 생식 등의 생태 작용 한가운데에서 생명의 구체성을 느끼게 되는 것도 이러한 삶 속에서 가능하다.

저자가 제시한 인간으로서의 새로운 면모를 자기화함에 따라 자아는 반목과 대립이 아닌 대상과의 대등하고 통합적이며 생명이 충만한 관계를 맺을 수 있는 주체적 조건을 확보하게 된다. 타자에 대한 우월적이고 교만한 인간의 태도는 인간이 자체적으로 행한 자기 해체와 초월 앞에서 더 이상 설 자리를 얻지 못하여 자아와 대상을 아우르는 새로운 역학 구조를 탄생시키는 데로 이어질 것이기 때문이다. 어느 한쪽으로 치우치거나 종속되지 않는 자아와 대상 양 축이 동등한 근궁이야발로 '전일성'을 이끌어내기 위한 조건인 바, 이러한 조건 하에서 자아는 '감동'과 '전율'의 체험을, 곧 자아와 대상을 균일한 질적 파장으로 결속시키는 자유를 느낄 수 있게 된다.

---

12) 정효구, 앞의 책, p.73.
13) 위의 책, p.81.

구김 없는 평면이 지닌 복잡한 층위

— 이덕규 론

1. 현실주의 시의 다양성

이덕규의 시는 소위 현실주의적 어법을 간직하고 있다. 농촌 현실에 기반한 민중의 목소리가 담겨 있기 때문이다. 1996년 고향에 정착하여 농사를 짓기 시작하였다니까 실제로 시인은 10년 넘게 직업적으로 농사 일을 해온 농민이다. 따라서 그가 사는 곳 역시 당연히 시골이다. 그 이전의 경력이 어떠하든 이 정도의 배경으로도 그가 소위 '현실주의 시'를 쓰는 데에는 충분조건을 갖췄다 할 것이다. 그런 까닭에 *그*가 의도하였 건 하지 않았건 농촌에서 실려오는 그의 상상력은 분명 '민중'의 냄새가 풋풋하게 우러나온다.

현실주의 시라는 점은 많은 문제를 포함하고 있을 것이다. 세대론적인 문제에서부터 민중 문학의 문제, 전망과 시창작법의 문제 등등이 그것이 다. 암묵적으로 내포되어 있는 이러한 함의들은 어쩌면 강력한 선입견을 형성할 수도 있겠고, 이것이 시인에게 부담을 지울 수도 있을 것 같다. 그러나 모든 문제들을 차치하고 가장 먼저 말하고 싶은 것은 시를 통해 농민의 목소리를 듣는 일은 언제 어느 때나 즐겁다는 사실이다. 물론 이는 농민이 문단으로부터 소외된 그룹이라는 사실에 기인한다. 실제로 농민이 시를 쓴다는 것은 결코 흔한 일이 아니지 않은가. 따라서 시인이 농부가 된 경우이든 농부가 시인이 된 경우이든 이 두 범주가 결합된 상상력은 신선하고, 또한 시단을 다채롭고 풍성하게 하는 자원이 된다.

돌이켜보면 그동안 민중들의 문학에 대해 우리가 쌓아올린 담론의 층위들이 너무도 빈약한 듯하다. 소리만 시끄럽고 말들만 무성했을 뿐 정작 민중의 문학이 함유하고 있는 문학적 성과를 차분하고 진지하게 진단하는 작업에는 무신경했다. 민중 문학을 거대담론으로만 귀속시키는 데 급급했던 것은 시대의 과제였을 뿐 문학의 과제는 아니었는데, 우리는 민중 문학이 지닌 시의 매체적 층위와 기법적 수준의 지표에 대해서는 관심을 기울이지 않았던 듯하다. 그런 점에서 이덕규의 시에 나타난 사유 및 기법의 독창성을 찾아내는 일은 긴요한 작업이라 생각된다. 이는 현실주의 어법이라는 보편적 범주로부터 특수하고 다원적인 음색을 끌어내는 일에 해당할 것이다.

2. 『밥그릇 경전』의 ‘밥’

그의 시를 대하다 보면 순간순간 폭소를 터뜨리게 된다. 요즘처럼 각박한 시대에 물론 드물게 맛보는 웃음이다. 시집의 표제시가 된 「밥그릇 경전」에서 ‘밥그릇’은 ‘개밥그릇’을 가리킨다. 그가 인간에게의 ‘밥’의 문제를 희화화시키기 위해 의도적으로 이러한 소재를 사용한 것은 아니다.

그저 시인의 진지한 자세와 통찰력이 「밥그릇 경전」이라는 자연스러운
시를 빚어내었다.

　　　어쩌면 이렇게도
　　　불경스런 잡념들을 싹싹 핥아서
　　　깨끗이 비워놨을까요
　　　볕 좋은 절집 뜨락에
　　　가부좌 튼 개밥그릇 하나
　　　고요히 반짝입니다

　　　단단하게 박힌
　　　금강(金剛)말뚝에 묶여 무심히
　　　먼 산을 바라보다가 어슬렁 일어나
　　　앞발로 굴리고 밟고
　　　으르렁그르렁 물어뜯다가
　　　끌어안고 뒹굴다 찌그러진

　　　어느 경지에 이르면
　　　저렇게 마음대로 제 밥그릇을
　　　가지고 놀 수 있을까요

　　　테두리에
　　　잘근잘근 씹어 외운
　　　이빨 경전이 시리게 촘촘히
　　　박혀 있는, 그 경전
　　　꼼꼼히 읽어 내려가다 보면
　　　어느 대목에선가
　　　할 일 없으면
　　　가서 '밥그릇이나 씻어라' 그러는

―「밥그릇 경전」 전문

「밥그릇 경전」 외에도 시인이 '밥'을 문제로 다루고 있는 시로 「뚝딱, 한 그릇의 밥을 죽이다」가 있다. 이 시에서 시인은 '사람'이 '밥'을 먹는 것이라기보다 '밥'이 '사람'을 먹는 것이라고 함으로써 '사람'에게 '밥'이 어떤 의미로 다가오는 것인지를 단적으로 제시하고 있다. 인간이란 존재가 본디 삼시 세 끼 '밥상머리'에 앉지 않고는 생존이 영위되지 않는다는 점을 보면 '밥'이야말로 폭력 행사의 주체라는 것이다. 시에서 시인은 인간의 '밥통'이란 끼니를 거르면 어김없이 잡아먹겠다는 기세로 덤벼든다며 '밥'에 구속되어 있는 인간의 숙명을 실감나게 묘사하고 있다.

'밥'을 문제 삼는 것은 역시 시인의 현실주의적 감각을 말해주는 것이다. '밥'의 문제는 언제나 인간 삶의 본질적인 부분이기 때문이다. 그러면서도 단순하게 보이는 '밥'의 문제는 시인들이 다루기 꺼리게 되는 녹록지 않은 주제인 것도 사실이다.

이덕규는 우선 '밥'이 지닌 문제의 성격을 제대로 진단하고자 한다. 그것은 두 가지 방향에서 이루어질 수 있다. 하나는 문제의 심각성을 심각하게 느끼지 않게끔 해주는 일이고, 다른 하나는 '밥'에 대해 잊고 있던 심각함을 환기시키는 일이다. 이를 위해 이덕규가 제시한 '밥'문제의 본질은 인간이 '밥'의 '밥'이 아니라("결국 사람은 모두 밥에게 먹힌다" 「뚝딱, 한 그릇의 밥을 죽이다」) '밥'이 인간의 '밥'이라는 위계질서를 분명히 하는 일과 관련된다. 이는 흔히 당연한 일로 받아들어진다. 그러나 이덕규의 시선에 포착된 실상은 인간 삶의 고달픔이 모두 '밥'의 문제에서 비롯된 것이라면 인간은 '밥'의 노예이지 주인은 아니라는 점이다. 이런 맥락에서 어떤 계층의 사람에게든 '밥'의 현실주의적 성격에 대한 인식은 유효한 것이 된다. 말하자면 '밥'은 모든 인간의 생존의 문제를 논할 수 있는 제유적 매체에 해당한다.

　이러한 의미에서 보았을 때 「뚝딱, 한 그릇의 밥을 죽이다」의 메시지는 ‘나’의 ‘밥’에 대한 주인됨의 확인에 관한 이야기로서 ‘밥’의 심각함을 파괴하는 시에 해당된다. 여기에는 인간이란 ‘밥’ 앞에 정당하고 떳떳한 존엄한 존재라는 관점이 준엄하게 가로놓여 있다. 반면 ‘밥’ 문제의 심각성을 환기시키는 시가 있다면 그것은 「한판 밥을 놀다」이다. 이 시에 등장하는 인물인 ‘상거지’는 ‘상갓집 마당 끝 절구통 위에 올려놓은 사잣밥을/ 순식간에 배 속에 털어 넣은’ 이로서, 처음의 비난과 무관심으로부터 “오죽하면 사잣밥을 목에 매달고 다니면서 밥 버는 사람들이 있겠느냐”라는 사람들의 언사를 이끌어내고 있다.

　이 두 시를 다루는 시인의 어조는 모두 동일하게 익살스럽고 해학적이다. 어떤 문제도 시인에겐 문제될 것이 없는 듯 능청스럽고 유쾌하다. 그러나 분명 두 시에서는 서로 상반된 관점이 숨어 있다. 전자의 시에는 ‘밥’과 싸우는 일의 고달픔이 전제되어 있고 후자의 시에는 ‘밥’ 문제를 문제시하지 않는 시각이 전제되어 있다. 전자가 ‘밥’을 무겁게 여긴다고 한다면 후자는 ‘밥’을 가볍게 여기는 사람들의 시각이 놓여있다. 그리고 이러한 양가적 시각들이야말로 인간이 ‘밥’의 노예가 되게 하는 것에 해당한다. 시인이 ‘밥’과 인간과의 위계질서를 꾀하는 것은 이 두 시각이 지닌 문제점을 간파한 데서 비롯한다. 두 시각들은 너무 심각하거나 너무 무신경하다. 더욱 정확하게 말하면 ‘밥’문제는 ‘나’의 것인 한 심각한 것이고, ‘남’의 것인 한 무관심하다. 따라서 시인이 이 두 가지 시각을 동시적으로 문제삼는 일은 ‘밥’ 앞에 모두가 평등하게 존엄한 존재가 되기를 소망하는 하나의 방향으로 수렴된다고 할 수 있다. 요컨대 여기에는 ‘밥’은 모두가 함께 고민해야 하는 문제가 되어야 한다고 하는 시인의 날카로운 현실주의적 인식이 가로놓여 있다.

　평범한 일상 속에서 현실의 문제점을 끌어낸다는 점에서 시인의 시선은 매우 예리하다는 것을 알 수 있다. 그는 어느 사물 하나, 어느 사안 하나도 예사로이 넘기지 않고 그것들을 자신의 통찰력으로 벼리어 놓는다. 그러나 그의 시는 어디에서도 그 날카로움을 겉으로 드러내지 않는다. 그의 시선의 날카로움은 언제나 시 깊숙이에 숨겨져 있다. 시에서 예리함은 능청스러움, 넉살스러움, 감칠맛, 넉넉함, 웃음, 흥겨움과 정겨움 등으로 부드럽게 감싸여 있다. 그의 날카로움은 이들 육질(肉質) 속에 숨겨져 있다 못해 동화되어 있고 거의 소멸되어 있다. 그의 시가 유쾌하고 흥겹게 읽히는 것은 그 때문이다. 그러나 그것만으로는 그의 시를 설명할 수 없다. 아무 뜻없이 웃고 넘기지만 그 안엔 우리가 미처 인식하지 못한 현실주의적 문제들이 아프게 도사리고 있기 때문이다.

　다시 말해 예리하되 날카로움은 드러내지 않는 그의 시는 생경하지 않다. 부드럽게 읽히고 편안하며 즐겁기까지 하다. 그러나 그 속에서 시인은 언제나 생의 본질을 해부하며, 세상의 복잡하게 얽혀있는 다양한 관점들을 동시적으로 상대해낸다. 이때 시인의 해학성은 서로 상반되기까지 하는 현실의 다양한 코드들을 아우르는 시인의 독창적인 방법론에 해당된다. 그것은 아픔과 무거움을 아프지도 무겁지도 않게 전하려는 시인의 배려이자 아픔과 무거움을 가로질러 가 그것을 능히 다룰 수 있는 자리에서 빚어낸 삶의 해법 같은 것이리라 「밥그릇 경전」의 '개밥그릇'이 '경전'이 될 수 있던 것도 심각함과 무거움이 해학의 옷을 입고 가볍고 유쾌한 '경지'로 오른 데서 기인한 것이 아닐까. 말하자면 「밥그릇경전」은 '밥'의 문제를 '능히' 다루었던 시인이 비로소 도달한 화해의 지대에서 그의 높고도 깊은 통찰력을 보여주는 시에 해당한다.

2. 만화경처럼 놓인 일상사, 그리고 시편들

세상에 존재하는 상반된 면면들을 끌어안고 화해시켜나가는 시적 과정에서 무게 중심이 놓이는 곳은 어디일까? 시인이 내세우고 있는 가치는 무엇일까? 시인의 시를 통해 이에 대해 답하는 일은 쉬운 일이 아니다. 그의 시는 묘하게도 그가 중심으로 여기는 포인트를 말해주고 있지 않다. 설움과 고통 등속의 구체적 삶의 현장인지 혹은 이를 넉넉하게 에워싸는 농촌 풍경의 한가로움인지, 아니면 넉살좋은 시인의 웃음인지, 방법론으로서의 해학인지 시인이 강조하며 전하는 것이 무엇인지 독자는 쉽게 포착하지 못한다. 이는 그의 전체시들이 한 가지 의미의 중심을 향해 집중되어 있지 않음을 의미한다. 그의 시는 어느 중심을 향해 구조화되어 있지 않다.

바꾸어 말하면 그의 시는 각각의 편편들이 모두 독자적으로 놓이면서 나름대로의 의미 및 구조의 완결성을 보인다. 시들 사이에 논리적이고 의미론적인 연관관계가 거의 없이 각 시들은 시인의 일상 속에서 개별적으로 시선을 받는다. 이를 의미의 완결성이라 본다면, 구조의 완결성은 각각의 시편들이 내적으로 시인 고유의 창작방법을 따르는 데서 확인할 수 있다. 그것은 예의 고통이나 아픔의 해학적 승화와 관련되는 것으로서 거의 모든 시들이 이와 동일한 양태를 보여주고 있다. 마치 시인은 도달해야 하는 어떠한 경지가 있는 듯 성큼성큼 걸어가는 식이다. 어느 한 군데 오래도록 머물지 않을 듯이 걸어가는 시인의 경우 의미의 앙금이 남아 결절점을 이룬다거나 다른 의미와 연관되어 이어진다든가 하는 일은 좀처럼 일어나지 않는다. 반면 시 한 편은 그 자체로 매우 조밀한 의미의 복합성을 지닌 채 완결된다.

풀을 베다가 낫 끝에 손등을 찍혔다
순간, 허옇게 눈뜨는 상처를
와락 감싸 쥐고
팽개친 낫 앞에 두 무릎 꿇은 채
엎드려 여러 번 머리 조아렸다

참으려 해도 손가락사이를 비집고
붉은 눈물이 흘러내린다

상처가 아문다는 것은 실명(失明)이거나
곧 죽음이니, 맘 놓고 오래 울어라
눈 감을 때까지 아픈, 핏빛 풍경이여!

—「낫께서 나를 사랑하사」 전문

꿈속에서 활짝 핀 꽃을 보면
다음 날 몸에 상처 입었네
갈수록 사나워지는 몸속의
울혈 덩어리들 곪아 터지듯 꿈에
만개한 꽃밭 자주 보였는데

몸 곳곳에 핀, 그
크고 작은 선홍빛 꽃잎들
꿈땜처럼 마를 때 나는 정말
자주자수 늘밭으로
이름 모를 들꽃을 보러 나갔네

—「꽃꿈」 부분

　　인용한 「낫께서 나를 사랑하사」는 일하다 낫에 베었던 정황을 말해주
는 시다. 시인의 세심한 묘사는 통증이 독자에게도 전달될 정도로 생생

하게 이루어지고 있다. '손가락사이를 비집고' 흐르는 '붉은 눈물'은 통증을 실감으로 전달하려 하는 시인의 태도를 짐작케 한다. 통증 앞에 시적 화자는 속수무책으로 보인다.

그러나 마지막 연은 어조의 급반전이 이루어진다. 순간적으로 이루어진 '상처'와의 화해를 담아내고 있기 때문이다. '상처가 아문다는 것은 실명(失明)이거나 죽음이'라 말하고 있는 데서 그 화해는 자못 비장하게까지 느껴진다. 화해가 이루어졌으므로 통증도 긍정된다. 화자는 "맘 놓고 오래 울어라"고, "눈 감을 때까지 울라"고 말한다. 이 사고를 '낮의 사랑'이라 말하는 시의 제목은 화해를 더욱 강조하고 있는 시인의 관점을 보여준다.

부정적인 사태에 머물지 않고 이를 긍정으로 빠르게 전환시키는 시인의 태도는 「꽃꿈」에서도 그대로 나타난다. 시적 화자의 경우 '꽃꿈'은 불길한 전조다. '꽃꿈'을 꾸면 '다음 날 몸에 상처를 입'기 때문이다. '만개한 꽃밭'이 보이면 상처는 더욱 심각한 정도가 될 것이다. 그러나 '상처'는 '상처'에서 끝나지 않는다. 아파하고 두려워하고 고통스러워하는 대신 화자는 '상처'를 단지 '꿈땜'이라 간주한다. '꿈땜'일 뿐이므로 긍정하고 빨리 지나가게 하는 것이 상책이라 여긴다. '꽃꿈'을 꾸면 '정말 들판으로 이름 모를 들꽃들 보러 나가'는 것은 이 때문이다. '꽃꿈'이 현실에서 '사고'가 되는 역설, 그리고 '사고'를 '피크닉'을 떠나는 계기로 삼는 역설은 어느 한 지점에 머물지 않고 큰 걸음으로 성큼성큼 질러가는 시인의 모습을 연상시킨다.

이러한 시적 과정에서 강조점은 어느 것도 될 수 없다. 부정적인 면도 긍정적인 면도 아니고 그렇다고 '화해'라는 결론이라 하기에도 부족하다. 결점점도 이어짐도 없이 진행되는 시적 전개 과정은 구김없이 매끄러운 하나의 평면을 떠올리게 된다. 평면은 그 자체로 완결되어 다른 평면들과 대등하게 존재한다. 사정이 이러하다면 이러한 시편들을 계속 반복하는 이 시집에서 우리는 의미의 중심을 찾기보다는 일상사들을 한데 뒤섞어 회전시키듯 가지고 '노는' 시인의 모습에 주목해야 하는 것이 아닐까?

북조선에선 남녀가 사귀는 걸 두고 연애질이라고 한다는데, 연애질!
그 질 속을 자세히 들여다보면 뭔가 끊임없이 움직이는 게 보여
삽질 가래질 쟁기질 써래질 호미질 낫질로 일구어낸 만 평 푸른 보리
밭 물결이 보이고
휘영청 달빛 젖은 이랑 사이로 밤새 축축하게 걸어놓은 물방아 소리
들려오는데
누가 거기 대고 손가락질을 하겠어
뭔가 질펀대고 싶은 게 사랑인데
흘끔흘끔 곁눈질만 하다가 깔짝깔짝 입질만 하다가 돌아서는 당신
어디 이걸 낚시질이라 할 수 있겠어
핏대 세우고 삿대질만 해대는 당신들 쌈질은 발길질 주먹질로 걸어
야지
연장 있으면 뭐 해 연장질을 해야지
애정 전선에 균열이 생기면 즉시 구멍 난 냄비나 솥단지 때우듯
물 샐 틈 없이 온몸으로 땜질을 해야지
열흘 굶고도 도적질할까 말까 망설이는 당신 말이야
그 우라질 마음만 있으면 뭐 하냐구, 몸이 떠나는데 그걸 뭣에다 쓰
냐구 젠장!

―「연애질」 전문

위의 시에서 가장 먼저 눈에 뜨이는 것은 '연애질'이라는 비속한 언사를 전혀 누추하지 않게 다루는 시인의 호방한 품새이다. '연애질'이라는 말의 주변에 드리워지기 마련인 속된 뉘앙스는 시인의 거침없는 어조에

의해 구름이 밀려가듯 소멸한다. ‘질 속을 자세히 들여다보면 뭔가 끊임없이 움직이는 게 보여’하는 언술은 ‘연애질’을 비루하게 느껴지도록 하는 ‘질’의 성질을 단번에 해체시킨다. 시인의 입담에 의해 ‘질’은 속됨을 유발하기는커녕 크나큰 생산성을 지닌 무엇으로 변화된다. 그것은 ‘삽질 가래질 쟁기질 써래질 호미질 낫질’과 같은 노동의 그것으로 전화되어 ‘만 평 푸른 보리밭 물결’이라는 풍요롭고 시적인 이미지와 만난다. 시인은 ‘연애질’을 건강한 노동과 동렬에 놓고 뒤섞음으로써 그것에 싱싱한 생명력을 부여한다.

‘연애질’을 논하는 화자는 더욱 적극적이다. 화자는 ‘연애질’을 앞에 두고 ‘손가락질’, ‘곁눈질’, ‘입질’만 해대는 세태를 풍자하면서 ‘연애질’도 ‘삿대질’, ‘쌈질’, ‘발길질’, ‘주먹질’, ‘연장질’, ‘땜질’하듯이 힘차게 할 것을 주문한다. 화자는 사람들이 싸움할 때나 일할 때 보이는 거칠고 야문 모습과 ‘연애질’의 모습을 나란히 중첩시킨다. 화자의 시각에 의하면 이들에 나타나는 가열한 모양새들이야말로 삶을 지탱해주는 열정과 다르지 않은 것이다.

이때 ‘질’을 매개로 연접되는 다양한 삶의 양태들은 어떠한 가치의 높낮이라든가 경중(輕重)이 만들어내는 굴곡들을 훌쩍 넘어서서 한데 뒤섞인다. 결절점을 지니지 않은 채 대등하게 연속되는 ‘질’들의 다양성은 소용돌이치듯 휘저어져 커다란 에너지로 전환된다. ‘연애질’의 부정적 뉘앙스는 곧바로 긍정성을 회복한다.

따라서 위의 시 또한 사태들을 급전환시키면서 성큼성큼 가로질러가는 시인의 모습을 연상시킨다. 시인은 마치 자신의 시선에 닿으면 어떠한 것도 문제될 것도 심각할 것도 없다는 듯한 넉넉하고 호탕한 모습이다. 시인에 의해 부정적인 것은 긍정적인 것이 되고 어두운 것은 밝아진다.

일상사의 다양한 양태들은 들고나거나 왜곡되고 주름지는 일 없이 거침없이 펼쳐져 멋지게 살아난다. 때문에 시들에서는 민중의 싱싱한 웃음소리가 들려오는 듯하다.

물론 이것이 문제를 외면하고 심각함을 덮어버리는 거짓 화해에 의한 것은 아니다. 그러기에는 시인은 지나치게 날카롭다. 시들이 보여주는 화해로운 사태가 거짓에 의한 것이 아님은 사물을 다루는 시인의 손길이 단순하지 않다는 데 기인한다. 그의 손길은 예리할 뿐만 아니라 따뜻하고 부드러울 뿐 아니라 힘차다. 그는 지긋하면서도 건강하다. 그의 손길은 말 그대로 흙을 일구어 작물을 생산해내는 농부의 그것인 셈이다. 그의 손에 닿을 때 세상의 복잡하고 지루한 것들은 요술처럼 단순하고 유쾌한 것으로 되살아난다. 말하자면 그는 복잡다단한 세상사를 능수능란한 마술사처럼 가지고 '노는' 것이다. 그렇다면 그는 「밥그릇경전」의 '밥그릇'을 다루던 '개'처럼 이미 도달한 '어느 경지'에서 시를 쓰는 것이 아닐까. 이러한 시인이기에 그의 시는 의미의 중심이 없는 '평면'의 그것이지만 그것은 결코 밋밋하거나 단순하지 않다는 것을 알 수 있다. 말하자면 이덕규의 시는 웃음으로 시작해 웃음으로 끝나지만 그러면서도 "수천 가지 맛이 깃들어 있"는 "오랫동안 숙성된 깊은 맛"(「맛의 기원」)으로 느껴지는 것이다.

도시의 뱃속에서 보내는 꿈틀거리는 언어

-조현석 론

조현석의 시집 『울다, 염소』는 매우 재미있는 암호를 간직하고 있다. 그것은 제목 속에 감추어져 있는 비밀이다. 우선, 시집의 페이지를 넘겨보면서 알게 되는 제목들의 특징은 그것들이 서술형으로 씌어져 있다는 것이다. 처음부터 끝까지 일관되게 지켜지는 서술형들은 동사 혹은 형용사로 이루어져 있다. '지껄이다', '뒤틀리다', '절름거리다', '스며들다', '디진다', '분해되다', '속앓이하다' 등의 제목들이 그것이다. 예외가 있다면 시집의 제목이 되고 있는 '울다, 염소'뿐이다. 물론 이 제목에도 서술형은 포함되어 있지만 다른 것들과 달리 이것은 명사로 끝나고 있다. 시집의 차례 부분을 펼쳐보면 이 제목은 눈에 띄는 형태상의 열외다.

시들이 모두 일률적인 공통성을 지니는 반면 유독 한 편만이 예외를 보이는 까닭은 무엇일까? 그리고 이 한 편이 시집의 제목이 되어 다른 시들을 묶어내고 지배하는 것은 무엇 때문일까? 이 물음에 답하기 위해 "비어 있던 속, 기름기 없던 뱃속으로/ 푹 삶아진 염소가 갈기갈기 찢겨져 들어왔다"로 시작되는 「울다, 염소」를 살펴본다면, 이 시는 '염소 고기'를 먹었던 경험에 대해 서술한 것임을 확인할 수 있다.

> 밤새 되새김질하는 염소가 운다
> 울음이 깊을 때마다 몸이 요동쳤다
> 속 편해지려고 되지도 않은 되새김질을
> 나도 여러 번, 하고 또 했지만
> 날카로운 뿔에 받혀 상처가 난 듯 꾸르르륵…
>
> ―「울다, 염소」 부분

화자는 염소고기를 먹은 후 속이 더부룩하고 불편하다고 호소하고 있다. 뱃속의 염소는 되새김질을 하는지, 발길질을 하는지, 이리저리 뛰는지, 우는지 알 수 없을 만큼 '나'를 '괴롭혀'서 그때마다 '나의 몸'도 '요동쳤다'. '염소'는 나의 뱃속에 갇혀 있고, '나'는 그런 '염소'를 모두 배설하고서야 편안함을 찾을 수 있었다.

이처럼 단편적 경험을 제시하고 있으므로 이 시가 표제시가 된 이유를 가늠해보자면 다소 난감해진다. 보통 표제시를 통해 독자가 얻는 것은 시의 정시세계를 총체적으로 제시하는 상징의 국면이기 때문이다. 표제시는 작가의 세계관을 읽을 수 있게 해주고 그 안의 시적 대상을 통해 작가가 전달코자 하는 메시지를 응축시킨다. 이에 비해 「울다, 염소」에서 읽을 수 있는 세계의 정신적 내용은 묘연하고 시적 대상인 '염소'에 모종의 가치관이 응축되어 있다고는 보기 힘들다. 때문에 이 시의 표제적 성격에 대해 의심이 이는 것은 당연하다. 「울다, 염소」는 과연 시 전체를 대표하는 시의 지위에 놓이는 것일까, 만일 그렇다면 어떤 면에서 그러한가? 이것은 분명 시인이 숨겨둔 암호이자, 기지로 번뜩이는 시인의 개성을 드러내는 부분이다.

한편 다른 시편들이 보여주고 있는 서술형의 제목은 어떠한가? 시인은 왜 집요하게 이러한 수사(修辭)를 유지하는가?

줄 세운 바지와 와이셔츠만 입은
한 사내가 담배를 연신 물고
입에서 내뿜는 연기의 꼬리가 잘릴 때마다
용틀임하는 바람의 반대로 뒤틀려 사라지고
덜컹대는 길이 그 끝에 끌려온다
기다리는 버스는 도무지 오지 않는다

─「출근하다」 부분

자신의 가치관을 제시하는 데 인색한 것은 「울다, 염소」에서만이 아니라 다른 시편들에서도 마찬가지다. 시인의 경우 그의 의식이나 세계관을 명시적으로 언급하거나 서술하고 있는 부분은 거의 없다. 시인은 거리(距離)에 변화를 주면서 대상을 충실히 묘사할 뿐 대상에 대한 자기판단을 제시하거나 정서를 표현하지는 않는다. 시인의 가치 판단은 유보되는 편이고 그 판단은 오히려 독사에게 위임된다. 시인은 "시간은 담배를 쥔 손가락에 붙들려 있고/ 계속 피워대는 담배에 살 없는 볼만 더 패일 뿐/ 간혹 마른기침 커억, 컥 대고/ 피 섞인 침을 길바닥에 내뱉는다"에서처럼 한 장면을 끈질기게 좇을 뿐이다. 다만 "감옥 같은 오피스텔"이라든가 "폐병 걸린 버스"라는 표현을 통해 시인이 지닌 시선의 각도를 짐작케 해준다.

이러한 시작법은 거의 공통적으로 적용되고 있어, '노숙자'의 일상을 담고 있는 「뒤뚱거리다」에서 "누군가 꽁꽁 싸서 버렸을, 부패하지 않은 음식들/ 주섬주섬 챙겨 낡고 해진, 배낭에 구겨 넣고"라는 대목이나 '중년 가장'이 강제휴직 당하는 순간을 묘사하는 부분("김, 타인에 의한 쉼이라니/ 지난 이십 몇 년보다 길었던…오늘…하루,…기나긴/ 회색 손때와 볼펜똥 덕지덕지한 책상 한가운데 덩그라니/ 던져진 희디흰…봉투,"「아른거리다」) 등에서처럼 시작(詩作)에 일관성을 나타내고 있다. 시인은 일관된 '보여주기'의 기법을 통해 '노숙자', '실직자', '병자', '사고피해자' 등 불우한 이들은 물론이고 이 외에 도시에서 힘겹게 살아가는 여러 인물상들을 담아낸다.

이들은 모두 도시인이라는 공동의 운명을 짊어진 만큼 소외의 형벌로부터 자유롭지 못한 인물들이다. 때문에 인내의 극한을 웃도는 피폐하고 비참한 양상들이 이들의 외면과 내면 모두를 종횡으로 아로새기고 있다. 이들 주변에는 '쓰레기'(「출근하다」)와 '욕지거리'(「다그친다」), '신음소리'(「타버리다」), '피비린내'(「덤벼든다」), '곰팡이'(「자란다」)로 가득차 있고, 이 속에서 도시인들은 '비겁하고, 비열하고, 비정하고, 비천하게'(「눌러 쓰다」), '이중, 삼중, 사중의 인격'(「자란다」)으로 무장한 채 살아가야 한다. 시인이 그려내는 이들을 둘러싼 환경 및 삶의 방식은 도시인을 지시하는 내포와 외연을 사실적으로 보여준다.

도시의 부조리와 소외에 대해 목청높여 비판하거나 서술하는 대신 '보여주기'의 기법을 사용하는 데서 짐작할 수 있듯 시집을 관통하는 시인의 어조는 다분히 우울하다. 시인은 시적 대상을 끈기있게 응시하여 불행의 미세한 흔적들까지 포착한다. 그리고 이것을 어둡고 습하게 채색한다.

한밤중 가슴 짓누른다, 한순간의 꿈

가위보다 더 무거운…, 막히는 숨
쉬지 않고 괴롭히는, 악몽보다
두려웠던 꿈속의 한 가닥 생각

그때! 도대체, 어디 있었던 것일까
혹시 나를 미워하던 사람의 말꼬리라든지
나를 시기하는 사람의 농담에 붙잡혔던 것일까
끓는 기름 솥에 몸 푹 잠겨 뼈가 사그라들었던 것일까

—「남게 되다」 부분

위의 시는 자다 가위눌린 상황을 그리고 있다. 두려움에 잠을 깬 화자는 그가 꾼 악몽의 출처가 무엇일까를 곰곰이 되짚는다. 화자의 생각이 미치는 곳은 하루하루 겪는 평범한 일상에 닿아 있다. 그는 '내' 주변 사람들, '나'를 미워하거나 시기하는 사람들을 떠올린다. 물론 이러한 사람들은 누구에게나 늘상 있을 수 있는 환경이다. 그러나 화자가 체감하는 고통의 강도는 '뼈'를 삭일 정도이다. 항존하는 삶의 조건으로도 화자는 분열되고 황폐해진다.

일상을 살아가는 도시의 주인공들은 그 속에 도사리고 있는 크고작은 사건들 때문에 만성적인 불안과 공포에 시달리는 것을 알 수 있다. 그 원인이 불명료하면서도 무의식에 이르기까지 스며드는 불안과 공포는 그것이 일상적이기 때문에 더욱 두려운 것이 된다. 이것들은 도시인들의 내면을 지배하여 도시인들로 하여금 삶에 무기력해지도록 만든다. 도시인들은 예측불가능하게 뻗어오는 공격의 마수(魔手)에 능란하게 대처하지 못하므로 결국 모든 상황에서 피동성에 갇히고 만다. 시인에 의해 도시는 폭력으로 일그러진 음울한 풍경으로 묘사되는 것이다. 시집의 시편들은 이러한 우울한 도시에 관한 사실적 보고서에 해당한다.

이러한 사정, 도시의 음험한 폭력성과 도시인의 무기력한 양태는 물론 시인에 의해 논리적으로 설명되지 않는다. 앞서 언급했지만 시인은 이러한 양태를 서술하기보다는 묘사하고 있으며 목소리 높여 비판하기보다는 낮은 어조로 읊조리는 형국이다. 시인의 언어는 음울한 풍경 그대로 뿌옇고 희미하다. 어둡고 침통한 도시인의 표정에 담기는 피곤에 지치고 명석하지 않은 언어는 역시 부유하는 도시인만큼이나 공허하게 떠돌 뿐이다. 한 줄 힘이 쑥 빠져나간 듯한 나른한 시인의 언어는 의미의 매듭도 줄기도 지니지 못한 채 주절주절 이어지는 도시인의 그것에 다름 아니다. 시인의 진단처럼 도시인의 말은 "술 한 잔 또 한 잔에 늘어나기만 하는/ 검은 오물들, 냄새나는 말 쓰레기들"에 불과할 뿐인 것이다.

우울과 절망, 무기력과 공허함에 빠진 도시인들의 면면을 담아내는 시인의 언어는 그것이 사실(寫實)에 충실하면 할수록 그들과 닮아간다. 시인의 언어는, 도시인의 말은 물론이고 도시인들의 정서와 의식, 무의식과 양태 등 모든 것을 판박이한듯 동일하다. 대상을 설명하기보다는 그려내는 그의 언어는 곧 사실적 묘사를 통해 대상에 더욱 동질화되어감을 알 수 있다.

그의 언어가 그러하다면 서술형의 수사를 취하고 있는 제목들은 역시 이문을 불러일으킨다. 서술형의 수사가 동작이나 양태를 표현하는 것이라면 이는 인물들이 지닌 행동력과 적극성을 의미하는 것인데 시인의 묘사에 따르면 도시인들에게 남아있는 행동성이나 실천력은 거의 없기 때문이다. 더욱이 시인이 서술형 제목을 매우 집요하고 일관되게 사용하는 데에는 삶에 묻어나는 활동성이나 생명력이 강하게 암시되기 마련인데 실상은 전혀 그렇지 않다는 점이다. 그러하기는커녕 묘사 대상인 도시인은 철저하게 패배적이고 무기력한 존재이다. 때문에 이들을 담는 시인의 언어는 역시 정태적이어야 하고 적어도 결코 서술형일 리는 없을 터이다. 그렇다면 시인이 고집하고 있는 제목은 어떤 성질의 것인가? 시편들의 제목들은 시인의 묘사적 언어의 특성과 별개의 것인가?

도시인의 면면들에 대한 충실한 묘사와 그에 따라 닮아버린 희뿌연 언어, 어느 것 하나 변화가 없을 만큼 시집 전체를 채우고 있던 도시의 동일한 양태들, 반면에 이러한 시편들의 성질과는 상관없는 듯한 제목들, 나아가 시집 제목이 보이는 엇박자는『울다, 염소』가 불러일으키는 의문과 의심의 실상들이다. 특히 극도로 설명을 자제하는 시인의 특성 때문에 이러한 불일치와 비논리에 대해 해명하는 작업은 순전히 독자의 몫이라 할 수 있다.

그러나 표제시「울다, 염소」는 그것이 비록 시인의 세계관에 대한 총체적 설명도 상징도 아닐지라도 결코 대표시에 합당한 역할을 방기하고 있지 않다. 그것은 뱃속에 삼켜져 속을 우글거리게 하는 존재인 '우는 염소'가 도시인의 모습을 담아내는 매체(vehicle)에 해당한다면 그러하다. 도시인이 도시라는 뱃속에 삼켜져 흔적도 실체도 없이 존재성을 탈각당한 자라 한다면, 그 안에서 도시인이 할 수 있는 일이란 우글우글거리며 도시 뱃속에서 배설되기를 바라는 것, 배설물이 되어 뱃속에서 탈출한 뒤 원래 있던 자연의 땅으로 돌아가는 일이 될 것인바, 이것이 염소의 '우는' 행위에 비견된다 할 수 있다. 시집을 가득 채우는 판에 박힌 듯 동일한 도시인의 양태, 이렇다 할 저항도 비판도 없이 웅얼웅얼거리는 도시인의 언어는 도시라는 유기체의 뱃속에서 소화되지 않은 채 우글거리는 음식물들, 즉 배설물들이다. 사실이 이러하다면 시편들의 제목이 모두 서술형인 까닭도 설명된다. 제목이 보여주는 서술형은 능동형이거나 적극성과 무관한 것으로서 도시에 갇혀 피동화된 도시인들의 꿈틀거리는 동작이라 할 수 있기 때문이다. 이들의 서술형은 곧 도시라는 장 속에서 배설되기 위해 기를 쓰는 존재의 최소한의, 그리고 최대의 행위에 해당한다고 할 수 있다. 그것은 도시라는 뱃속에서 꿈틀거리는 도시인들의 '우는' 몸짓이다. 시편들의 제목들이 모두 적극성과 상관없이 「뒤틀리다」, 「아른거리다」, 「흘러가다」, 「터진다」, 「쏟아진다」, 「검다」, 「분해되다」 등의 미세한 양태적 동작을 드러내는 까닭도 여기에 있다. 요컨대 '우는 염소'는 도시 속 도시인들을 의미하는 것이며 표제시 「울다, 염소」는 시집 전체 시편들에 대한 비유적 매체라 할 수 있다.

도시인의 소외된 삶의 양태를 묘사하고 있는 조현석의 시집 『울다, 염소』는 극적인 상황 설정에도 불구하고 단조롭다는 느낌을 갖게 한다. 작가는 도시의 삶에 대해 명쾌하게 설명하기보다는 묘사에 있어서 일색(一色)과 단일한 필체, 어두운 토운을 유지해가기 때문이다. 그러나 이 점은 시인이 독자에게 걸어놓은 암호에 불과하다는 것을 알 수 있다. 시인은 동색 동체가 되는 동질화 전략을 통해 도시 묘사에의 의도를 성공적으로 실행한다. 그의 지적 기술에 의해 시는 도시의 모습 그대로 지루함과 폭력성과 억압성을 고스란히 전달한다. 그의 시는 또 하나의 도시이자 도시인의 움직거림이었던 것이다. 그의 시는 설명이 아닌 일종의 행위 예술이 되어 도시를 묘사하고 도시를 흉내내고 도시를 주롱했던 것이라 할 수 있다.

분지(盆地) 시인들의 길 너머의 길

『시와 반시』에 실린, 허실(虛失)없이 옹골찬 분지 시인들의 시들은 생활 속에 넘실대는 훈훈함 그대로다. 이들의 시를 대하면 따뜻한 지기와 함께 있듯 오붓하기가 그만이다. 물결치지만 넘쳐나지 않고 활달하지만 소란스럽지 않은 단아한 기품은 시의 맥을 계속 이어갈 수 있는 생명의 소인일 것이다. 시의 잔잔하면서도 힘이 깃든 목소리 안에서 우리는 우리를 감싸 돌고 나가는 모종의 진동을 느낀다. 그것은 아주 오랜 시간 동안 저 대지 깊숙한 곳에 자리를 트고 있던 것으로서 시인들의 몸을 타고 지상으로 흘러나온다. 스스로 연기로 피어오르는 시인들에 의해 땅은 곧 공기가 되고 이야기가 되고 세월이 된다. 땅이 들려주는 유서 깊은 수런댐에 귀 기울이게 마련인 이곳 시인들의 시들은 따라서 모두가 한 줄기인 양 깊고도 그득하다. 이들의 시는 모두 땅을 닮아있는 것이다.

1. 일상이 된 '사소한' 슬픔

세상을 살다보면 가끔씩은
참 사소한 일들이 사람을 울리는 경우가 있다
어제 5월 5일 어린이날
이웃 임대아파트에서 살던 40대 어머니가
초등학교 1년생인 딸과 12층에서 투신자살했다
그런데 피투성이가 되어 숨진 이 두 모녀는
떨어지지 않으려고 두 손을 꼭 잡은 채 숨져 있었다고 한다
나는 이들이 죽었다는 사실보다
두 손을 꼭 잡고 있었다는 사실에 눈물이 핑 돌았다
카드빚 3천만 원 때문에 죽음을 결심한 어머니
어린이날 아무것도 모른 채 엄마 손을 잡았던 어린 딸
이들은 각자 어떤 마음이었을까
엄마는 죽으면서도 끝까지 딸이 걱정돼 손을 놓지 못했을 것이고
어린 딸은 어머니의 그 진심을 모른 채 죽어갔을 것이다
어머니의 마음은 이런 것인가
진작 3월 달에 죽으려고 몇 번인가 마음을 먹었지만
끝내 결행하지 못하고 기다렸다가
어린이날 어린 딸을 이끌고 먼 길을 간 어머니를
끝까지 손을 놓치지 않은 두 모녀의 애끓는 안간힘을
그날 임대아파트 화단의 꽃 다 진 라일락 나무가
말없이 지켜보고 있었다

—김용락, 「사소한 일」 전문

「사소한 일」은 통증 없이 읽어 내려가는 일이 힘든 시다. 생활고에 시
달린 나머지 가족이 동반 자살을 한다고 하는 더할 수 없는 비극적 소재
를 다루고 있다. 이에 대해 그러나 시인이 「사소한 일」이라는 역설적 표

현을 사용하고 있는 것은 우리 사회가 감당하기 힘든 악(惡)을 무슨 공산품 찍어내듯 반복해서 양산하는 형국을 겨냥하였기 때문일 것이다. 사회의 메카니즘이 수십 년에 걸쳐 진행되어 온 이상 가난과 죽음은 결코 낯선 문제가 아닌 하나의 일상화된 사건 유형에 속한다. 사정이 그러한데도 그와 같은 비극이 멈추지 않는다는 점에 시인의 날카로운 촉수가 닿아 있다. 위의 시에서도 볼 수 있듯 '돈'을 둘러싼 부조리는 자본주의 사회에서 더 이상 갈 곳 없음, 더 이상 살아갈 수 없음에 대한 가혹한 증명이 되는 것이다. 그러나 우리 사회에서는 어떻게 하면 남보다 더 잘 살까를 간단없이 궁리할지언정 어느 누구도 이웃의 비극에 관심을 두지 않는다. 이웃의 절망이나 아픔은 내 손톱 밑에 낀 가시만큼도 관심거리가 되지 못하여 이웃의 참혹한 죽음조차가 주부들의 수다 내용 정도밖에 되지 않는 것이 현실이다. 누구의 잘못도 아닌 듯하지만 기실 우리 모두의 죄악인 그와 같은 비극에 대해 시인의 직설적인 변을 토로한다.

'빚' 때문에 벌어진 모녀의 죽음이 시인에게 다가온 일차적 충격이었다면, 내면에 얽힌 모녀의 드라마는 그의 가슴 깊숙이 박히는 파편이 된다. '어린이날 아무것도 모른 채 엄마 손을 잡았던 어린 딸'의 무구함과 '죽으면서도 끝까지 딸이 걱정돼 손을 놓지 못'한 어머니의 '진심'은 시인뿐 아니라 우리의 가슴에도 선연히 붉은 자국을 새기는 파편 그것이다. 우리는 하나로 맞이한 그들의 죽음에 대해 사회의 부조리가 빚어내는 비극의 끝을 본다. 그들의 죽음은 가장 외로운 자리에서 발생한 것이다.

이러한 사회에서 우리가 더 나아가야 할 곳은 어디인가, 우리가 더 알아야 할 것은 무엇이고 우리가 더 발전해야 한다면 그 방향은 어떠한 것인가? 매양 벌어지는 우리 사회의 '사소한 일'과 모녀의 운명을 교직시켜 아픈 무늬로 어지러운 한 필 천을 펼쳐 놓는 시인은 발전과 진보가 전혀 혜택이 될 수 없는 사회의 어두운 요소란 곧 일상에 갇혀 이기적으로 살아가고 있는 우리 모두가 해결해야 할 문제임을 암시한다. 그것은 진정한 진보가 하루하루 정신없는 분주함 속에 쳇바퀴 돌리듯 살아가는 것이 아니라 모두 함께 서로를 아끼고 도닥이며 사는 것임을 의미하기도 한다. 모두의 어우러짐이 없는 곳이라면 발전이란 과연 누구를 위한 것이고 진보란 그 무슨 허황된 말이겠는가.

2. 새로운 시작을 위하여

그래 이제 종착역이다
어둡고 두렵다
그래도 여기로 데려다 준
이 지루하고도 고마운 기차를
이제 미련없이 내릴 때가 왔다
내리지 않으면
죽음처럼 비장하게 기차를 버리지 않으면
싱싱한 바람의 가슴과 만날 수 없을지니
새와 들풀과 빗방울의 협주곡을 들을 수 없을지니
저 우주의 깊은 눈길과 사랑에 빠질 수 없을지니
나와 함께 동고동락했던 짐들도 기차에 버려두고
홀린 듯 가뿐하게
내려서자, 어둡고 두려워도
그 어떤 길이라도
진창과 연꽃은 숨겨져 있으리니
한 발 내딛지 않으면
기차는 다시 왔던 길로 되돌아갈 것이다

똑같은 철로를 덜컹이며
똑같은 풍경만 펼쳐졌다 닫혀버릴 세월들
너무 오래 낡은 기차에 삶을 싣고
나는 견딜 만큼 견뎠다,
점점 무거워지는 남루함과 갑갑함을
그래 이제 종착역이다
다시 또 윤회의 바퀴에 갇히고 싶지 않다면
뛰어내리자, 폭포처럼 전신을 던져
폭포처럼 삶이 통째로 절창이 되면
내가 한번도 만난 적 없는 길이
웃으며 나를 마중오리니

나에게 당도한 길
온몸으로 껴안아 내가 길이 되면
진창 같은 삶에도 연꽃이 피어나리니

—김현옥, 「그래 이제 종착역이다」 전문

    김현옥의 시는 내면에 솟구치는 강한 의지를 내비치고 있다. 그러한 만큼 강한 음성 속에 강렬한 몸짓이 겹쳐 떠오르게 하는 시다. 거기엔 결연함이 느껴지고 나아가 비장한 아름다움까지 환기된다. 시인은 말을 거듭 포갬으로써 말이 그의 의지를 실현할 수 있는 매개가 되게 한다. 중얼거리듯 멈추지 않고 계속하여 이어지는 말은 곧 가닥 잡혀지는 마음의 줄기이자 시인의 비전을 빚어내기 위한 강력한 주문이 되는 듯하다. 시인은 말을 좇아감으로써 자신을 가다듬어내고 그의 꿈을 벼리어내며 그것들을 모두 공중에 띄운다. 시인의 말은 허공중에 길을 내어 시인의 혼과 꿈이 걸어갈 수 있는 다리가 된다. 그는 말에 의해 자신의 지금을 만들어 갈 뿐 아니라 길 없는 그의 앞에 미래를 세운다. 형체도 모델도 없이 허공 그 자체인 미래가 그에게 얼굴을 보이는 것도 말에 의해서이다. 요컨대 시인의 다설(多說)은 시인의 내면이고 영혼이자, 대기와의 매개이고 미지의 영역으로 나아가게 해주는 힘이다. 그에게 말은 곧 주술적 힘을 가지고 있는 것이다.

시인의 말이 지닌 이와 같은 성격은 자칫 다설(多說)이 지닌 장황함으로 오인될 소지가 있다. 그러나 그의 언술이 구축하고 있는 의미의 구조물은 이러한 우려를 어렵지 않게 말소시킨다. 그의 시는 어떠한 일에 종지부를 찍고 새로운 길로 나아가는 이의 두려움을 거짓 없이 드러내고 있으며 그러한 일을 결행해야 하는 데 필요한 비장감의 기운마저 불러일으키기 때문이다. 화자는 "죽음처럼 비장하게 기차를 버리지 않으면" 안 된다고 말하고 있는 것이다. 이는 화자가 삶의 새로운 영역으로 진입하는 순간에 처해 있음을 말해주는 것이자 그곳이 결코 녹록한 길이 아님을 암시하는 것이다. 말하자면 화자는 중요한 무언가를 감행해야 하는 절체절명의 시간에 놓여 있는 셈이다.

그러나 관성에 따라 사는 것이 대부분의 경우이기에 결연의 시간을 온전히 구가할 줄 아는 이란 흔치 않다. 새로운 시작을 실천한다는 일은 관념보다 훨씬 어려운 일이다. 그러한 점을 시인은 '기차'라는 매체를 통해 형상화하고 있다. '기차'는 '고맙지만 지루한' 것으로서 '내'가 결행치 않으면 '왔던 길로 되돌아가' '똑같은 철로를 덜컹이며' '세월을 닫아버릴', 즉 지금까지 걸어왔던 일상 그대로를 그 틀 그대로 무한히 반복할 궤도와 같은 것이다. '기차'는 어떤 새로움도 어떤 비약이나 초월도 예비하고 있지 않으며 따라서 지금 이상의 삶도 약속해주지 못한다. 그것은 영원히 동일화하는 '윤회의 수레바퀴'에 해당하는 것이다. 반면 '기차'로부터의 단절은 알 수 없는 허공에 던져지는 것과 같은 두려움을 동반하지만 비약적 미래에 대한 가능성 또한 내포하는 것이다. 그것은 미지에 대한 모험이자 여행이며 운명의 궤도로부터의 탈출이자 자유에의 꿈이다. 따라서 거기엔 두려움만 있는 것이 아니라 '진창 속 연꽃'에 대한 기대감이 있다. 곧 그것은 초월의 첫걸음인 셈이다.

상황에 대한 진단이 끝이 났다면 이제 남은 것은 마치 치마를 뒤집어 쓰고 바다로 뛰어들었던 설화 속 주인공처럼 '뛰어내리'는 일뿐이다. 앞뒤 가릴 것 없이 '폭포처럼 전신을 던져' '통째로 절창이 되'는 일만 남아있다. 그것이 비로소 앞에 놓인 길이자 디디고 건너야 할 길인 것이다. 우리는 시인이 염두에 두는 그 길이 구체적으로 무엇인지 알 수 없다. 그러나 분명하게 알 수 있는 것은 그것이 쉽지 않다는 것, 때문에 시인은 언어의 주술적 힘을 빌어 스스로에게 길을 만들어주고 있다는 사실이다.

3. 자연과 하나되는 '나'

내 육체는, 내 마음은
풀잎과 구름과 염소와 당나귀와 바람과 꽃과 안개와 소의 뿔과……
이런 것들의 살로 된 게 아닐지
그렇지 않고서야 내 마음이 어찌 이토록
그들을 아는 체한단 말인가

새벽 거리엔 어제의 슬픔 가득 떠올라 안개 자욱하다
내 마음에도 안개 자욱히 일어난다
그들의 살들이 날 자욱히 채워오듯
내 죽으면 내 살들이 그들의 얼마쯤을 채우리라

> 웅크리다 돌이 되어버린 마음들,
> 안에서 바깥으로 길을 내고 싶어하는 마음이
> 오늘 아침,
> 강을 헤치고 번쩍거리며 떠오른다
>
> —류시원, 「희미한 다리」 전문, 『시와 반시』 가을호

　류시원의 「희미한 다리」는 자연과 닮아 있는, 또한 자연과 닮고자 하는 이의 마음을 소담스럽게 그리고 있는 시이다. 나지막하고 평온한 시인의 어조는 마치 따뜻한 햇살을 받고 있는 환한 언덕처럼 포근하다. 그곳엔 시인의 표현대로 '풀잎과 구름과 염소와 당나귀와 바람과 꽃과 안개와 소의 뿔' 등등이 놓여 있을 터이다. 그곳은 유년이 뛰놀던 구릉이자 우리가 늘 동경하길 멈추지 않는 마음의 놀이터, 즉 유토피아다.

　유토피아라 했거니와 그러나 그것이 '지상에 없는', '실현 불가능한'이란 내포를 지닌 것이라면 그것은 표현을 잘못한 것일 게다. 왜냐하면 시인이 우리에게 그려주고 있는 꿈의 형상은 우리의 주변에 늘 실재하는 것이기 때문이다. 그것은 마음먹기에 따라 쉽게 찾을 수 있는 곳이고 또 상황 여하에 따라 얼마든지 완전한 안식을 얻을 수 있는 곳이다. 훼손되지 않은 자연인 그곳은 우리의 서정시에 의해 다시 한 번 주목됨으로써 최근의 웰빙 문화에 실로 튼실한 근거를 부가하고 있기도 한 것이다. 어떠한 수사법을 동원할 필요도 없이 자연은 우리가 기대야 할 마지막 터전이자 돌아가야 할 영역 전체라 할 수 있다.

　물론 이와 같은 자연을 담고 있다고 해서 류시원의 시가 시류에 편승된 것이라고는 할 수 없을 것이다. 다만 나는 자연에의 지향성에 대해 고루한 서정성의 반영이라고 하는 혹 존재하는 의견을 비껴가고 싶을 따름이다. 위의 시를 통해서도 우리는 시인이 분명 그만의 어조와 상상력을

가지고 있음을 발견할 수 있다. 시인의 어조는 자연의 숨결을 있는 그대로 반영하듯 나른할 정도의 느긋함을 지니고 있으며 그의 상상력은 우주의 실재가 그러하듯 인간과 자연의 동화됨을 독특하게 표현해내고 있다. 가령 '내 육체'와 '내 마음'이 '이런 것들의 살로 된 것'이라는 점, 그래서인지 '이토록 그들을 아는 체'한다는 점은 바로 인간과 자연의 동일성에 대한 살갑고 구체적인 형상화가 아닐 수 없다. 그의 표현대로 인간은 자연의 일부이자 그들과 동떨어져 존재하는 별스런 존재가 아닌 것이다. 그러하다면 자연에 대해 반갑게 '아는 체하'는 일은 극히 자연스런 일에 속할 것이다.

자연과 인간의 공동운명체적 성질은 '안개'에 의해서도 그 형상을 부여받는다. '새벽 거리의 어제의 슬픔'은 '안개'에 의해 화답받는 형국이기 때문이다. 자연은 멀리 관조의 대상으로서만 놓여 있는 듯하지만 기실 번잡한 인간사와 더불어 살고지고 하는 존재인 것이다. 그러한 관계망 안에 '나'의 '마음'과 '살'도 똑같이 놓여 있다. 이 모든 것들은 서로 스며들어 섞이는 관계이고 하나가 되어 우주적 유기체를 만드는 요소들이다. 만일 인간의 마음이 '웅크리다 돌이 되'어 있을 정도로 경화되어 자연의 형상과 조화롭지 못하다면 그 마음이 '바깥으로 길을 내' 자연을 꿈꾸게 되는 것도 이 때문이다.

4. 위대한 어머니의 초상(肖像)

허리까지 물에 들어간 왕버들 여러 그루가 다 늙도록, 썩어 자빠지도록 나오지 않는다.

눈보라, 비바람 몰아치는 세월을 뚜벅뚜벅 걸어 여기 당도한 보폭이
겠다.

그 악산 전모가 저수지 가득 젖어 늠름하게 비친다. 저 장관이야말로
진정 심연이다. 일평생 사나웠던 아버지, 그 가파른 기억까지도 물오리
한 마리를 풀어 금세 다 지우시는

어머니, 이승에 홀로 남아 지금 잠잠 깊으시다.

잘 섞였으므로, 사랑이란 말조차 묵음…… 이 일대의 바닥없는 고요
를 이루었다. 만수 위,

물에 녹아 풀릴 것처럼 한 사내가

카메라를 자동 셔터로 맞춰 세운 뒤 애인 속으로 거침없이 걸어 들어
간다. 쓱, 우뚝선다.

— 문인수, 「주산지」 전문

경상북도 청송에 있는 주산지(注山池)를 담은 사진을 통해 물속에서 자
라고 있는 버드나무를 본 적이 있다. 몸의 반을 못에 담고 흐늑거리는 버
드나무의 모습은 괴이할 정도로 강인해 보였다. 그것은 누구도 함부로
건드리지 못할 듯한 질김과 신비감으로 스스로를 에워싸고 있는 것 같았
다. 문인수의 「주산지」는 그러한 '왕버들'과 주변 '산'을 고스란히 담아
내는 '주산지'에 대한 묘사로 이루어져 있다. 저수지의 고적하고도 '늠름
한' 분위기는 시인의 시에 의해 흐려지지 않을 깊은 심상을 얻게 된다.
시인은 그의 언어를 통해 '저수지'를 관통해온 세월의 무게를 온전히 드
러낸다. 때로는 거칠게, 때로는 강하게, 때로는 나지막하고 때로는 섬세
하게 발화되는 시인의 음성은 '주산지'가 겪었을 그간의 풍상을 사실적
으로 그려내는 것이다. 놀라운 것은 시인의 다채로운 음성의 갈래들이
결코 듣기에 센 불협화음을 내는 것이 아니라 기이하게 융합하여 '못'의
깊이에로 직접 가닿는 점에 있다. '못'은 '악산 전모'마저 '늠름하게 비

출’ 정도로 크고 넉넉한 품으로 느껴진다. 그것은 ‘진정 심연’과 같은 것이다.

가늠키 어려운 깊이로 다가오는 ‘못’과 ‘어머니’의 삶을 대번에 겹쳐놓는 시인의 솜씨는 그야말로 대가답다. ‘저수지’에 몸을 들이대는 악산, 눈보라 비바람의 세월들은 ‘일평생 사나웠던 아버지’, 그리고 평생 그를 모시고 사셨던 어머니의 신산스럽던 삶과 정교한 병치를 이룬다. 뿐만 아니라 ‘어머니’의 깊고도 넉넉한 마음은 ‘가파른 기억까지도 물오리 한 마리를 풀어 금세 다 지우시는’과 같은 섬세한 감각의 언어로 구체화되고 있는 것이다. 시인은 계속하여 세월을 다보내고 홀로 늙어 가시는 어머니에 대한 형상화, 사랑이라는 개념에 대한 형상적 표현, 근처 풍경에 대한 가벼운 덧칠을 이어가는데, 그러한 시인의 손길은 교향악을 지휘하는 연주가처럼 분주하면서 화려하다. 시의 요소 하나하나는 시인의 예술가적 솜씨에 의해 전체적인 협주를 이루어내거니와 그것의 매듭 부분 부분에는 언제나 언어의 절묘한 이음새가 놓여있음을 알 수 있다.

흔히 자연에 의해 형상을 얻게 되는 인간사의 것들은 그 비유구조에 의해 궁극성을 확보하기 마련이다. 인간사의 일회적인 사건이나 추상적인 관념은 자연과의 동일화 기법에 의해 구체적인 형상을 얻게 되고 영원한 의미를 부여받는다는 말이다. 이때 자연은 매체가 되어 인간에 얽힌 일들을 보조하고 지지해주며 인간사는 주지가 되어 의미의 본질을 이룬다. 이들 비유구조에는 인간은 주가 되고 자연은 종이 되는 관계가 가로놓여 있다.

이 점에서 볼 때 위의 시는 매우 독특하다. 이 작품에서 ‘저수지’와 ‘어머니’는 완벽하게 대비되고 마주보는 관계이지 무엇이 무엇에 의해 뒷받침되는 관계가 아니기 때문이다. 시에서 ‘어머니’는 ‘저수지’에 의해 원관념을 지시받거나 혹은 '저수지'가 '어머니'를 보충해주지 않는다. '저수지'와 '어머니'는 서로 독립된 세계를 이루고 있고 동시에 동일하다. 마치 저수지에 '왕버들'과 '악산전모'가 비쳐져 똑같은 형상이 마주보는 것처럼 보이듯이 '어머니'와 '저수지'는 서로 독립되면서 서로 마주보는, 따라서 동일한 형국을 띠고 있는 것이다. 그 둘은 어느 것 하나 기울지 않고 같은 무게 같은 깊이로서 서로 나란히 존재한다. 여기에서 인간과 자연은 각자의 실존을 지닌 채 모두 존귀하다. 이 점은 자연과 '어머니'가 동일하다는 것, 자연과 어머니가 똑같이 위대하다는 것을 말해준다. 요컨대 어머니가 위대한 자연이라는 말은 어떠한 수사법도 아니고 객관적 사실인 것이다.

5. 자연에서 발견한 뫼비우스의 띠

　K. 손 그만 대시지요

　체온을 가진 것들은 손이 닿을수록 짓이겨져 무르거나
　상처가 생기거나 주는 들거나
　가슴을 헤집어보는 당신의 질문들이 그렇지요
　죽어있는 것들은 체온이 닿을수록
　생기를 찾고 윤기를 지니지요
　손잡이, 문설주, 댓돌, 마루들이 그렇더군요

　들꽃이 청순한 아름다움을 간직하는 것은
　욕망의 눈길이 닿질 않아서지요 그런데,
　꽃이 줄기를 떠나는 순간부터 시들 듯

눈길이 닿지 않으면 외로움의 우물이
패이고 질식하는 것은 왜일까요
K. 무생물이 그리워요

—신 교, 「생물과 무생물」

「생물과 무생물」은 자연이 숨기고 있는 성질을 예리하게 통찰해내고 있는 매우 지적이고 재미있는 시다. 크게 두 부분으로 나눌 수 있는 시는 서로 이분법적으로 대립되는 면들을 가리키지만 그 두 부분은 어느덧 하나로 통합되어 앞과 뒤의 구별이 없는 상태에 이르게 됨을 보여준다. 이 시를 통해 우리는 '생물'과 '무생물'의 구별과 차이가 궁극에 이르러 그 경계를 상실하게 되는 장면을 만나게 된다. 결국 '생물'과 '무생물'은 구분자체가 모호해진다. 그리고 이 사이엔 '욕망'이라는 계기가 놓여 있다. 이를 딜레마로 보아야 하는가, 양면성으로 보아야 하는가? 어쩌면 객관으로 존재하는 자연에 대해서는 어떠한 주관적 가치 부여도 무의미할지 모르겠다. 그것은 그저 그러할 따름인 자연(自然)이며 자연의 속성은 곧 앞이 뒤가 되고 뒤가 앞이 되는, 즉 앞과 뒤가 자연스럽게 이어지는 하나의 고리일 뿐이다.

그렇다면 자연의 '뫼비우스의 띠'적 속성이라 하는 결과론적 관점에서 보았을 때 2연에서 보여주는 시인의 통찰은 오류인가? 그렇지 않다. 시인의 말대로 '체온을 가진 것들은 손이 닿을수록 짓이겨져 무르거나 상처가 생기는' 등 훼손된다. '생물'체는 주변의 간섭 없이 독립적이고 자유롭게 존재해야 한다. 마찬가지로 '죽어 있는 것들은 체온이 닿을수록 생기를 찾고 윤기를 지닌'다는 '무생물'에 관한 시인의 관찰도 틀림이 없다. 사실 그러하지 않은가? 이 구별되는 성질을 설명하기는 것 역시 쉬운 일이 아니다. 그러나 더 모호한 것은 '생물'체에 대해 어떠한 방식의 접근을 해야 하는지에 대해 이해하는 일이다.

이때의 모호성은 가령 빛이 파동인지 입자인지를 결정하는 일에 상응할 듯하다. 빛은 물질인가, 비물질인가, 아니면 둘 다인가? 우리는 결국 빛이란 두 가지 성질을 동시에 지니면서 상황에 따라 각각의 성질을 발휘한다는 사실을 알고 있다. 빛이 그러하다면 생물체도 욕망의 존재인 동시에 비욕망의 존재라고 말할 수 있지 않을까? 생물체는 욕망에 의해 훼손되지만 또한 욕망 없이는 생존 자체가 불가능해진다는 점이다. 욕망하는 순간 그는 생존하지만 동시에 훼손되며 욕망하지 않는 순간 그는 훼손되지 않는 대신 죽는다. 물론 죽음은 절대적인 훼손이다. 이를 공식으로 나타내면 생존=훼손(⇒비훼손), 비훼손=죽음⇒훼손의 관계가 된다. 즉 '비훼손'과 '훼손'은 서로 만나며 '생존'이 비훼손이 되는 것도 양적 문제일 따름이 되는 것이다.

이러한 관계는 인간에게 '욕망'이 어떠한 의미를 지니는지 알게 해준다. '욕망'은 순결성을 지키는 데 있어서는 저항적 요소이지만 생명을 유지하는 데는 필수불가결한 요소에 해당한다. '욕망'은 존재의 순수성을 침해하지만 그것 없이는 생명의 에너지 또한 생산할 수 없게 되는 것이다. '욕망'은 존재의 맑음을 유지할 수 없게 하지만 자아는 결코 홀로 존재하지 않는다. 이는 '욕망'에 대한 인간의 가치론이 아니라 자연이 지닌 객관성 그 자체이다. 그렇기 때문에 인간은 불가불 '욕망해야한다'. 욕망함으로써 생존할 수 있고 생명 에너지를 생산할 수 있으며 또한 공동체의 일원이 되기 때문이다. 그러나 그것은 인간 드라마의 끝이 아니다. 인간은 욕망함에 의해 획득된 생명 에너지를 통해 한 차원 더 높이 상승할 수 있기 때문이다. 살아남은 인간은 그가 보유한 생명 에너지를 발휘하

여 비욕망의 상태, 순수성이 보존된 상태에로 비약적인 진입을 시도할
수 있는 것이다. 즉 자연의 뫼비우스 띠는 훼손을 다시 비훼손의 경지로
도약시킬 수 있을 것이라는 사실이다.

존재의 탐미적(耽美的) 초월

- 이보 론

1. 미(美)와 언어

카페와 홈페이지를 통해 이미 친숙한 독자층을 형성하고 있는 이보의 시는 활자로써만이 아닌, 영상과 음악이 함께 어우러질 때 빚어지는 미의 완성을 위해 창작되고 있다. 영상 속에 혹은 음악 속에 몰입할 때와 같은 황홀경은 이보의 시가 치열하게 이루어내고자 하는 요소 중 하나로 그의 시가 추구하고 있는 예술성의 강도를 환기시킨다. 그는 시가 다른 어떤 것, 가령 사상이나 시대나 유행이나 기법 등속의 것을 위한 것이 아니라 그 자체로 목적이 되는 것임을 분명히 한다. 시로부터 환기되는 순미(純美)한 예술성, 완전한 시적 상태가 시인이 올곧게 지향하는 바가 되는 것이다. 따라서 그의 시를 읽다보면 서서히 몰입하여 주변의 모든 것은 물론이고 나의 의식마저도 잊고 있음을 알게 된다. 세상을 규정하고 구획지을 만한 요소들은 연속적으로 제거되어 우리는 내가 누구이고 세상이 어떠하며 시대는 어디로 가야 하는지와 같은 사실들이 무화되는 순간을 경험하게 되는 것이다. 무성한 의식들이 정지되고 오직 고독과 충만함의 정점으로만 남는 상태, 그것을 '시적 상태'라 한다면 우리는 시인의 많은 시편들을 통해 그러한 현상이 지속적으로 이어지는 것을 체험하게 된다.

시의 이와 같은 특성을 두고 일견 평범한 유미주의자의 그것이나 단지 시에 대한 애정의 증거 정도로 간주할 이도 있을 것이다. 그러나 시를 써나가는 시인의 모습을 상상해 본다면 간편한 언급으로 그의 시를 규정하는 일이 결코 합당하지 않음을 알게 된다. 그의 시는 시가 쓰여지는 순간 시인이 처하게 되는 외로움과 방황과 순수함과 흔들림 모두를, 즉 시적 상태에서 경험하게 되는 시인의 실존적 조건 전부를 우리에게 강하게 상기시키기 때문이다. 그는 결코 시를 직조하는 주체의 당당하고도 단호한 모습으로 우리 앞에 서지 않는다. 시인은 언어를 손아귀에 움켜쥔 채 그것을 능란하게 다루는 지배자의 모습이 아니라 언제나 언어를 숭배하고 아끼는 겸허한 자의 모습으로 다가오는 것이다. 그에게 언어는 섬세함과 조심스러움의 대상이 될지언정 어떤 목적을 위해 사용되는 도구로 전락하지 않는다. 이러한 점은 시적 순간 하에서 시인이 예술주의자의 단순한 쾌감을 느끼는 것이 아니라 오히려 부단한 망설임과 떨림의 한복판으로 던져지는 고독을 체험하게 된다는 사실을 말해준다.

2. '길'과 '바람', 그리고 '집'의 유동성

「자고(自顧)의 서」에서 시인은 '꿈'에 대해 이야기한다. 그는 "'꿈'이란 이루어지든 안이루어지든 상관없이 아름다운" 것이라 전제하고, 그의 꿈은 "영원하지 않은 세상에 영원한 세상 풍경 하나를 옮겨다 놓는 일"이라 한다. 이는 시인의 시작 활동이 꿈을 향한 작업에 다름 아님을 분명히 하는 것이다. 시가 일종의 꿈꾸기이고 꿈을 향한 열망이 시 창작으로 귀결되는 것은 문학의 본질에 해당한다. 문학이 현실에서 성취하지 못한 유토피아의 상상적 변용이라는 관점도, 문학의 주제로서 유년 시절이나 고향, 신화나 종교가 주로 등장하는 것도 이와 관련된다. 이들 요소는 현실의 분열과 파괴성을 회복시켜주는 동일성의 근원이자 인간이 궁극적으로 도달코자 하는 영원성의 범주들이다. 이러한 점에 비추어 보면 시인이 자신의 '꿈'을 '영원한 세상 풍경 하나를 옮기는 일'이라 하는 것은 꿈의 속성을 그대로 보여준다 할 수 있다. 그는 '영원성'을 추구함으로써 '영원하지 않은' 현실이 보완되기를, 살아갈 만한 곳이 되기를 갈망한다.

시인이 시작 활동을 통해 영원성을 추구하는 일이 문학의 본질과 관련되는 일반적 차원의 문제라 생각될 수도 있다. 그러나 그가 '꿈'을 가리켜 '이루어지든 안이루어지든 상관없'다고 말하는 부분에 이르면 사정이 조금 달라진다. '꿈'이 적극적으로 추구되어야 하는 것이고 그러한 만큼 성취를 목표로 하는 것이라면 시인의 진술은 '꿈'을 향한 일반화된 태도와 상당한 차이를 보이고 있기 때문이다. 그는 성취 유무가 문제되지 않는다고 한다. 오히려 '꿈이란 대체로 이뤄지지 않는 법이다'라고 말함으로써 성취되지 않음을 암묵적으로 전제하기까지 한다. 이는 무엇을 의미하는가?

> 고공을 나는 새의 날개 밑에서
> 우리들은 얼마나 멀고 긴 여행을 꿈꾸는가!
> 구름처럼 때로는 바람처럼…

아직은 내가 살아있다는 것은
저, 미지의 길에 한 발작도 내가
발을 들여놓지 못한 아쉬움 때문인가

여름철새는 겨울이 오기 전에
진작
길을 떠났는데

나는 사계의 밖에서나 존재하는
허무…

오- 신이여
나에게도 당신의 길 위에서 쉴 수 있는
그늘을 주소서.

—「서시,7-旅行」 전문

그의 시에서 '여행'과 '길'은 가장 빈번하게 등장하는 모티프 중 하나다. 시를 통해 시인은 꿈꾸기가 '먼 길'을 향해 나서는 '여행'과 밀접하게 관련됨을 시사한다. '나'는 항시 '미지의 길', '모험 길'(「새」), '소용돌이 치는 길'(「옛집을 가다」), '인적 드문 길'(「약수암 길」) 등 '길' 위에 놓인 채 '흘러감', '움직임'의 행동으로 연결되고 있다. 위의 시 역시 앞에 '길'이 있음이 '살아있음'의 이유가 된다고까지 말하고 있다. 시인의 경우 '길'은 실존의 의미에 이르는 내포를 지니고 있는 것이다. 이 점은 '길'이 그 자체로 고정된 채 놓여 있는 것이 아니라 대개 '바람'이나 '구름'처럼 유동적인 이미지와 결합되어 있음에 주목함으로써 이해할 수 있다. '길'은 '구름 속에' 나 있거나(「높이 나는 새는…」), '바람 속에'(「무전여행」) 놓여 있다. 이는 시적 자아가 어느 한곳에 정착하거나 안주하는 데서 안식을 얻는 것이 아니라 머물러 있는 것에 오히려 불안과 두려움을 느끼는 존재임을 암시해준다. 그는 '한곳에 오래 머물러있기에는 시간이 너무 아깝'(「서시,10」)다고 하며 끊임없이 '걷는다'. 여기에서 저기로, 과거에서 현재로, 현재에서 미래로, 그의 길은 언제나 시적 자아를 움직이게 하는 조건이 된다.

'길'이 거의 선험적으로 시인을 존재케 하는 조건이며 동시에 시인은 그 안에서 '구름처럼 때로는 바람처럼' 유동해야 하는 까닭은 무엇일까? 그리고 그것은 시인의 꿈꾸기와 어떤 관련이 있는 것일까? 한곳에 정주하는 것은 왜 불안을 일으키고 시간이 아깝다는 생각을 가져오는가? 시인의 그러한 불안은 항상 시간에 쫓기며 바쁘게 뛰어다님으로써 자기 발전을 꾀하는 현대인의 생활태도와 무엇이 다른가?

위에 인용된 「서시,7」에는 이들 질문에 대한 답이 내포되어 있거니와 그것이 바쁜 현대인처럼 현실 지향적 목표 의식과 관련된 것이 아님은 물론이다. 시인은 상당히 직설적으로 "나는 사계의 밖에서나 존재하는 허무…"라 일컬음으로써 그가 현실 안에서의 유동을 꾀하는 것이 아니라 그것을 초월하여 나가고자 함을 밝히고 있다. 정주에 대한 그의 불안은 현실적인 계발을 위해서가 아니라, 가령 높은 지위를 얻는다거나 부를 축적하는 것 등 물질의 문제에서가 아니라 현실로부터의 상승과 초월이 이루어지지 않을 때 발생하는 것이다. '사계의 밖'은 인간이 설정하여 놓은 시간의 좌표축 안에 갇히는 대신 그것을 벗어나는 시간성으로서, 우리가 일상적으로 경험하는 시간의 질서를 훌쩍 넘어서는 것이라 할 수 있다. 이 새로운 시간성이야말로 현실을 벗어나는 것이며 그를 현실의 일정한 위치에 고착시키지 않게 하는 것이다. 또한 이것은 시적 자아를 비루한 현실과 분리시킴으로써 일상 속에 존재하지 않는 아름다움에 도달케 하는 방편이 된다. 시인은 현실 위에 아름다움을 포개고 덧칠한다. 그리고 그것으로 그의 꿈꾸기를 실현한다. 요컨대 시인의 '꿈'은 현실과의 이별 여부에 의해 확보된다. 즉 그가 자서에서 말하듯 '영원하지 않은 세상에 영원한 세상'을 확보할 때 비로소 꿈이 이루어지는 것이다. 이를 이루어낼 때야말로 초월과 상승이 보증된다. 따라서 이것이 성취되지 않을 때에는 늘 불안해진다.

사정이 이러하다면 그에게 꿈이 '이뤄지거나 이뤄지지 않거나 상관없는' 일이 되는 것 또한 이해할 만하다. 그에게는 단지 초월과 상승을 향한 운동과 유동 자체가 영원추구적 행위로서의 의미를 지니기 때문이다. 다소 과장해서 말하면 초월과 상승은 그에게 강박적으로 추구해야 하는 것이라고 할 수 있다. 그의 시에 '길'의 모티프가, 그것도 '바람'과 '구름'과 함께 등장하는 것은 초월과 상승에의 강렬한 의지를 반영하는 셈이다. 위 시의 마지막 연의 진술, "신이여, 나에게도 당신의 길 위에서 쉴 수 있는 그늘을 주소서"의 기도의 목소리는 그의 '길'이 '신'과 같이 초월적 차원을 향한 것임을 명징하게 드러낸다. 그가 현실로부터 벗어나고자 하는 열망이 강할수록 그만큼 유동성이 더해진다면, 그리고 그것이 그를 끊임없이 꿈꾸기로 내몰아간다면, 완전한 궁극의 상태인 '신' 안에 이르면 비로소 안식과 쉼이 가능할 것이기 때문이다. 이 구절에서 시인은 '길'의 외연을 유일하게 '쉼', 정주와 관련시킴으로써 그가 추구하는 궁극성과 영원성이 무엇을 가리키는지를 암시하고 있다.

궁극을 향한 시인의 초월 의지가 얼마나 강고한가 하는 점은 역시 주된 모티프가 되고 있는 '집'의 의미를 통해서도 확인된다. 일반적으로 '집'이 안주와 정착을 상징한다는 점을 상기할 때 시인의 '집'이 이 점과 어떤 관계망 속에 자리하고 있는가를 살펴보는 일은 시인의 고유한 세계를 엿보게 하는 계기가 될 것이다.

    저 〔길〕 의 끝에 〔집〕 이 있었네.
    그 〔집〕 에는 〔바람〕 이 살고 있었네.
    눈먼 〔바람〕 이 살고 있었네.

    그 〔집〕 은 수많은 작은 창들로 이루어져 있었네.
    밖으로 나갈 수 없는 〔바람〕 은 〔집〕 안에서 울고
    안으로 들어갈 수 없는 〔바람〕 은 〔집〕 밖에서 울었네.

    밤, 멀리서 보면 수많은 불빛인 그 〔집〕 은
    낮, 가까이서 보면 수많은 구멍투성이였네.

                       —「길과 바람과 집에 대한 보고서」, 전문

　「서시,10-집과 길에 대한 小考」에서 시인은 "집과 길은 애초에 한 몸이면서도/ 늘 떨어져서 산다. 그들은 항상 여행 중에 있다"고 하며 '집'과 '길'을 둘러싼 의미의 망을 구축한 적이 있다. '집'과 '길'이 '애초에 한 몸'이라는 것, 즉 둘이 서로 같으며 동일한 세계인 '여행'을 지향하고 있다는 점은 시인의 세계를 명시적으로 보여준다. 그것은 가장 안정적이어야 할 '집'조차도 '길'과 다름없이 초월에의 의지 안에서 비로소 존립될 수 있음을 의미하는 것이다. 초월이 전제되지 않고서는 세계의 어느 한 구석도, 정주의 극단적 형태인 '집' 역시 존재 이유를 부여받을 수 없다는 것이다.

　이러한 관점을 시인은 인용시에서 잘 형상화하고 있다. 위의 시에 의하면 '집'은 '길'의 연장선상에 놓인 채 '길'과 마찬가지로 '바람'과 밀접히 결합되어 있다. '집' 안에는 고요와 안식과 평화가, 따라서 안주와 정착이 가로놓여 있는 것이 아니라 대신 '바람'이 있다. '집'의 성격을 너무도 잘 말해주고 있는 '바람'은 '집'이 폐쇄되어 있을 때, 안과 밖이 견고하게 분리되어 서로 섞이지 못할 때 서럽게 절규하듯 '운다'. '집'이 고정되어 정주의 뿌리를 확고하게 드리울 때 '집'은 '바람'과 '자아'와 더불어 불안과 공포로 견딜 수가 없어 한다. 그것은 현실에의 정착이자 초월에의 차단인 것이다. 상승에의 금지는 절망이자 막다른 골목이 되는 셈이다. 그러나 다행히 '집'은 '수많은 작은 창들로 이루어진' '구멍투성이'이기 때문에 밤에 보더라도 '수많은 불빛'으로 반짝인다. '집'은 '바람'이 쉽게 드나들 수 있도록 개방형으로 생긴 것이다. '창'을 통해 '바람'이 들락거림으로써 '집'은 '길'과 같이 유동성의 가운데 놓일 수 있게 된다. 따라서 우리는 '집'이 '길'과 함께 시적 자아의 초월 의지를 더욱 확연히 밝혀주는 매개에 해당함을 알 수 있다.

한편 '바람'을 타고 '바람'과 더불어 유동한다는 것은 무엇을 의미하는가? '바람'이 시적 자아를 이끌고 가는 곳은 어디인가? 시인은 초월에 대해 암시할 뿐 그것의 구체적인 양태나 방향에 관하여 직접 언급한 바가 없다. 앞의 시에서 우리에게 잠시 흔적을 보여주었던 '신'에 관한 내포는 그 이상의 의미로 발전되지 않는다. 따라서 그의 초월이 종교적인 것인지 범우주론적인 것인지 그 윤곽과 내용을 그의 시를 통해 명확히 그리는 일은 쉽지 않다. 우리는 다만 시인의 끊임없는 유동에의 의지 및 그가 잠깐잠깐 머문 채 보여주는 '시적 상태'의 현현을 만날 수 있을 따름인데, 우리가 시인의 실존적 성격을 가늠해 보는 계기도 이들에서 구해야 될 듯하다.

3. 초월의 현재적 성격

초월이란 자신이 처한 현재의 존재 조건을 넘어서는 일을 가리킬 것이다. 지금 '나'의 물질적이거나 물리적인 혹은 정신적이거나 영적인 진보가 이루어지고 있다면 그것을 일컬어 초월이라 할 수 있을 것이다. 자신의 조건이 더 이상 고통이나 번민으로 다가오지 않을 때, 육체적이고 감정적인 부대낌이 없이 초연해질 수 있을 때 초월되었다 할 것이다. 앞서 언급한 대로 시인의 경우 초월의 방향은 아주 추상적으로 제시되거니와 이는 간혹 '귀천(歸天)'(「갈매기와 바다와 철조망」), 곧 '하늘'에 대한 욕망의 편린으로 드러나기도 한다. 그러나 역시 '하늘'에 관한 의미망이 조밀하게 직조되고 있지는 않으므로 우리가 그의 세계에 근접하기 위해 선택할 수 있는 방법은 '바람'의 이미지를 따라 흔들림의 궤적을 좇아가는 일이 될 것이다.

모험 길에 나서는
나는
작은 풍경,
구름 위로 뻗은 가교,
신속한 바람. 그리고
유쾌한 고통…

나는
어둠의 저편,

나는
바라 승,

가끔은
달빛의 끈을 물고 찾아나서는
오래전에 사라진 별자리.

높게 나면 날수록 사라지는
하늘,
꿈의 미로,
깊고 푸른 가득한
슬픔으로 흘러내리는 구절양장, 세상이
허공이고 허공이 세상인

길…

—「새」 전문

위의 시에서 '새'는 시적 자아의 감정이 이입되는 상징물이다. '새', 즉 '나'는 그 무엇을 구하기 위한 '모험 길에 나선'다. '풍경'이나 '구름 위로 뻗은 가교', '신속한 바람', '유쾌한 고통' 등 '새'가 길을 나서서 경험한 내용들은 실로 다채롭다. '새'는 시각적인 감각에서부터 촉각적인 감각으로, 혹은 감각으로부터 감정으로, 감정으로부터 의식으로 다양하게 전이되는 경험의 궤적을 그린다. '나'는 '어둠'이 되기도 하고 '바라 승'이 되는가 하면 '별자리'로 환기되기도 한다. 내가 가는 길이 정해지지 않은 것처럼 '나'의 경험 또한 어느 것 하나로 고정되지 않는다. 더군다나 '하늘'은 내가 '높이 날면 날수록 사라'지고 남는 것은 불확실성으로 가득한 '꿈의 미로'뿐인 것이다.

이처럼 「새」에서 보여주고 있는 상징의 궤적을 따랐을 때 우리가 도달하는 곳은 결국 시인의 세계에서 궁극의 실체란 여전히 희미하게 다가온다는 사실, 어떠한 방향성도 없이 자아는 모험의 길로 흘러들어간다는 것, 그리고 '길'이 열어주는 세계의 경계란 아예 없다는 사실 등이다. 이 점은 시인이 추구하는 바가 시간적으로나 공간적으로 미래적인 것과 하등 상관없는 것일는지 모른다는 점을 우리에게 환기시킨다. 그에게 문제되는 것은 지금 여기에서의 현상일 뿐 그 초월이 절대적인 그 무엇을 향하는 것은 아니라는 사실이다. 그것이 미동일지라도 지금 이 순간의 움직임, 그것이 사소한 것일지라도 그가 겪는 경험의 내용이 문제되는 바, 지금 여기의 현상학적 세계가 의미 전체가 될 것이라는 점이다. 시의 마지막 구절인 '세상이/ 허공이고 허공이 세상'이라는 언급도 이와 관련되는 것이 아닐까. 즉 시인에게 세계는 정신적으로든 영적으로든 어떤 구조적인 완성을 위해 존재하는 것이 아니라 현재적인 충일과 자유만이 의미가 된다. 따라서 그의 '길'은 궁극의 지점을 향해 뻗어있는 것이 아니라 단지 움직임이 있을 때만 존재하는 유보적인 것이다.

'길'의 유보성이란 말 그대로 그것이 완성과 거리가 멀다는 사실을 의미한다. '길'은 과거에서 현재, 그리고 미래로 순차적으로 나아가는 것이 아니라 혹은 이곳으로부터 저 먼 어느 곳으로 향해 있는 것이 아니라 현재의 여기에서 정점에 이른다. 정점은 다른 곳이 아니라 이곳이며 모든 의미는 지금 여기에서 구현된다. 이러한 세계 인식은 그의 시 「환상 시첩,8-인생의 길」에서처럼 '노(櫓) 없는 배'("깊고 험한 강가에/ 한 척의 배가 있습니다./ 어린 매화나무로 엮어 만든 배가 있습니다.// 그러나 노(櫓)는 없습니다.// 해질 무렵이면 어느 먼 지방에서 떠내려 오는/ 붉은 구림이/ 노라는 것을 깨달았을 때// 우리들은 이미 노인이 되어 있습니다.")로 형상화된다. 즉 시인에게 초월은 현세적이며 현상학적인 것에 해당한다.

하얀 눈 속으로
급하게 찍혀나간 작은 새의 발자국들
저만치 잡목덩굴이 보이는 지점에서
뚝, 끊어지고

옷이란 옷은 죄다 벗기운 듯
눈길에 얼어붙은 부드러운 깃털의 무덤이
매서운 바람을 쫓아내느라 애쓰고 있었네.

주변에 흩어져 있는
얼룩이 되기 전에 굳은 몇 방울의 피가
눈 속으로 파고들어

위기를 모면한
자신감인가,
지는 해를 쫓아 반짝반짝 빛나는 붉어 고운 길에…

—「발자국」 전문

초월의 현재성은 시인이 펼쳐내고 있는 시간의 독특함에서 기인한다. 세계의 시간이 과거와 현재, 미래로 선조적으로 진행된다는 의식이 일상적인 시간성이자 미래지향적인 초월성과 관련된다면 현세적 초월성은 시간 의식의 측면에서 볼 때 일직선적 시간관을 드러내지 않는다. 시간은 흘러가되 모두 현재로 수렴된다. 시간은 그저 하염없이 흐를 뿐 그것에 처음과 끝, 원인과 결과와 같은 전후 관계가 내재되어 있지 않다. 모든 시간은 지금의 이 순간만으로 전경화 된다. 이는 무한히 흐르는 시간 중에 역시 방향이나 좌표를 점하지 않은 '나'가 유동하고 있는 형국을 보여준다. '나'는 그 속에서 흐름의 일부로 스며들게 되는 것이다. 시적 상태가 현현하는 순간도 바로 이 즈음이며 '자아'가 그를 둘러싼 주변과 경계 없이 습합되는 것도 이때의 일이다. 새와 나무, 바람이나 꽃, 심지어 타자와 내가 구별 없이 하나로 어우러져 마치 대화를 나누는 듯한 교감이 이루어지는 것 또한 이러한 현상에 속한다. 즉 유동하는 자아가 경험하는 흐름의 시간에 맞추어 온갖 사물은 자신의 존재성을 드러내게 되는데, 이때의 사물이야말로 곧 살아있음과 아름다움의 형상으로 현현될 것이다.

시인의 시적 세계에 내재되어 있는 초월의 현재적 특성은 그의 시적 언어에 그대로 표현된다. 어떠한 사상이나 이념, 혹은 의식이나 기법과 다른 측면에서 예술의 완미(完美)성을 구현한다고 보았던 서두의 언급은 그의 시가 주제적인 면이나 구조적인 면에서의 완성도를 의도하지 않음을 가리킨다. 그는 일관된 주제 의식에 대해 역설하거나 시적 구조의 치밀한 짜임을 꾀하지 않는다. 이러한 점은 그의 시에 기승전결 등속의 의미의 구조화가 이루어져 있지 않다는 사실로도 이어진다. 그가 보여주는 시적 내용은 순조롭게 이어지는 듯하다 돌연 툭 끊어지기도 하고 멈춘 듯하면서도 갑자기 연결되는 구조로 이루어져 있다. 때문에 그의 언어는 유창하게 흐르는 듯하지만 그것은 표면적 인상일 뿐 그 안에 헤매임과 망설임, 머뭇거림과 맴돎이 돌기처럼 형성되어 있다. 이 속에서 일관되게 유지되는 것은 주제나 의미, 혹은 기법이나 구조의 통일성이라기보다는 미적 현상들의 조각이불과 같은 연쇄이다. 말하자면 시를 구성하는 성분들은 의미의 단위나 구조의 단위가 아니라 미의 순간들이 되는 것이다. 한 편의 시는 미적 장면의 한 순간순간들이 비유기적으로 이어짐으로써 구성된다. 위의 시 「발자국」이 보여주는 각 연 사이의 너른 간격, 장면과 장면들의 독립적 나열은 그의 시가 내용으로써가 아니라 미적 현상들의 병렬적 조합에 의해 결합되어 있음을 보여주는 것이다. 그리고 이들의 연쇄는 흔들림과 주저함과 같은 세심하고도 조심스러운 언어화에 의해 이루어진다. "새로운 언어들이 만들어질 때마다/ 비몽사몽간이 되어…// 이제/ 돌아갈 수도 없고/ 그냥가기에는 너무 싫어 잠시 망설일 때가 있다"(「運命/暗數」)하는 시인의 고백은 미적 순간과 언어 앞에서 갖게 되는 배회의 심정을 잘 보여준다.

4. '아름다움'의 의미

이보의 시가 미의 현상학적 순간들에 의한 지속적인 연쇄로 구성되어 있다는 사실은 시인의 초월과 상승이 미래적이기보다 현재적이라는 사실과 동궤에 놓인다. '신'이나 '하늘'과 같은 이성의 궁극태는 시인의 관심을 강하게 끌지 못한다. 대신 시인의 궁극적인 이데아는 '미'이다. 바로 여기에서 현현하는 미적 순간만이 그의 관심과 목적의 전부가 된다. 아름다움이 아니면 그의 시선은 머물지 못하며 아름다움이 아니면 그의 언어는 발화되지 않는다. 아름다움의 현상들은 시인을 멈추게 하여 시인으로 하여금 그 주변에서 배회하게 한다. 시인에게 아름다움의 현현들은 작은 조약돌이 된다.

그리고 시인은 그 돌들을 징검다리 삼아 그의 여행을 계속해나간다. 그가 끊임없이 떠나고 나아갈 수 있는 것도 모두 아름다움이 있기 때문이다. 아름다움에의 집요한 추구야말로 시인의 존재론적 기반이 되는 것이다. 미에 의한 초월은 세상을 무화시키며 이루어지는 까닭에 시인은 '그 만큼 세상에서 멀어지'(「약수 암(藥水 庵) 길」)게 되고 더욱 '아득하'고 아스라한 지점에 처하게 된다. 그러나 어쩌겠는가. 그는 초월을 향해 여전히 '이뤄지지 않을', 그러나 '아름다운' '꿈'의 길을 낼 것이다.

부조리 너머의 실존의 시형(詩形)

− 주근옥 론

1. 다섯째 시집에 관하여

『갈대속의 비비새』는 주근옥 시인의 다섯 번째 시집이다. 1987년에 첫 시집『산노을 등에지고』를 상재한 이후 꾸준히 문학에의 길을 걸어온 시인은 이 시집을 통해 그 동안 이룬 시적 모험의 결실을 맺는다. 이 시집 안에는 그의 다사다난했던 문학적 여정과 열정적 실험 의식이 아로 새겨져 있다. 시 외의 다른 지면을 통해서도 열정적인 면모를 보여주는 그의 지성은 시대의 한가운데에서, 그리고 시대를 넘어서고자 하는 의지에 의해 풍요롭게 빚어졌는데 그의 시는 이러한 지적 고민에 대한 직접적이고도 승화된 응답인 것이다. 그의 시력(詩歷)이 일반적인 서정시와 3행의 극히 압축된 단시, 4시집에서의 포스트 모던적 '소극시(素劇詩)', 5시집의 '담시(譚詩)' 및 신화 중심의 '서사시' 등의 다양한 형태를 거치면서 전개되어 온 점도 이러한 사정과 연관된다. 이들 다양한 시적 형태들은 새로운 시형(詩形) 탐색을 위한 실험 의식에서 비롯되는 데서 그치지 않고 시인의 삶에 대한 물음에 대응한다는 점에서 보다 깊은 의미를 지닌다. 특히 5시집은 시인이 그동안 보여주었던 다양한 시적 형태들을 모두 담아내고 있어 지금까지 있어왔던 고민의 결절들을 종합적으로 갈무리하고 있는 것으로 판단된다.

시인의 5시집은 대부분 단일한 시형으로 구성되기 마련인 편집상의 관례를 벗어나 있다. 본시 주근옥 시인은 시 창작에 있어 시의 길이와 소재, 내용과 형태에 관한 매우 다채로운 면들을 드러내었는데 5시집에 이르러서는 이와 관련된 모든 양태들이 전면적으로 등장한다. 2,3시집에서 시도된 3행 단시라든가 4시집의 포스트 모던적 소극시가 변용을 거쳐 5시집에 각 장별로 특화되는 것이 그것이다. 가령 1장은 장시를 통해 해체적 사유를 드러내는가 하면 2장은 3행 단시로만 묶여 있고, 3장엔 서사성을 바탕으로 한 장시가, 4장엔 신화 및 설화를 중심으로 서사시가 나타나 있는 것이다. 이러한 방식의 구성은 시의 형식을 기준으로 장 배열을 의도적으로 하였음을 시사한다. 시인은 20여년에 걸쳐 행해온 시적 실험을 5시집을 통해 모아냄으로써 시적 성과를 분명히 하고 있다.

주근옥 시인에게 제5시집이 각별한 의미를 지닐 것이라 여겨지는 까닭도 여기에 있다. 5시집은 지금까지의 시세계를 지양해내며 성숙한 면면들을 흡수하고 있다는 점에서, 동시에 심도 있는 자리에서 앞으로의 시적 가능성을 열어두고 있다는 점에서 그 의의가 확보되고 있다. 다시 말해 제 5시집은 주근옥의 시세계의 폭과 깊이를 아우르는 차원에서의 정신적 수준을 보여주고 있는 것이다.

2. 형식과 영혼의 상관성

주근옥 시인의 여러 시적 요소들 가운데에서 시의 형식이 가장 먼저 의식되었던 까닭은 그것이 지닌 개성에 기인한다. 특히 3행 30자 내외의 짧은 시를, 그것이 일본 단가(短歌)의 모방일 수 있다는 혐의를 무릅쓰고 지속적이고 집중적으로 쓰고 있다는 사실은 관심을 끌만한 점이 아닐 수 없다. 이미 많은 논자들이 주의를 환기시킨 바도 있듯[1] 시조 혹은 여타의 어떤 시형보다도 압축된 주근옥의 단시는 그만의 독자성을 유감없이 발휘하고 있다. 이 밖에 서정시의 일반적인 형태를 뛰어넘어 이야기와 관념의 요소를 적극적으로 도입한 것은 정신적 태도를 느끼게 할 만큼 인상적이다. 이는 주근옥이 시도한 시형들이 단순히 신기성을 창출하기 위한 실험의 차원에 그쳐 있는 것이 아님을 말해주는 것이다.

주근옥은 더 이상 축약할 수 없는 단시의 정점과 서정시의 틀까지도 붕괴시키는 장시의 극점 사이에서 때로는 긴장하고 때로는 이완하며 자신의 상상 세계를 펼쳐내고 있다. 더욱이 그의 상상 세계는 단일한 차원에서 그 넓이만을 확장해 가는 것이 아니고 정신 행위의 다층적인 차원들을 넘나들며 이들 간의 소통을 꾀하고 있다. 감각과 논리, 이미지와 관념, 영혼과 정신의 층위들에 매듭을 둔 채 일정한 형식으로 빚어진 것이 시라고 할 때 주근옥의 시형(詩形)들은 바로 이들 차원을 뚫고 지나가면서 형성되고 있는 것이다. 때문에 시형을 중심으로 한 주근옥의 상상 세계는 지적인 모험이기도 하고 그 이상이기도 하다. 그것은 그의 시형이

1) 이숭원, 「작고 아름다운 인정의 세계」, 『감을 우리며』해설, 시문학사, 1988, p.127.
   김용직, 「밝고 개결을 향한 자세」, 『번개와 장미꽃』해설, 새미, 1998, pp.7-9.
   송재영, 「시의 틀과 말의 변주(變奏)」, 『갈대속의 비비새』해설, 현대시, 2002, pp. 101-5.

단지 내용을 담는 그릇에 해당되는 것이 아니라 정신에 의해 그 형상이
조율되는 영혼의 표상임을 의미한다.

2.1. 단시(短詩)에 나타난 이미지의 성질

> 범종 소리 울릴 때마다
> 점점 붉어지는 산기슭
> 가지 끝의 홍시
>
> ―「홍시」 전문

> 쟁기 고랑이
> 한 줄씩 파이고 있네
> 싸락눈 덮이는 다랑이
>
> ―「싸락눈」 전문

인용한 시들은 주근옥의 독자적 시형인 3행 단시를 전형적으로 보여준
다. 새로운 정형시를 정의하려는 듯 시인은 3행을 넘지 않는 압축된 시
를 지어내고 있다. 시인은 이러한 형태를 '素節'이라 밝힌 바 있는데, 그
의 자설(自說)에 의하면 '소절'은 '여느 평범한 형식이 아니다'.[2] 그것은
음보를 단위로 하는 외형적 구조를 갖고 있으되 시조처럼 자수율에 지배
받지 않으며 매 행에서 요구되는 규범을 따르도록 되어 있다. 또한 음운
선택에 있어서 울림도가 높은 음소를 사용하는 것이 권장된다는 것이
다.[3] 시인은 이 소절에 대해 2시집 『감을 우리며』에서부터 관심을 기울

---

[2] 주근옥, 「素節에 대하여」, 『번개와 장미꽃』후기, 새미, 1998, p.105.
[3] 위의 글, p.105.

이다가 '깊은 믿음' 하에 자신의 시적 형식으로 '확정'하기에 이른다.[4]

소절의 기법에 관한 언급을 참조하여 우리는 소절이 일정한 정형성을 추구하지만 틀에 얽매이는 것을 경계하는 '유연성' 또한 겨냥하고 있음을 알 수 있다. 이는 형식의 중요성을 인정하는 것이 시적 대상 및 정서에 대한 억압 기제가 될 수는 없다는 인식을 보여주는 것이자 나아가 소절의 형식이 자유로움과 조화될 수 있음을 암시하는 부분이다. 소절이 음운 선택 시 울림이 강한 음을 요구한다는 점을 보더라도 소절과 자유로움의 정서를 연결시키는 것이 무리가 아님을 이해할 수 있다. 울림도가 높은 음운이란 마치 음악이 그러하듯이 의식의 여백을 만들어 상상의 공간을 확보하고 이 속에서 심적 자유로움의 상태를 유발할 수 있기 때문이다. 뿐만 아니라 소절에서 제시되는 회화적 이미지는 대상을 관조하는 방법적 태도에서 비로소 가능하다는 점을 고려해 볼 때 소절이 자유의 정서와 관련될 수 있음을 알 수 있다.

주근옥 시인이 시도하는 소절에는 위의 시에서도 알 수 있듯 한 편의 시가 곧 한 폭의 그림이 될 만큼 회화적 이미지의 요소가 강하게 드러나 있다. 그런데 시인이 단시에서 보인 이미지는 형상화 기법에서 서구적 이미지즘과는 일정 정도 차이가 난다는 것에 주의해야 한다. 가령 「홍시」에서 보여주고 있는 단풍든 '산기슭'과 '홍시'의 대비, 그리고 색채의 붉은 이미지와 '범종 소리'의 이미지의 겹침은 중심 소재인 '홍시'의 이미지를 더욱 선명하게 그려내는 데에서 머물지 않고 대상을 존립시키는 배경을 최대한 확장시키고 있음을 알 수 있다. 여기에서 '홍시'는 감각의 응축물인 독립적 대상으로 고립되어 존재하지 않고, 주변 사물과의 조화

4) 위의 글, p.110.

를 이루면서 그것의 존재론적 의미역을 넓혀나가는 것이다. 즉 '홍시'는 기교의 대상이기보다는 실존적 사물이 된다. 이러한 점에서 주근옥의 이미지는 현대시의 주된 기법인 감각적 이미지즘보다는 한시에서 보여준 정감적 이미지에 더 가까우며, 감각을 포착함으로써 주체의 입지를 확고히 하고자 하는 서양적 인식론보다는 대상의 자리를 마련하여 그와 교감하고자 하는 동양적 겸양의 태도를 반영하고 있다.

「싸락눈」에서 역시 「홍시」에서와 같은 창작 기법을 활용하고 있다. '싸락눈'은 그 자체로 초점화되지 않고 '쟁기 고랑'이라든가 '다랑이'와 같은 인접 사물로 시각의 틀이 이동되면서 사물을 더욱 포괄적이고 확대된 범위에서 볼 수 있게 하는 것이다. 이와 함께 시인은 '고랑이'와 '다랑이'에서 볼 수 있는 것처럼 의도적으로 음소의 친연성을 꾀함으로써 각각의 사물을 통일적 회화의 구도 속으로 배치한다. 여기에서 우리는 주근옥의 대표적 시형인 단시에서 전략적으로 추구되고 있는 이미지가 비단 시각에만 의존하는 것도 혹은 시간적 동시성에 의한 것도 아니라는 사실을 알 수 있다. 주근옥 시의 이미지에는 '높은 울림의 음소 선택'이라는 항목에서도 짐작할 수 있는 것처럼 시의 음악성도 고려되는 것이다. 주근옥의 시가 서구의 이미지즘과 거리가 멀다고 말할 수 있는 것도 이에서 연유한다. 언어의 경제적인 표현을 통해 사물에의 직접적 천착을 지향하는 이미지즘에 대비해볼 때 주근옥의 이미지는 대상을 향한 일점 근원의 원리를 따르지 않으며 다수의 사물의 병치라는 동시성을 추구하지도 않기 때문이다. 주근옥의 단시가 현상시키는 이미지는 은유보다는 환유적 속성을 드러내면서 사물을 동시적이기보다는 순차적으로 드러낸다. 이는 주근옥 시의 이미지가 사물을 예각적으로 드러내는 데 초점을 두는 것이 아니라 사물을 둘러싼 시간과 공간적 환경을 아울러 제시함으로써 사물의 존재성을 확립하는 데 주력하고 있음을 의미하는 것이다.

음운의 울림과 이미지의 확보라는 두 가지 계기를 통해 시는 시적 대상을 중심으로 한 여백을 만들어내고 이 속에서 자아는 상상과 정서의 자유로움을 경험한다. 자아는 확보된 대상의 존재론적 공간 안에서 자아의 주체됨을 확인하는 대신 대상의 존재성에 이끌리게 되어결국 자아의 내세움이 무의미해지는 경지에 이르게 된다. 이를 한시에서 흔히 볼 수 있는 대상에의 몰입, 無我의 경지, 혹은 자연과의 동화라 일컬을 수 있을 것이다.

2.2. 장시(長詩)의 서사성으로부터 단시(短詩)의 이미지에로

주근옥이 실험한 단시는 이처럼 동양 시학의 현대적 변용이라는 가능성을 내포하고 있다는 점에서 의의를 지닌다. 그러나 그의 단시가 지닌 의미는 그가 동시적으로 장시를 실험하였다는 사실과 상관적으로 고찰할 때 더욱 분명해질 듯하다. 여기에서 '장시'는 5시집에 수록되어 있는 신화 중심의 서사시만을 가리키는 것이 아니고 특정한 서사성을 도입하면서 다설(多說)로 이끌어가는 시를 모두 포함한다. 5시집의 1부와 3부가 이에 속하며 5시집 외에 4시집의 소극시『바퀴 위에서』도 이 범주에 든다고 할 수 있다.

대처로 다 나가고
빈 마당에 사내가
옹기를 갖다 놓는다
대문으로 들어와 뒷문으로 나가고
뒷문으로 들어와 개구멍으로 나가고

무너진 흙담을 밟고 넘어와
큰 옹기 안에 작은 옹기
큰 옹기 앞에 더 큰 옹기
꽉 꽉 들어찬 마당 옹기 사이로
게걸음치며 요리조리 헤매다가
사내는 하나씩 들고 나간다
빈 마당에 달빛이 쏟아지지만
자꾸 흘러 넘친다

—「빈 마당」 전문

시멘트 바닥 고인 물에 뜬 달을 밟으며
우리 집 앞마당 판잣집에 살던 어 서방 얼굴을
떠올린다. 연무대 포로 수용소에서 탈출한 그는
(중략)
하루는 이혼하고 혼자산다는 여자를 데려와
퉁퉁 불은 국수를 내며 냉수를 떠 놓고
혼례를 올렸다, 싱글 벙글 어 서방은
이제 마차에 비단을 싣고 콧노래를 부른다
그 짐이 점점 커져 읍내에서 제일 큰
극장이 되고, 대전의 빌딩이 되고
슬슬 바람도 핀다는 유언비어가 나도는 어느 날
그는 쓰러졌다, 팔아먹은 것보다 더 큰 금반지를 끼고
그는 쓰러졌다, 남들 다 가는 평양구경 본처 상봉 못하고
빌딩의 주인은 그의 부인 이름으로 바뀌고
소 달구지 끌고 매형 집을 오가던 그의 처남은
극장 주인이 되었다, 달아 달아 노오란 강냉이
시멘트 물 바닥에 낳은 개구리 알 속의 보름달아

—「튀밥 장사 어 서방」 부분

5시집의 1부와 3부에 각각 실려 있는 위의 시들은 주근옥의 대부분의 장시에서 보이는 의미의 아이러니가 전면화되어 있다. 후자의 시는 한 인물의 일대기를 중심으로 이야기를 끌어나가면서 사람의 인생이 지닌 무상함과 아이러니를 형상화하고 있다. 인민군 포로로 남한에 오게 된 '어서방'은 튀밥장사를 하는 등의 갖은 고생 끝에 결혼도 하고 돈도 벌고 행세도 하면서 살게 되지만 갑작스런 죽음으로 허망하게 삶을 마감한다는 내용이 그것이다. 시는 인물의 행위와 사건에 따라 어조의 고저를 이루어내면서 담시(譚詩)적 면모를 드러낸다.

전자의 시 「빈 마당」에서 역시 인물이 등장하여 '옹기'를 가지고 들고 나는 행위를 전개하고 있다. '사내'는 '빈 마당에 옹기를 갖다 놓는'가 하면 '하나씩 들고 나가'는 것이다. 후자의 시에 비해 전자의 시는 이야기의 선후 관계나 논리성이 분명하지 않고 마치 부조리극의 단면을 보여주는 것처럼 해체시적 면모를 드러낸다. 이 시에서 사내가 '옹기'를 가져왔다 가져가는 행위 사이에 어떠한 동기라든가 전말에 대해 설명되어 있지 않기 때문에 사내의 행위는 무의미한 것으로 인식된다. 뿐만 아니라 '대문으로 들어와 뒷문으로 나가고' '뒷문으로 들어와 개구멍으로 나가'는 일이나 '큰 옹기 안에 작은 옹기', '큰 옹기 앞에 더 큰 옹기'와 같은 형식적인 어사의 배열은 시적 내용의 무의미성을 더욱 고조시킨다. 이와 같은 내용상의 무의미와 비논리에 주목한다면 이 시는 4시집의 소극시와 더불어 포스트모던 계열에 속하는 시라고 볼 수 있을 것이다.

후자의 시에 논리화된 서사성이 있고 전자의 시가 해체적 경향을 드러낸다 하여도 위의 두 시는 본질상 다른 것으로 보이지 않는다. 그것은 단지 두 시에 공통적으로 인물이 등장하고 있고 인물의 행위가 이야기를 이끌어가고 있으며 이들이 모두 발라드적 운율에 실려 있기 때문인가?

그보다는 두 시가 모두 아이러니에 뿌리를 두고 있다는 점에 주목해야
할 것이다. 후자의 시는 인생의 본질에 대해 통찰을 시도함으로써 인생이
내포하고 있는 부조리와 아이러니적 성격을 리얼하게 반영하고 있으며
전자의 시는 부조리한 행위를 포착하여 그것의 아이러니를 삶에 대한 진
실과 직접적으로 연결시키고 있는 것이다. 여기에서 전자의 시는 해체적
경향을 드러내고 있지만 그것이 기법상의 기교이기 전에 삶의 진실을 역
시 리얼하게 담아내고 있는 것으로 판단되어 결코 해체적 시로 여겨지지
않는다. 결국 전자의 시와 후자의 시는 본질적으로 등가라 할 수 있다.

　성급한 일반화일 수 있지만 주근옥에게 장시는 대체로 삶의 서사성과
아이러니적 성격을 동전의 양면으로 하여 제시하는 데 주요한 기제로 작
용하는 듯하다. 그가 인물이나 인물의 행위에 대해서 이야기를 끌어내면
낼수록 그 이야기는 결국 기법이나 내용상의 부조리함에 닿게 마련이다.
그 이야기가 더욱 다변이 되어 전개될수록 시적 내용은 그에 비례하여
분명한 모순과 부조리를 드러낸다. 그리고 이러한 양상을 주근옥은 결코
기교의 측면에서 만들어내는 것이 아니고 삶의 진리를 통찰해내는 차원
에서 빚어내는 것이다. 즉 장시는 주근옥에게 인간 삶의 시간성이 지닌
부조리와 아이러니를 형상화하는 데 가장 긴요한 장치가 되는 셈이다.
이러한 점에서 볼 때 5시집 1부에 실린 「문」의 의미가 분명해진다.

　사내가
　첫째 문에서 나와
　둘째 문으로 들어가고
　셋째 문에서 나와
　넷째 문으로 들어가고
　다섯째 문에서 나와

여섯째 문으로 들어가고
일곱째 문에서 나와
두리번거린다

누군가 첫째 문을 열고 부르셨습니까
둘째 문을 열고 부르셨습니까
셋째 문을 열고 부르셨습니까
넷째 문을 열고 부르셨습니까
다섯째 문을 열고 부르셨습니까
여섯째 문을 열고 부르셨습니까
일곱째 문을 열고 부르셨습니까

사내는 차례차례
쫓아가 무릎 꿇고 빈다
그 분 어디 계십니까
손가락질만 해 주십시오
눈짓만이라도 해 주십시오
일곱 개의 문이 쾅 닫힌다
사내는 금시 허물어진다

—「문」 부분

　일견 언어의 유희를 통해 의미의 해체를 다분히 기교적으로 이루어놓은 듯한 시로 읽히지만 장시를 통해 주근옥이 전개하는 시적 세계를 고려할 때 위의 시는 삶의 무의미함에 대한 일종의 상징으로 보인다. '사내'의 행위는 그것이 어떤 것이든 사실상 무의미와 다르지 않다는 인식이 위의 시에 나타나 있는 것이다. 삶의 방향과 지표를 구하고자 하나 '사내'에게 주어지는 것은 절망과 허무뿐이다. 절박해진 '사내'는 '손가락질', '눈짓'을 통해 삶의 선명한 의미를 얻기를 바라지만 삶의 어떠한 길, 어떠한 양상도 모두 막다른 길이긴 마찬가지이다. 그것이 첫째 문이든 혹은 일곱째 문이든 본질상 다르지 않으며 이들은 모두 절대화된 가치로 통하지 않는 것이다.

우리는 위 시를 통해 시인의 시선이 어느 지점에 놓여 있는지 보다 확연하게 알 수 있게 된다. 삶의 모든 길이 상대적이고도 등질적이라는 인식, 그리고 그것들이 모두 아이러니하기 때문에 결국 절망과 허무에 닿는다는 관점, 이로부터 벗어날 수 있는 삶의 양상은 어디에도 존재하지 않으므로 다변(多辯)은 언제든지 부조리로 형상화된다는 것이 세상을 향해 있는 그의 시선이 된다.

주근옥이 보여주고 있는 이와 같은 시선은 삶의 진리와 만나는 깊이 있는 통찰이면서도 한편으로는 매우 위험하다. 이러한 시선 아래에서 삶은 앞과 뒤, 전과 후, 본질과 비본질이 구별되지 않으며 따라서 입구도 출구도 없기 때문이다. 이 속에서 살아남을 수 있는 길이란 무한히 말하는 일일 따름이다. 말을 통해 말에 발을 디디면서 시간을 끄는 일이 곧 살아있음을 확인하는 일이 되는 것이다. 여기에서 '말' 대신 '관념'이라는 용어를 사용해도 상황은 같다. 이러한 시선을 지닌 자라면 관념의 무한 증식을 통해 역시 상대적이고도 한계 내에 있는 삶을 이어가게 된다. 그러나 관념에 환멸을 느낀다면 어찌할 것인가?

주근옥에게 단시가 빛을 발하는 까닭도 여기에 있다. 사물의 이미지를 포착하는 데 주력하는 주근옥의 단시는 그것을 자아를 중심으로 해서가 아니고 사물이 처한 존재론적 자리를 끌어내고 있다는 점에서 의미를 지닌다. 출구가 막혀 폐쇄회로가 되어 버린 삶의 대해(大海)에서 순전히 자아에게 귀속된 감각을 확인하는 작업이란 그다지 큰 도움이 되지 못할 것이기 때문이다. 오히려 자아의 감각과 그 속에 묻어 있는 의식과 관념을 지우고 자아 밖의 대상에 눈을 돌릴 때, 즉 대상이 지닌 실존적 자리를 확인하고 그것의 실재성과 확고함에 대한 믿음을 회복함으로써 자아는 자신을 넘어서는 또 다른 차원의 세계를 만나게 된다. 그 세계에는 상대적일 따름인 관념이 끼어들 여지가 없으며 사물의 영혼이 살아 숨쉬는 넓은 터전이 된다. 이 속에서 사물은 존재가 되어 곧 인간 생명을 키우는 대지(大地)의 역할을 다하게 되는 것이다.

이러한 관점에서 보면 주근옥의 단시는 시형 자체로도 의미가 있지만 시인의 존재론적 측면에서 고찰할 때 더 큰 의미를 안고 있음을 알 수 있다. 시인에게 단시는 대상의 존재성을 확인해주는 방법이자 길이 되는 것이다. 이는 삶의 부조리함에서 허우적대고 있는 자아에게 말이나 관념이 아닌 실재함을 보여주는 것에 다름 아니며 이것이야말로 아이러니의 세계를 빠져나갈 수 있는 통로를 열어주는 것이라 할 수 있다. 이 때문에 단시는 시인의 언급대로 '폐쇄가 아니라 개방된 특별 형식'5)이다.

3. 단시(短詩)가 열어놓은 길

주근옥에게 단시는 시형의 실험이라는 전략적 의미도 있지만 더욱 본질적으로 시인의 영혼을 담아내는 존재론적 형식의 위상을 지니고 있음을 간과해서는 안 된다. 이러한 사실은 단시 자체만을 보았을 때 이해될 수 없다. 그것은 시인이 장시와 단시를 동시적이고 상호적인 관계 하에 창작하였음에 주목하여, 주근옥 시인에게 시적 형식이 실존과 긴밀하게 조응하면서 산출된 것이라는 관점을 획득할 때 비로소 얻어질 수 있는 결론이다. 주근옥 시인은 단시와 장시의 팽팽한 긴장 관계 속에서 자신

5) 주근옥, 위의 글, p.110.

의 시적 형식을 빚어내고 있는데 이는 그대로 삶에 대한 인식과 대응하게 된다. 장시가 다변을 통해 삶의 아이러니를 실증하는 리얼리티의 장이 되어 준다면 단시는 장시가 보여준 삶의 부조리함으로부터 벗어나기 위한 출구를 마련하는 것이다. 이는 단시가 관념으로써가 아니고 이미지로써 형상화되기 때문에 가능한 일이다. 이미지는 대상의 존재론적 자리를 드러냄으로써 대상의 실재함과 영혼의 살아있음을 입증하는 매개가 되는 것이다. 이미지는 대상의 상대적이고 일시적인 면들, 가령 인간의 의식이라든가 관념 따위의 것들과 무관한 지점에서 대상의 본질을 드러내는 데 기여한다. 그것은 대상의 실존, 즉 가장 순수하고 우주적인 얼굴을 보여줌으로써 자아로 하여금 열린 세계로 나아갈 수 있는 길을 안내한다. 이것이 곧 관념과 삶의 상대성에 갇힌 자아를 살아있게 하는 방법에 해당된다.

주근옥 시인은 단시에 대해 믿음에 상당하는 의미와 기대를 부여하고 있음을 알 수 있다. 그것은 단시가 비단 동양 한시의 전통과 접맥될 수 있기 때문만은 아니다. 이것이 표면적인 이유라면 보다 내적인 이유는 한시가 보여주었던 정신적 태도에 기인할 것이다. 그것은 곧 시적 대상과의 교감을 통해 우주 한가운데에로, 나아가 삶의 절대성에 도달하고자 하였던 우리 선조들의 정신과 통하는 것이다. 주근옥은 5시집의 4부를 우리 민족의 원형적 사유가 담긴 신화 및 설화를 중심으로 한 서사시로 채우고 있다. 장시의 또 다른 형태이기도 한 서사시의 창작은 주근옥에게 역시 새로운 시도인데 그의 이 서사시가 단시의 정신적 태도와 장시라는 형식이 만나는 지점에서 이루어지고 있다는 사실은 매우 흥미로운 일이 아닐 수 없다. 주근옥 시인은 지금까지 전개해온 장시와 단시를 종합하여 새로운 차원의 형식을 빚어내고 있거니와 이 형식 또한 시인의 실존, 즉 영혼에 조응하는 형식이라는 점에서 깊은 탐색이 요구되는 부분이라 생각된다.

저자 김윤정

서울대학교 국문과 및 동대학원 졸업.
문학박사, 문학평론가.
2005년 시전문잡지『시현실』로 등단.
저서에『김기림과 그의 세계』,『한국 모더니즘 문학의 지형도』등.
『시현실』,『문화저널21』편집위원.
현재 충북대 · 한남대 강사.

역락비평신서 19

언어의 진화를 향한 꿈

저자 김윤정

인쇄 2009년 10월 10일
발행 2009년 10월 20일

펴낸곳 도서출판 역락
등록 1999년 4월 19일 제303-2002-000014호
펴낸이 이대현
편집 이태곤

주소 서울시 서초구 반포4동 577-25 문창빌딩 2층
전화 02-3409-2058(영업부), 2060(편집부)
팩시밀리 02-3409-2059
e-mail youkrack@hanmail.net

값 20,000원
ISBN 978-89-5556-737-3 93800

역락비평신서 편집위원

서경석·정호웅·유성호·김경수